遠方有大事發生

先鋒詩歌的地方性與江湖

霍俊明——著

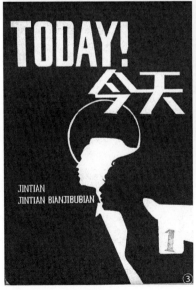

①1968年創作《相信未來》時的郭路生
（食指）
②1978，芒克與北島
③1978年12月23日《今天》創刊號第
二次印刷本
④1978年秋芒克重返白洋淀

①1980年8月第一屆青春詩會（陶然亭）
②1985年3月7日《他們》創刊
③1986年5月《非非》創刊時非非同仁攝於成都。左起：敬小東、尚仲敏、周倫佑、楊黎、藍馬

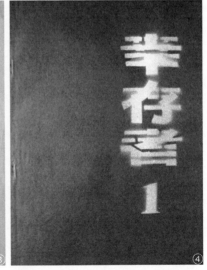

①1991年3月
②《海上》創刊於1984年
③《南方詩志》創刊於1992年秋，共出5期
④《幸存者》創刊於1988年，共印2期

①《非非》封面1986（創刊號）
②海子
③霍俊明2015在臺灣

# 摘要

　　本書以微觀視野和細節史的方式來考察1960年代至新世紀以來先鋒詩歌空間和「江湖」的特殊話語形態、生成及轉換機制。

　　從思想禁忌到逐漸開放年代的私人空間和公共空間來重新梳理詩歌現象具有重要的詩學和文化學意義。以地方性知識和空間為出發點重新考察先鋒詩歌並不是一般意義上的文學地理學和區域性研究，而是要在歷史田野的考察中對一個時期內先鋒詩歌在不同空間和場域的發生、重心、結構、位移、變化做出探索性的闡釋。在廣場、車站、胡同、街道、臥室、茶館、餐館、公園、校園等空間尋找詩歌的發生點與發展動因。來自於地方性知識不平衡所形成的地方與空間之間的特殊關係以及由此形成的「影響的焦慮」對於辨析當代詩人心理具有著特別的意義。

　　本書在文風上將盡可能呈現批評作為一種特殊「文體」的「寫作」特徵，以顯示這種批評方法與一般意義上學院派的差別。

contents
目次

# 「還鄉河」與「鄉愁」的海峽

　　媽媽疲倦了　她的頭靠在「和諧號」的椅背上
　　她不出聲，臉朝向窗外
　　皺紋堆疊的臉看不出表情

　　車窗裡的人們面無表情
　　車窗外的田野也沒有表情
　　連頭頂上萬里無雲的天空
　　也看不出表情

　　　　　　　　　　　　──霍俊明《與老母乘動車回鄉》


　　還鄉河（又稱浭水、庚水、巨梁河），是我河北豐潤老家（冀東平原）一條河流的名字。而對於時下的中國詩人而言，似乎他們都宿命性地走在一條「回鄉」的路上。而這還不只是語言和文化根性層面的，而恰恰是來自於現實的命運。同時，這一條「還鄉」的路也需要進行批判性的反思，因為愈發顯豁的倫理和道德感所導致的情感優勢和批判城市化的心理正在大行其道。在此，我想到的是雲南詩人雷平陽的詩「我從鄉愁中獲利／或許我也是一個罪人」。

　　實際上幾十年來對於這條故鄉的河流我倍感陌生，儘管兒時門前的河水大雨暴漲時能夠淹沒那條並不寬闊的鄉間土路。甚至在1990年夏天的特大暴雨時，門前的河水居然上漲了兩米多到了院牆外的臺階上。那時我15歲，似乎並沒有因遭受暴雨和澇災而苦惱，而是沿著被水淹沒的道路深一腳淺一腳地去河溝裡抓魚。那時的鄉村實際上已經沒有道路可言，路上的水沒過了膝蓋，巨大的白楊樹竟然被連根拔起

而交錯倒在污濁的水中。

在無數次回鄉的路上，我遭遇的則是當年「流放者歸來」一樣的命運——「他在尋找已經不再存在的東西。他所尋找的並不是他的童年，當然，童年是一去不復返的，而是從童年起就永遠不忘的一種特質，一種身有所屬之感，一種生活於故鄉之感，那裡的人說他的方言，有和他共同的興趣。現在他身無所屬——自從新混凝土公路建成，家鄉變了樣；樹木消失了，茂密的鐵杉樹被砍倒了，原來是樹林的地方只剩下樹樁、枯乾的樹梢、枝丫和木柴。人也變了——他現在可以寫他們，但不能為他們寫作，不能重新加入他們的共同生活。而且，他自己也變了，無論他在哪裡生活，他都是個陌生人」。是的，很多人幾乎是在一夜之間成了故鄉故土的「陌生人」。

多年後，為了認清故鄉的這條河流我不得不藉助互聯網進行搜索，因為我無力沿著這條幾近乾枯和曾經污染嚴重的河流踏踏實實地走下去。

搜索的結果是——還鄉河，古稱浭水（庚水）。海河流域北系薊運河的支流。還鄉河發源於河北省遷西縣新集以南泉莊村，流經河北省唐山市豐潤區、玉田縣，在寧河匯入薊運河入海。全長160公里，在豐潤境內60公里，流域面積460平方公里。還鄉河原為常年河，因水量大部分控制在上游水庫，已成為季節河流。還鄉河又名巨梁河，1984年引灤入還，灤河水從大黑汀水庫放出，進渡槽過涵洞從南觀村東鑽出注入小草河，於柴家灣村進入還鄉河。還鄉河於岩口村西納牽馬嶺溝（季節河），五鳳頭納鐵廠小河，在偏峪進入邱莊水庫。

據傳，北宋靖康二年（1127），宋徽宗趙佶被遼擄獲途徑豐潤浭水河，凝視西流的河水無比心酸地慨歎「凡水皆東，唯此獨西，吾安得似此水還鄉乎？」此後，浭水易名為還鄉河。

1980年代初，在華北平原冀東大地的一個鄉村裡，一群少年穿著由母親縫製的髒兮兮的棉襖在牆角排成一排。他們將雙手插在棉襖的袖子裡，矮小的身體互相撞來撞去用來取暖。此時正是寒冬，他們

呼吸的哈氣在同樣低矮的教室外形成一個個小小的氣團。我就是其中的一個！如今，校園已被拆除，片瓦無存。校園背後的河水早已經枯乾，那個因為兒子和媳婦不孝而跳河自殺的婆婆早已經被鄉人淡忘。這就是我一個人的鄉下和歷史，它們遠去了但又似乎沒有遠去。它們深深扎根在我並不寬大的內心深處。它們是一個個小小的荊棘不時挑動和刺痛我。

在我的記憶中，1985年前後，我所在的冀東平原上開始大量出現磚窯廠，而整日大汗淋淋地挖土方、拉車運土、滑架、燒磚的工人大多是來自內蒙赤峰、廣西柳州和張家口壩上的外鄉人。每天的皺巴巴的少得可憐的收入，卻讓他們笑顏逐開，因為即使這樣少得可憐的收入在他們看來也是不菲的數目了。這些外鄉人就住在煙薰火燎、烏煙瘴氣的磚廠旁搭起簡易的窩棚，在少有的工暇之餘，開始尋找娛樂和輕鬆。青年男女們互相打鬧，有的鬧著鬧著就生了孩子。那些略有姿色的外鄉女則紛紛找個當地人家成親、落戶。我的內心時常被這樣的場景所震動——當我幾次站在並不高大的沒有任何植物的裸露的燕山山脈的一個無名的山頂，那磚廠林立的巨大煙囪和長年不息的爐火和濃煙以及其間螞蟻般勞累的生命，我感到的只能是茫然和沉重。儘管我沒有像這些農民工一樣承受過多的艱辛，但是我20多年的鄉村生活和田野勞動同樣是沉重、貧困和悲苦的。然而，這些當年林立的磚廠和煙囪已經在幾年後倒塌，這些外鄉務工的人重新踏上了漂泊之途。

2011年，在華北的極度乾旱中，在春節過後的第一場大雪中，我和家人重新回到了北京。在一個凌晨，曾經無比喧鬧和擁堵的黃寺大街寂靜無聲。在空曠的大街上我感到少有的陌生。此刻，風正吹來，抖落樹上的積雪。在冬天的北京，只有母親能夠堅執地送我遠行。她的身影一次次成為我最溫暖的記憶，而我也是一次次愧對她。記得前年春節，鄉下大雪封路。在黑色的黎明中我要步行到小鎮上去乘公車到縣城。七十多歲的母親在前天夜裡就說要送我，我堅決反對。因為白雪不僅覆蓋了大地，而且道路上結了厚厚的幾層冰。萬一母親摔

倒，我可承受不起。後來，臨睡覺時媽媽似乎妥協了，說好送我到村口。一大早起來，外面黑漆漆的。爸爸正在燒火，媽媽在做飯。我曾在一本書的後記中提到過這個場景，而此情此景將終生刻印心底。爐火閃亮，爸爸近已禿頂的頭部此刻閃著暖紅色的光。飯後，我拿著行李出來，媽媽在前面打著手電筒。到了村口我讓母親回去，媽媽說再走幾步。結果是我不斷地勸，她不斷說再走走。這樣，母子二人在茫茫冬夜無比光滑和危險的冰雪路上蹣跚前行，那微弱的手電筒發出的光亮讓黎明前的時刻更加黑暗。就這樣我們穿越了另外一個村莊，實際上再走幾步就要到鎮上了。我執意讓母親回去，媽媽最終答應了。回首來路，我能夠看到在高大的楊樹下是我曾走過無數次的田間土路，母親手電筒微弱的光亮在緩慢地移動。我知道那是母親在小心翼翼地走路，她的世界只有遠行的兒子。直到看不到媽媽手電筒的光亮，我才繼續在冰雪之路上小心翼翼地走。而2000年的冬天，那時也是大雪封路。我在一個清晨出村趕著去市里參加碩士研究生入學考試。媽媽抱著我的乳兒送我出村。穿過厚厚的被雪覆蓋的麥田時，一只野兔從西北方跑過來，轉瞬間消失了。我是屬兔子的，很早時算命先生就說我是一只「野兔」。

我感受了冥冥之中的命運。

《少年Pi的奇幻漂流》是命運使然，也是一種宗教性和命運感的身分確認。

而對於文學批評而言，我們也許沒有派這樣的幸運。當我在2013年春節即將到來的時候和兒時同窗一起返鄉，從北京到河北的高速路上大霧彌漫，伸手只見五指。朋友身子前傾眯著眼盯著前方。汽車從玉田縣的高速路上下來，緩慢行駛在開往老家的二級公路上。我對幾十年來熟悉的地方竟然陌生不已。這種感覺竟然與同時代的小說家徐則臣在長篇小說《耶路撒冷》中主人公初平陽陌生不已的還鄉路如出一轍。原來，現實發生的與詞語虛構的會如此驚人地重合。那個黑夜，我竟然如此真切地覺得還鄉的路竟然和異鄉的路是同一條路。可

怕的命運！是的，對於曾經的「故地」而言，很多事物正在可怕地消失——「到世界去。我忽然想起花街上多年來消失的那些人：大水、滿桌、木魚、陳永康的兒子多識、周鳳來的三姑娘芳菲，還有坐船來的又坐了離開的那些暫居者。他們在某一天突然消失，從此再也不見。他們去了哪兒？搭船走的還是坐上了順風車？」（《耶路撒冷》）

而黑夜和冰雪中那條名為「還鄉河」的河水早已經流乾，被扔棄的病豬屍體和黑色的劇毒農藥瓶子在雪地上分外顯眼。當我們不斷抱怨現實，我們也一次次遠離了真正的現實本相。

多年來，我並未能真正理解和反思我的鄉村命運，而對於幾百里之外的京城我也一直心存恐慌。當不得不通過文字和想像來看待這個世界，我們是否已經做好了充分的心理準備？在污染嚴重霧霾重重人們爭先談論天氣的時代，我們是否為當下的文學和詩歌提前做好了陰晴冷暖的統計表格？在娛樂和消閒的圖書市場和柔靡芳香的咖啡館裡，你蒙塵的書是被哪只手不經意地拿起又匆促地放下？

在北京的城市空間，我偶爾會想起鄉下院子裡父親和三舅親手打造的那架松木梯子——粗糙、結實、沉重。它如今更多的時候是被閒置在院子的一個角落，只有偶爾修房補牆的時候才會派上用場。顯然這架有著淡淡松木香味的梯子成了我的精神象徵。在一個精神能見度降低的鋼鐵水泥城市空間，我需要它把我抬高到一個位置——看清自己的處境，也順便望一望落日，看一看暮色中並不清楚的遠方。我想這把梯子不只是屬於我一個人的，更是屬於這個時代的每一個人。詩歌就是生活的梯子——沉滯麻木的生活需要偶爾抬高一下的精神景觀，哪怕詩意只是提高小小的一寸。向上的路和向下的路實際上是一條路。正如備受爭議的詩人餘秀華說的「詩歌是什麼呢，我不知道，也說不出來，不過是情緒在跳躍，或沉潛。不過是當心靈發出呼喚的時候，它以赤子的姿勢到來，不過是一個人搖搖晃晃地在搖搖晃晃的人間走動的時候，它充當了一根拐杖」（《搖搖晃晃的人間》）。

　　如今很多人已經不知梯子為何物。而對於詩歌而言，這一架梯子顯然代表了寫作的難度和精神方向性。當年的很多先鋒詩人儘管目前仍然勉為其難的堅持寫作（很多早已經偃旗息鼓），儘管他們也仍扛著或提著一個想像性的梯子，但是這個梯子更多的時候是無效的。因為在一些人那裡，這個梯子不是來自於中國本土，而是來自於西方的材料。到了文學如此飛速發展的今天，這個單純由西方材料製造的梯子已經承受不起人們踩登上去的重量。而更多的時候這一詩歌的梯子也只是被提在手裡，甚至更多的時候是橫放在門口或某個角落——不僅不能發揮高度和長度的效用，而且成了龐大的累贅和無用的擺設。

　　說到地方性知識以及「鄉愁」，我們不能不提到隔海相望的臺灣。

　　到了今天，這種「鄉愁」已經不再只是地緣政治層面的，而是更多呈現為原鄉意識和精神內裡。正如郝譽翔在臺灣人間出版社版梁鴻《中國在梁莊》的推薦語中所慨歎的那樣——「其實臺灣又何嘗沒有類似的『梁莊』呢？只可惜報導文學這個文類在當前的臺灣，已然奄奄一息，以致農村真實的故事似乎還一直無法進入文學的視野。」

　　在我看來臺灣因為島嶼和海洋文化以及地緣政治的影響其地方性的意識和身分焦慮症是相當強烈的。正如八卦山之於賴和、東海花園之於楊逵、美濃小鎮和笠山之於鍾理和、城南水岸之於林海音、高雄西子灣之於餘光中、左營之於《創世紀》詩社、宜蘭平原之於黃春明一樣，臺灣的學者非常注重研究這些作家的書寫空間。在他們看來這些書寫空間和場所對於作家的生活、寫作甚至文學運動都有著不可替代的意義。而對於那些由大陸來臺的知識份子其尷尬的鄉愁和文化心態更是與臺灣的「在地」文學發生複雜的糾結性對話。

　　272平方公里的臺北各個街道都是由大陸的各個省份和城市命名。由這些地名所構成的特殊意義上的「中國地圖」必然會讓人聯想到臺灣偏安一隅的政治焦慮，或可看做蔣介石企圖收復大陸的願望，「失去了實體的萬里江山，就把這海角一隅畫出個夢裡江山吧，每天在這地圖上走來走去，相濡以沫，彼此取暖，也用來臥薪嚐膽，自

勉自勵」（龍應台語）。但實際狀況是1945年日本在臺灣的統治結束後，國民政府在11月17日即下發了《臺灣省各縣市街道名稱改正辦法》。而街道名稱的改正和重新命名正是從這時開始的，而不是在蔣介石國民政府兵敗去臺之後。1947年，建築師鄭定邦將一張中國地圖鋪蓋在臺北街道圖上。與此相應的各個街道就與各個省份發生了奇妙的對應。但是在兩岸的政治文化背景之下大陸人行走在臺北的各個街道自然會產生一種因為地緣政治而帶來的極其特殊莫名的感覺。而這種感覺在上海就不會有，儘管上海的街道命名方式與臺北極其相似。而對於臺灣作家龍應台而言，她在《大江大海一九四九》中所流露出來的地方性焦慮更是難以排遣，「你把街道圖打開，靠過來，跟我一起看：以南北向的中山路、東西向的忠孝路畫出一個大的十字座標，分出上下左右四大塊，那麼左上那一區的街道，都以中國地理上的西北城市為名，左下一塊，就是中國的西南；右上那一區，是東北，右下，是東南。所以如果你熟悉中國地理，找『成都路』、『貴陽路』、『柳州街』嗎？往西南去吧。找『吉林路』、『遼寧路』、『長春路』嗎？一定在東北角。要去寧波街、紹興路嗎？」而當2011年我第一次走在海峽對岸的臺灣街頭，那迎面而來的中山路、中正路、林森路、北京路、西藏路、南京路以及中山廣場、中正廣場帶來的是難以形容的複雜感受。日本學者蘆原義信認為街道的名稱十分重要是因為它同生活是不能分割的。但是他可能不了解中國，因為對於中國而言街道的命名實際上不只是與生活有關，更與文化、歷史甚至政治有關。

　　2011年10月，北京，秋天。在植物園的臥佛寺旁巨大的銀杏樹下，來自臺灣的詩人楊佳嫻和我談起了兩岸詩歌。很多次，我也試圖談論兩岸的詩歌狀況，但是我感受到了巨大的惶恐，因為我覺得沒有能力將海峽兩岸的帶有差異性的龐大詩歌群體予以準確的描述和評騭。迷津上空的巨大霧群需要慢慢地散盡。當11月26日中午我與臺灣詩人楊佳嫻在北京的「雕刻時光」咖啡館匆匆一聚，在並不安靜的空

間裡談論詩歌畢竟還是奢侈和艱難的一件事情。當我們在北京車聲滾
沸的街頭告別，當不久之後的夜晚降臨，我能夠感受到的詩歌的翅膀
似乎正在飛躍那並不淺的海峽。兩岸詩歌儘管有著一定範圍內的詩學
共通之處，但是由於文化語境、地方性知識、社會政治結構等諸多因
素的影響，其差異性是顯豁的。儘管隨著近年來的全球化和城市化進
程的加速、新媒體和自媒體的個體寫作經驗的擴張以及生活方式的趨
同化兩岸詩歌寫作存在著逐漸彌合的趨勢，但是由於歷史的慣性和文
化語境以及詩學譜系進程的延宕性，兩岸詩歌仍然延續著各自的精神
圖景。共性和歧路並置的精神地理學圖景正像一個充滿歧路的花園。
隨著兩岸「泛政治」時代的遠去，詩歌寫作在多元的維度中又不約而
同地呈現出對日常和無「詩意」場景的關注和重新「發現」。也就是
說當下的兩岸詩歌在很大程度上呈現了一種「日常化詩學」。我們是
否有足夠的勇氣和自信來面對一個寫作數量日益激增，博客、微博、
手機以及自媒體日益發達的時代？只能說，對於仍然深不見底的海
峽，對於更為多元和個性化的詩歌寫作而言，兩岸詩人都以各自知冷
知熱的方式以及不可消弭的個性呈現出一個「歧路的花園」般的精神
地理學。而這個漫步歧路和迷津的花園裡正在上演著一千零一夜的故
事。傾聽，還需要繼續下去。

　　對於海峽以及那些原住民的命運來說，我耳畔一直迴響的是臺灣
排灣族詩人莫那能的詩句——

> 從「生番」到「山地同胞」
> 我們的姓名
> 漸漸地被遺忘在臺灣歷史的角落
> 從山地到平地
> 我們的命運，唉，我們的命運
> 只有在人類學的調查報告裡
> 受到鄭重的對待與關懷

強權的洪流啊
已沖淡了祖先的榮耀
自卑的陰影
在社會的邊緣侵佔了族人的心靈
我們的姓名
在身分證的表格裡沉沒了
無私的人生觀

在工地的鷹架上擺盪
在拆船廠、礦坑、漁船徘徊
莊嚴的神話
成了電視劇庸俗的情節
傳統的道德
也在煙花巷內被踩躪
英勇的氣概和純樸的柔情
隨著教堂的鐘聲沉靜了下來
我們還剩下什麼？
在平地顛沛流離的足跡嗎？
我們還剩下什麼？
在懸崖猶豫不定的壯志嗎？
如果有一天
我們要停止在自己的土地上流浪
請先恢復我們的姓名與尊嚴

　　當2011年春節的冷峭中我乘港龍航班飛越臺灣海峽上空的時候，藍色的天空和大海讓我想到的卻是故鄉那條日益消瘦乾枯的河流──還鄉河。

# 遠在遠方的風比遠方更遠

> 目擊眾神死亡的草原上野花一片
> 遠在遠方的風比遠方更遠
> 我的琴聲嗚咽　淚水全無
> 我把這遠方的遠歸還草原
> 一個叫木頭　一個叫馬尾
> 我的琴聲嗚咽　淚水全無
>
> 遠方只有在死亡中凝聚野花一片
> 明月如鏡　高懸草原　映照千年歲月
> 我的琴聲嗚咽　淚水全無
> 隻身打馬過草原

——海子《九月》

海子寫作《九月》這首詩的時候是在1986年。那時的他仍然渴望著愛情。

八十年代的最後一個春天拒絕了詩歌和詩人。中國的大地和天空在劇烈的顫慄中留下難以彌合的永遠陣痛。每年3月26日，詩歌界都必然會迎接盛大節日般再一次談論一個詩人的死亡，必然會有各路詩人和愛好者以及媒體趕赴安徽高河查灣的一個墓地朗誦拜祭。對於海子這樣一個已經被經典化和神化的詩人，似乎他的一切都已經「蓋棺定論」，而關於「死亡」的話題已經掩蓋了海子詩歌的本來面目。這多少都是一種悲哀。

格非的《春盡江南》這部長篇小說曾經長期讓我迷戀，在2015

年8月的西山八大處腳下我再次讀了一遍這部小說。「春盡江南」這一具有強烈的詩意化象徵的詞語讓我對「江南」充滿了各種想像。江南的春天該是如此的讓人嚮往和迷戀並值得反覆追憶，而事實上卻是江南的春天也有一天走到了盡頭——曾經的春意必將枯萎。這顯然也一定程度上凸顯了格非《春盡江南》這部小說的精神宏旨——由繁榮到枯萎，由詩意葳蕤到理想喪盡。這呈現的恰好是中國1980年代末期以降知識份子的命運和先鋒精神頹敗的寓言。「春盡江南」是從一個春天的「詩人之死」開始的——「原來，這個面容抑鬱的年輕人，不知何故，在今年的3月26日，在山海關附近臥軌自殺了。她再次看了一眼牆上的照片，覺得這個人無論是從氣質還是從眼神來看，都非同一般，絕不是自己那鄉下表弟能夠比擬的，的確配得上在演講者口中不斷滾動的『聖徒』二字。儘管她對這個其貌不揚的詩人完全沒有瞭解，儘管他寫的詩自己一首也沒讀過，但當她聯想到只有在歷史教科書中才會出現的『山海關』這個地名，聯想到他被火車壓成幾段的遺體，特別是他的胃部殘留的那幾瓣尚未來得及消化的橘子，秀蓉與所有在場的人一樣，立刻流下了傷痛的淚水，進而泣不成聲。詩人們紛紛登臺，朗誦死者或他們自己的詩作。秀蓉的心中竟然也朦朦朧朧地有了寫詩的願望。當然，更多的是慚愧和自責。正在這個世界上發生的事，如此重大，自己竟然充耳不聞，一無所知，卻對於一個寡婦的懷孕耿耿於懷！她覺得自己太狹隘了，太冷漠了。晚會結束後，她主動留下來，幫助學生會的幹部們收拾桌椅，打掃會場。」

此後，諸多的文學敘述中由「詩人之死」開始中國進入到一個「全新」的時代。而這種精神的劇烈震盪、中斷和轉換不能不在一代人關於歷史和現實的想像和敘述中佔有著相當重要的位置。與此同時這種恍惚的歷史感和先鋒精神的斷裂感也成為了評價當下現實的一個重要尺度。顯然在小說家格非這裡擴充和誇張了1989年海子自殺給詩壇和文學青年所帶來的影響，但是因為海子的自殺帶有著歷史和精神的雙重寓言的性質，我們確實能夠在這裡得以窺見時代之間的詩人差

異與思想轉捩。

當詩歌和詩人成為公眾心目中偶像，這個時代是不可思議的！

當詩歌和詩人已經完全不被時代和時人提及甚至被否棄，這個時代同樣是不可思議的！

吊詭的是這兩個不可思議的時代都已經實實在在地發生在中國詩人身上。甚至在此發生過程中眾多的普通人和寫作者們都感受到了空前的撕裂感和陣痛體驗。可以想見這種對歷史和現實的雙重疼痛的體驗已經成為諸多寫作者們最為顯豁的精神事實。所以，對於那些經歷了兩個截然不同的時代的詩人而言敘述和想像「歷史」和「現實」就成為難以規避的選擇。然而需要追問的是我們擁有了歷史和現實的疼痛體驗卻並非意味著我們就天然地擁有了「合格」和「合法」的講述歷史和現實的能力與資格。

人們茶餘飯後津津樂道的是海子的死亡和他的情感生活，海子一生的悲劇性和傳奇性成了這個時代最為流行的噱頭。在公眾和好事之徒那裡海子的詩歌寫作成就倒退居其次。海子的自殺在詩歌圈內尤其是「第三代」詩歌內部成了反覆談論的熱點，也如韓東所說海子的面孔因此而變得「深奧」。而對於一般讀者而言海子的死可能更顯得重要，因為這能夠滿足他們廉價的新奇感、刺激心理和窺視欲。甚至當我們不厭其煩一次次在坊間的酒桌上和學院的會議上大談特談海子死亡的時候，我們已經忽視了哪一個才是真實的海子。海子死亡之後，海子詩歌迅速經典化的過程是令人瞠目的，甚至這一過程的迅捷和影響還沒有其他任何詩人能夠與之比肩。

海子定格在1989年，定格在25歲。這是一個永遠年輕的詩人。或者，是一個永生的詩人。

當我在2012年7月底從北京趕往德令哈，海子強大的召喚性是不可抗拒的。在趕往德令哈的戈壁上大雨滂沱，滿目迷濛。那些羊群在土窩裡瑟瑟避雨。當巴音河畔海子詩歌紀念館的油漆尚未乾盡的時候，一個生前落寞的詩人死後卻有如此多的榮光和追捧者。

　　應詩人臥夫（1964-2014）的要求，我寫下這樣的一段話（準備鐫刻在一塊巨大的青海石上）：「海子以高貴的頭顱撞響了世紀末的豎琴，他以彗星般灼灼燃燒的生命行跡和偉大的詩歌升階之書凝塑了磅礴的精神高原。他以赤子的情懷、天才的語言、唯一的抒情方式以及浪漫而憂傷的情感履歷完成了中國最後一位農耕時代理想主義者天鵝般的絕唱。他的青春，他的遠遊，他的受難，他詩神的朝聖之旅一起點亮了璀璨的星群和人性的燈盞。海子屬於人類，鍾情遠方，但海子只屬於唯一的德令哈。自此的夜夜，德令哈是詩神眷顧的棲居之所，是安放詩人靈魂的再生之地！」

　　是的，海子不僅進入了中小學教材和當代詩歌史，也成了房地產開發商和地方政府賺得文化資本的噱頭，而且海子的經典化仍在大張旗鼓加速度地繼續和強化。我覺得在當下談論海子更多的時候成了一種流行的消費行為。在我看來海子現象已經成為當代漢語詩歌生態的一個經典化的寓言。換言之，就海子的詩歌和人生可以返觀中國當代漢語詩歌生態存在的種種顯豁的問題和弊病。海子在接受和傳播過程中被不斷概念化和消費化。揭開中國當代漢語詩歌生態問題的序幕必須從海子開始，此外的任何詩人都不可能替代海子，因為在當下甚至多年前海子已經成了「回望80年代」的一個標誌性符號甚至是被人瞻仰的紀念碑。問題的關鍵所在是在浩如煙海的關於海子的研究和回憶性的文章中，中國詩人尤其是詩歌批評界已經喪失了和真正的海子詩歌世界對話的能力。翻開各種刊物和網站上關於海子的文章，它們大多是雷同的複製品和拙劣的衍生物。換言之，海子研究真正進入了瓶頸期，海子的「刻板印象」已經形成常識。

　　我們面對海子已經形成了一種閱讀和評價的慣性機制，幾乎當今的詩人、批評者和大眾讀者在面對海子任何一首詩歌的時候都會有意或無意地將之視為完美的詩歌經典範本。這種強大的詩歌光環的眩暈給中國詩歌界製造了一次次幻覺，海子的偉大成了不言自明的事。所以我們可以得出這樣一個結論：海子這個生前詩名無幾的青年詩人在

死後成了中國詩壇繞不開的一座旗幟和經典化的紀念碑。而我們也看到這位詩人生前的好友寥寥無幾甚至多已作古，然而我們在各種媒體尤其是網路上卻看到了那麼多自稱是海子生前好友的人。我們只能說海子已經是一個被完型和定型化的詩人，是一個過早「蓋棺定論」的詩人。但是我們忽視了一個極其重要的問題，即我們目前所形成的關於海子的刻板印象實際上仍然需要不斷的修正和補充，因為時至今日海子的詩歌全貌仍然未能顯現。我同意西川所說的儘管海子死亡之後中國社會和文壇發生了太多變化，但海子已經不再需要變化了，「他在那裡，他在這裡，無論他完成與否他都完成了」。確實海子以短暫的25年的青春完成了重要甚至偉大的詩歌，他似乎已經成了定型和定性的詩人。但是我想強調的是對於中國詩歌批評界而言海子還遠遠沒有被最終「完成」，因為海子的詩、文、書信以及其他的資料的搜集、整理還遠遠沒有做完。

　　海子作為一個詩人的完整性仍然處於缺失之中。

　　從1989年到現在20多年的時間裡，中國的詩人、批評家和讀者捧著幾本海子的詩集沉浸於悲傷或幸福之中。悲傷的是這個天才詩人彗星般短暫而悲劇性的一生，幸福的是中國詩壇出現了這樣一個早慧而偉大的「先知」詩人。除了極少數的詩人和批評家委婉地批評海子長詩不足之外，更多的已經形成了一種共識，即海子的抒情短詩是中國詩壇的重要的甚至是永遠都不可能重複也不可能替代的收穫。在相當大的程度上海子詩集在死後極短時間內面世對於推動海子在中國詩壇的影響和經典化是相當重要的。然而我發現海子的詩歌文本存在中大量的改動情況，甚至有的詩作的變動是相當驚人的（這無異於重寫）。而目前我還難以確定海子詩歌文本的修改和變動是海子個人有意為之，還是其他的編選者和刊物編輯所造成的。但是最重要的是海子詩歌的這種變動現象是值得研究的，而遺憾的是時至今日研究海子詩歌版本的史料工作乎成仍是空白。

　　海子像一團高速燃燒的烈焰，最後也以爆裂的方式結束了自己的

生命。海子曾說，「從荷爾德林我懂得，詩歌是一場烈火，而不是修辭練習。」他，無疑這樣做了，而且非常出色與驚人。海子啟示錄般的生命照耀，以其一生對詩歌的獻身和追附，使他的詩在世界幽暗的地平線上，為後來者亮起一盞照耀存在。穿越心性的燈光，詩呈現出前所未有得遼遠與壯闊。「春天，十個海子全部復活／在光明的景色中」。

我想海子需要的不只是今天的讚美。

1986年，海子在草原的夜晚寫下《九月》。這首詩後來經由民謠歌手周雲蓬的傳唱而廣為人知。

可是對於這首背景闊大、內心的蒼古悲涼卻有多少人能真正理解呢（另外一首流傳甚廣的《面朝大海，春暖花開》的閱讀命運也是如此）？

草原上眾神死亡而野花盛開，生與死之間，沉寂與生長之間，神性與自然之間形成了如此無以陳說的矛盾。接下來那無限被推遲和延宕的「遠方」更是強化了整首詩的黑暗基調。而在此後的二十多年時間，中國詩人不僅再也沒有什麼神性可言，而且連自然的祕密都很少有能力說出了。這算不算是漢語和人性的雙重淵藪呢？

我曾經在1994年第一次坐上綠皮火車的時候幻想遠方，並一次次想起一個詩人關於遠方的詩。

而曾經悲痛於「遠在遠方的風比遠方更遠」的海子可能並沒有預料到，二十多年後一個「沒有遠方」的時代已經降臨。現實炸裂的新聞化的今天，在一個全面城市化的時代，我們的詩人是否還擁有精神和理想的「遠方」？誰能為我們重新架起一個眺望遠方的梯子？我們如何才能真正地站在生活的面前？

# 海子在昌平的孤獨

黑夜從大地上升起
遮住了光明的天空
豐收後荒涼的大地
黑夜從你內部上升

你從遠方來，我到遠方去
遙遠的路程經過這裡
天空一無所有
為何給我安慰

豐收之後荒涼的大地
人們取走了一年的收成
取走了糧食騎走了馬
留在地裡的人，埋得很深

草叉閃閃發亮，稻草堆在火上
稻穀堆在黑暗的穀倉
穀倉中太黑暗，太寂靜，太豐收
也太荒涼，我在豐收中看到了閻王的眼睛

黑雨滴一樣的鳥群
從黃昏飛入黑夜
黑夜一無所有

為何給我安慰

走在路上
放聲歌唱
大風刮過山崗
上面是無邊的天空

——海子《黑夜的獻詩》

　　儘管北島等「今天」詩人以及此前的白洋淀詩群和食指還在南方尤其是西南的校園先鋒詩人中有著廣泛影響，但是隨著1986年詩歌大展和第三代詩歌運動的開始，詩歌地理的重心已經由北京位移到成都和南京、上海等地。

　　從此時開始，整體性意義上一度邊緣和弱化的「南方」詩學和精神氣象開始引人注目並成呼嘯之勢。儘管這一先鋒詩歌運動迅速宣告結束，運動中「存活」的詩人寥寥無幾，但是從詩歌地方性的角度考量仍然有諸多重要的問題值得再次關注和反思。

　　而較之轟轟烈烈的「第三代」詩歌運動，曾經代表了文化主導權的北方以及北京詩歌開始顯得沉寂。

　　即使在昌平的海子和圓明園廢墟上的一些北京先鋒詩人那裡也不得不接受撲面而來的西南挑戰。

　　圓明園附近的幾個村莊曾經成為八九十年代北京先鋒藝術的聚集地，詩人、畫家在歷史的廢墟旁從事藝術活動本身就充滿了豐富的文化象徵性。而圓明園自身帶有的文化和歷史滄桑感不僅影響到這一時期的北京先鋒詩人和藝術家，而且也成為一些南方詩人的聚集場所。當時黃翔的好友時在北京的貴州詩人王強就在這裡創辦刊物《大騷動》，不遺餘力地宣傳黃翔、啞默等貴州詩人。

　　一個躁動的詩歌時代開始了！

　　當1987年詩刊社第七屆青春詩會在北戴河召開的時候，住在面朝

大海的一個普通賓館裡參會的詩人西川可能不會想到兩年之後自己的好友會在這裡不遠的一段鐵軌上完成一個時代的詩歌悲劇。

這一屆青春詩會的陣容非常強大，甚至在歷屆青春詩會中也是罕有的，其中有西川、歐陽江河、陳東東、簡寧、楊克、郭力家、程寶林、張子選、力虹等。

雄偉、壯闊卻又無比滄桑、荒涼的山海關開啟了這些青年詩人詩歌的閘門。面對著北戴河海邊不遠處的玉米地和蘋果樹，有詩人高喊「把玉米地一直種向大海邊」。在一場突如其來的暴雨中，王家新、西川等這些被詩歌的火焰燒烤的青年卻沖向大海。歐陽江河還站在雨中高舉雙手大喊「滿天都是墨水啊！」正是在山海關，歐陽江河寫下了他的長詩代表作《玻璃工廠》──「在同一工廠我看見三種玻璃：／物態的，裝飾的，象徵的。／人們告訴我玻璃的父親是一些混亂的石頭。／在石頭的空虛裡，死亡並非終結，／而是一種可改變的原始的事實。／石頭粉碎，玻璃誕生。／這是真實的。但還有另一種真實／把我引入另一種境界：從高處到高處。／在那種真實裡玻璃僅僅是水，是已經／或正在變硬的、有骨頭的、潑不掉的水，／而火焰是徹骨的寒冷，／並且最美麗的也最容易破碎。／世間一切崇高的事物，以及／事物的眼淚。」

此時年輕的詩人海子卻孤獨地在昌平寫作！當他得知好友西川參加此次青春詩會時，他既為好友高興又感到難以排遣的失落。

王家新從北戴河回來後不久收到了駱一禾的詩學文章《美神》。而對於那時駱一禾和海子以及南方一些詩人的長詩甚至「大詩」寫作王家新是抱保留態度的，但是更為敏銳的王家新也注意到正是1980年代特有的詩歌氛圍和理想情懷使得寫作「大詩」成為那個時代的標誌和精神趨向，「在今天看來，這種對『大詩』的狂熱，這種要創建一個終極世界的抱負會多少顯得有些虛妄，但這就是那個年代。那是一個燃燒的向著詩歌所有的尺度敞開的年代。」（《我的八十年代》）

而更具有戲劇性意味的則是，當1988年夏天海子準備和駱一禾一

同遠遊西藏的時候，駱一禾卻接到了第八屆青春詩會的邀請（其他的參會詩人還有蕭開愚、海男、林雪、程小蓓、南野、童蔚等）。

海子不得不隻身遠遊，那種孤獨和落寞比1987年西川參會時更甚。設想，如果海子和駱一禾同時參加青春詩會，或者二人一同遠遊西藏，也許就不會有1989年春天的那場悲劇。而也是那個重要的歷史節點上的疼痛與悲劇「成就」了這位詩人。

當2001年「人民文學獎」的詩歌獎頒給食指和已故的海子的時候，詩壇再次轟動。為什麼是北京的一個「瘋子」和一個「死人」獲此殊榮？這讓那些活著的詩人尤其是「外省」的詩人們情何以堪？

時至今日，仍然有很多詩人和研究者在質疑「地下」詩歌先驅者食指的影響，甚至認為食指的歷史價值是被「人為」製造出來的。但是透過很多人的回憶我們仍然能夠感受到手抄本在那個政治禁錮年代裡的特殊意義和不可替代的影響。

1993年8月26日，四川攝影家肖全從芒克那裡找到食指在北京第三社會福利院的地址。當他們終於在昌平沙河鎮北大橋路東見到這個既普通又特殊的院落時，大街上匆匆而過的人們哪裡會想到這裡竟然生活著一位影響了幾代人的詩人。而肖全當時的激動心情是難以形容的。在他和詩人陳少平在北京一家路邊小餐館吃飯時，陳少平說食指的詩曾挽救了一代人。主要收治「三無」精神病患者的北京第三社會福利院卻因為一個叫食指的詩人而獲得了非同尋常的詩歌地標的意義。在北京郊區那個平常不過甚至相當落寞的院落裡，在幾十個病人和護士中間，那個一只手腕上掛著一串鑰匙、一只手夾著煙捲的滿臉滄桑的皺紋，連外出都要請示，半個饅頭的獎賞都能讓其幸福半天的「病人」卻一度成為中國當代漢語詩歌史上意味深長的場景。

海子曾經在1980年代有一個理想，那就是到遠方去，到南方去，到海南去。

在那樣一個理想主義和青春激情無比噴發的時代，詩人對「別處」和「遠方」懷有空前的出走衝動是可以理解的。而「別處」無疑

在詩人的想像中產生了無比美妙和神奇的詩意吸引力。

　　這就像當年的列維·斯特勞斯對巴西和南美洲的想像一樣，「巴西、南美洲在當時對我並無多大意義。不過，我現在仍記得非常清晰，當我聽到這個意想不到的提議時，腦海中升浮起來的景象。我想像一個和我們的社會完全相反的異國景象，『對蹠點』（位於地球直徑兩端的點）這個詞對我而言，有比其字面更豐富也更天真的意義。如果有人告訴我在地球相對的兩面所發現到的同類的動物或植物，外表象同的話，我一定覺得非常奇怪。我想像中的每一只動物、每一棵樹或每一株草都非常不同，熱帶地方一眼就可看得出其熱帶的特色。在我的想像中，巴西的意思就是一大堆七扭八歪的棕櫚樹裡面藏著設計古怪的亭子和寺廟，我認為那裡的空氣充滿焚燒的香料所散發出來的氣味」（《憂鬱的熱帶》）。而1980年代被激情和理想鼓動的先鋒詩人正迫切需要這樣的地理「知識」和文學想像。

> 昌平位於東經115°50’30”至116°29’51”，北緯40°01’45”至40°23’25”之間，地處北京西北郊。昌平位於北京市區正北30公里，為溫榆河衝擊平原與軍都山結合地帶，西臨太行山脈，北依燕山山脈。昌平2/3為山區、半山區，大部分地區海拔在250米至700米之間，地形地貌多樣。地勢西北高，東南低。主要山脈為燕山支脈軍都山，主要河流屬溫榆河水系。

　　1988年年底，海子的好友駱一禾和西川先後結婚，但海子仍單身一人。當他最好的朋友有了家庭也多了份責任的時候海子感受到的是更深的失落與與孤獨。

　　1988年11月，冬日的昌平已經下過了幾場小雪。

　　駱一禾同妻子一同去看望海子，而海子之前已經是接連4天吃毫無營養的速食麵了。駱一禾夫婦在海子昌平處住下來的4天時間裡，做飯時海子居然連味精都不讓放。為了節省每一分錢，海子只看過一

兩次電影。而他卻對縣城裡哪個文印社比較便宜瞭若指掌。在幾千里之外的鐘鳴看來海子處於昌平和北京的「中間」地帶，而北京和昌平都不是來自於安徽的詩人海子的最後棲居之所，「海子在兩個地區都不作長時間的停留。因為這兩個地區都賦予了他一種居住權，一種責任和看法——它們彼此是出發地，又互為終點。因此，當海子作為這兩個地區的代言人，在判斷的法庭上互相審查、挑剔、對質，尋找機會，抓住對方的每一個弱點和紕漏時是可以想像的。在兩地他都是陌生人，一個鄉村郵差，不斷用身歷其境的地貌，風土人情和人們以不同方式打發日子，聽憑墮落、渙散的細節使雙方受到刺激。他用兩種方言進行週期性的拜訪和嘲諷。他這樣做，很容易使雙方都陷入了尷尬和難言之苦而隨時存心拋棄他，出賣他，以保地區和平。」（《中間地帶》）

　　海子在昌平的生活是尷尬而寂寞的。

　　缺少應有的交流使海子處於失落和孤寂之中，所以海子也曾設想離開昌平小城到北京市內找一份工作。孤獨的海子將自己的理想幾乎是全部放在詩歌寫作上，當他將這種詩歌理想放置在日常的俗世生活甚至時代當中時海子就不可避免地受到了更大的傷害。海子有一次走進昌平的一家小飯館，他對老闆說希望允許當眾朗誦自己的詩作，條件是換得一杯啤酒。顯然海子首先看重的是自己的詩人身分和詩歌價值，但是酒館老闆卻恰恰與之相反——老闆說可以給酒喝但條件是不能朗誦詩歌。俗世的力量再次證明了詩歌在日常生活中的乏力和不被認可的邊緣狀態。而當海子的詩歌理想就此一次次受挫的時候，加之一些詩人對他長詩寫作的批評和不置可否，這對於海子而言意味著什麼就可想而知了。

　　海子短暫的一生中只留下來三篇日記，分別寫於1986年8月，1986年11月18日和1987年11月14日。

　　昌平的海子如此孤獨，儘管這種孤獨「不可言說」，但是海子還是悲傷莫名地把它寫進了那首《在昌平的孤獨》詩中：「孤獨是一只

魚筐／是魚筐中的泉水／放在泉水中／／孤獨是泉水中睡著的鹿王／夢見的獵鹿人／就是那用魚筐提水的人／／以及其他的孤獨／是柏木之舟中的兩個兒子／和所有女兒，圍著詩經桑麻沅湘木葉／在愛情中失敗／他們是魚筐中的火苗／沉到水底／／拉到岸上還是一只魚筐／孤獨不可言說」。

在海子昌平住處的後面是一片樹林，風聲和不知名的蟲鳥的叫聲陪伴了海子的黃昏和夜晚。

當黃昏來臨光線漸漸暗淡，這個喧鬧的縣城已經漸漸平靜的時候，海子就會獨自在這片樹林中徘徊良久。北方的落日、飛鳥、曠野、遠山，還有無止息的風，這一切是給海子帶來了安慰和樂趣還是增添了更多的苦惱和落寞？可能也只有海子自己知道，「我常常在黃昏時分，盤桓其中，得到無數昏暗的樂趣，寂寞的樂趣。有一隊鳥，在那縣城的屋頂上面，被陽光逼近，久久不忍離去。」（海子1986年8月的日記）

是的，海子在這裡夢想著村莊、麥地、草原、河流、少女和屬於他自己的詩歌世界和「遠方」的夢想。

從海子短暫一生的地理版圖上我們可以看到除了他的故鄉安慶和寄居地昌平之外，他遊走最多的地方是四川、青海和西藏。

海子這位南方詩人在北方最終在生活上一無所有，而北方和他的南方故鄉一起構成了他詩歌人生的兩個起點。

海子死後，安慶懷寧高河鎮查灣就成了中國詩歌地理版圖上的一個越來越耀眼的座標。

位於安徽西南部、長江下游北岸的安慶是文化名人輩出之地。安慶曾經是清代和民國時期安徽的省府，而它下屬的桐城（現在是縣級市）更是讓人側目。張廷玉、劉若宰、徐錫麟、吳越、桐城學派、陳獨秀、朱光潛、張恨水以及1980年代的海子都讓安徽南部安慶這個長江邊的一個三級城市獲得了少有的榮光。由安慶沿江而下可抵達南京和上海，這似乎也印證了這個城市在地理和文化上的某種過渡性和重

要性。

如果網上搜索安慶，會出現兩條與文學相關的資訊：「孔雀東南飛」的故事發生地，「面朝大海，春暖花開」作者海子的故鄉。

燎原在修訂再版的《海子評傳》中是這樣描述海子墓地的：

> 查灣村北這座山崗墓地，這座以柔和的弧線與村莊大地連接的平崗，當是海子詩歌中一個隱秘的核心，他觀察世界、傾聽天籟、感應生死的一個觀象臺。正是在這個松林臺地上，他感應了落日夕陽鍍上墳塚那撫慰靈魂的大安寧，看見了頭頂宇宙河漢那些大星的熠熠爍爍，並諦聽到了發自其間的密語。當然，他更是在那些個五穀豐登新糧入倉的空蕩蕩的秋夜，以對於大地特殊的敏感，注意到了黑夜不是漸漸地自天空向著大地覆蓋籠罩，而是相反地——「黑夜從大地上升起」。

燎原在這段文字中頻繁使用「大詞」（「大安寧」、「大星」、「大地」）對海子的墓地進行了不無詩意的描述。我理解燎原對海子和海子墓地的敬畏與尊重，所以這些墓地四周的自然景色就具有了不無重要的文化色調和濃厚的象徵意味。但是海子作為個體的死亡（排除其他的文化因素和一些人的想像成分）與其他的個體本質上並沒有什麼太大區別，而年輕生命的消殞給其父母家人留下的是難以彌合的悲痛甚至不解和抱怨。查灣的鄉人對海子的死更多是不解，他們認為海子年紀輕輕就橫死他鄉是對父母最大的不孝。

在1980年代的詩歌交遊和「串聯」中海子和其他詩人一樣不斷到外地與詩人交換詩作、談論詩歌。

海子於1983年畢業後到中國政法大學校報工作，此時的海子開始與外省詩歌聯繫。

海子將自印的詩集和一封信寄給時在重慶西南農業大學任教的柏

樺家裡。柏樺隨即給海子回信。然而極其遺憾的是海子生前與詩人、朋友及女友、家人的大量通信大體散佚。1989年1月初柏樺出差到北京聯繫上老木並通過老木結識了駱一禾和西川，唯獨因為種種原因錯過了與海子的見面。1989年冬天，柏樺寫下紀念海子的詩《麥子：紀念海子》。

這一時期海子、駱一禾和西川等人都與南方詩人有著廣泛而深入的交往。

詩人万夏曾翻山越嶺來昌平看望海子。而海子的四川之行不僅是與万夏、鐘鳴、柏樺、歐陽江河、宋渠、宋瑋、楊黎、尚仲敏等人的詩歌交流，還有深層的原因就是海子在四川有一位女友。而據當時海子向宋渠問卦的情況，海子與這位達縣生活的女友其情感肯定是沒有結果的。

這次四川之行隱藏了不祥的徵兆。

當時的青年詩人尚仲敏發表在民刊《非非年鑒》（1988理論卷）上的文章《向自己學習》因為二元對立的意識（比如長詩與短詩、舊事物與新事物、朋友和敵人）而深深刺痛了海子。

> 有一位尋根的詩友從外省來，帶來了很多這方面的消息：假如你要寫詩，你就必須對這個民族負責，要緊緊抓住它的過去。你不能把詩寫得太短，因為現在是呼喚史詩的時候了。詩歌一定要有玄學上的意義，否則就會愧對祖先的偉大回聲……他從書包裡掏出了一部一萬多行的詩，我禁不住想起了《神曲》的作者但丁，儘管我知道在這種朋友面前是應當謙虛的，但我還是懷著一種惋惜的情感勸告他說：有一個但丁就足夠了！在空泛、漫長的言辭後面，隱藏了一顆乏味和自囚的心靈。對舊事物的迷戀和復辟，對過往歲月的感傷，必然伴隨著對新事物和今天的反動。我們現在還能夠默默相對、各懷心思，但用不了多久，他就會成為我的敵人。

　　但是，此前的情形卻是作為「非非」成員的尚仲敏曾邀海子吃飯並乘著酒興大誇特誇海子的長詩並稱讚其為獨一無二的詩人。這對海子而言自然是相當高興的事情，所以他把尚仲敏視為知音。回到北京後海子還興致勃勃地對駱一禾等人談起尚仲敏並說我們在北京應該幫助這個年輕詩人。但是誰料幾個月之後，尚仲敏卻「改弦更張」在《非非年鑑》上發表了奚落和批判海子的這篇文章。這種落差給海子帶來的傷害無疑是相當大的。海子1987年的四川之行可以說是喜憂參半。而通過宋渠、宋煒以及楊黎的零碎回憶我們可以看到當時海子對氣功的癡迷。他在這裡既遇到了談得來的詩友也遇到了一些人不小的刺痛。歐陽江河、鐘鳴等都對海子的抒情短詩予以了高度評價，海子也在鐘鳴寫於1987年的《紅劍兒》中找到了知音。

　　當劍在它們的口語中比速度時／她的韌性在誰眼裡，她炭火的／紅衣，在她一躍時，就成了劍的／精粹和封喉之血，但誰眼裡／有那暗地凝結的鋒芒——／／是恐懼，犧牲，還是正義的投身／在未損於她時已鑄在了劍尖上／多恐怖的殉難者的膏腴和胸脯啊／我們舞到頭也不及她狠心的一擲／／她白得更刺眼／領略血的殷紅更深／從以往的距離／／我看到怯懦的攻擊者／但她的骨殖在劍中另有一番空響／無法避免被引向人群中激烈的比劃／／我們的身段成了流星和光環／她祕密的五層網布下烈火的／巢穴和極度的寒冷／嬗變的身法像灰爐中的烏有／／當我們輪番殺死只老虎／哪怕在很久很久以後／我們仍會聽到鋒刃裡的嘯聲／它透過劍匣嗅著，甚至要吃我們／直到那秋風愁煞的女人騎馬而來／才像斬落大氣人頭似地斬落它／／她就像那投身於斧薪的古稀劍客／突然從血和燧石裡站起來／遞給我們風快的刀和劍／她抽出身段發出淒厲的叫聲

　　但是歐陽江河和鐘鳴以及其他的四川詩人卻對海子《太陽・七部書》裡的「土地篇」等長詩抱有不置可否的態度。

　　顯然，海子對長詩所投注的熱情和努力在南方的潮濕天氣中被冷卻、降溫。海子在這種不無尷尬的氛圍中一杯又一杯地喝著悶酒，「說了些什麼，已記不得了。他一個勁喝悶酒。終於吐了一地。主人儘量消除他的尷尬。約好第二天再聊。等第二天，我和江河去找他時，他已不辭而別。海子太純粹了。難以應付詩歌以外的世俗生活。聽說，在『非非』和『整體主義』那裡，他的長詩也遭到了批評。」（《旁觀者》）海子長詩理想的碰壁使他再一次「鎩羽而歸」，而在海子為數不多的出遊中他很多次都是和朋友們不辭而別。這多少說明了海子的個性，也更說明海子在日常生活中的不適感以及他過高的詩歌理想和預期。海子的好友駱一禾同樣感受到了長詩寫作在那個時代的不合時宜和難度，「農牧文明，在海王村落我最後的歌聲是——當代的恐龍／你們正經歷著絕代的史詩／在每一首曠古的史詩裡／都有著一次消失或一次新生」。

　　不僅如此，在北京詩人圈子中海子的長詩同樣遭受冷落和批判，比如當時包括多多在內的「倖存者俱樂部」對其長詩的不認可態度。

　　1987年，唐曉渡、芒克、楊煉、多多、林莽、王家新、海子、西川、黑大春、雪迪、大仙等人在喝酒時成立「倖存者俱樂部」，當時參加者有三四十人之眾。1989年下半年「倖存者俱樂部」結束。多多的性格一直未變，在白洋淀時期曾為了女友與根子產生誤會，而1980年代多多仍然為了女人與楊煉大打出手。而北京作協在西山召開詩歌創作會議上也對沒有參會的海子搞「新浪漫主義」和「長詩」進行了批評。

　　1988年春，海子隻身再赴四川。

　　再次回到昌平的海子感覺此次的四川之行還是無比落寞，儘管他在宋渠、宋煒那裡再次感受到了兄弟般的溫暖。

　　海子曾經希望自己在1988年完成海南之行。

　　海子之所以最初選定去海南就是要完成自己詩歌的「太陽」之旅。因為在海子看來海南就是自己長詩所嚮往境界的一個文化象徵，海子希望用自己的鮮血和靈魂投身其中，「在熱帶的景色裡，我想繼續完成我那包孕黑暗和光明的太陽。真的以全部的生命之火和青春之火投身於太陽的創造。以全身的血、土與靈魂來創造永恆而又常新的太陽這就是我現在的日子。」（1987年11月14日日記）然而，海南並沒有給海子以及他的詩歌理想以機會。

　　海子非正常死亡之後，山海關作為他的死亡之地也獲得了罕見的文化象徵意義。

　　駱一禾在1989年4月15日寫給万夏的信中反覆強調了海子的死在時間（海子生日、復活節）、方位（山海關）以及文學（海子攜帶的那四本書）上的重大象徵性。而在朱大可看來海子的死亡時間以及選擇在山海關自殺無疑有著重大的文化地理學意義。這是一種「先知」和「抗爭」的死亡，「令人驚訝的是，這消息首先蘊含在海子設定的死亡座標上，也即蘊含於海子所選擇的死亡地點和時間之中。他進入一座叫做秦皇島的城市，或者說，進入一個最著名的極權主義者的領土，以面對他下令修造的羈押人民的牆垣——長城。山海關不僅是該城垣的地理起點，而且是它的邏輯起點：巨大的種族之門，正是從這裡和由這個統治者加以閉合的。與空間座標對應的是它的時間座標。3月26日，乃是兩個著名的浪漫主義先知辭世的時刻。1827年的貝多芬和1893年的惠特曼」。（《先知之門》）

　　在多年之後的一列由北京出發經過山海關的火車上，四川詩人楊黎對另外一位青年詩人表達了對海子自殺的猜謎遊戲式的解讀，「火車正在穿過山海關。我懂了海子他為什麼要在山海關自殺？而不是其他地方。比如不是山海關的前面，也不是山海關的後面。那麼就前面一點，或者就後面一點點。都不行啊。海子只能在山海關自殺。」（《燦爛》）實際上，這等於楊黎什麼都沒有說。

　　在我看來，海子選擇在山海關結束一生就是宿命——情感性的宿

命。當年他和初戀女友在夏日北戴河度過了一段美妙的戀愛時光。在哪裡開始，就在哪裡結束。這就是海子。

從昌平到山海關標誌著一個沒有「遠方」的詩歌時代已經降臨。

# 火車的前方是什麼

火車像一只苞米
剝開鐵皮
裡面是一排排座位
我想像搓掉飽滿的苞米粒一樣
把一排排座位上的人
從火車上脫離下來

剩下的火車
一節一節堆放在城郊
而我收穫的這些人
多麼零散地散落在
通往新城市的鐵軌上
我該怎麼把他們帶回到田野

——劉川《拯救火車》

身邊那一張張修飾過度的臉
閃著城市的疲倦
保羅在書頁裡躺了多年，
我從來沒有勇氣打開它

生活並不沉重，也沒有
想像中那麼輕鬆
讓他靜靜地靠在綠皮座椅上

> 鐵軌就會永遠與他隔著不遠不近的距離
>
> ——霍俊明《回鄉途中讀保羅・策蘭》

多年來我一直反覆問自己的是：火車的前方是什麼呢？

而同時代詩人劉川的「拯救火車」更是充滿了對城市化景觀的反諷與絕望。

我的故鄉在冀東平原上，那裡有一條河流叫還鄉河。從北京到東北三省的鐵路距離我所在的村莊只有兩華里。對於上個世紀緩慢的七十年代來說，那些綠皮火車代表了最為新奇和激動人心的憧憬。火車肯定能帶鄉村的孩子去最遠最遠的地方。此時，我想到的是同代人周雲蓬少年時代跟隨父母乘坐擁擠緩慢的綠皮火車去遠方醫治眼疾的情形。

我那時經常和玩伴一起穿過田野、爬上高坡，在清晨或黃昏來到那個車站。這些少年看著過往的火車歡呼雀躍、蹦跳不止。但是，那些飛馳而過的火車帶給我的童年和少年時代並非總是美好。正如我多年之後在一首詩裡寫到的那樣：「在深色的圍欄上，綠色或紅色的列車／正漸漸遠去／多年前的我，下學後步行到兩裡外的車站／在草叢中認識了那些白色的餐盒，／還有迎風飛舞的濁黃尿液」。

那個叫田付莊的車站在年幼的我看來非常的高大壯觀，而多年後它竟然顯得那麼矮小落寞、無人光顧。當多年之後高鐵開通的時候，每次車過故鄉我都會本能地去尋找那個曾經無比熟悉車站和村莊，但幾乎每次都是在飛速前進中它們奇跡般地被忽略、消失。

而我憧憬著坐火車的願望直到1991年初春才突然得以實現，那一年我16歲。

第一次出門遠行竟然是從那個車站和緩慢的綠皮火車開始的。那時我正學習繪畫，準備考師範類的藝術特長生。接到考試通知的當天中午我騎著自行車回家，因為著急，渾身汗透。當時父親正在麥地澆水，白楊的葉片也才拇指大。父親換了衣服，借了錢和我上路。一路

上除了著急就是著急，因為考試就在明天。到了車站，候車室竟然人很少。拿到手裡的車票是兩個窄窄的硬紙板，無座。終於第一次踏上綠皮火車，那種新鮮感難以形容。那被我緊緊攥在手心的車票已經被汗水浸濕。火車上，給我印象最深的是一個女人。當時我和父親站在過道上，這個肥胖的中年女人將腳踏在對面唯一的一個空位上。那一刻，我第一次出門的新奇、激動和幸福被那只噁心的腳丫子瞬間擊垮了。我第一次有了鄉下人的自卑感和憤怒。

記得九十年代的火車速度非常慢，人滿為患，車廂裡的各種氣味混合在一起。第一次從唐山坐火車去石家莊見初戀女朋友的時候，我和大學的另一個哥們是站了一夜熬到石家莊的。那種腰酸背痛、無地容身的感覺終身難忘。這種感覺甚至遠遠超過了我見初戀女友的種種甜蜜的想像。

此後很多年，我幾乎一直是在路上，與一輛輛火車相遇，又看著它們一次次離我而去。

在火車上不免發生了很多的故事。看到過有人醉酒中打架，一啤酒瓶子下去對方的腦袋立刻鮮血四濺。看到過有人墊張報紙躺在座椅下面還悠然自得地聽著收音機。看到過那些背著蛇皮袋狠狠吸著劣質煙的農民工。看到過那些聚在一起打撲克的人，也看到過那些把瓜子皮仍的滿地都是肥肉橫生的中年婦女。印象最深的是一次春節回家，眼看著車快開了，還有很多人擠在車門口。一個姑娘情急之下從車窗爬了進來，因為太過於著急的緣故她的手腕被劃破了。那年冬天我一直記得那些細密的血珠的氣息。曾經記得朱自清的日記裡提到過很多他路上偶然遇到的漂亮的女子。這是人之常情。從我20多歲開始，我幾乎一直往返於豐潤和石家莊之間。那時坐火車需要去唐山市里。只是記得那時唐山和石家莊火車站的廣場到處都是年輕的女孩子。她們要做的就是把你拉到那些車站附近廉價的旅館當中去。那時面對她們我不僅避而遠之而且還蔑視有加。但是有一次，我對她們的印象稍有改觀。那是一個夜晚，緊趕慢趕到唐山站的時候卻沒有買到去石家莊

的車票，只能在車站旅店住了下來。我記得那是一個小小的院落，裡面的房間用薄薄的木板隔開。不知道是什麼時間我被一男一女的談話給弄醒了。那個女的對老闆說她今天只接了一個客人，錢都不夠用來買菜。那時，我只能無語。因為年少的緣故我也記得過兩次車上的女人。夏天，一個女孩坐在我對面。也許是出汗的緣故，也許是她穿的的確良（這種衣料現在應該沒有了，很薄，很透的那種）的緣故，她肉色的腰部和腹部一直在我面前晃來晃去。我又沒有理由去回避，在頭轉向車窗和別處不久我又會與她的身體相遇。可能年輕的力比多太過剩了。還有一次是從北京轉車。在半夜時分中途上來一個非常豐滿的三十歲左右的東北女人，她挨著我坐下來。很快，她就趴在那裡睡著了。我也有些昏昏然。當我也小心翼翼地趴在桌板上的時候，我看到了她異常豐滿鼓脹的白色乳房。那一刻再也睡不著了。那是冬天，卻渾身發熱。注意，到時的火車沒有暖氣和空調啊。

此後很多年，我寫過很多關於火車的詩歌，《第一次知道平原如此平坦》、《綠色的普通快車》、《綠色的護欄》、《帶著大蔥上北京》、《與老母乘動車返鄉》、《回鄉途中讀保羅·策蘭》等等。在火車不斷提速的時候，故鄉卻離我越來越遠了。城市正在將我的鄉土遠遠地拋在後面並迅速掩埋。故鄉從來沒有如此安靜、落寞和低矮，「第一次知道　平原如此平坦／剛生長的玉米也並未增加他的高度／『動車加速向前，平原加速向後』／遠處的燕山並不高大／白色的墓碑在車窗外閃現」。

近年來乘坐高鐵和火車去過很多地方，包括江南、西南和塞北。那些曾經美好的文學記憶和想像是如此輕而易舉地實現，那些文學史上的地名一次次在我的現實裡現身。但是，如此快的速度和生活，卻讓我沒有一刻安閒的心來看看這些物舊人非的地方，沒有一個安靜的時刻面對那些永遠穩坐的青山和不息的流水。當我2011年夏天從臺灣回來的時候，母親已經在北京住了幾個月了。她對老家的想念可想而知。那天我和母親一起去北京站，出地鐵的時候母親不敢坐電梯，我

陪著她一步一步地走臺階。我聽到了她沉重的喘息，那個細小的聲音
遠遠地超出了車輪和鐵軌摩擦的刺音。終於上了和諧號列車，母親很
快睡著了。那一刻車窗外的一切都不存在了。我和母親正在回故鄉的
路上，而留在那一刻的是母親那些更加深刻的皺紋。我從來不敢看母
親的皺紋，因為那些歲月的刀斧正在斫砍我並不輕鬆的中年時光。

記得很多年前，晚上我都是伴隨著不遠處的火車聲入睡的。可最
近幾年我卻聽不到了。是回故鄉的時候越來越少了，還是火車的聲音
越來越輕了？

我仍然在追問自己的是——火車的前方是什麼呢？除了遠方，還
是遠方？

# 詩歌的「地方性知識」與空間構造

　　由詩歌的空間我首先想到的是當年曼德爾施塔姆的詩歌《列寧格勒》的第一句：「我回到我的城市，熟悉如眼淚，如靜脈，如童年的腮腺炎」。然而當我們今天再次考察半個多世紀的詩歌和地方性的空間構成時一種巨大的陌生感卻不期而至。

　　從1960年代開始延續到1990年代末期的詩歌潮流如果從空間上考察大體經歷了從「廣場」到「地方」的轉變過程。開放年代經歷地方性的「外省」焦慮之後公共空間的敞開產生了一個「無中心」的時代。值得強調的是從1960年代開始的帶有「異質性」與主流詩歌相異詩歌潮流中這些詩人都帶有「密謀者」（「地下」沙龍、「地下」刊物）和波西米亞的特徵。無論是文革時期知青點的串聯和城市裡的交遊還是1980年代以校園為中心以四處遊走為主要方式的詩歌交往都體現了這一時期詩歌的叛逆精神和獨立姿態。

　　我對這一時期詩人的印象就是他們集體奔走在通往各個城市和鄉野的路上。

　　火車、汽車、輪船和自行車上是一代人風中鼓蕩的詩歌背包以及躁動不已、興奮莫名的青春期的詩歌熱情與衝動。由此我們也可以發現這一歷史節點上詩歌鮮明的「地方性」和地理圖景。而1989年之後中國的詩歌由於進入有目共睹的「歷史轉變」期而變得更為複雜多元。這也導致很多詩人幾乎是在一夜之間不知道該怎樣繼續寫作，從而進入集體迷茫期和內心分裂階段──「1989年對我來說確實是一個精神上的分水嶺，這一年我恰好25歲。我感到以前那種與詩歌發生聯

繁的方式隨著某種經驗的突然降臨，很難再繼續下去。」[1]隨著社會
和文化的雙重激盪和轉型，詩人心態、精神境遇、生存狀態以及寫作
姿態不僅發生劇烈轉捩，而且作為一種潮流和運動的詩歌已經不具備
存在的合理性空間與可能性——儘管在某些詩人身上仍然程度不同地
存在著「先鋒」情結和相應的寫作實踐。或者按照葛蘭西的說法這一
時期的「有機知識份子」從歷史舞臺上消失了。這一時期的詩歌由潮
流、運動而陷入一種顛躓低迷狀態，或者像程光煒所說的「90年代詩
歌很難再產生類似80年代那種能指性的緊張關係了」。當然這也並非
像一些人所指認的那樣1989年以降的詩歌已經完全「沙化」。唐曉渡
對此問題的回答比較具有說服力，「這樣說恐怕是太籠統、太簡單化
了，我可不想讓『沙化』成為一個什麼都可以往裡扔的新『糞坑』
——我的意思是，『沙化』有其特定的歷史語境，而先鋒詩從一開始
就有自己的問題；說得理論化一點，就是它在自我建構的同時也一直
存在自我解構的傾向」[2]。儘管指認先鋒詩歌「沙化」的看法未免有
失偏頗，但是連一貫為先鋒詩歌鼓吹的唐曉渡也不得不承認1990年代
開始的詩歌寫作確實帶有一定的戲劇性和災難性的悲劇色彩，「事實
上，當代中國向現代社會轉型過程所具有的、往往以戲劇化方式呈現
出來的複雜性，已經令我無法在原初的意義上使用『災難性』一詞。
這不是說災難本身也被戲劇化了，而是說人們對災難本身的記憶很大
程度上浸透了濃厚的戲劇色彩。」[3]由詩人和研究者對1990年代以來
詩歌弱化和「沙化」的觀感，再推進一步就產生了「斷裂」的看法。
也就是說很多人認為先鋒詩歌作為一種文脈已經在這一時期結束，詩
人集體經歷了「深刻的中斷」（歐陽江河語）和「噬心的時代主題」

---

[1]　臧棣：《假如我們真的不知道我們在寫些什麼……》，《從最小的可能性開始》，
　　　人民文學出版社，2000年版，第263頁。

[2]　唐曉渡：《與沉默對刺》，北京大學出版社，2012年版，第221頁。

[3]　唐曉渡：《90年代先鋒詩的幾個問題》，《中國詩歌九十年代備忘錄》，人民文學
　　　出版社，2000年版，第330頁。

（陳超語）焦慮症。而其中最重要的原因被指認為是政治事件的壓力以及商業時代的衝擊造成的烏托邦精神和精英意識的消解。當然這種壓力和衝擊在少數的先鋒詩歌那裡得到了反抗的回聲，比如王家新《瓦雷金諾敘事曲》和《帕斯捷爾納克》、歐陽江河的《傍晚穿過廣場》、孟浪的《死亡進行曲》，陳超的《風車》和《我看見轉世的桃花五種》、周倫佑的《刀鋒二十首》等。

而空間、地方、地域、地景（landscape）等詞一旦與文學和文化相關，這些空間就不再是客觀和「均質」的，而必然表現出一個時期特有的徵候，甚至帶有不可避免的意識形態性。

多年來隨著不斷的出遊和對地理版圖上中國城市和鄉村的認識，我對詩歌地理學或者更確切地說對詩歌的「地方性知識」越來越發生興趣。

我不斷想起美國女詩人伊莉莎白‧畢曉普（1911-1979）在其詩歌《旅行的問題》中這樣的詩句：「陸地、城市、鄉村，社會／選擇從來不寬也不自由。」然而在特殊的年代裡這些地方和公共空間甚至會成為社會災難與政治災難的見證，「從高處望著這些鱗次櫛比的宮殿、紀念碑、房屋、工棚，人們不免會感到它們註定要經歷一次或數次劫難，氣候的劫難或是社會的劫難。我幾個小時幾個小時地站在富爾維埃看里昂的景色，在德‧拉‧加爾德聖母院看馬賽的景色，在聖心廣場看巴黎的景色。在這些高處感受最深切的是一種恐懼。那蜂擁一團的人類太可怕了」[4]。而對於當代中國而言政治年代裡廣場、學校、工廠、農村、城市裡成群結隊的「人民」無不體現了空間以及建築強大的倫理功能。

當年的保羅‧克魯曾在遊記《騎著鐵公雞——坐火車穿越中國》中描述了從廣州、上海到哈爾濱、新疆的「南北」見聞。而我想考察

4  班雅明：《發達資本主義時代的抒情詩人》，張旭東、魏文生譯，張旭東校訂，生活‧讀書‧新知三聯書店，2007年版，第104頁。

的是中國在上個世紀60年代到新世紀以來當代先鋒詩歌的「空間」結構以及人文視角下的「地方」圖景。而克利福德・吉爾茲所提出的「制度性素材堆砌」意義上的「淺描」（thin description）之外的「深層描述」（thick description）也對我深有啟發。據此，在本文的論述過程中我將格外強調那些特定的時間和空間中詩人以及文本的細節，從而進行更為微觀意義上的「細讀」。在那些被忽視的帶有強烈的地方性以及那些私人和公共空間裡，我們能夠重新審視那一特殊時期詩歌歷史的構造與深層機制。在本書中「地方性知識」顯然更為強調的是不同「地方」之間「知識」成因、空間的生產與構造、「地方」的文化象徵性以及地方文化話語權力的差異性和相互之間的博弈。換言之，這些「地方知識」在不同情境和年代經歷了換轉甚至劇烈地轉捩。在六七十年代這種地方性直接與政治運動、文化主導權、地緣政治以及意識形態發生關係，而1970年代末以來的地方性則更多的與詩歌運動、詩歌活動、校園文化、多元多變的文藝思潮以及實驗性的文本創造意識聯繫在一起。

而「地方」之間的關係對於考察這一時期的詩歌顯然具有著特殊的意義。而說到詩歌的地方性知識顯然與傳統意義上的地域詩歌以及後現代文化語境下的文化地域觀有一定的區別。換言之我這裡提出的「地方性知識」更為強調的是詩人和詩歌現象在中國特殊的年代裡的文化權力、空間結構、地方想像以及地方精神之間的關聯。

政治地理學意義上的「體國經野」（《周禮》）和行政區域的等級劃分也顯現出不同的地貌、氣候、居民、建築以及人文環境的差異和層出不窮的層級的多樣性特徵。而對於有68條總長超過六萬公里的陸地省界和41萬多公里的縣界我們不能不發出幅員遼闊的感歎。而感歎背後是這些難以計數的界碑背後的生活方式、屬地性格和人文界限的諸多差異性。1980年代我國曾有過一次巨大規模的由數萬人參加的全國性的勘定省、市、縣界的工程，我的父親霍慶永也有幸參加。這一勘定的標準也能顯現出中國地理版圖的複雜性，比如或依據山脈的

走向，或依據河流和航道，或依據道路、橋樑、關隘的地理標示物。中國廣泛的地域空間以及地域之間的差異性、複雜性曾不斷引起西方歷史學者和社會研究者的關注。而對於地域差異性和人文地理學的研究以及建立於地域文化精神基礎之上的更為複雜的詩歌活動以及相應的社會、歷史、民俗、政治、經濟、生態、文化、宗教之間的互動關係的考察（比如發展的不平衡性、不同步等）則成了中國詩歌研究長期的缺陷。

　　儘管從《禹貢》、《漢書・地理志》開始人文地理學研究已經開始發生和發展，但是人文地理學在很長時期內被自然地理以及相應的研究所淹沒甚至取代。我們可能早就忘記了蘇軾當年對杜甫遠走成都時就詩人和地方的關係所發出的慨歎，「老杜自秦州赴成都，所歷輒作一詩，數千里山川在人目中，古今詩人殆無可擬者」（朱弁：《風月堂詩話》）。初到中山大學的魯迅儘管說過「我覺得廣州究竟是中國的一部分，雖然奇異的花果，特別的語言，可以淆亂遊子的耳目，但實際是和我所走過的別處都差不多的。倘說中國是一幅畫出的不類人間的畫，則各省的圖樣實無不同，差異的只在所用的顏色。黃河以北的幾省，是黃色和灰色畫的，江浙是淡墨和淡綠，廈門是淡紅和灰色，廣州是深綠和深紅」[5]。但這更大程度上是魯迅對廣州印象不深難以發表意見或批評的藉口，而魯迅對各個省份的「色彩」印象恰恰在一定層面揭示出這些省份的諸多差異。作家和區域文化的關係確實是相當複雜的，無論是對於生長和生活在某一文化區域內的作家還是對於文化區域之外的觀察者而言區域文化與寫作的關係都顯得耐人尋味，「生在某一種文化中的人，未必知道那個文化是什麼，像水中的魚似的，他不能跳出水外去看清楚那是什麼水。假若他自己不能完全客觀的去瞭解自己的文化，那能夠客觀的來觀察的旁人，又因為生活

---

5　魯迅：《在鐘樓上——夜記之二》，《三閒集》，人民文學出版社，1980年版，第23頁。

在這種文化以外，就極難咂摸到它的滋味，而往往因一點胭脂，斷定他美，或幾個麻斑而斷定他醜。不幸，假若這個觀察者是急於搜集一些資料，以便證明他心中的一點成見，他也許就只找有麻子的看，而對擦胭脂的閉上眼」[6]。就作家和空間的關係我又不太贊成直接比附的做法，比如在一本名為《巴黎文學地圖》[7]的書中作者直接將一個個街道和空間與作家聯繫起來，如波德萊爾與聖路易島、左拉與舊中央廣場、雨果與孚日廣場、喬治桑與大道區、普魯斯特與香榭麗舍、巴爾扎克與拉丁區、薩特和波伏娃與聖日耳曼德普雷、紀德與盧森堡公園等等。

　　地方與寫作之間的關係肯定是雙向影響和交互運行的，正如1990年代詩人王小妮坐船經過長江的時候所追問的「從武漢到上海，走的是長江。我只知道我的腳下是水，水的兩邊是岸。不知道船經沒經過湖北的赤壁。我不關心這個。究竟是蘇軾使那懸在水上的懸崖成為名勝，還是那水白石紅使蘇軾的詞留名至今？」[8]而不可忽視的是地方和空間必然會因為曾經的文化名人和文學大師的存在而帶有強烈的文化象徵性以及穿越時空的座標性意義，「虹口曾經是日本人聚居的區域，內山書店就在那兒，魯迅和許多新文學的重要作家也多寓居於那一帶，譬如瞿秋白、郭沫若、沈尹默、曹聚仁、林語堂、丁玲、夏衍等。電線交錯在交錯的路口上空，更高處有一群群鴿子盤旋，那天彷彿是我第一次去虹口，騎車在山陰路一帶轉悠，你覺得自己說不定也會交錯進另一重時間」[9]。而克里斯丁‧羅斯也試圖在《社會空間的興起：蘭波和巴黎公社》（1988年）一書闡釋當時巴黎公社時期的城市空間與詩人蘭波寫作之間的關係。而由巴黎這樣的都市人們自然會想起波德萊爾這樣的詩句——「穿過古老的郊區，那兒有波斯瞎子／

6　　老舍：《四世同堂》（上卷），百花文藝出版社，1979年版，第100頁。
7　　BY工作室編：《巴黎文學地圖》，華東師範大學出版社，2007年版。
8　　王小妮：《一直向北：我的人生筆記》，時代文藝出版社，2007年版，第173頁。
9　　陳東東：《「遊俠傳奇」》，《天南》，第3期（2011年8月）。

懸吊在傾頹的房屋的窗上，隱瞞著／鬼鬼祟祟的快樂，當殘酷的太陽用光線／抽打著城市和草地，屋頂和玉米地時，／我獨自一人繼續練習我幻想的劍術，／追尋著每個角落裡的意外的節奏，／絆倒在詞上就像絆倒在鵝卵石上」。所以無論是巴黎的廣場、紀念碑，還是街區和流浪漢、密謀者，這一切對於波德萊爾這樣的詩人而言都成了寓言，「寓言是波德萊爾的天才，憂鬱是他天才的營養源泉。在波德萊爾那裡，巴黎第一次成為抒情詩的題材。他的詩不是地方民謠；這位寓言詩人以異化了的人的目光凝視著巴黎城。」[10]不可否認的是作家與這些空間和地方之間的關係，但是顯然有些研究者忽視了一個作家的寫作與地方之間存在的多種多樣的關係，甚至地方和空間也不是固定不變的。其中最具代表性的就是魯迅與故鄉紹興之間「既愛又疏離」的關係，就如當年的郁達夫所言「魯迅不但對於杭州，並沒有好感，就是對他出身地的紹興，也似乎並沒有什麼依依不捨的懷戀。這可從有一次他的談話裡看得出來。是他在上海住下不久的時候，有一回我們談起了前兩天剛見過面的孫伏園。他問我孫伏園住在哪裡，我說，他已經回紹興去了，大約總不久就會出來的。魯迅言下就笑著說：『伏園的回紹興，實在也很可觀！』他的意思，當然是紹興又憑什麼值得這樣的頻頻回去？所以從他到上海之後，一直到他去世的時候為止，他只匆匆地上杭州去住了一夜，而絕沒有回去過紹興一次。」[11]

我試圖在那些差異性明顯的「地方」以及背後的知識和構造那裡，在一個個具體和日常的場所與空間裡（比如胡同、街道、居所、車站、廣場、里弄、酒館、公園）尋找詩歌的命運。一定程度上我們

[10] 班雅明：《發達資本主義時代的抒情詩人》，張旭東、魏文生譯，張旭東校訂，生活・讀書・新知三聯書店，2007年版，第192頁。

[11] 郁達夫：《回憶魯迅》，連載於《宇宙風乙刊》（1939年3月至8月）和新加坡《星洲日報》半月刊（1939年6月至8月），收入《回憶魯迅及其他》，宇宙風社，1940年7月版。

可以認為詩歌「地方性知識」的歷史更多的時候是通過各種文本構造和呈現出來的。就此，表象背後的寫作、經驗、空間結構和文化性格尤為值得研究，「加勒比地區是一個截然不同的世界，它的第一部魔幻文學是哥倫布的日記，這本書描述了各種奇異的植物以及神話般的世界。是啊，加勒比的歷史充滿了魔幻色彩，這種魔幻色彩是黑奴從他們的非洲老家帶來的，但也是瑞典的、荷蘭的以及美國的海盜們帶來的」[12]。

　　而在特殊的革命年代裡南方和北方在知識份子看來已經成為了帶有濃烈政治色彩的恐懼性空間。在說到1927年後南方和北方大批的作家聚集上海時，施蟄存道出革命和血腥對於空間的重要影響，「一九二七年四月以後，蔣介石在南方大舉迫害革命青年，張作霖在北方大舉迫害革命青年。這裡所指的革命青年，在南方，是指國民黨左派黨員，共產黨員、團員；在北方，是指一切國民黨、共產黨分子，和從事新文學創作，要求民主、自由的進步青年。張作霖把這些人一律都稱為『赤匪』，都在搜捕之列。一九二七年五、六、七月，武漢、上海、南京、廣州的革命青年紛紛走散。一九二七年下半年至一九二八年上半年，北平、天津的革命青年紛紛南下。許欽文、王魯彥、魏金枝、馮雪峰、丁玲、胡也頻、姚蓬子、沈從文，都是在這一時期中先後來到上海」[13]。1927年10月3日魯迅和許廣平經過一個多星期的輾轉奔波終於抵達上海。從共和旅店、景雲里29號、景雲里18號、景雲里19號[14]、北四川路194號的拉摩斯公寓、施高塔路大陸新村9號（今山陰路132弄9號）以及內山書店、咖啡館等私人和公共空間裡我們可以看到這一時期魯迅的生活和寫作狀態與上海之間的複雜而特殊關係。

---

[12] 加·加西亞·馬爾克斯：《番石榴飄香》，生活·讀書·新知三聯書店，1987年版，第75頁。

[13] 施蟄存：《滇雲浦雨話從文》，《施蟄存七十年代文選》，陳子善、徐如麟編，上海文藝出版社，1996年版，第310-311頁。

[14] 關於景雲里幾次遷居時間魯迅、許廣平以及周建人、郁達夫等人的說法都不太一致。

　　不容忽視的是一個作家的「出生地」以及他長期生活的地理空間無論是對於一個人的現實生活還是他的精神成長乃至文學寫作都有著一定的影響。當然筆者這裡所要強調的「地方」的詩歌創作與其故鄉之間的血緣關係與海德格爾所強調的「詩人的天職是還鄉」的觀點是有差異的。海德格爾更多是強調詩人和語言、存在之間的複雜關係，而筆者更多的是從文化地理學意義上強調詩人的「出生地」和環境對於一個作家的重要影響以及時代意義。這讓我想到智利詩人聶魯達的一生尤其是後期詩作更為關注普通甚至卑微的事物。他的眼光不時地回溯到遙遠的南方故鄉，故鄉的這些自然景觀和平凡事物成為他詩歌寫作的最為重要的元素和驅動力。聶魯達的一生就是時時走在回望故鄉的路上。南方的雨林、植物和動物都成為他詩歌創造中偉大的意象譜系，「我從幼小的時候起，便學會了觀察像翡翠那樣點綴著南方森林朽木的蜥蜴的脊背；而凌空飛架在馬列科河上的那座高架橋，則給我上了至今無法忘懷的有關人的創造智慧的第一課。用精緻、柔美、會發出聲響的鐵帶編織成的那座大橋恰似一張最漂亮的大琴，在那個明淨地區散發著芳香的寂靜中展示它的根根琴弦」。

　　必須強調的是在特殊的歷史時期地方的諸多改變會對作家寫作產生重要的影響，而這種影響如果在作家看來是消極和令人失望的話就反會妨害到作家的想像與創作。魯迅的寫作受爭議之處就是一生沒有寫作過長篇小說，這對於一個傑出的小說家而言確實是一種遺憾。然而魯迅曾經在1920年代有過寫作關於唐朝的長篇歷史小說《楊貴妃》[15]的計畫。1924年魯迅受西北大學的邀請前往西安。但是，7月7日到8月12日長達一個月之久的西安之行不僅沒有激發他的創作欲望，反倒是澈底打消了他的寫作計畫，「五六年前我為了寫關於唐朝的小說，去過長安。到那裡一看，想不到連天空都不像唐朝的天

---

[15]　相關說法參見郁達夫：《歷史小說論》，《創造月刊》，1926年4月第1卷第2期；孫伏園：《〈楊貴妃〉》，《魯迅先生二三事》，作家書屋，1942年版；馮雪峰：《魯迅先生計畫而未完成的著作》，《宇宙風》，1937年11月1日第50期。

空，費盡心機用幻想描繪出的計畫完全被打破了，至今一個字也未能
寫出。原來還是憑書本來摹想的好。」[16]至於對西安如此失望的具體
原因魯迅似乎不願意多談，只是在西安之行四個月後的一篇文章中順
帶提了幾句，「今年夏天遊了一回長安，一個多月之後，糊里糊塗的
回來了。知道的朋友便問我：『你以為那邊怎麼樣？』我這才栗然地
回想長安，記得看見很多的白楊，很大的石榴樹，道中喝了不少的黃
河水。然而這些又有什麼可談呢？我於是說：『沒有什麼怎樣。』他
於是廢然而去了」[17]。儘管此次與魯迅同行的孫伏園記述了他們西安
之行不僅只是看到了白楊、石榴樹和黃河，而且參觀了大雁塔、小雁
塔、碑林、灞橋、曲江以及街道上的古董鋪，但是似乎一切在魯迅看
來都打破了自己想像中的「長安」，「唐都並不是現在的長安，現在
的長安城裡幾乎看不見一點唐人的遺跡。……至於古跡，大抵模糊得
很……陵墓而外，古代建築物，如大小二塔，名聲雖甚為好聽，但細
看他的重修碑記，至早也不過是清之乾嘉，叫人如何引得起古代的印
象？」[18]當數年之後普實克來到西安的時候，他眼裡的西安顯然不能
和北平以及義大利相比，「西安府周圍的廢墟與義大利和北平的廢墟
相比，給人的印象更加令人悲哀。義大利的廢墟覆蓋著綠色植物，與
周圍美麗感傷的自然景色相協調；北平的廢墟則使人回憶起舊時光的
宏偉壯麗。而這裡的一切都覆蓋著塵土，寶塔像一座座畸形的雪人站
立在骯髒的工廠院子裡」[19]。

　　考察1960以來詩歌與地方性知識我又不能不慣性而討巧地硬性
設置了「南方」與「北方」、「首都」與「外省」、「中心」與「邊
緣」、「本土」與「外地」的對比關係。實際上這很容招惹到一些詩

[16] 魯迅：《致山本初枝》，《魯迅全集》（第十三卷），人民文學出版社，1981年
　　版，第556頁。
[17] 魯迅：《說鬍鬚》，《語絲》，1924年12月15日第5期。
[18] 孫伏園：《長安道上》（二），《晨報副刊》，1924年8月17日。
[19] 普實克：《中國——我的姐妹》，叢林等譯，外語教學與研究出版社，2005年版，
　　第402頁。

人和學者的不滿。因為在文體的比較上而言可能小說的地理特性要更
為明顯，而詩歌所依據的景觀基本上是「反地理特性」（臧棣語）
的。確實一定程度上，「普通話」對方言和地域界限的挑戰甚至消弭
是一個客觀事實，但是也不意味著詩歌的「地方性」就不存在。實際
上，這種詩歌的地方性在1960年代開始就具有著多種機制的影響和深
層動因。此外，就1960年到1990年間（尤其是在1980年代中期以前）
的先鋒詩歌而言「南方」曾經一度在以「北京」為中心的主導性的北
方文化和文學那裡帶有了「外省」的「邊緣」性命運，「有人把70年
代至80年代中期受朦朧詩影響的中國詩歌稱之為『北方詩歌』，把80
年代中期至90年代的後朦朧詩稱之為『南方詩歌』。這聽起來更像是
一種詩歌政治學」[20]。當然「南方」與「北方」二者是相對的，更大
程度上二者帶著詩歌精神和氣象差異上的對比關係。而詩歌並非是簡
單的涉及文學和地理、空間的關係（如秦嶺－淮河作為我國氣候的南
北分界線），而更重要是探究這一時期詩歌場域的特殊性、詩歌的精
神向度、文化氣象的走向以及社會風貌視閾下特殊的詩歌空間構造。

　　1990年代以來隨著城市化時代人口的流動狀態越來越明顯以及極
權年代結束之後地緣政治的弱化，曾以北京為代表的「中心」與「外
省」、「主流」與「邊緣」、「方言」與「普通話」甚至「北方」與
「南方」的關係已經不再是以往理解的那樣二元對立的對抗，而是更
多地呈現為一種對稱和交互關係。正如有研究者所指出的上個世紀末
的「盤峰論爭」的爆發就帶有「外省」詩人對「北京詩人」的錯誤估
計和評價，「從地緣政治的角度，可以說所謂『知識份子詩人』部分
地是在代朦朧詩受過，因為以受壓制者身分出場的一方在突出外省／
北京的對立時故意忽略了一個明顯的事實，就是這些人絕大多數其實
都是外省人，只不過後來因為各種原因居住了在北京。我本人也從不

[20] 臧棣：《假如我們真的不知道我們在寫些什麼⋯⋯》，《從最小的可能性開始》，
　　人民文學出版社，2000年版，第293頁。

認為自己是一個北京人，相反樂於承認來自外省，雖然缺少這方面的自我意識」[21]。

從1990年代開始一個無中心的詩歌時代到來，或者說這一時期的詩人已經不再需要什麼「中心」。在1990年代以後強調「外省」意識在唐曉渡這樣的學者看來沒有任何建設性的詩學意義，而是「空洞的能指罷了」。而城市化和全面城鎮化的時代就是要抹去「地方性」的構造，以一同化的城市建築的空間倫理來取消「地方性知識」。而值得關注的另外一個現象就是在相關的先鋒詩歌的論爭中為什麼是身處南方的詩人提出了「南方詩歌」與「北方詩歌」的概念（比如鐘鳴、黃翔、陳東東、蕭開愚等）而不是那些北方詩人？陳東東甚至還曾辦過一份名為《南方詩歌》的民刊。為什麼是居於南方地帶的詩人們帶有強烈的「外省」焦慮而又恰恰不是北方的詩人？這背後的動因和機制是什麼？研究者王珂就曾深入地指出「越是流動性小的研究者、學者，如生活在南方的學者，他們格外強調南方詩歌精神，而生活在北方的學者，尤其是生活在北京的學者，好像很少談論南方詩歌這個話題」[22]。所以一定程度上，這是政治年代地緣政治和文化地理所形成的慣性遺留的時代焦慮症。長時期的因為政治等原因形成的地理優勢和文化主導權也滲透進日常生活和文學交往當中。這甚至更多時候是以詩人們和寫作者無意識的方式體現出來的。彷彿歷史是在不斷循環往復一樣，這不能不讓人想到當年的「京派」與「海派」的論爭。「海派」的提法最早正是來自於上海的繪畫界。晚晴時期上海雲集了各省上百位的畫壇高手，代表人物有趙之謙、任伯年、吳昌碩等。而由「京派」與「海派」的論爭，敏銳的魯迅就注意到二者並不是真正意義上的文學之爭，而是與帶有地緣政治和文化想像所造成的二者之間的差異有關。魯迅更是進一步指出1930年代的「北平」已經不是五

---

[21] 唐曉渡：《當代先鋒詩：薪火與滄桑》，《與沉默對刺》，北京大學出版社，2012年版，第37頁。

[22] 王珂《文學研究領域引入「區域文化」研究方法的利弊》，王珂新浪博客。

四新文化運動的「北京」，「而北京學界，前此固亦有其光榮，這就是五四運動的策動。現在雖然還有歷史上的光輝，但當時的戰士，卻『功成，名遂，身退』者有之，『身穩』者有之，『身升』者更有之，好好的一場惡鬥，幾乎令人有『若要官，殺人放火受招安』之感。『昔人已乘黃鶴去，此地空餘黃鶴樓』，前年大難臨頭，北平的學者們所想援以掩護自己的是古文化，而惟一大事，則是古物的南遷，這不是自己澈底的說明了北平所有的是什麼了嗎？」[23]

馬克思則在那些煙霧彌漫、人聲喧嘩的小酒館裡發現了那些職業密謀者和作家、工人以及流浪者等構成的臨時密謀者們「波西米亞人」的身影，「隨著無產階級密謀家組織的建立就產生了分工的必要。密謀家分為兩類：一類是臨時密謀家（conspirateurs d』occasion），即參與密謀，但本來有其他工作的工人，他們僅僅參加集會和時刻準備聽候領導人的命令到達集合地點；一類是職業密謀家，他們把全部精力都花在密謀活動上，並以此為生。……這一類人的生活狀況已經預先決定了他們的性格。……他們的生活動盪不安，與其說取決於他們的活動，不如說時常取決於偶然事件；他們的生活毫無規律，只有小酒館——密謀家的見面處——才是他們經常歇腳的地方；他們結識的人必然是各種可疑的人」[24]。波德萊爾的《遊歷中的波西米亞人》、蘭波的《我的波西米亞》都不斷強化了尋求精神自由和人格獨立的願望。在中國文學史上民國時期的北平、上海和南京、重慶等地的酒館、茶樓和咖啡館裡到處可見這些精神上的波西米亞者。而到了新中國成立之後隨著公共空間的完全政治化這些文人的身影不經不見。他們集體出現在會場、批鬥會、「牛棚」和勞改農場裡。1960到1990年間特殊的公共空間與私人空間的博弈甚至對立狀態使得詩歌發展步履維艱。這些精神上的波西米亞者也才不斷出現。所

[23] 魯迅：《「京派」與「海派」》，《申報・自由談》，1934年2月3日。
[24] 班雅明：《發達資本主義時代的抒情詩人》，張旭東、魏文生譯，張旭東校訂，生活・讀書・新知三聯書店，2007年版，第31-32頁。

以直至1980年代末期在王家新眼裡那些深夜趕來談詩喝酒的詩人朋友們更像是「地下黨人」。而尤其是從北京與其他省份的關係，由南方的詩人和批評家製造了「南方」與「北方」的文學場域。城市和鄉村的公共空間如建築、胡同、街道、學校、工廠、茶館、飯館、旅館、酒吧、廣場、車站、公園等空間都成為考察這一時期詩歌的有效起點。同時在六七十年代極權背景下，私人空間成為詩歌產生和傳播的重要地帶。

我一次又一次想到的是馬爾科姆・考利和他為同代人和自己所撰寫的影響深遠的《流放者歸來——二十年代文學流浪生涯》。而考利所做的正是為自己一代人的流浪生活和文學歷史刻寫帶有真切現場感和原生態性質的歷史見證。穿越歷史的煙雲，那一代人的迴響似乎仍在繼續——這是一個輕鬆、急速、冒險的時代！在這時代中度過青春歲月是愉快的。可是走出這個時代卻使人感到欣慰，就像從一間人擠得太多、講話聲太嘈雜的房間裡走出來到冬日街道上的陽光中一樣。我想我應該做的，也是一個類似的工作。那縱橫交錯的原野和地層下的河流正是我所要勘測和挖掘的。

# 北京和北方詩歌的空間主導性

　　說到文學的地方性知識和空間形態我不禁想到了法國的「左岸」
（Rive gauche）。

　　左岸，即巴黎塞納河的左岸。塞納河從東南朝西北方向流入巴
黎城。塞納河的左岸也就是巴黎的南部，相對的右岸就是巴黎的東北
部、北部和西北部。而左岸顯然已經不再是一般的地理圖景，而是帶
有了明顯的人文性圖景和區域性精神。尤其是在上個世紀初到40年
代，左岸的巴黎成為世界文化的中心。聚集在左岸的圖書館、出版
社、雜誌社、廣場、咖啡館、酒吧和客廳（著名的如哈列維沙龍）成
為知識份子和社會精英的文化活動空間，而右岸顯然成了中產或高層
聚集的消閒娛樂之地。愛倫堡、馬爾羅、紀德、布勒東、薩特、波伏
娃、梅洛－龐蒂、法爾格等都經常出入於這裡的咖啡館和酒吧，甚至
在波伏娃那裡咖啡館已經取代了臥室和辦公室。而咖啡館成為重要的
公共空間還與法國人的生活習慣有關，他們都是在自己客廳之外和朋
友見面。甚至來自於其他國家的自由知識份子和藝術家以及「流亡
者」也在左岸尋求慰藉和庇護，如畢加索。蒙帕納斯、雙叟咖啡館、
圓頂咖啡館、花神咖啡館、丁香園咖啡館（以聚集了不同時期的大量
知名詩人而為人稱道）等成了一個個最具象徵性的文化地理座標。顯
然這些咖啡館和酒吧的形成以及影響不能不得力於巴黎左岸的拉丁區
的大學傳統。實際上早在19世紀左岸因為拉丁區的大學傳統和特有的
人文魅力而形成了咖啡館和酒吧的繁榮景象[1]。這甚至形成了一個傳

---

[1]　如著名的普洛柯普咖啡館、伏爾泰咖啡館，前者聚集了盧梭、狄德羅、伏爾泰、丹
　　東、馬拉、左拉、巴爾扎克、喬治‧桑、莫泊桑、繆塞等著名思想家和作家以及社
　　會精英。

統。海明威曾在小說《太陽照常升起》中借傑克‧巴恩斯之口說出左岸對「迷惘的一代」的重要性,「不管你讓出租車司機從右岸帶你去蒙帕納斯的哪家咖啡館,他們都會把你拉到羅桐多去。十年後也許會是圓頂」[2]。咖啡館作為重要的公共空間確實對於文學和藝術甚至革命都起到了很重要的作用,連上海時期的魯迅也經常出入位於四川北路1919號坐西向東的三層磚木結構的公啡咖啡館(1995年公啡咖啡館因四川北路擴建而拆除,現址在虹口區多倫路88號)。該咖啡館由日本人設立,一層賣糖果、點心,二樓專喝咖啡。1930年2月16日「左聯」籌備會(又稱上海新文學運動討論會)在公啡咖啡館二樓召開。魯迅在1930年2月26日的日記中記到:「午後同柔石、雪峰出街飲加菲」[3]。1934年蕭紅和蕭軍剛到上海時魯迅就帶著他們一起到公咖啡館聊天、談論文學。而對於當年太陽社和創造社成員魯迅則不無揶揄到「洋樓高聳,前臨闊街,門口是晶光閃灼的玻璃招牌,樓上是『我們今日文藝界上的名人』,或則高談,或則沉思,面前是一大杯熱氣騰騰的無產階級咖啡,遠處是許許多多『齷齪的工農兵大眾』,他們喝著,想著,談著,指導著,獲得著,那是,倒也實在是『理想的樂園』」[4]。

　　隨著時代以及公共空間的變化我們看看90年代初在時代的轉捩點上兩個四川詩人筆下的咖啡館。

　　歐陽江河在長詩《咖啡館》(1991年)中完成的是一代人(「他屬於沒有童年/一開始就老去的一代」)的精神自傳以及對時代、政治和集體命運的追挽。儘管這首長詩中不斷出現一個女性和異國的形象,但這仍然是一首名副其實的挽歌。這也是一代人的自畫像,「他

[2]　赫伯特‧洛特曼:《左岸:從人民陣線到冷戰期間的作家、藝術家和政治》,薛巍譯,新星出版社,2008年版,第6頁。

[3]　魯迅:《日記十九》,《魯迅全集》(第14卷),人民文學出版社,1981年版,第810頁。

[4]　魯迅:《革命咖啡店》,《魯迅全集》(第4卷),人民文學出版社,1981年版,第116頁。

們視咖啡館為一個時代的良心。／國家與私生活之間一杯飄忽不定的咖啡／有時會從臉上浮現出來，但立即隱入／詞語的覆蓋。他們是在咖啡館裡寫作／成長的一代人，名詞在透過信仰之前／轉移到動詞，一切在動搖和變化，／沒有什麼事物是固定不變的。」在歐陽江河這裡既體現了寫作與國家之間的緊張關係，又不能不呈現尷尬和分裂性的私人生活與精神狀態。值得注意的是歐陽江河在這首長詩的廣場和咖啡館交錯的空間場景中不斷出現和疊加冬天的寒冷景象和精神氛圍。而「1825年」、「1989年」這樣具有歷史重要性的時間提示，十二月黨人、日瓦戈醫生、犧牲者等這樣極具象徵性的形象以及「流亡」、「流放」、「靈魂」、「俄羅斯」、「國家」、「烏托邦」等精神性的辭彙都使得這首詩歌具有濃重的歷史感和擔當精神。而僅僅一年之後，翟永明在1992年完成的長詩《咖啡館之歌》卻呈現的是女性個體的物質生活和情感境遇。這與北島、歐陽江河的一定程度上的精神烏托邦和理想主義困窘的話語方式迥異。詩人截取了下午、晚上和凌晨三個具有特殊性和差別性的時間場景。翟永明在文本中設置了大量的毫無詩意的瑣屑、平淡的對話。換言之，這已經不是一個談論詩歌和真理的時代。在咖啡館裡分貝最高的是談論社區、生活、異鄉、性欲還有乏味愛情的聲音，「上哪兒找／一張固定的床？」這是否成為咖啡館這樣的公共空間裡最具私人性和身體性的追問？而公共空間沾染上的濃烈的情欲和身體味道幾乎成了當下時代的寓言——我在追憶／西北偏北的一個破舊的國家／／雨在下，你私下對我說／『去我家／還是回你家？』」而到了1990年代後期詩人們更為頻繁地出入於咖啡館、酒吧甚至星級或者洲際大酒店。尤其是在這一時期的女性寫作那裡，咖啡館和酒吧更多的成為帶有情欲和愛情憧憬的日常空間，「酒吧是一種建築結構，是一座放滿音廂、窗格、花朵、美酒的居室。直到如今，它的幽靜而富麗的幻想吸引著愛情，博愛和思念的人們。春天，等到又一個春天到來的時候，那座酒吧等待著我們，就像世界敞開的居室」（海男：《酒吧》）。詩人也仍然在看似認真

地討論詩歌的歷史和未來,但是詩人已經顯得心不在焉或者力不從心!因為時代和生活的重心已經發生傾斜。儘管在那些五六十年代出生的詩人那裡仍然會慣性地在這些公共空間裡尋找精神和詩歌的意義,但是對於那些更為年輕的詩人而言咖啡館也許與詩歌有關,但是更與越來越沒有意義和喪失了精神性訴求的日常生活有關。正如姜濤所說「在海澱與農展館之間,在北大的博雅塔與北師大的鐵獅子墳之間,在上苑的小樹林與摩登的酒吧之間,在一場接一場的酒局和長談之間,並沒有一種完整、統一的詩歌氣質被發展出來」[5]。甚至在沈浩波這樣2000年左右高舉「下半身」大旗的詩人那裡咖啡館也不能不帶有青春期力比多和身體欲望的味道。新街口外北大街甲八號的福萊軒咖啡坊成為八九十年代北師大校園詩人伊沙、侯馬、桑克、徐江、沈浩波等光顧、聚會的場所。1999年3月12日春天,沈浩波在大學畢業前夕寫下《福萊軒咖啡館‧點燃火焰的姑娘》。當咖啡館是和姑娘(「小姐」)置放在一起,我們可以約略知道這首發生於咖啡館場所裡詩人的精神指向,「從今年開始我才剛剛是個男人╱╱要不然就換杯咖啡吧╱乳白色的羊毛衫落滿燈光的印痕╱愛笑的小姐繡口含春╱帶火焰的咖啡最適合夜間細品╱它來自愛爾蘭遙遠的小城。╱╱你眼看著姑娘春蔥似的指尖╱你說小姐咖啡真淺╱你眼看著晶瑩的冰塊落入湯勺╱你眼看著姑娘將它溫柔地點著╱╱你說你真該把燈滅了╱看看這溫暖的咖啡館墮入黑暗的世道╱看看這跳躍著的微藍的火苗╱在姑娘柔軟的體內輕輕燃燒」。一年之後的夏天,還是同一間咖啡館。沈浩波在與于堅、伊沙、侯馬、黎明鵬相聚談詩。不久之後沈浩波寫下《從咖啡館二樓往下看》。在二樓居高臨下的視點裡他不是在審察時代和人群,而是緊盯在那些穿著暴露的異性身上,「我一邊聽著╱一邊透過玻璃窗往下看╱姑娘們正從對面的商場走出來╱她們穿得很

---

[5]  姜濤:《沒有共識,又何需爭辯》,《巴枯寧的手》,北京大學出版社,2010年版,第82-83頁。

少／我看著她們／我晃動著大腿」。

著名歷史學家雷海宗曾經在《中國文化與中國的兵》中將淝水之戰看作是南方文化主導中國的開始。

確實在此後漫長的歷史時期內南方文化一直在主導性的位置上俯瞰北方。而在二十世紀中國詩歌地理版圖上的北方詩歌似乎一度被江浙一帶的南方詩人們覆蓋，也似乎只有在新中國成立後北方詩歌才顯現出了它的中心位置──「作為想像的『中心』，北京代表了某種東西，需要『外省』去陪襯，或者需要去顛覆，一種整體性的『北京詩歌』，照理說也應當是存在的。」[6]

北京是全國的文化和政治中心，而由於與政治氣候和文化空氣的天然接近狀態，北京也在極權年代裡最早形成了「地下」性質的詩歌沙龍和讀書小組。這在1990年代中期以來的文學史研究中成為津津樂道的話題。而以北京為中心的北方詩歌在空間形態上的特徵不僅影響到了新時期之後的先鋒詩歌的格局，而且對這一時期的外省詩人尤其是「南方」詩人產生了巨大的焦慮感。而這種焦慮感的結果就是使得「北方」和「南方」的詩歌處於文化權力的博弈與膠著之中。

在胡同和大院裡產生的「地下」沙龍和讀書圈子以特殊的方式成為那一文化高壓年代的絕好見證。而值得注意的是這些青年人的家庭背景大多為高幹和高知，而不是一般意義上的普通家庭。早在1960年代初北京即已出現了「地下」性質的詩歌圈子和文藝沙龍，以至後來張郎郎和郭世英成了被廣為傳頌的詩歌「英雄」和最早的思想「啟蒙者」。相比照而言，南方類似的詩歌組織和圈子的影響就處於程度不同的忽略之中。實際上在1960年代初上海的陳建華和錢玉林、朱育琳、王定國和汪聖寶等人就已經形成了讀書會。文革時期這一讀書會被定性為「反革命小組」，朱育琳甚至被紅衛兵拷打致死[7]。

---

6　姜濤：《沒有共識，又何需爭辯──北京詩歌印象》，《巴枯寧的手》，北京大學出版社，2010年版，第81頁。

7　陳建華：《天鵝，在一條永恆的溪旁》，《今天》，1993年第3期。

　　周作人在1923年3月的《地方與文藝》中就注意到風土與住民之間的密切關係。中國南方的城鎮與北方顯然有著不小的差別，尤其是北方的四合院、民居與南方園林和精緻的建築之間。北方的城鎮民居（尤其是鄉村）多為一覽無遺的瓦房或平房的建築方式，透過院子正門和矮矮的圍牆就能夠清晰看到院子裡所有的建築和物什。而南方民居的封閉空間以及迂回的街巷增添了曖昧、私密和溫婉的特徵。正如列維・斯特勞斯所說的就像每一種不同的花在特別的季節裡開放一樣，一個城鎮都帶有其成長的歷史痕跡和屬地性格，「我們在比較地理上與歷史上相差甚遠的城鎮時，這些年代循環方面的相異，還要加上變遷速率的差異，使情況更為複雜」，「熱帶地方的城鎮，與其說是深具異國風味，不如說是過時的風景。這些城鎮的植物固然在一定程度上顯示它們的風貌，但是某些建築上的細節與生活的方式，使人得到一種印象，覺得並不是走了遙遠的一段路，而是在時間上不知不覺地往後倒退」[8]。在此我們可以指認連包括民居在內的建築都體現了地緣倫理。

　　儘管北京和成都的市區都是以市民為主體，更大程度上是市井的日常生活和經濟發展的體現，但二者還是有一定的差異。而我對這兩地城市的一些地名非常感興趣，因為街道的命名帶有地方性知識和歷史沿革的雙重意味。儘管北京的胡同和成都的街道名稱都有著明顯的世俗化和實用性的特徵，但相比照而言北京的胡同更具有文化性、歷史性和政治性，因而也就更具有地域性。

　　元人熊夢祥在《析津志》一書中寫到元大都有三百八十四火巷，二十九衖衕。按照當時的城市建制和規劃，二十四步寬為大街，十二步寬為小街，六步寬為胡同。胡同有很多種解釋，比如水井、浩特、胡人大同說等，顯然我們更多是在街道的層面在談論胡同。而胡同對

---

[8]　克洛德・列維－斯特勞斯：《憂鬱的熱帶》，王志明譯，生活・讀書・新知三聯書店，2005年版，第97-98頁。

於文學和作家而言其意義是特殊的，比如北京的磚塔胡同與魯迅和張恨水的文學創作，小羊圈胡同8號與老舍的《四世同堂》和《正紅旗下》，乃至後來的三不老胡同與北島，大雅寶胡同與張郎郎。儘管魯迅早在1925年就曾經挪揄過北京的胡同，「在北京常看見各樣好地名：辟才胡同，乃茲府，丞相胡同，協資廟，高義伯胡同，貴人關。但探起底細來，據說原是劈柴胡同，奶子府，繩匠胡同，蠍子廟，狗尾巴胡同，鬼門關。字面雖然改了，涵義還依舊。這很使我失望」[9]。確實北京的一些胡同和街道的命名帶有很強的世俗性和生活化特徵。

北京的很多街道都是以明清時期的集市類別命名的，比如驟馬市、米市大街、缸瓦市、蒜市口、欖杆市、花市、豬市大街、菜市口、珠市口（有研究者認為此處的「珠」實際上應該「豬」）等等。除了魯迅所失望的那些胡同名字之外，北京的很多胡同還是非常富有「北京特色」的。這些各式名稱的胡同全方位體現了政治、地理區域（有時候代表了出生和地位）、家族、文化、經濟、文學、生活的方方面面，比如鼓樓大街、長安街、景山後街、王府井大街、煙袋斜街等等。甚至有些街道和胡同的命名非常富有詩意和文化，比如棠棣胡同、成賢街。而成都的街道名稱則從很大程度上體現了紛擾的市民生活百態和市場化的經濟圖景，如草市街、羊市街、米市壩街、肥豬市街、馬鎮街、牛市口、鹽市口、壇罐窯街、油簍街、漿洗街、染坊街等等。這與北京的街道命名很為相近，但不同的是北京曾經和成都一樣充滿了煙火和世俗味的街道後來都漸漸演化成了具有文化層次的另外一種說法了。為了避「俗」趨「雅」，北京的很多胡同和地名多以諧音的方式發生了變化，比如爛漫胡同實為爛面胡同、奮章大院實為糞場大院、大革巷實為打狗巷、分司廳則為粉絲亭、高粱（史高粱）胡同則為屎殼郎胡同。北京人好面子的習性以及特有的「都城性格」

---

[9]　魯迅：《咬文嚼字》，《華蓋集》，人民文學出版社，1995年版，第2頁。

使得後來這些胡同都被改頭換面成帶有文化、詩意的別稱了。汪曾祺對胡同文化的認識就很具有代表性，「胡同的取名，有各種來源。有的是計數的，如東單三條、東四十條。有的原是皇家儲存物件的地方，如皮庫胡同、惜薪司胡同（存放柴炭的地方），有的是這條胡同裡曾住過一個有名的人物，如無量大人胡同、石老娘胡同（老娘是接生婆）。大雅寶胡同原名叫大啞巴胡同，大概胡同裡曾住過一個啞巴。王皮胡同是因為有一個姓王的皮匠。王廣福胡同原名王寡婦胡同。有的是某種行業集中的地方。手帕胡同大概是賣手帕的。羊肉胡同當初想必是賣羊肉的，有的胡同是像其形狀的，高義伯胡同原名狗尾巴胡同。小羊宜賓胡同原名羊尾巴胡同。大概是因為這兩條胡同的樣子有點像羊尾巴、狗尾巴。有些胡同則不知道何所取義，如大綠紗帽胡同。」[10]在汪曾祺看來胡同文化是典型的封閉文化。而正是這種封閉性的胡同文化和特殊的空間為文革時期的「地下」沙龍和先鋒詩歌的產生提供了保障和條件。對於生長在胡同裡的作家而言，胡同已經作為一種地緣倫理與他們的生活和文學密切聯繫。老舍在《四世同堂》一開篇就提到了胡同，「說不定，這個地方在當初或者真是個羊圈，因為它不像一般的北平胡同那樣直直的，或略微有一兩個彎兒，而是像個葫蘆。通到西大街去的是葫蘆嘴和脖子，很細很長，而且很髒。葫蘆的嘴是那麼窄小，人們若不留心細找，或向郵差打聽，便很容易忽略過去。進了葫蘆脖子，看見了牆根堆著的垃圾，你才敢放膽往裡面走，像哥倫布看到海上漂浮著的東西才敢向前進那樣子。走了幾十步，忽然眼一明，你看見了葫蘆的胸：一個東有四十步、南北有三十步的圓圈，中間有兩棵大槐樹，四周有六七家人家。再往前走，又是一個小巷──葫蘆的腰。穿過『腰』又是一塊空地，比『胸』大著兩倍，這便是葫蘆的『肚』了。『胸』和『肚』大概就是羊圈吧！」[11]

[10] 汪曾祺：《胡同文化》，《草花集》，成都出版社，1993年版，第87頁。
[11] 老舍：《四世同堂》，人民文學出版社，2000年版，第9頁。

　　面對北京城人們最先想到的除了故宮、天安門、中南海，就要屬散布在二環內的胡同了。而說到北京的胡同我們自然會想到那些散布各處的名人故居，它們成為了歷史和文化的見證。

　　這些故居主要集中於東城區和西城區（包括原來的宣武區）。除了那些曾經顯赫的王爺府、貝勒府和公主府以及各省會館[12]，就文化界而言其中比較著名的有顧炎武故居（廣安門內大街報國寺1號）、孔尚任故居（海柏胡同）、朱彝尊故居（海柏胡同16號）、李漁故居（韓家胡同14號）、王士禛故居（東琉璃廠西太平巷5號）、紀曉嵐故居（珠市口西大街241號）、林則徐故居（賈家胡同31號，即莆陽會館）、康有為故居（廣安門內大街報國寺1號）、譚嗣同故居（北半截胡同41號）、梁啟超故居（北溝沿23號）、龔自珍故居（手帕胡同21號、上斜街50號）、章太炎故居（錢糧胡同）、陳獨秀舊居（箭杆胡同20號）、章士釗故居（史家胡同51號）、蔡元培故居（東堂子胡同75號，後來著名詩人沈從文居住在東堂子胡同51號，蔡其矯也曾居住在東堂子）、魯迅故居（阜成門內宮門口二條19號）、李大釗故居（佟麟閣路文華胡同24號）、胡適故居（緞庫胡同8號、鐘鼓寺胡同14號、陟山門胡同6號、米糧庫胡同4號、東廠胡同1號，而當時短短的米糧庫胡同就雲集了胡適、傅斯年、陳垣、梁思成、林徽音等）、齊白石故居（南鑼鼓巷雨兒胡同13號院、辟才胡同內的跨車胡同13號院）、楊昌濟故居（舊鼓樓大街豆腐池胡同15號）、矛盾故居（交道口後圓恩寺胡同13號）、梁實秋故居（內務部街20號）、田漢故居（白米倉胡同）、老舍故居（燈市口西街豐富胡同19號）、郭沫若故居（前海西街18號）、梁思成、林徽因和金嶽霖故居（東城區北

總布胡同3號）、宋慶齡故居（後海北沿46號）、梅蘭芳故居（護國寺街9號）、徐悲鴻故居（新街口北大街53號）、張伯駒故居（後海南沿26號）、蕭軍故居（鴉兒胡同6號院）、田間故居（後海北沿38號）、邵飄萍故居（驟馬市大街魏染胡同30號、32號，《京報》館舊址）、沙千里故居（東四六條55號）、艾青故居（東四十三條97號）、冰心故居（中剪子巷33號）、葉聖陶故居（東四八條71號）、歐陽予倩故居（張自忠路5號）等等。

　　這一個個空間和場所已經形成了不言自明的文化和文學的座標和象徵。而這對於那些「外省」的作家而言這些故居和胡同所形成的召喚結構以及影響是可以想見的。

　　北京西單牌樓石虎胡同七號是北京松坡圖書館，蹇先艾和徐志摩曾於此工作過一段時間。石虎胡同（現名為小石虎胡同）是西單北大街路東的一條短胡同，但清代卻有大學士馬齊、裘日修、吳應熊、綿德（乾隆皇帝長孫）等在此居住。曹雪芹也曾在這裡教書。民國初期教育總長湯化龍曾居石虎胡同，後改為松坡圖書館。1920年梁啟超從歐洲回國並於1923年在石虎胡同建立圖書俱樂部[13]。北方的冬天對於徐志摩這位生活在江南煙雨中的南方人[14]來說是一番陌生而別樣的感受。他在1923年1月22日寫到：「北方的冬天是冬天，／滿眼黃沙漠漠的地與天：／赤膊的樹枝，硬攪著北風先──／一隊隊敢死的健兒，傲立在戰陣前！／不留半片殘青，沒有一絲粘戀，／只拼著精光的筋骨；／斂著生命的精液，／耐，耐三冬的霜鞭與雪拳與風劍，／直耐到春陽征服了消殺與枯寂與凶慘，／直耐到春陽打開了生命的牢監，放出一瓣的樹頭鮮！／直耐到忍耐的奮鬥功效見，健兒克敵回家酣笑顏！／北方的冬天是冬天！／滿眼黃沙茫茫的地與天；／田裡一

---

[13]　後成為松坡圖書館的第二館，第一館在快雪堂。松坡圖書館1929年併入國立北平圖書館。

[14]　徐志摩早年讀中學時的日記中出現最多的場景就是南方的冷雨和陰鬱的天氣。

只困頓的黃牛，／西天邊畫出幾線的悲鳴雁」[15]。

　　對於徐志摩而言，1923年春天開始短暫居住和工作過的石虎胡同不僅是個人經歷的居所，而且已經成為民國時代北平以及一代文人心境的象徵。甚至連小小庭院裡的北方植物和動物在詩人眼裡都具有了「北國」別樣的景致和精神氛圍，「我們的小園庭，有時蕩漾著無限溫柔：／善笑的藤娘，祖酥懷任團團的柿掌綢繆，／百尺的槐翁，在微風中俯身將棠姑抱摟，／黃狗在籬邊，守候睡熟的珀兒，它的小友／小雀兒新製求婚的豔曲，在媚唱無休——／我們的小園庭，有時蕩漾著無限溫柔。／／我們的小園庭，有時淡描著依稀的夢景；／雨過的蒼茫與滿庭蔭綠，織成無聲幽冥，／小蛙獨坐在殘蘭的胸前，聽隔院蚯鳴，／一片化不盡的雨雲，倦展在老槐樹頂，／掠簷前作圓形的舞旋，是蝙蝠，還是蜻蜓？——我們的小園亭，有時淡描著依稀的夢景」（《石虎胡同七號》）。

　　1924年春，徐志摩在石虎胡同好春軒住處的牆上掛了個手書的木牌，自此「新月社」宣告成立。連徐志摩都不會想到在半個世紀之後北京石虎胡同七號會成為以他為代表的一個詩歌流派的歷史見證。

　　而在京派文學的發生與發展過程中沙龍顯然起到了重要作用。其中以北總布胡同3號林徽因的「太太的客廳」，朱光潛慈慧殿三號居所的「讀詩會」和沈從文的達子營28號以《大公報》的「文藝副刊」為中心的沙龍最具代表性。

　　北京的胡同、大院作為特殊的空間為文革時期「地下」沙龍的產生提供了重要條件。

　　1967年夏天，文革的階級鬥爭越來越荒誕、越來越殘酷。隨著上山下鄉運動的開始，一些知青在知青點開始進行圈子性質的讀書活動和文藝交流。正如巴赫金的狂歡化理論一樣來自城市的青年不自覺地強化了官方和體制話語空間之外的第二空間和第二種生活。而這種民

---

[15] 徐志摩：《北方的冬天是冬天》，《努力週報》，1923年1月28日 第39期。

間化和大眾化的話語方式顯然在極權年代具有著不可替代的重要性。
尤其是到了文革的中後期一些返城知青和留守在城市的無業青年開始
祕密組織讀書小組和文藝沙龍。這成了他們排遣青春期孤獨的最好方
式。需要注意的是聚會時的跳舞、聽音樂、聊天、吃飯、喝酒和遊玩
還成為這些青年男女們交朋友甚至談戀愛的絕好平臺。這些所謂的沙
龍已經在進入文學史之後獲得了空前的歷史意義和社會學及美學價
值，但一些相關的當事人、回憶者和研究們一定程度上過於美化和昇
華了這些圈子和沙龍。儘管「當年隨意的聚會，夾雜著平庸的齟齬與
瑣碎，如今已經成為一本正經的歷史」[16]這樣的說法有些過激，但我
想這也道出了個中原委和它自然、原生、粗糙和並不完全「美妙」的
一面。然而在當時全國各地都有類似的文學圈子和藝術沙龍的時代，
為什麼偏偏是北京的沙龍獨領風騷並成為文學史津津樂道的話題？而
其他省份的沙龍則只是成為以北京為中心的歷史敘事的陪襯、點綴和
修飾？換言之為什麼是北京和北方的詩歌沙龍佔據了主導性的位置？

　　這些一起在小範圍內聚餐、交遊、朗誦、讀書的青年當時被稱為
「逍遙派」和「頹廢派」。實際上早在1961年到1963年間，北京、上
海、成都、貴陽、福建、西昌等地就出現了沙龍。而進入1970年代，
隨著人們對政治風暴的進一步厭倦，思考者由原來的個體開始更多地
轉向了群落。從紅衛兵運動狂潮中跌落下來的年輕人紛紛尋求別樣的
生存方式。一部分人繼續沉落下去，而另一部分人則在精神上開始尋
找啟蒙的聖火。正是由於這些讀書小組和詩歌沙龍的存在，一些青年
才有可能最大限度地獲取各種非公開出版發行在當時具有「非法」性
質的讀物。他們在「沙龍」朗誦自己的作品，不僅可以得到回饋而且
使這些「地下作品」得以存活、流傳（手抄本的方式）下來。由於這
些沙龍大都出現在「文革」最混亂時期，它們的存在是自發的。其成
員多是一些讀書較多、善於獨立思考也富有才情的青年。由於相互交

---

流的機會增多和影響面的不斷擴大，1970年代初「地下」文學傳播的
速度也在逐漸加快。「地下」沙龍或思想群落的出現使一部分青年人
的精神活動有了適宜的「小環境」，所以獨立思考和寫作的人也開始
多了起來。在部分知青中由於他們地處偏僻、久居鄉村，生活群體相
對穩定，離政治風雲的漩渦較遠，所以讀書寫作的環境也就更安全
些。讀書、交流、寫作成為一代青年在那個時代唯一的快樂。

　　楊健在《文化大革命中的地下文學》[17]中提到了幾個「地下」
文藝沙龍、小組和詩歌群落，如黎利（1967-1970）沙龍、趙一凡
（1970-1973）沙龍、徐浩淵（1972-1974）沙龍、第二軍醫大學文學
沙龍、太陽縱隊、「×」小組和「白洋淀詩派」等。而此後的新詩史
在敘述這一時期的「地下」沙龍和詩歌時也基本上是大同小異地重複
著楊健的敘述。而實際上《文化大革命中的地下文學》所涉及的沙龍
尤其是文革時期的詩群還不是很全面。有必要對這些即使在當下的新
詩史中仍被忽略的詩群和沙龍進行強調，以便引起今後的新詩史寫作
和研究的注意。

　　據目前的資料來看當時比較重要的詩歌沙龍和同仁性的交流圈
子主要集中在北京。主要有1960年代初期張郎郎的「太陽縱隊」，
郭世英、張鶴慈等的「×小組」，牟敦白文藝沙龍（1965-1966），
黎利、夏仲沙龍（1967-1970），李堅持沙龍（1967-1975），趙一凡
沙龍（1970-1973），鐵道部宿舍的魯燕生、魯雙芹沙龍，國務院宿
舍的徐浩淵沙龍（1972-1974），學部宿舍（現社會科學院宿舍）的
黃元沙龍，第二軍醫大學文學沙龍（1970-1974），何京劼沙龍等。
此外在河北、四川、貴州、福建、上海、黑龍江、山西、內蒙等地都
有數量不等的文藝沙龍存在[18]。宇文所安把作為家宅的私人空間看做

---

[17] 楊健：《文化大革命中的地下文學》，朝華出版社，1993年版。
[18] 如西昌的周倫佑、周倫佐沙龍（1969-1976），貴陽黃翔、啞默的野鴨塘沙龍，舒
　　婷的六角房沙龍（1972-1976），西安的葛岩、龍海東的讀書活動以及蘆葦等「西
　　安老戶」的沙龍。

是自我封閉又不受公共世界干擾的「私人天地（private sphere）」，「所謂的『私人天地』，是指一系列物、經驗以及活動，它們屬於一個獨立於社會天地的主體，無論那個社會天地是國家還是家庭。」[19]而巴什拉更是強調沒有家宅人就成了流離失所的存在，「家宅在自然的風暴和人生的風暴中保衛著人。它既是身體又是靈魂。……在我們夢想中，家宅總是一個巨大的搖籃。一個研究具體事物的形而上學家不會對這個事實置之不理，這是個簡單的事實，更重要的是，這個事實有一種價值，一種重大的價值，我們在夢想中重新面對它。存在立刻就成為一種價值。生活便開始，在封閉中、受保護中開始，在家宅的溫暖懷抱中開始。」[20]在巴什拉看來家宅裡的櫃子及其隔層、書桌及其抽屜，箱子及其雙層底板都是隱秘的心理生命的真正器官和內心空間。而在政治的極權年代，沙龍顯然只能在一個個私密的個人空間裡進行，即使是這些私人空間也時時要遭受到抄家和突擊檢查的危險。

　　文革時期的文藝沙龍在1972年形成高潮。不同的沙龍之間互相影響，有的詩人甚至同時參加了不同的沙龍。這些讀書小組和文藝沙龍對後來的「今天」詩人和「朦朧詩」起到了相當重要的作用。在讀物資源極端匱乏的情況下他們的閱讀駁雜而不成系統。

　　他們的閱讀範圍除了一些經典讀物——如當時的所謂三本「必讀書」——普希金的《葉甫蓋尼・奧涅金》、萊蒙托夫的《當代英雄》以及曹雪芹的《紅樓夢》，更能激起他們「吃禁果」般閱讀興趣的卻是一些「文革」前出版的「供批判用」的「內部讀物」（所謂的「黃皮書」、「灰皮書」），「1970年初冬是北京青年精神上的一個早春。兩本最時髦的書《麥田裡的守望者》、《帶星星的火車票》向北京青年吹來一股新風。隨即，一批黃皮書傳遍北京」[21]。政治學方面

[19]　宇文所安：《機智與私人生活》，陳引馳、陳磊譯，《中國「中世紀」的終結》，生活・讀書・新知三聯書店，2006年版，第70頁。

[20]　加斯東・巴什拉：《空間的詩學》，張逸婧譯，上海譯文出版社，2009年版，第5頁。

[21]　多多：《被埋葬的中國詩人（1972-1978）》，《開拓》，1988年第3期。值得注意

有托洛茨基的《被背叛了的革命》、德熱拉斯的《新階級》、斯特朗的《史達林主義》、《史達林秘史》、《從列寧到赫魯雪夫——共產主義運動史》、《赫魯雪夫主義》等，哲學及文藝理論方面主要有加羅蒂的《人的遠景》、薩特的《辯證理性批判》、科學院文學所編的《現代美英資產階級文藝理論文選》（內附袁可嘉後記長文）等，文學方面小說有加繆的《局外人》、薩特的《厭惡及其他》、凱魯亞克的《在路上》、塞林格《麥田裡的守望者》、阿克肖諾夫《帶星星的火車票》、沙米亞金《多雪的冬天》、艾特瑪托夫的《白輪船》等，回憶錄有愛倫堡的《人・歲月・生活》，詩歌作品則更多。影響較大的有泰戈爾、普希金、波德萊爾、聶魯達、葉甫圖申科、梅熱拉伊梯斯、萊蒙托夫、茨維塔耶娃、阿赫瑪托娃、特瓦爾朵夫斯基（長詩《焦爾金遊地府》）、普希金、葉賽寧、勃洛克、古米廖夫、馬雅可夫斯基、海涅、惠特曼、洛爾迦等等。

這些「黃皮書」和「灰皮書」不僅影響甚至改變了文革一代人的精神和生命軌跡，而且這些帶有「地下」性質的祕密閱讀活動還給那時的青年男女之間的情感生活帶來了特殊的浪漫和神祕色彩，「那一天他的頗有見地的談吐使我記住了他的名字。在四合院的古舊幽暗的客廳裡，他似乎在對我說他喜愛惠特曼，讚歎《草葉集》的磅礡大氣。藤蘿的枯枝投影在深褐色的木格窗上，遮蔽了下午的陽光。我的心情黯淡。我們在空中樓閣裡走來走去，無家可歸。N侃侃而談。我望著他，聽不見他的聲音。我在想，他是誰，他過著一種什麼樣的生活。他瘦弱，蒼白」[22]。

張郎郎（1943-）後來所居住的大雅寶胡同在文化界尤其是繪畫界有著極其重要的地位。張郎郎曾經提供過1950年初在大雅寶胡同院子裡所拍攝的一張合影。合影上的很多人都是大師級的人物，其中有

---

的是多多的這篇對後「地下」文學研究產生重大影響的文章卻遭到了一些當事人的質疑，認為此文很多說法與事實不符，如徐浩淵。

[22] 潘婧：《抒情年代》，作家出版社，2005年版，第57頁。

齊白石、李苦禪、徐悲鴻、李可染、葉淺予。

　　1963年，20歲的張郎郎組織了「太陽縱隊」。其成員主要有郭路生（食指）、張久興（後在軍隊服役時自殺）、張新華、甘露林（在軍隊服役時自殺）、牟敦白、董沙貝、甘恢理、於植信、王東白、巫鴻、吳爾鹿、楊艾其、陳乃雲、劉菊芬、蔣定粵、孫智信、張潤峰、楊孝敏、張振洲等。而早在讀中學期間張郎郎就在與郭世英、張久興和甘露林的交往中成立了詩歌沙龍。張郎郎的母親陳布文曾經當過周恩來總理的秘書。張郎郎由於受「精神上的導師」母親的影響而閱讀了大量的中外書籍，如《洛爾迦詩選》、全套的《小說月報》、《帶星星的火車票》、《麥田守望者》、《在路上》、《向上爬》等等。廣泛的閱讀尤其是《美國現代詩選》對張郎郎的文學寫作產生了重要影響。張郎郎與張寥寥、蔣定粵等當時辦有不定期的手抄雜誌《自由》、《格瓦拉》、《曼佗羅》等。

　　在1962年到1963年間張郎郎寫下《鴿子──和尼古拉‧紀廉的「小鴿子錯了」》、《理想》、《早晨》、《恍惚》、《風景》等詩。在《理想》這首詩中清新、浪漫、自由而帶有明顯的小資情調的「童話」風格能夠看出洛爾迦謠曲的影子，但更多還是詩人的獨特想像，「我想在地毯似的青草地上，／蓋一座白房子，／草地上必須有黃色的蒲公英，／還有酒窩那麼大的小銀蝴蝶。／屋子，有窗子，挺亮，／還有煙筒，每天都會冒出一朵朵黑雲彩，／門一定要厚，是乾淨的木頭做的。／桌上老有一杯濃甜的咖啡，／還有好看的毛線團」（《理想》）。而張郎郎的詩歌更多的是具有時代寓言的性質，在一個個意象上投射出那個黑暗時代濃重的陰影和窒息的氛圍以及詩人內心對理想和人性痛苦的憧憬和迷茫中的堅執與探詢，「它沉靜的酣睡著，／像是窗外的白雪／可這是團溫暖的雪⋯⋯／我對它說過，／是的，是在那火爐旁的冬日，／那漫長與安靜的冬日。／我說過，這不是你的家／在瑰麗的陽光下，／在濃綠的草地上，／空氣是透明的，／像酒一樣濃郁的花香，／是一縷有顏色的芬芳的液體，／在空氣中浸潤著、蔓延

著。／於是，它甦醒了，／站在我伸向未來的手心，／站在燦爛的自然的光芒中。／扇動了一下翅膀，／開始了飛翔」（《鴿子》）。

1968到1977年張郎郎因現行反革命罪入獄，關押期間寫有長詩《燃燒的心》、《進軍號角》以及《七月流火》、《狼皮褥子》等幾十首短詩。

1963年初郭世英（1941-1968）在北京101中學讀書期間與同學張鶴慈、孫經武開始進行哲學和文學上的交往。尤其是郭世英在北京大學哲學系讀書期間與張鶴慈、孫經武、葉蓉青等人組成了富有探索精神的「Ｘ小組」並創辦《Ｘ》民刊。

此間郭世英閱讀了大量的哲學著作以及「黃皮書」和「灰皮書」，開始詩歌寫作並深入研究哲學。1963年5月郭世英因為「Ｘ小組」受審查，後下放到河南西華農場監督勞動。文革中郭世英被揪鬥並被非法關押，由高空墜落身亡。由於受到尼采、弗洛伊德以及薩特等西方哲學的影響尤其是現代人本主義立場和個體主體性的堅持，郭世英的詩歌在當時具有明顯的先鋒性和「反叛」性。郭世英的詩作由於留下來的很少，所以新詩史很少談論他的詩歌，只是約略地談到與他有關的「Ｘ小組」。楊健在《文化大革命中的地下文學》提到了郭世英的詩《小糞筐》[23]。而楊健「才華橫溢的郭世英僅僅給我們留下這麼一首歌頌糞筐的兒歌，這本身就是一個悲劇」這種說法顯然並不確切。但是此後很多新詩史研究者卻受此影響，認為郭世英只有這一首《小糞筐》傳世。鐘鳴在其《旁觀者》中就認為郭世英是1968年被人從樓上推下死於非命[24]，「只有《小糞筐》一首，因万伯翔[25]（万

---

[23] 郭世英也擅長寫詩，但極少傳世。万伯翔保存了他當年在西華農場黑板報上寫的一首兒歌《小糞筐》：「小糞筐，／小糞筐／糞是孩兒你是娘。／迷人的糞合成了堆，／散發五月麥花香。／小糞筐，／小糞筐，／清晨喚我來起身，／傍晚一起回床旁。／小糞筐，／小糞筐，／你給了我思想，／你給了我方向，／你我永遠在齊唱。」

[24] 關於郭世英的死有很多說法，由於沒有見證人只能是一個謎，他段只是其中一個說法，万伯翔則認為是自殺，是對文革黑暗現實的「血的抗議」。

[25] 此處有誤，應為万伯翱。

里之子）的抄錄而得以倖存。多多《1970-1978，北京地下詩歌》，
蓧白《×社與郭世英之死》，貝嶺[26]《文化大革命中的地下文學》均
有描述」[27]。實際上郭世英遺留下來的詩確實很少，但不是一首。

郭世英的詩作主要有《小糞筐》、《我是一塊石頭》、《金
杯》、《浮影》、《伴侶》、《望著他》、《我在歡笑中》、《一星
期三天一天，兩天，三天》、《送給香山之行》、《我要海》等。北
京師範學院出版社1986年出版的《非正常死亡——十年浩劫中的受難
者》披露了郭世英的幾首詩。周國平在《我的心靈自傳——歲月與性
情》[28]中提到郭世英並提供了郭世英給周國平的一首詩的手稿。此外
郭世英的「浮影 幻象／夢一樣／清新 混沌／夢一樣／來了 來了
／它靠近了我／張大眼睛／——朦朧的霧氣」（《浮影》）以及「我
在歡笑中／狂舞／我在悲切中／慢步／卻不知／我腳下的路／是一顆
顆蠕動的心／一片片鮮紅的土」（《我在歡笑中》）等詩歌都能夠呈
現出這個「異質」青年的獨特思考和批判意識。另外值得提及的是瀟
瀟從2006年《詩歌月刊》（下半月刊，現已停刊）第1期開始推出專
欄《一個時代的雙重見證》。該欄目旨在對文革或更早時期開始詩歌
寫作而長期被埋沒的詩人進行重新挖掘與整理，目前已經推出了郭世
英、食指、依群、張郎郎、張寥寥、張新華、魯雙芹、牟敦白、王東
白等。實際上瀟瀟早在1993年就開始了這項有意義的工作並準備結集
為《前朦朧詩全集》，但由於種種原因至今仍未能出版。瀟瀟根據郭
世英家人保存的1963年3月到4月的日記整理出13首詩作[29]，這對「地
下」詩歌是很有意義的。

---

26　應為楊健。

27　鐘鳴：《旁觀者》（第2卷），海南出版社，1998年版，第629頁。

28　周國平：《我的心靈自傳——歲月與性情》，長江文藝出版社，2004年版，第85頁。

29　這些詩主要有《金杯》、《民英》、《浮影》、《乾了的眼睛》、《一星期三天一
天，兩天，三天》、《給我那朵花》、《我要海》、《送給香山之行》、《望著
他》等。

張鶴慈（1943-）曾在清華附中、101中學、北京師院讀書，因「×」小組而被關押15年，現定居默爾本。

張鶴慈在農場勞動改造時寫有《我在慢慢地成長》（1965）、《鏡中的我》、《生日》（1965）、《夜的素描》、《無題》和《十字路頭》等詩。這些詩作在類於蒙太奇的細節和場景的快速轉換和意象疊加中傳達了詩人青春期的不安、迷惘與懷疑。而目前研究者對這些詩作還缺少必要的關注和確認。張鶴慈抒寫了那個時代青年人痛苦的精神成長史，「座標上的紙宇宙／條條線線和……／我／／凸多邊形的玻璃殘片／滴淚的浮雕／影的遺忘／霜和鋁屑的鏡的屍體／珠水的鑲嵌／影的送葬／／不要，那笑的迷惘／不要，那小的蕭冷／不要，那永遠望著我的眼睛／／瘋狂旋轉的地球儀／凝凍的星空／冰月／／搖籃外的一只小手／向媽媽要著花的顏色／玫瑰的血，枝的刺／／散亂的紙牌和／照片的碎片在／路上堆積／／不知邊際的路／腳印／踏過紙的閣樓、城堡、墳墓／／掙斷了蛛網般的血管／從我的心裡／我！站了起來／／宇宙／伸展著的視線的／點的凝聚／／無盡的無盡，點點上／鏡中的我？／我」（《我在慢慢地成長》）。

徐浩淵（1949-）沙龍的成員主要有依群、多多、根子、王好立、譚小春、彭剛、魯燕生、魯雙芹等。當時的很多沙龍的成員都是交叉的，這裡除了有文藝上共同愛好興趣之外，也有男女私人情感交往的因素。1962到1965年徐浩淵就讀北京女三中，1966年就讀於人民大學附屬中學，1968年赴河南輝縣插隊。徐浩淵曾在1968年和1976年兩次入獄。文革期間徐浩淵寫下《海岸・貝殼・少年》、《給自己》、《如果我能夠》、《給依群》、《給我的好立》、《一顆星星在升起》等詩。依群寫有《你好，哀愁》、《無題》、《長安街》等詩，其中寫於1971年的《紀念巴黎公社》在當時影響很大[30]。

---

30　「奴隸的槍聲嵌進仇恨的子彈／一個世紀落在棺蓋上／像紛紛落下的泥土／巴黎，我的聖巴黎／你像血滴，像花瓣／貼在地球藍色的額頭／黎明死了／在血泊中留下早霞／你不是為了明天的麵包／而是為了常青的無花果樹／為了永存的愛情／向戴

　　魯燕生的沙龍則不僅是美術沙龍而且是詩歌沙龍，主要成員有馬嘉、魯雙芹、李之林、彭剛、楊樺等。這些成員在1972到1973年間寫了為數不少的詩作。

　　此外北京還有葉三午組織的沙龍，聚集了趙一凡、趙振開（北島）、鐘阿城等人。葉三午寫於1960年冬天的《無題》很容易讓人想到後來的芒克、多多在白洋淀寫下的那些詩歌——「我的青春你還要睡多久呢？／太陽照耀大地輝煌／不能觸著你的臉嗎？／那火熱的光芒！／我的青春你還要睡多久呢？／閃著寒光的黑鴉／撲落在你身上貪婪地／吻著你金黃的幼芽」。

---

　　金冠的騎士／舉起孤獨的劍」。

# 食指的「杏花村」

我一直不能忘記的是多年前一個插隊白洋淀的北京女知青的一段話：

> 塵封的記憶就是從這裡開始。從這片凝固的湖水開始。顏料
> 的色澤已被流逝的時光作舊：在黑藍色的天空與黑藍色的湖
> 水之間，月光劃開一條小路，把記憶引向幽暗的深淵。這是
> 關於我們自己的，關於個人的記憶。[1]

文革之中產生的白洋淀詩群獨領風騷並成為北方詩歌精神的絕
好象徵。在眾多具有群落性質的詩歌寫作中，為什麼是單單是白洋淀
詩群成為了當今新詩史敘述中一個饒不過去的「經典」？我們不能不
注意到這樣一個事實，文革時期的「地下」詩歌寫作群體（如貴州詩
人群、上海詩人群、福建詩歌人、內蒙詩人群等）之所以沒有像白洋
淀詩群這樣受到文學史的青睞不僅與這些詩群被挖掘和闡釋的程度有
關，而且也不能不與「北京」和「今天詩人」關係的親疏遠近有關。

1968年底，在毛澤東「接受貧下中農再教育很有必要」的最高指
示下大規模的轟轟烈烈的上山下鄉運動開始。1700萬青年離開城市來
到邊疆和僻遠的鄉村，以一顆顆需要不斷「鍛造」和「清洗」的紅心
接受貧下中農再教育。這些知青在「流放」歲月中產生了一個個思想
群落和文學群落，而目前留給我們更多的是文學群落的歷史印記。在
當時如此眾多的知青點中只有杏花村和白洋淀獨領風騷，儘管當時插

---

[1] 潘婧：《抒情年代》，作家出版社，2005年版，第3頁。

隊白洋淀的多多、芒克等人也沒有預料到白洋淀竟然會成為先鋒詩歌的一個「搖籃」[2]。

照之其他「地方」白洋淀和杏花村顯然具有一種不無強大的文學和文化的召喚結構。這使得那些流浪和流放的青年人在這裡暫時找到了精神的安慰和詩歌的棲居之地，而其他的地方則一定程度上不具有這種結構。

正如一些研究者所指出的「進入鄉村世界的知識青年，並未被土地的魅力所征服。一方面是難以忍受的貧苦生活，一方面是單調乏味的農業場景，這兩者都驅趕著知青，令他們繼續處在劇烈的地域流走和心靈動盪之中」[3]。

在特殊的時代背景下是杏花村和白洋淀這樣的地理和文化空間誕生了文革一代人的詩歌寫作和精神成長。這讓我想到了十九世紀中葉以後不斷呼喊著「到歐洲去」的俄國青年人。

1867年在迷茫的風雪之路上杜斯妥也夫斯基和他第二任妻子安娜‧格里戈里奔赴歐洲的身影彷彿就在眼前。

而文革中知青一代人的異地「流放」更讓我聯想到的則是上個世紀二十年代美國「迷惘的一代」。

在當時經濟大蕭條的背景下，海明威和他同時代的作家一起「流落」甚至「逃亡」到歐洲。其中一部分人在三十年代返回美國成為短暫的流放者，而有的則留在了歐洲成為永遠的流放者。這種異域的流放顯然並非來自於單純的經濟原因，而是有著「迷惘的一代」在精神、政治、文學和生存上的多重複雜想像和精神衝動。「歐洲」則成了這種想像的代名詞和詩意性空間。我想「歐洲」和「杏花村」、「白洋淀」一樣成為一代人拓展文學與生活、想像和現實邊界的空間，從而生動地展現了社會動盪和文學精神軌跡。海明威、馬爾科

---

[2] 多多：《1970-1978北京的地下詩壇》，《今天》，1991年第1期。

[3] 朱大可：《流氓的盛宴——當代中國的流氓敘事》，新星出版社，2006年版，第162頁。

姆・考利、克萊恩、菲茨傑拉德、懷爾德、帕索斯、哈米特、肯明斯、布羅姆菲爾德都曾在「迷惘」和「出走」的路上成為了卡車司機和戰地救護車司機。他們和汽車的身影一起奔跑在大地、山地和叢林之中。而食指、多多、芒克、北島等人則乘坐著火車、汽車、牛車、馬車在政治年代的鄉村和城市中「流放」，甚至以船代步在縱橫交錯的水道和蘆葦蕩中穿行、交遊和繼續流浪。正如「迷惘的一代」戰後暫時寄居在紐約市的格林威治村和郊區偏僻的蒙帕那斯一樣，白洋淀、杏花村成為一代城市青年流放生活的時代縮影。

白洋淀和杏花村已經不再是一個單純的物理空間，而是成為一種精神性的空間，成為精神成長的方式和文學理想滋生的產床。

北方的一個又一個寒冷的冬天成為那個政治寒冬時代最為形象的晴雨錶，而郭路生（北京五十六中高中生）也在北方的冬天裡面對著冰封的河面寫下了《魚群三部曲》等詩篇。

1968年冬天，20歲的郭路生（即後來名滿天下的詩人食指）赴山西汾陽杏花村插隊。

臨行前，北京火車站。郭路生的朋友高小剛、張小紅等和他一起照了合影。照片上的人們都穿著厚厚的棉衣，有人光著頭，更多的則戴著棉帽，也有的還戴著夾帽。在這些表情僵硬的一群年輕人當中只有高大的郭路生面帶微笑。此時還沒有登上火車感受撕心裂肺的送別場面的郭路生還不可能預料到此次晉中之行的艱辛與痛苦。當然他也沒有料到他即將寫於1968年12月20日開往山西的火車上的《這是四點零八分的北京》。這首詩歌以及之前寫成的《相信未來》在此後的一個個寒夜裡給一代人所帶來的是不可想像的震撼與共鳴。

當上山下鄉運動被宣傳和塑造成為偉大的理想主義的社會主義青年行動時，食指卻以力透紙背的詩行呈現出了欺和瞞背後的事實真相和一代人疼痛的面影、撕裂的內心以及被遺棄的漂泊狀態和無家可歸感。1968年12月20日，下午四點零八分。北京車站。在時代的綠色列車上，食指以當時主流詩壇罕見的敏銳、真誠和良知發現了現實的

殘酷和悲涼：「這是四點零八分的北京／一片手的海浪翻動／這是四點零八分的北京／一聲尖厲的汽笛長鳴／北京車站高大的建築／突然一陣劇烈地抖動／我吃驚地望著窗外／不知發生了什麼事情」（《這是四點零八分的北京》）。迷茫、困惑在食指這裡第一次得以真實和個性的呈現，而且呈現得如此殘酷。而這種真實卻是以一代人的青春和生命為代價的。食指以良知的帶血的針線穿透了時代的虛假面紗，「我的心驟然一陣疼痛，一定是／媽媽綴扣子的針線穿透了心胸／這時，我的心變成了一只風箏／風箏的線繩就在媽媽的手中」。

　　值得注意的是食指《這是四點零八分的北京》這首歌中的「北京」形象。

　　曾有研究者認為這首詩歌「完全扭轉了五十年代以來所形成的對於『北京』這個詞語的象徵傾向的運用，把『北京』這一『超級事實』，下降為一種現場真實，把『北京』作為國家和革命話語的象徵性存在，轉變為一個人生活中最普通的存在」[4]。但我認為這種說法過於抬高了食指詩歌的「超時代」意義。儘管食指的這首詩歌是在個體和一代人的生存現場中所抒寫的際遇與內心的掙扎，但是「北京」這個國家和文化的高大形象的象徵並沒有被消解。反倒是在上山下鄉運動中對於食指這些帶著戶口離開城市的大批知青而言「北京」無論是作為出生地的故鄉還是作為精神故鄉甚至是國家的象徵都獲得了更為重要的意義。正因如此，他們才在離開北京的時候帶有難以言說的痛苦、分裂和漂泊感。所以我們才會看到眾多的知青詩歌中大量的對「北京」的回憶、留戀和希望「返回」的衝動。「北京」成為那代人的情結和陣痛。實際上食指這裡的「北京」和十七年以及文革主流詩歌中的「北京」文學形象並沒有本質上的區別，只是食指在詩歌中加入了個體的真實感受，而「北京」所象徵的國家和文化寓意是沒有太

---

[4]　朱周斌：《個體在人世間的意義——作為朦朧詩與當代漢語現代詩原型之一的食指》，《詩林》，2010年第4期。

大差別的。

1968年12月20日傍晚。

到達山西省汾陽縣杏花村的北京知青們（大多來自人大附中、北京女一中、101中學）是帶著離鄉的孤獨和失落來插隊的，但是這些「北京人」、「大學生」卻受到了公社和村裡社員群眾的熱烈歡迎。當時的食指戴著灰呢子老頭帽、身穿棉大衣，左手提著行李和生活必需品，右手提著一盆花──仙人掌。仙人掌的執著、堅強是否呈現了食指作為詩人性格的一個側面？而其他的知青有的帶來了書籍，有的甚至還帶了唱片、電唱機和手搖留聲機。杏花村這個在中國詩歌史上承擔了如此詩意的地方重新在文革這樣非詩意的年代煥發出新異的芬芳。正如春暖花開的季節這裡四處盛開的杏花和桃花。一群知青背井離鄉來到這裡接受改造和再教育，而寫詩、朗誦和交遊卻成為他們最熱衷的工作。尤其是其代表詩人食指作為文革「地下詩歌寫作第一人」、啟蒙人物和「朦朧詩的一個小小的傳統」更是讓杏花村成為中國先鋒詩歌的一個「根據地」。不久，食指開始在杏花村這座晉中大地的村莊寫詩。他寫滿詩歌的筆記本被知青傳抄，傳播範圍越來越廣泛。按照食指同時代的詩人和插隊知青的說法當時在北京、河北、山西、陝西、內蒙和黑龍江以及雲南等地都有人傳抄他的詩歌，甚至按照一同插隊的戈小麗的說法杏花村一時成了詩聖朝拜地。顯然食指詩歌的真實體驗和沉痛而堅強的命運感以及他朗誦時的抑揚頓挫的音樂性和特殊的感染力不僅使那些在杏花村親自聽過食指朗誦的知青們印象深刻，而且在其他外地的知青和工人們第一次在手抄本上讀到食指的詩歌時的那種激動、感動和震撼是難以用語言來表述的。手抄本就是這樣以完全不同於鉛印出版物的親近、陌生、新奇吸引著眾多文學青年和普通讀者，「一九七三年，我從朋友手中得到一本詩集，如果是一本鉛印的書，可能不會引起我的興趣，作家、詩人在我的心目中神聖得高不可攀，會因為離我太遙遠反而被忽略。但那恰恰是一個手抄本，用的是當年文具店裡僅有的那種六角錢一本的硬面橫格本，

字跡清秀，乾淨得沒有一處塗改的痕跡。僅猜測那筆跡是出自男性還是女性之手，就足以使我好奇得一口氣把它看完」[5]。手抄本詩歌之所以能夠受到如此追捧也在於當時這些新奇的帶有現代色彩的詩歌打開或更新了受賀敬之等政治抒情詩影響的閱讀空前貧乏一代青年的視野。這種手抄本詩歌的親切感更容易撥開這些青年的內心，「最讓我好奇的是手抄本小說和詩，在一凡那裡，這些全被翻拍成照片，像撲克牌一樣裝在盒子裡。⋯⋯我把《相信未來》抄在筆記本上背誦：當蜘蛛網無情地查封了我的爐臺，當灰燼的餘煙歎息著貧困的悲哀，我依然固執地鋪平失望的灰燼，用美麗的雪花寫下：相信未來」[6]。當插隊內蒙後因病回京的史保嘉在一個夜晚第一次讀到食指的詩歌時顯然不啻於一次心靈的地震。從這裡能夠看到在一個手抄本時代食指詩歌的傳播範圍和他不可替代的重要影響，「記得那晚停電，屋裡又沒有蠟燭，情急中把煤油燈的罩子取下來，點著油撚權當火把。第二天天亮一照鏡子，滿臉的油煙和淚痕」，「郭路生的詩在更大範圍的知青中不脛而走，用不同字體不同紙張被傳抄著。世界上不會有第二個詩人數不清自己詩集的版本，郭路生獨領這一風騷」[7]。

當時食指他們這些知青臨時住在杏花村的一個小山坡的兩排青磚農房裡。這裡成了知青勞動之餘的談論文學、朗誦詩歌和文藝交流的據點。

是食指的詩歌使得這些遠離家鄉的迷茫、低落的知青們得以找到精神上的安慰。杏花村特有的地理環境也使得這些遠離城市的青年體驗到鄉土中國自然偉大的一面，「杏花村的春天美極了，粉紅色的桃花和白色的杏花開得絢爛一片，點綴了那古老的青磚瓦房。背景再襯上那青青的紫華山和山頂繚繞的白雲，天然一幅古香古色的農家美

[5]　徐曉：《半生為人》，同心出版社，2005年版，第136頁。

[6]　廖亦武主編：《沉淪的聖殿——中國20世紀70年代地下詩歌遺照》，新疆青少年出版社，1999年版，第66頁。

[7]　史保嘉：《詩的往事》，《持燈的使者》，廣西師範大學出版社，2009年版，第8頁。

景。這或許就是引發杜牧寫出『借問酒家何處有，牧童遙指杏花村』
這樣佳句的原因吧」[8]。食指的《新情歌對唱》、《窗花》等民歌風
的詩作顯然來自於晉中農村民歌對他詩情的激發，而村中漂亮的姑娘
金蓮也打開了這個城市青年的心扉。當春天各地的知青紛紛慕名來拜
見食指的時候，四周盛開的杏花和食指的詩歌一起成為那個時代的文
學傳奇，也成為後來文學史所津津樂道的「故事」。尤其是後來食指
的遭際和個人的悲劇性命運也在很大程度上增加了故事的傳奇性和
詩歌的歷史感。然而這兩排農舍實際上是無比普通甚至是非常簡陋、
寒酸的，但是就是這些簡陋的農舍卻在一個非正常時代孕育出了中國
先鋒詩歌的前驅性人物。兩排房舍其中的一間是知青們自己做飯的廚
房，廚房就是用破舊的磚搭成的。廚房的左邊是一個大灶以及用木架
支起的長條木製案板，灶的上方是沒有窗紙的窗戶。大灶的右側是水
缸、扁擔、水桶和一些農具。而就是這個簡單而寒酸的廚房，夜幕降
臨的時候這裡卻開始活躍起來。有人跳舞、唱歌，有人看書、交談。
而更為知青津津樂道的盛事則是由郭路生朗誦他的詩歌。《相信未
來》和《這時四點零八分的北京》每次都成了保留節目，而女知青每
次都會在朗誦中淚流滿面。我們可以看到「聽眾」以灶臺為中心圍坐
在扁擔、木凳、水桶甚至南瓜堆和紅薯堆上，灶臺上煤油燈和蠟燭搖
曳著微光。郭路上背對黑夜、面對如豆的燈火，其高大的身影投在窗
櫺上，「郭路生的嗓子略帶沙啞，朗誦時聲調抑揚頓挫，念到輕時輕
得像是把詞語用一絲微風送到你耳邊，有時還會停頓片刻讓詩句的餘
味繼續蔓延，真達到了『此時無聲勝有聲』的效果；念到激昂處，他
的嗓音放大而不失含蓄，洋溢著熱情和急切。念到靠近結尾的排比句
時，他那急切的聲音像熾熱的火球不斷地滾動上去，把聽眾的情緒完
全調動起來」[9]。而食指朗誦詩歌時投入的表情更是給那些知青以最

---

8　戈小麗：《郭路生在杏花村》，《持燈的使者》，廣西師範大學出版社，2009年
　　版，第152頁。

9　戈小麗：《郭路生在杏花村》，《持燈的使者》，廣西師範大學出版社，2009年

直接的感染，「念到低沉處，他半閉眼睛，眼神幽沉而迷茫；念到抒
情處，眼睛裡充滿快樂和跳躍的波光；念到激昂處，他執著地看著前
方，眼裡充滿熱情」[10]。很多次，都有知青尤其是女知青還沒聽完食
指的朗誦就跑出廚房在黑夜中放聲大哭。

　　現在眾多研究者在看待文革「地下」詩歌、白洋淀詩群以及「朦
朧詩」時都是將食指作為一個前驅者的角色。確實食指對當時的青年
人和知青的影響是很大的，但是也不能過於誇大了食指。正如芒克所
說儘管在1967年左右就知道了食指這個人，但是自己讀到食指的詩已
經到了1973年。那時的芒克寫詩已經有了兩年多時間，所以「根本不
是有些人所說的那麼回事，我們這些人最初開始寫詩都是因為了他的
影響」[11]。

　　當今的新詩史敘述和新詩研究在談論「地下」詩歌和「今天」
詩歌時都要強調當時這些詩人的「非法」性閱讀對寫作的影響，甚至
會直接拿一些現代主義的外國詩人套在某某詩人身上。我想強調的是
當年的「地下」詩歌中只有少數一部分詩人的文學和哲學閱讀因為先
天的身分（比如高幹和高知子女）而帶有時代的優勢，而另一部分詩
人其閱讀除了一部分來自於有效的交換之外則更多所接受和濡染的當
時主流文學的影響。甚至今天看來很多「地下」詩人的寫作在語言層
面都留有時代主流語言機制的慣性影響。說到「地下」詩歌寫作一定
要注意到相關詩人的多層次性——既有歷史的慣性遺留又有反思和時
代發現。梁小斌後來就認為自己在文革時期寫的詩作是「獻媚式」寫
作，如他當年下鄉時曾寫作一首名為《第一次進村》的詩：「公社開
完歡迎會，／一顆心飛到生產隊。／明天一早就下地，／一定開好第
一犁。／想著想著入夢鄉，／手兒放在心窩上。」即使是被認為是

　　版，第150、151頁。
[10] 戈小麗：《郭路生在杏花村》，《持燈的使者》，廣西師範大學出版社，2009年
　　版，第155頁。
[11] 芒克：《食指》，《瞧！這些人》，時代文藝出版社，2003年版，第34頁。

「朦朧詩」的代表性詩作《雪白的牆》和《中國，我的鑰匙丟了》梁小斌本人也認為這是時代局限性的體現。按照梁小斌自己的說法他當時把浪漫主義「奉若神明」並把詩人優雅和純潔的品格作為目標。換言之，作為同時代的或稍晚一些經歷過文革的詩人其寫作和詩歌語言都不能不具有雙重性格。最具代表性的當算是被視為「地下」詩歌和「今天」詩歌啟蒙者的詩人食指。而新詩史和相關研究在論及食指時基本上是談詩他那些與當時的主流詩歌有差異的「經典」文本，如《相信未來》、《這是四點零八分的北京》、《憤怒》、《酒》、《還是乾脆忘掉她吧》、《煙》、《瘋狗》等。而對於食指那些與當時的主流詩歌差異不大的詩作如《送北大荒戰友》（1968）、《楊家川——寫給為建設大寨縣貢獻力量的女青年》（1969）、《南京長江大橋——寫給工人階級》（1970）、《我們這一代》（1970）、《架線兵之歌》（1971）、《紅旗渠組歌》（1973-1975）等卻很少關注（還是有意地不去關注？）。這些詩句無論是在語言上還是在情感基調上與當時主流的詩歌寫作甚至十七年詩歌並沒有什麼區別，甚至帶有紅衛兵詩歌寫作模式的「慣性」遺留。很難想像在文革中成長的年輕人不受到文革政治文化教育的強大影響，那麼寫出主流的「媚俗性」的民歌化、革命化的詩作就不足為奇了。關鍵是很多詩人、當事人都沒有呈現出一代人的另一個真實的側面。這麼多年的新詩史寫作和相關研究在新的時代語境之下將「地下」和「今天」詩人塑造成先鋒的、現代主義的、啟蒙的、反思的、控訴的文學形象。「地下」文學與主流文學之間的關係，寫作者與時代之間複雜而矛盾的心態（疏離和認同）的關注卻大體成了空白。

　　而當詩歌的理想主義年代早已經過去，當食指在北京嘈亂的酒吧裡朗誦詩歌的時候，這些聽眾是否真的在傾聽詩歌？是否還有觀眾透過食指高大的身影和微笑以及低沉的嗓音來回溯杏花村時代的詩歌傳奇與沉痛舊夢？是否還有人來懷念暴風雪中四點零八分的北京火車站？

# 傳奇的詩歌「江湖」：白洋淀

　　儘管杏花村的自然風光以及當地的姑娘金蓮和純樸的村民們給了食指美好的記憶，他的詩歌也開始在杏花村、山西以及全國各地產生影響，但是插隊杏花村的第二年也就是1969年食指卻離開杏花村來到河北白洋淀實地「考察」。

　　食指此行也是為了看望好友何京劼（何其芳之女）。在白洋淀食指結識了當地著名的農民詩人李永鴻。此次白洋淀之行給食指留下了深刻的印象，甚至為此食指還企圖從杏花村轉到白洋淀插隊，儘管以失敗告終。換言之，在當時還有比杏花村更吸引知青的地方。這就是——白洋淀。

　　當人們不斷談論芒克、多多、根子、林莽等人的時候，白洋淀已經成為中國漢語詩壇的「聖地」之一，儘管今天這裡作為旅遊地已經被商業文明薰染得有些面目全非。可能人們不會想到白洋淀竟會因為北京來的一些知青詩人而成為精神和詩歌的聖地，儘管時光和歷史留給我們更多的是煙霧迷津中模糊的碎片，「在秋風寒瑟的湖面上，飄過雲團一般的霧氣；我們的船與他們的船交錯而過，倏忽之間，令人心悸的驚險，划船的男孩高高的個子，輪廓分明的漂亮的臉，新鮮刺人的笑容，這或許就是我記憶中的芒克」，「他們的船迅速地隱入濃霧之中，若隱若現，正如記憶的虛無縹緲」[1]。白洋淀因為一個曾經隱秘的「地下」詩歌群落的存在而聲名遠揚。它也由此成為新詩歌史上的一個經典化的地標，「我第一次寫出稍微像樣的詩，是在70年代初偏遠的吉林。當時23歲的我無法知道，在幾千公里外遙遠的河北白

---

[1]　潘婧：《抒情年代》，作家出版社，2005年版，第14頁。

洋淀，一群和我同年齡的青年人也在聚集寫詩。在這些來自京城的天
之驕子中，一股新奇的詩風正在旋轉、嘯叫、聚集。若干年後，它們
神奇地向我吹來，並註定影響整個中國。」[2]

　　白洋淀古稱「祖澤」，位於河北省中部，保定正東八十里左右的
安新縣境內。白洋淀距離北京僅300華里，這種地理上的接近正是北
京知青選擇來這裡的重要原因。白洋淀是海河平原上最大的湖泊，現
在屬於北方濕地自然保護區。

　　文革時期的安新縣城是一個名副其實的荒涼小城。整個小城裡
只有一條街道，街道兩旁是低矮的民居。小城唯一的副食品商店食品
稀少，門前網可羅雀。散落在336平方公里白洋淀上的是143個澱泊。
這裡是名副其實豐饒的魚米之鄉。白洋淀，南北最長處約五十里，東
西四十里。其上游有唐河、豬瀧河、漕河、瀑河、清河、滹沱河、子
牙河等九條河流，號稱「九河下梢白洋淀」。其下游與白溝河匯合，
改稱大清河，在河北獨流併入子牙河。當雨季上漲可向西蔓延二十多
里，舊縣城安州則處於一片煙波浩淼的濛濛之中。如果說京、津、保
（定）這一三角區域是孫犁等「荷花澱派」成長的土壤，那麼作為華
北明珠的安新境內的白洋淀水鄉則孕育和滋養了具有叛逆色彩和現代
主義特徵的先鋒詩歌群落──白洋淀詩群。作為距離北京最近的水
鄉，白洋淀的濕地文化、京畿文化和鄉野江湖風貌在一定程度上緩解
了知青們的時代壓抑和個人苦悶。汪洋水鄉的特殊風貌激發了這些青
年人對精神的追求和思想的探索。而相對邊緣、封閉的地理空間又在
一定程度上培養了這些青年人追求自由心性以及反撥主流意識形態文
化的獨立精神。

　　位於冀中平原、地處京、津、保三角地帶的白洋淀已經成為詩
人心目中滋養詩歌的最好地理板塊。這裡的湖泊、蘆葦、荷花、水

²　徐敬亞：《燃燒的中國詩歌版圖》，《天南》，第3期（2011年8月）。

禽、魚蝦都與詩歌水乳交融在一起，而這裡特有的大抬杆[3]、「小牛蹄」[4]、透溜灣、青果[5]以及冰船曾讓來自北京的知青們大開眼界。而白洋淀作為北方少見的水鄉，以其「燕南趙北」、「塞北江南」和「華北明珠」所特有的水鄉和濕地環境給在政治年代來到這裡的一代青年提供了不可替代地理資源和人文精神。而大清河南岸與北岸趙北口之間長達兩華里的大石橋——十二座聯橋更是成為一個時代詩歌精神的象徵。十二座聯橋的歷史滄桑和燕趙文化仍然閃現著古老的光芒。十二座聯橋是戰國時期燕國和趙國的分界線，橋的兩側各豎石碑一塊，上刻「燕南」、「趙北」。橋北可以通往北京和天津，橋南則可以順千里堤到達任丘、河間。走水路，這裡上經白洋淀走府河可到保定，下順大清河到天津。而白洋淀的水則通過這十二座聯橋東流入海。

在很長時期內白洋淀作為冀中大地上抗日和革命鬥爭的堡壘在當代戰爭文學如《白洋淀紀事》、《小兵張嘎》、《雁翎隊》中得到不斷的強調。而白洋淀特殊的地理環境在戰爭年代的文學上只不過是強化了這裡交通在戰時的重要性，「這是間坐北朝南的破『河神廟』，木刻的『河神』早被遊擊組搬去，留下個三面牆的廟筒，成了行人避寒的地方。廟的左側，是通津莊大街南口。從街口往南走幾步，有個陡坡，坡下有個土臺，臺上有塊刻有『一葉通津』四個篆字的古碑，那就是有名的『通津碼頭』了。這兒的河道有三奇：一是寬得出奇，白洋淀葦塘連綿不斷，唯獨這一溜葦子少，河道足有十來丈寬；二是深的出奇，就是天旱的澱泊乾枯，滿載的對槽大船在這裡也探不到底；三是直的出奇，東西十幾里，就象拉著墨線裁過一樣。所以，白洋淀的魚、米、蝦、蟹、葦、席，天津的日用百貨，多從這裡

---

[3]　白洋淀地區特有的打大雁、野鴨用的三寸多粗一丈來長的獵槍。
[4]　「小牛蹄」也稱牛皮鄉，是白洋淀漁民在冬天穿的一種短筒牛皮靴，製作粗糙，形制肥大，裡面裝有麥秸，可以隔濕禦寒。
[5]　白洋淀地區成鴨蛋為青果。

集散」[6]。而在其他燕趙作家尤其是保定地區作家的革命小說中白洋淀只是在地理和交通上的重要性得到強調，只在很小的程度上呈現了這一水鄉的特點和地緣文化上的特殊性。白洋淀縱橫交錯的大大小小的湖泊流傳的更多是雁翎隊抗日寇、除惡霸、端炮樓、奪軍火、打火輪的故事。這些湖泊也成為了革命的據點，「動員了全國的老百姓，就造成了陷敵於滅頂之災的汪洋大海，造成了彌補武器等等缺陷的補救條件，造成了客服一切戰爭困難的前提」，「依據河湖港汊發展遊擊戰爭，……並在河湖港汊之中及其近旁建立起持久的根據地，作為發展全國遊擊戰爭的一個方面」（毛澤東語錄）。白洋淀特殊的地理環境形成的風物、習俗以及蔓延百里的水鄉特有的自然氣候和精神氣候則長時間被作家們所忽視。這一時期的白洋淀詩歌也是典型的口號詩，「百里澱泊駛戰船，／萬頃蘆蕩擺戰場；／抬杆獵槍威力大，／百發百中打豺狼」。也只有到了孫犁那裡，尤其是到了文革時期的芒克、多多、根子等白洋淀詩人那裡，白洋淀才從真正意義上獨立和凸顯出其特有的燕趙文化的「慷慨悲歌」的魅力，「古秋風臺之北／祖澤中　那個小小的村落／一股陰氣籠罩著／那是源於兩千年的寒風／高漸離的築聲驟起　我隨之悲歌／我將怨恨埋於心中／我將匕首裹入詩行／它們激越的悲鳴／穿越燕南趙北的祖澤／易城以南的祖澤／渾然一片白茫茫的水泊」[7]。

　　包括芒克這代人，他們關於白洋淀首先想到的就是孫犁所營設的「荷花澱」，「要問白洋淀有多少葦地？不知道。每年出多少葦子？不知道。只曉得，每年蘆花飄飛葦葉黃的時候，全澱的蘆葦收割，垛起垛來，在白洋淀周圍的廣場上，就成了一條葦子的長城。女人們，在場裡院裡編著席。編成了多少席？六月裡，澱水漲滿，有無數的船隻，運輸銀白雪亮的席子出口，不久，各地的城市村莊，就全有了花

6　雲起：《智鋤偽隊長》，《雁翎隊的故事》，保定地區革命文員會文化局創作組編，河北人民出版社，1974年版，第38頁。

7　林莽：《林莽詩選》，時代文藝出版社，2005年版，第203頁。

紋又密，又精緻的席子用了」[8]。六七十年代的白洋淀與先鋒詩歌結
下了不解之緣，而最初吸引北京的知青來白洋淀的正是此前他們對孫
犁小說和散文的美好印象，「最初，是孫犁的散文使我們想到這片被
稱為『華北明珠』的地方」[9]。關於白洋淀，孫犁留給我們的是水鄉
漂亮、能幹、淳樸、勇敢、溫柔識大體的北方女性。她們在朦朧月光
下編席子，岸邊的荷葉荷花的香氣以及小船上的私房說笑都讓我們對
這一水鄉有著美好的記憶，「月亮升起來，院子裡涼爽得很，乾淨得
很，白天破好的葦眉子潮潤潤的，正好編席。女人坐在小院當中，
手指上纏絞著柔滑修長的葦眉子。葦眉子又薄又細，在她懷裡跳躍
著」，「女人編著席。不久在她的身子下面，就編成了一大片。她象
坐在一片潔白的雪地上，也象坐在一片潔白的雲彩上」[10]。

　　非常有意思的是後來重要的朦朧詩人江河（于友澤）在白洋淀交
遊時期曾給當時的女友潘青萍（潘婧）拍過一張照片：少女時代的潘
青萍正在織葦席，她半蹲半跪，低著頭，面帶微笑。詩意迷人的水鄉
風光以及這些溫柔、賢慧、大方、漂亮能幹的燕趙水鄉女子在孫犁小
說中出現的時候確實在一定程度上吸引了芒克等這些來自北京的年輕
人。這也是為什麼芒克、多多、根子等人到白洋淀後和這裡的姑娘談
戀愛的重要原因。甚至芒克和一個姑娘都到了談婚論嫁的程度，「大
多數人都經歷了戀愛，因為無事可做；大多數的愛情都順理成章地以
失敗告終」[11]。

　　這裡交錯縱橫的水路更像是迷宮，「在大澱裡，很容易迷路。我
尤其辨不出東西南北。我看澱裡的景致總是大同小異；小路的兩側是
方陣一樣的蘆葦蕩，鴨子在那裡遊來遊去。靠蘆葦的地方總能看見鴨

---

[8]　孫犁：《荷花澱》，《解放日報》，1945年5月15日第4版。
[9]　潘婧：《心路歷程──「文革」中的四封信》，《中國作家》，1994年第6期。
[10]　孫犁：《荷花澱》，《解放日報》，1945年5月15日第4版。
[11]　潘婧：《抒情年代》，作家出版社，2005年版，第133頁。

子下的蛋」[12]。遮天蔽日的蘆葦蕩顯然成了一種最好的屏障並與北京
等地的政治運動疏離開來。這些從城市裡分離、從父輩的受難和個人
的痛苦中來到這個北方水鄉知青們最初是痛苦的，「那時我們還都年
輕，那年我們只有離家遠行。那是一個多雪的冬天，那年的寒冷讓我
們從肌膚到內心都已凍透」，「在白洋淀，在華北的水鄉，我的內心
也聽到了冰層凍裂的轟鳴」[13]。而當冬日被春天消融，迷茫的水面、
水鳥的鳴叫、時而閃現的波光粼粼之上的漁船以及夏天裡的荷花、菱
角、跳出水面的魚兒卻在此後的日子使得這些來自北京的城市青年感
受到前所未有的舒暢和「雲夢澤國」般的鄉野氣息和詩意氛圍。芒克
等人面對水鄉白洋淀更容易聯想到的是範仲淹在《岳陽樓記》中所描
繪的景象：「至若春和景明，波瀾不驚；上下天光，一碧萬頃；沙鷗
翔集，錦鱗游泳；岸芷汀蘭，鬱鬱青青；而或長煙一空，皓月千里；
浮光躍金，靜影沉璧；漁歌互答，此樂何極！」精神的饑渴、內心的
迷茫、青春的激情和身體的躁動都在這一片水鄉中找到了釋放的空
間，「那些浩淼的湖水，是怎樣撫平了我心頭的創傷，蘆葦的倒影中
有鳥兒幻覺的翅膀。那源自心靈的嚮往不只是寄託，而是真摯的禱
告。無法抑制的激情，在夏季暴漲的澱水中呼嘯」[14]。

插隊白洋淀的白青（潘青萍）所說的「媽媽孕育了我，白洋淀孕
育了一代詩人」是準確的。

白洋淀靠近北京具有天然的地理上的優勢，而白洋淀又確實有著
她自身的特殊性，甚至帶有那個極端年代少有的北方偏遠水鄉所帶來
的「異域」特徵。插隊白洋淀的宋海泉就曾發現白洋淀的漁民的眼睛
是藍色或者綠色的並懷疑他們是西域色目人的後裔[15]。在當時剛剛辦

[12] 甘鐵生：《春季白洋淀》，《沉淪的聖殿：中國20世紀70年代地下詩歌遺照》，新
疆青少年出版社，1999年版，第273頁。
[13] 林莽：《林莽詩選》，時代文藝出版社，2005年版，第200頁。
[14] 林莽：《林莽詩選》，時代文藝出版社，2005年版，第202頁。
[15] 宋海泉：《白洋淀瑣憶》，《持燈的使者》，廣西師範大學出版社，2009年版，第
109頁。

理完插隊手續的楊樺眼裡冬天的白洋淀也帶有明顯不同於北京之處，「我急於想看看白洋淀什麼樣。我跑到碼頭向前望去，只見白茫茫一片。冰還沒有化，茫茫冰原上蓋了層白雪。但我依舊感覺氣勢磅礡。因為自小在北京長大，從來沒見過這麼大的冰雪平原。雖然沒有見到白洋淀，但此一行收穫重大。」[16]當時很多北京知青都是通過朋友的介紹插隊白洋淀的，比如何京劼、尚維虹、尚金華等近二十人都通過楊樺來白洋淀的。當時甚至還有像周舵這樣帶著妹妹周陲和年僅八歲的弟弟周琪來白洋淀舉家插隊的奇特情形。

當18歲的潘青萍和戎雪蘭在背著行李第一次站在白洋淀大堤上的時候，展現在她們這些北京知青、城市人面前的景色是那樣讓她們驚訝不已、興奮莫名，「遠望一片冰原，穿著一身黑棉衣的農民劃起雪橇，迅忽如弦上的箭，直射向地平線上的桔紅色的落日；我們沿著柳堤一直走向湖心的村莊，冰面升騰的霧氣凝結在柳樹上，形成罕有的霧凇現象：十里長堤如同雕琢著玉樹瓊花」[17]。而夏日的白洋淀同樣令燥熱鬱悶的人們心情涼爽、心曠神怡，「夏天的湖，濃翠欲滴。連綿的蘆葦蕩，以一抹抹濃重的墨綠分割了浩淼的水面；蘆葦之間狹長的水道，木棹撥動青碧的水，在萬籟俱靜之中發出碎玉似的琅琅的聲音。綠柳環繞的水中村莊。正是蓮蓬收穫的季節，水邊的坡地上，丟棄著一叢叢的荷花，粉紫色的撕碎的花瓣，一抹華麗的色塊」[18]。秋天的白洋淀是寧靜的、朦朧的、潮濕的，也更充滿了迷蒙的詩意美，「深秋。蘆葦轉呈鐵銹紅色，像厚重的油畫顏料，潑抹在湖水寒瑟的碧藍之間。秋天的湖畔，單純的，水火不容的色塊。秋天，湖被壯觀的霧海淹沒。船在翻滾的霧中摸索著緩緩遲行。村莊忽然地顯現，彷彿是聳立於雲層的縹緲的仙山；岸邊的蘆葦像模糊的叢林」[19]。

[16] 楊樺：《我在白洋淀的知青生活（1969-1972）》，《天涯》，2009年第4期。
[17] 潘婧：《心路歷程——「文革」中的四封信》，《中國作家》，1994年第6期。
[18] 潘婧：《抒情年代》，作家出版社，2005年版，第28頁。
[19] 潘婧：《抒情年代》，作家出版社，2005年版，第39頁。

　　儘管這些來自北京的年輕人在這裡僅僅呆了幾年的時間，但就是這短短的時日卻成就了後來長久的文學史記憶甚至成就了傳奇性的詩歌故事和詩人英雄。白洋淀也成為詩人英雄們賴以生存的詩歌江湖和民間詩歌的中心（起碼是北方的中心），「北京是中國政治、經濟、文化的中心，是歷朝歷代領風氣之先的地方，而在離北京不太遠的白洋淀，卻是一片煙波浩渺，宛如世外桃源的邊緣之地。從中心放逐到邊緣，然後又從邊緣回到中心，一個地下詩歌的江湖就這樣形成」[20]。正如邁克・克朗所說對每個人而言他的出生地在最基本的意義上都是他的「父國」，「流放者可能會厭惡他的國家，但他不能忽略它」[21]。而白洋淀之所以能夠吸引這些知青還在於他們非常清楚白洋淀只不過是他們暫時的居住地，他們都不會成為這裡的「村民」而終將或早或晚地離開，「如果說，我熱愛這片湖，似乎不真實；我並沒有留在這裡，也從未想到要在這裡生活一輩子，像當時的許多激情的插隊的知青那樣。我是城市的孩子，這一點是不能改變的。在我走進村裡為我們準備的房子，開始用柴鍋燒水的時候，我就明白，我們將離開這裡」[22]。恰恰是這種短暫的「路過」和「流竄」狀態才讓他們不斷發現與北京和城市截然不同的白洋淀的魅力和特殊之處並在未來的回憶中不斷提煉其美好之處（比如田園詩、水鄉、風光、愛情、青春），而過濾掉了這裡偏遠、落後、貧窮、邊緣的一面。而反過來我們卻很少看到白洋淀當地與這些知青年齡相仿的青年人對白洋淀的歌唱和讚美，正所謂「熟悉之地無風景」。

　　當時插隊在白洋淀的北京知青據說有五六百人之多，而這些知青中因為圈子性和互相交往的緣故寫詩的人更不在少數。但是我們今

[20] 廖亦武主編：《沉淪的聖殿：中國20世紀70年代地下詩歌遺照》，新疆青少年出版社，1999年版，第179-180頁。

[21] 邁克・克朗：《文化地理學》，楊淑華、宋惠敏譯，南京大學出版社，2005年版，第43頁。

[22] 潘婧：《抒情年代》，作家出版社，2005年版，第11頁。

天在文學史和各種相關文字中只看到了芒克、多多、根子、林莽等少
數的幾個人，而當時在白洋淀寫詩的其他人尤其是女性則可能永遠被
文學史敘事所忽略。實際上在1968和1969年左右來白洋淀插隊之前這
些學生都是以各自的學校為圈子組織了大小不等的詩歌交流的群體，
比如北師大女附中的史保嘉、孔令姚、戎雪蘭、潘青萍（潘青萍和戎
雪蘭是北師大女附中的同班同學）、陶洛誦、武嘉範、張雷，清華附
中的宋海泉、甘鐵生、鄭義、劉滿強、車宏生，男四中的北島、史康
成、曹一凡、趙京興等。後來這些群體中的很多成員都赴白洋淀插
隊。而這些知青甚至包括多多、北島在內很多人都曾寫作舊體詩，這
顯然帶有那個時代的特殊印記。這一代人的詩歌影響一定程度上還來
自於毛澤東詩詞的影響。舊體詩詞的功能在這一代人身上，尤其是在
文革的中後期才開始受到反思。也即舊體詩詞在朋友唱和和玩賞中是
有作用的，但是真正表達一代人複雜、痛苦的內心和波詭雲譎的政治
年代時就有些失效了，「寫古體詩對我來說已經得心應手，可以不假
思索，一揮而就。但翻檢幾年間的四十餘首作品，卻沒有什麼滿意之
作，總覺得是隔靴搔癢，意猶未盡，寫不出內心深處真正的感覺。這
是一種形式與內容的矛盾：古人用他們的語言表達自己的情懷，其形
式也經歷了從《詩經》到唐宋到明清到民國的發展變化，成為精美絕
倫的園藝盆景；我們可以將其用於玩賞，真要用於意思表達，就難免
有矯揉造作之嫌」[23]。這也是為什麼曾經一度受到傳統詩詞影響的知
青在插隊時第一次接觸到手抄本形式的現代詩歌時的震驚和陌生以及
隨後產生喜愛的深層原因了。很多知青在接觸到現代詩之後紛紛停止
古體詩詞的寫作，這種分行的現代詩歌更適合於表達一代人的內心體
驗。值得注意的是為什麼當時北京和天津有五六百知青到白洋淀這樣
一個彈丸之地插隊？這除了白洋淀離北京和天津都非常近、交通方便
以及白洋淀相對來說比較富足（按照芒克的一次回憶他說經常半夜的

---

[23] 史保嘉：《詩的往事》，《持燈的使者》，廣西師範大學出版社，2009年版，第7頁。

時候螃蟹會爬到房間裡）和自由的原因外，當時這些或者出身有問題
或者有著其他問題的知青在去白洋淀插隊的時候可以自己帶著檔案。
這樣檔案中有問題的部分就可以被抽掉。同時白洋淀特有的濕地文化
也吸引著這些城裡和大院的青年人。插隊白洋淀的知青的出身也值得
關注。當時這些知青多以落魄的幹部子弟和知識份子家庭出身為主，
而這種出身也決定了他們程度不同的懷疑和叛逆性。他們大多不肯接
受硬性的指令和安排，而是試圖脫離原來的集體環境尋找相對自由的
地方插隊。

　　1969年3月深夜，宋海泉、劉滿強、崔健強、許建新一同乘火車
趕赴白洋淀。同行的還有插隊到白洋淀另一個公社的師大女附中的戎
雪蘭、潘青萍、孔令姚和夏柳燕等人。一行十幾人在凌晨時分到達河
北徐水，之後換乘馬車前往七十里之外的安新縣城。之後，大澱頭
村、趙莊子、李莊子、北河莊、邸莊、寨南、王家寨、關城、同口、
大田莊、郭里口、端村以其相對寬鬆、自由的地理生態和既封閉（地
理上）又開放（知青之間的交往）的環境成為這些來自北京和天津等
外地知青的臨時落腳點和詩歌生產的基地。

　　根子、多多和芒克是北京三中初一七班的同班同學，三人又一起
去白洋淀插隊。這為詩壇增加了那個時代的傳奇性，他們後來都成為
中國先鋒詩歌在文革時期的代表人物。一起插隊白洋淀的芒克、多多
和根子就居住在公社為他們搭建的位於土堤上的一排簡易平房裡。儘
管插隊白洋淀的知青在此後或長或短的歲月裡感受到了這裡精神與物
質、理想和現實之間難以避免的緊張和分裂狀態，但是白洋淀特殊的
地理環境以及這種環境在特殊年代所營造的特殊氛圍還是深深影響著
這些十幾歲的青年人。一年四季變化豐富的水鄉風光更是成為他們永
遠都抹不去的靈魂胎記。

　　根子（本名岳重）的家譜中記述他是岳飛的第三十三代傳人顯然
更增添這位詩人的特殊性。根子在白洋淀僅3年，他天生的歌唱才華
和類似於存在主義的精神在長詩《三月和末日》（1971）以及《白洋

淀》等詩中得到全面展現。後來的新詩史研究將根子等人認定為「地下」詩歌的代表人物，但實際上這些詩人都是多層面的，具有複雜性，比如根子早在中學時代就曾在蘇聯的刊物上發表作品。

這些詩人在白洋淀遊歷的日子不僅體現了特殊政治年代的先鋒詩歌的同樣特殊的生產方式、傳播管道和交往方式，而且這種特殊性一直延續到「第三代」詩歌的生髮史。

無論是「第三代」詩人的自印詩刊、交往、談詩、遊歷和活動乃至運動都能夠在白洋淀詩群這裡找到某種源頭性的對應和反光。

實際上，因為白洋淀地區知青沒有集體戶，落戶的村子也沒有人專門管理這些知青，所以當時很多插隊白洋淀的北京知青如候鳥一樣在北京和白洋淀等地來回穿梭。往往在冬天他們離開白洋淀回到父母居住的城裡，春天的時候再回到白洋淀。而更為自由的芒克、多多和根子等在白洋淀的幾年更是時常去白洋淀之外的其他知青點去進行「串聯」。奔跑的火車、汽車和自行車上是這一代人忙碌而熱情的詩歌身影，這在1980年代先鋒詩歌中有著最後的延續。1980年代的詩人們仍然會為了一首剛剛完成的詩作不惜連夜坐火車去另外一個城市和朋友、詩友們交換意見。茫茫夜色中背著詩歌手稿的詩人成為最後理想年代的注腳。當理想主義年代即將結束的時候，北島、多多、根子、顧城、江河、楊煉等等紛紛以一種更為極端的「交遊」出走國門的時候不知道這是不是一代人集體性的宿命？或者說詩歌的「交遊」和「流放」成為他們一生逃避不開的既定命運軌跡。

芒克於1950年11月16日生於瀋陽，6年後隨父母遷往北京。也許是東北時期的生活增添了日後這位北方漢子的豪爽和直率的性格以及抵抗自然和「政治」寒冷的強健體魄。1968年芒克在家無所事事，到處閒逛。按照芒克的說法當時赴白洋淀插隊是被多多強行拉去的。當時芒克正發著近40度的高燒，頂著紛飛的大雪一行九人先乘火車到保定，再改乘最原始的交通工具馬車走了百十里路到達安新縣城。之後疲憊不堪的一行人在黑夜中穿過結冰的河面到達大澱頭村。那時林莽

和宋海泉、崔健強等人在白洋淀另一個漁村插隊。

　　大澱頭這個四面環水的漁村顯然天然獲得了一種水鄉特有的氣息。為水所環繞的這個小小村莊使得這些青年人在這裡暫時找到了青春避難地。實際上除了芒克在白洋淀停留的時間最長並與白洋淀結下了最深情誼之外其他詩人在白洋淀的時間都不長。比如多多，曾因到天津挖海河而不幸傳染了肝炎，此後便回北京修養，「他一去不返，在白洋淀就再也見不到他的影兒了」[24]。而芒克這個偶然中被強行拉去白洋淀的人卻是所有知青詩人中在這裡生活時間最長的——7年。據說還是芒克的母親托陶洛誦將芒克的戶口一起轉到了北京，芒克才極其不情願地離開白洋淀，而其他知青都是想盡辦法主動找關係離開這裡的。芒克、多多在當時的白洋淀和北京產生了不小的影響，這種影響後來經過一些當事人的口述和回憶更具有了一種傳奇性。芒克在白洋淀時期並不是完全都待在白洋淀，有些時候也去外地「流浪」。芒克就曾在1970年初隻身前往內蒙和山西等地流落數月並創作了一些早期的詩歌，年底開始在白洋淀正式寫作現代詩。

　　青春的激情和詩歌的理想就是通過出走和交遊實現的。這些詩人最早接觸的鄉下和外省成為最初點燃他們詩歌激情的空間。這些外省的地理也因此沾染上那個年代所特有的氣象。芒克早在1967年就與同學和朋友到廣州、上海、昆明和重慶等地串連。這些南方的省份和城市以及農村給芒克留下了深刻的記憶。1970年代初儘管北京寒風肆虐，但是芒克和彭剛這兩位被青春和藝術點燃的青年人決定出走到全國各地宣傳「先鋒派」。他們翻越北京車站的護欄跳上了南下的火車。他們第一站到了武漢。這次出行的遭遇讓人啼笑皆非。兩個身無分文的人只能賣掉外套換口飯吃並最終被遣返北京。在一個偏遠的無名小站，兩個沒有車票的青年那種焦慮狀態極好地象徵了一代人的生活和精神境遇。

---

[24] 芒克：《多多》，《瞧！這些人》，時代文藝出版社，2003年版，第13頁。

1972年到1973年是芒克白洋淀時期詩歌創作的黃金時期，此後北島、嚴力、馬佳、江河等人不斷前往白洋淀以詩會友。到1975年的時候曾經喧鬧火熱的白洋淀冷清下來，知青已經所剩無幾。

1976年1月芒克返回北京前一把大火燒掉了所有寫於白洋淀時期的詩歌。唐山大地震後芒克為自己搭建了一個類似於漁船形狀的地震棚，「芒克看來是有意搭建成漁船形的，對他來說，白洋淀依然是一個揮之不去的情結」[25]。然而就是這樣一個「先鋒派」卻在一段時期的新詩史研究中被忽略。同是白洋淀詩群成員的林莽對芒克被新詩史寫作和詩壇所忽視原因的見證人式的說法具有一定的說服力，「1987年的某一天，我到久未見面的芒克那兒小坐。那些年正值中國新潮詩歌如火如荼的翻湧之際，詩社林立，流派紛呈，似乎詩歌到底是什麼也早已被一片喧囂所淹沒了。此時芒克正關起門來撰寫他的長詩《沒有時間的時間》。一向爽朗、熱情的芒克沉靜地說：真想再回到白洋淀那些冷清而憂傷的日子裡去，真想一個人靜靜地坐一會。這真摯的生命的渴求使我眼中浸滿了淚水。芒克就是這樣一個人，他不被社會潮流所盅惑也不被偽劣藝術的塵埃所掩蓋，那些市俗的欲望與之無涉，他是以生命最直接的感知面對生活與詩歌的。我一直認為：他是中國的葉賽寧式的詩人」[26]。說到白洋淀詩群，說到芒克、多多和根子、林莽等這些詩人，時下的文學史研究已經給他們賦予了足夠多的「意義」和「價值」。當然，這具有歷史的合理性，但是一個必須予以強調的事實是其中很多人白洋淀時期的詩歌寫作與其特有的青春狀態尤其是愛情生活有著相當重要的關係。很大程度上這些青年詩人插隊農村時的愛情生活以及這種情感對詩歌寫作的影響和刺激作用是很明顯的。比如當時多多和根子就因為農村的女友而發生衝突，芒克也愛上了村裡的一個姑娘。而陶洛誦和趙京興、北島和史保嘉、江河和

[25] 嚴力：《我也與白洋淀沾點邊》，《沉淪的聖殿：中國20世紀70年代地下詩歌遺照》，新疆青少年出版社，1999年版，第279頁。
[26] 林莽：《芒克印象》，《中國詩選·春之風》，中國文聯出版社，2002年版，142頁。

潘清萍、戎雪蘭和她的男友在當時都是情侶關係。

　　白洋淀時期的多多留著背頭，經常穿一件白色上衣。而此時的芒克卻剃了光頭。

　　當芒克和根子在1970年代初已經在白洋淀水鄉開始詩歌寫作的時候，多多仍然對哲學和政治充滿熱情。突然在1972年，多多竟然發了瘋似的寫起詩來並且與芒克和根子在詩歌上「較勁」。多多和芒克進行「詩歌決鬥」其中一個原因就是多多以為自己在白洋淀的女友雙子看上了根子（而按照根子的說法這是多多特有的性格導致的誤解）。這讓他十分惱火，甚至有了更為極端的舉動剃了大光頭。儘管這可能是個愛情的誤會[27]，但是這個誤會卻成就了一個詩歌傳奇。多多的個性和他對詩歌寫作的執拗和頑強的「決鬥」脾性讓他最終在詩歌的層面贏了時代，「栗世征生得唇紅齒白，眉目清秀如少女，詩卻寫得動盪不羈。他的詩也最多，我見到時就已有兩大本，用的是當時文具店所能買到的最豪華的那種三塊五一本的厚厚的硬皮筆記本，其中一本的扉頁上題著俄國女詩人阿赫瑪杜林娜或是茨維塔耶娃的詩句」[28]。

　　無論是緣於愛情、敵意、嫉妒，還是青春的偏執和熱情開始的詩歌寫作，白洋淀那連綿不斷的湖泊都作為一個重要的生存場景和文化氛圍深深感染和激發著這些年輕人，「深秋的湖水，／已深沉得碧澄。／深秋裡的人，／何時穿透這冥思的夢境」（林莽：《深秋》）。當時這些詩歌中出現最多的意象就是白洋淀這一北方罕有的水鄉。以林莽為例，他白洋淀時期的詩歌如《深秋》、《暮秋時節》等反覆出現的核心意象顯然是白洋淀所特有的，比如湖水（溪水）、

---

[27] 據相關當事人回憶，多多和根子之間確實因女朋友而存在矛盾，甚至有當事人認為不是一般的三角關係，而是多角關係。

[28] 史保嘉：《詩的往事》，《持燈的使者》，廣西師範大學出版社，2009年，第10頁。那時的多多最喜歡的詩人之一就是茨維塔耶娃，而對阿赫瑪杜林娜所知甚少，所以多多詩歌本扉頁上所抄詩句應該是來自於茨維塔耶娃。

大雁、蘆葦（葦眉子）等。尤其對於出生於河北徐水的林莽而言，他對燕趙大地上這片汪洋水域的情感顯然比其他知青更為複雜和特殊。白洋淀在這些詩人心目中的地位是可以想見的。

當這些詩人在80年代末期紛紛遠走異國，留給他們的詩歌記憶已經轉換為異地的鄉愁和異國的落寞。

1989年冬天，身處異國的多多寫下《阿姆斯特丹的河流》。

北京被置換成荷蘭，北方漁村被置換為異國城市，水鄉白洋淀被置換為阿姆斯特丹黑夜裡的河流。此後漢語詩人曾長時間處於這種「異地」、「流落」、「鄉愁」和「落寞」的精神氛圍和時代語境之下。1980年代的先鋒詩歌就在這樣不堪的場景中落幕了——「十一月入夜的城市／惟有阿姆斯特丹的河流／／突然／／我家樹上的桔子／在秋風中晃動／／我關上窗戶，也沒有用／河流倒流，也沒有用／那鑲滿珍珠的太陽，升起來了／／也沒有用／／鴿群像鐵屑散落／沒有男孩子的街道突然顯得空闊／／秋雨過後／那爬滿蝸牛的屋頂／——從我祖國／／從阿姆斯特丹的河上，緩緩駛過……」（多多：《阿姆斯特丹的河流》）。

2006年6月的北京用暴曬和煙塵以及巨大的噪音在時時鼓噪著這個酷熱難耐的夏天。當在安定門見到多多走過來時我幾乎是有些詫異，這和我在一年前見到的多多有著不小的差異。在那次和法國詩人的座談會上多多仍是那樣的高傲和雄辯以及深刻的幽默，這似乎印證了一些人的說法——比如孤傲、怪癖、難以接近云云。而此時的多多卻相當的謙遜、平和，灰色的衣服正好印證了北京的盛夏確實令人生厭。我們談論的話題仍不出白洋淀和詩歌。喧鬧灰黑的北京市區已經越來越遠了，京順路兩邊的樹木卻空前而少有的繁茂起來。遠處的田野和時而斜掠過枝頭的鳥雀已經顯現出這個時代少有的農耕氛圍。多多這個土生土長的北京人，卻在不斷地糾正自己對北京的印象。他已經對北京越來越複雜的路況有些無所適從了。而當某個景物突然喚醒他的他的記憶時，我也感受到了他的無奈和短暫的沉默。他灰白色的頭

髮已無可辯白地見證了任何人都不可避免的宿命——滄海桑田，人事變遷。這位在1989年去國，一去15年（2004年回國）的詩人多多真正有幾個人瞭解他和他的詩歌呢？儘管有研究者熱衷於將談論多多的詩歌看作是一件時髦的事情。多多終於按捺不住煙癮來到窗外的小花園吸煙，那種閒靜和享受的姿態叫我這個不吸煙的人也有些蠢蠢欲動。多多在幾次閒談中都表現對一些詩人尤其是年輕詩人的不滿，多多說自己每寫一首詩都要改上七八十遍。可見多多的寫作也大抵屬於苦吟派，儘管他的寫作才華和天賦極高。多多有些不想談論過去，尤其是白洋淀時期和「今天」時期的詩歌狀況。因為在多多看來既然我作為詩人已經寫出了自己的東西，那麼也就沒有必要誇誇其談談論自己的創作。不是有那麼多的文學史家和研究者嗎？這應該是批評家們的責任。多多談及自己在文革時期確實讀了很多書，包括啃讀《資本論》。多多自豪地說芒克和根子根本就讀不懂高深的《資本論》，而自己儘管也馬馬虎虎但比他們強多了。多多的孩子氣和幽默口吻真讓人忍俊不禁！而多多無疑是一個相當真誠的人。很多的當代文學史和研究者都往往認為多多等人在白洋淀時期的寫作與西方的現代主義詩歌有著天然的聯繫，而多多則認為這純粹是個誤解。多多說根子寫出震驚世人的長詩《三月與末日》與艾略特的《荒原》根本就是風馬牛不相及的事情，因為根子從來都沒有讀過當時也不可能讀到艾略特的詩。值得注意的是多多談到自己在白洋淀時期幾乎沒有寫多少詩，只是在回到北京之後才寫出了一些被後來的研究者反覆提及的詩作。相反多多談及自己在白洋淀時曾寫了幾十首古體詩，而這更證實了他的坦誠。多多直言不諱地講「當時人們都在談論毛澤東的詩詞，全國人都在寫古體詩，那我也得寫啊！」相信多多的這些話對研究者會有相當的啟示，而不像一些詩人故意隱藏自己的詩歌習作階段，表白自己從一開始就寫現代主義的詩。夕陽的餘暉將郊外的田野鍍亮，村外的柴狗在閒散的逛來逛去，而農人仍在忙碌。他們成了這天地中最生動的風景。而遠處的夕陽即將消失在地平線上，吹來的風帶有溫馨的草

葉和糞肥的氣息。多多使勁吸了幾口氣，沉靜的望著遠方，「這很像當年文革時期的景色啊！」也許人面對無情的時間，回憶是一種最好的自我療救的方式[29]。

　　儘管文革結束之後芒克、林莽等人都不定期的重返白洋淀[30]，但是白洋淀詩群之所以在1990年代以來能夠聲名遠播並成為考察中國當代先鋒詩歌的必備「知識」，除了得力於這些詩人自身的成就以及暗合了重新敘述詩歌史的時代訴求之外，其中一個重要因素是《詩探索》在1994年所組織的重訪白洋淀的文學活動。儘管作為當時唯一的詩歌理論刊物《詩探索》是著眼於全國的角度進行詩歌理論和批評的推介和研究工作，但是1994年關於重訪白洋淀的活動一方面在於林莽等人的聯絡，另一方也體現出這一北京刊物對北京詩人的倚重——因為白洋淀詩群的成員幾乎無一例外都是來自於北京。而當年的重訪白洋淀詩群的活動，參加者除了芒克、林莽等白洋淀詩群成員之外，參加的詩人和批評家也大體來自北京和華北地區，比如牛漢、食指、吳思敬、唐曉渡、陳超、西川等。

　　白洋淀顯然成了這一代人的詩歌之根、血脈之根。

　　這片北方水鄉在極端的年代裡給一群來自城市的年輕人以詩歌的啟蒙，儘管歲月流逝、時代更替，但是這片水鄉已然在中國先鋒詩歌地理版圖上獲得了紀念碑一樣的文化象徵意義。時至今日白洋淀已經成為文學史敘事中的一個座標，而這片水位不斷下降的冀中大地上的湖泊仍然引領著那些已經日漸蒼老的一代人的內心和靈魂，「對於記憶／你是一片光／風掀動葉子，薄翅一張一合／那聲音很遠／在白天有夢翔過水鄉的村落／白色和灰色的牆上／陽光明亮／／如果你還記得我／那些被收割的蘆葦在一片片倒下／澱子已進入了深秋後的開闊

---

[29] 參見拙文：《多多之記憶或印象之一種》，《詩歌月刊》（下半月刊），2006年第7期。
[30] 例如最近一次是2010年5月林莽、吳思敬、潘洗塵、李怡、子川等三十幾位全國各地的詩人重返白洋淀的「白洋淀之春·新世紀主題詩會」活動。

／腳下落葉很軟／隔岸，我聽到了你的呼喚……／對於記憶／這一切已經遠了／很快地你消失於操勞的生活中／／風吹動系住纜的船舶／憂傷陣陣拍擊心靈／在那些悄然逝去的日子裡／我忘不掉／你湧動於心底的溫情／／這一切已經遠了／對於記憶／夢依舊翔過下午三點鐘的村落」（林莽：《水鄉紀事》）。

當北京的這些知青來到白洋淀生活、勞動、寫詩和交遊的時候，這一片水域就不再是一個封閉的環境，而是具有了開放性和交互性特徵。換言之，值得注意的除了當年插隊白洋淀的知青之外，圍繞在白洋淀的「周邊性」詩人（如北島、江河）和小說家、畫家等精英人物同樣值得關注。他們集體而富有個性地呈現了北方文學和藝術的整體時代景象，也成為當時和後來的「外省」尤其是南方詩人羨慕、嫉妒甚至覬覦的對手和「假想敵」。「今天」的插圖作者、先鋒畫家、小說家阿城，後來著名的「第五代」導演陳凱歌、何平（其哥哥何伴伴在白洋淀插隊）、田壯壯都與白洋淀和「今天」有著密切交往。這些後來謀得大名的人物無疑為白洋淀和北方詩歌添加了文化砝碼和精神重量。這些人曾不定期趕往白洋淀尋友和談詩，白洋淀成為那個時代北京以及河北等地詩人心中的聖地。很多的北京知青、詩人以及外地各省的知青和作家第一次走進白洋淀的時候都為水鄉迷人的景色所感染，為這裡聚集的大大小小的村莊裡的知青們特殊而熱烈的詩歌氛圍所撼動。這些來訪的詩人和青年無疑在一定程度上擴大了白洋淀和白洋淀詩群的傳播範圍，也無形中提高了這些青年詩人的知名度。

而從白洋淀縱橫交錯的水道繼續向北延伸是並不遙遠的北京城裡同樣縱橫交錯的胡同和街道。

從此，白洋淀以她特有的水鄉風貌以及遠離時代政治漩渦的更為契合那一代人的自由、輕鬆的精神氛圍影響了來這裡插隊、交遊、尋訪的青年人。當北島的弟弟趙振先在1974年春天踏上白洋淀的那一刻起，這裡的一切就讓他明白了為什麼這裡會產生了那麼多的精英，「那裡所具有的『世外桃源』景色與情調，那種青年學生浪跡天涯的

氛圍，使我感到這裡才是我們這一代人要回歸的伊甸園」[31]。

林莽畢業於北京四十一中，與江河是同學。

江河（于友澤）曾數次到白洋淀與林莽以及自己的女友潘青萍（潘婧）相見並與其他插隊的知青開始詩歌交往。而最早來白洋淀拜訪的正是江河，時間大概在1970年初春。他在這裡寄居的時間也是最長的，當然這與其女友潘婧有著必然關係。當時江河往來於寨南和北河莊之間，他在寨南前後呆了足有多半年時間。1971年江河在白洋淀北莊河開始寫詩……。當時插隊在白洋淀邸莊的潘青萍儘管後來寫起了小說，但是白洋淀時期她是受到江河以及其他白洋淀詩人的影響開始寫詩的。她的詩《贈友》可以看作當時一代人的情感履歷，「我們並肩走過沼澤／沼澤被我們的足泥填平了／……鄉間日記，焚燒了／好像有一重古老的隱憂／葡萄架下，迎來一群群超逸的朋友／大家都像雲彩在那飄過／只有故事流傳著」。18歲開始在白洋淀插隊的潘青萍以及來到這裡的江河都被華北平原上特殊的水鄉和漁村所感染。從此這裡成為他們的精神資源和愛情策源地，「那個被籠罩在綠樹中的村莊坐落在華北平原的美麗的湖泊中。我永遠記得那裡的清晨和黃昏，早晨和晚霞熱烈而寧靜，像燃燒的冰，把湖水染成點著碎金的景泰藍；有時陰天，黑雲沉重得快要落下來；大雨把整個世界融為遼闊的灰色，水，水，岸和遠處的蘆葦蕩被奪去了色彩」[32]。當時潘青萍和戎雪蘭等知青所在的邸莊是在一個湖心島上。她們居住的是1950年代建造的村小學教室——只有一間屋子的教室。這間屋子沒有北方常見的土炕，而是知青們自己用木板搭建的床鋪。到了冬天，寒冷可想而知。儘管冬天的白洋淀異常寒冷，但是這些知青在巨大空曠的冰面上還是體驗到了特有的快樂——儘管這快樂可能是短暫的。她們穿著用輪胎皮子製成的靴子（裡面塞滿蘆葦葉）砸開冰面捕魚，巨大的冰

[31] 鄭先：《未完成的詩篇》，《持燈的使者》，廣西師範大學出版社，2009年版，第73頁。
[32] 潘婧：《抒情年代》，作家出版社，2005年版，第7頁。

塊做成冰車，上面拉著成垛的早已乾枯的蘆葦。江河離開白洋淀回到北京之後尤其是在「今天」熱潮中他的詩與白洋淀時期的憂鬱、純淨和浪漫簡直有了天壤之別。而從私人的角度，「我不喜歡他的詩，我無法容忍一個分裂的人格；在我們一起相處的那幾年，他的詩是纖弱的，有一種膚淺的浪漫，而後來，卻發展為上天入地，古往今來的壯闊；我知道這嬗變過程中的內在的隱秘」，「他已經為自己創造了一個神話，在世人面前扮演著著名詩人的角色。他需要抹去辛酸的成長的歷史」[33]。我們可以透過當事人的回憶和文字，透過歷史的雲煙重回白洋淀湖邊的那個簡陋的房舍，看看當時的江河的身影，「他坐在爐臺邊，用木棍撥弄著柴火，似乎有些拘謹，失卻了他在那些做作的客廳裡侃侃而談的風度。灰燼的紫紅的微光勾勒出他的臉的輪廓，濃密的黑髮下面是一個高高的，顯示出智慧的額頭，鏡片後面的眼睛是隱藏的，偶爾他摘下眼鏡的時候，他並不像一般的近視患者，眯起眼睛以調整焦距，而是如盲人那樣，茫然而淡漠地凝視著虛空，彷彿有意地不想看清楚什麼」[34]。而就是這個有時沉靜、憂鬱、有時又侃侃而談的江河在白洋淀除了寫有抒情的溫柔的愛情詩之外，也寫出了一些具有探索性的詩作。比如他寫於1974年的運用連環密集的不分行句式且不使用任何標點的實驗，「結實的痛苦失重的痛苦慢慢撕紗巾的痛苦無聲的痛苦橡膠味兒的痛苦鑽石戒指的刺眼的痛苦滾燙的痛苦超低溫的痛苦鞋後跟踏在柏油路上的響亮的痛苦變速的痛苦黑色的痛苦灰濛濛的痛苦沒有顏色的痛苦透明的痛苦」。

　　白洋淀無論是對於江河這樣臨時借住和遊玩的青年，還是對於芒克、根子、潘青萍等這些插隊知青在當時都具有著不言自明的重要性。一年四季變換景色的白洋淀尤其是村子四周茫茫的水域帶給了這些青年時代人們落寞和孤獨中的幻想和激情。而夜晚的白洋淀，尤其

---

[33] 潘婧：《抒情年代》，作家出版社，2005年版，第8、78頁。

[34] 潘婧：《抒情年代》，作家出版社，2005年版，第78頁。

是月光下的白洋淀更是給那些外出訪友的青年人以少有的詩意和溫柔的情懷。甚至這在那個仍然風雨飄搖、動盪激烈的紅色年代顯得有些不夠真實，「夜晚，我們劃著船，穿過蘆葦叢中的狹長的水道，劃到大澱上。夜色掩蓋了塵世生活的細微末節，湖水與天空貼近，渾然一體，深淺濃淡的墨色中，月光傾瀉，彷彿是凝固的瀑布。小船順水飄蕩，島上的燈光漸漸地遠了，像伏在天邊的星星，閃爍在層層疊疊的蘆葦叢中。在黑暗中，我們找不到回家的路。從開闊的水面進入另一條蘆葦掩映的細長的水路，來到另一片鋪滿月光的湖域，彷彿可以這樣無窮無盡地走下去」[35]……。

1972年潘青萍離開白洋淀到渤海邊荒涼的大港油田的採油站作了一名輸油工，而她的好友戎雪蘭仍留在白洋淀。

1973年春節過後沒多久，北島和其時的女友史保嘉隨當時在白洋淀插隊的宋海泉去拜訪陶洛誦。

北島一行午夜時分從北京的永定門車站出發，緩慢的列車在清晨到達保定。三人在喧囂的車站旁的一個油膩膩、髒兮兮的小飯館吃完早餐。之後，三人從保定乘長途汽車到達安新縣城，再從縣城乘船走水路到陶洛誦插隊的邸莊。之後幾天，北島和史保嘉還到大澱頭村找芒克、多多等人，「澱頭是姜世偉、栗世征和岳重落戶的地方，當時只有姜世偉一人在村子裡，他將我們送到端村。在那道長長的河堤上白茫茫的夜霧中，他活潑潑如頑童般的身影給我留下了深刻的印象」[36]。

1974年夏天，北島等一行七人從北京再次出發搭乘火車前往保定。因為沒有買票一行人出站時被管理人員發現並且被員警搜身。好不容易、費盡周折一行人才終於到達白洋淀。北島和芒克、彭剛等人划船、打魚、遊玩，晚上就著花生米、水蘿蔔、拌白菜心喝當地的最

[35] 潘婧：《抒情年代》，作家出版社，2005年版，第136頁。
[36] 史保嘉：《詩的往事》，《持燈的使者》，廣西師範大學出版社，2009年版，第10頁。

便宜的白薯酒（四毛錢一斤）。一群人於酒酣耳熱之際在蘆葦起伏的風中聽水鳥啁啾。因為當時物質貧乏，無物充饑時北島和彭剛即划船登岸到鎮上趕集。彭剛一面和菜農小販們熱烈的交談一面順手將各種蔬菜一路塞進菜籃子，這讓對面的行人看得目瞪口呆。這正如北島在日記中所記述的「趕早集，彭剛竊得瓜菜一籃，做成豐盛晚餐」[37]。

其時插隊在白洋淀的詩人們留下的照片不多，我們僅能夠看到1974年北島和彭剛等人到此遊歷的照片。照片上是彭剛的剪影，他站在船頭正在高歌，波光瀲灩的湖面不遠處就是成片的蘆葦蕩。另一張照片是林莽在水中游泳，面帶微笑。而芒克更是以超拔出眾的個人魅力成為白洋淀的明星人物，也反過來給這裡的自然環境染上了不無鮮明的詩歌的光芒和人性的膂力。

---

[37]　北島：《彭剛》，《持燈的使者》，廣西師範大學出版社，2009年版，第98頁。

# 從飯館、街道和公園開始

　　值得注意的是1970年代末期的先鋒詩歌運動，尤其是隨著北京的一些公共空間的逐步敞開詩人們在聚會的酒桌上以及廣場、街道和公園開始進行詩歌活動。而此前文革時期的「地下」詩歌互動則更多只能在個人住宅的隱秘空間裡進行。值得關注的是詩人們頻頻在飯館聚會談詩還與北京人特有的愛吃一口以及北京眾多的餐飲在文革後的大面積興起所形成的得天獨厚的條件有關。北京的先鋒詩歌似乎從一開始就與飲酒和吃食結下了不解之緣。詩人與酒確實存在著某種天然上的切近關係。

　　當年北島、芒克等人無論是創辦《今天》還是日常的交往和活動幾乎都是在飯局和酒桌上完成的。這些喝得面紅耳赤的詩人們在酒精的刺激下可能找到了思想的活力和文學的激情。在芒克、北島關於這一時期的回憶文字中我們可以看見一個個遍佈在胡同和街道上的大小不等的酒館。老北京特有的飲食文化是否影響了這些詩人可能還不好下定論，但是基於這段詩歌史事實北京先鋒詩人和飲食文化之間的關係無疑是一個趣味性的話題。儘管這可能會引起那些板起面孔的詩歌史家和研究者的批評和不屑。作為千年古都，金代開始北京就有了大規模的酒樓（《東京夢華錄》），北京的飲食文化從此開始產生，到明清兩代達到繁榮。我們曾經在民國時代看到梁啟超、魯迅、周作人、郁達夫、胡適、朱自清、徐志摩、林徽因、沈從文、朱光潛等人在東來順、西來順、南來順、老正興、全聚德、都一處、又一順、砂鍋居、烤肉季、便宜坊、鴻賓樓、月盛齋、四大居、淮陽春聚眾暢飲的場景。而隨著文革的結束，一度停業的北京老字型大小飯店才紛紛開始營業。這些檔次不同的飯館也才開始出現了先鋒詩人的身影。

　　北京作為北方儒家文化的聚集地，尤其是明清以來600餘年的歷史性塑造，社會各階層都受到了儒家文化的影響。北京作為中原文明的東部終點，其政治和文化中心的地位顯然對文學起到了相當重要的影響。甚至在中國當代詩歌史上「今天」詩人成為南方以及其他「外省」詩人長期覬覦和不滿的對象。而北方廣闊的平原和低緩山脈為生活其間的詩人提供了樸素、忠厚和寬容的性格。這從北島和芒克那裡能夠得到充分證明。而以北京為中心的北方文化和北方詩歌所承載的意識形態的主流文化、知識份子文化和市民階層的民俗文化顯然增加了這一地帶的豐富而厚重的屬地性格。

　　說到上個世紀60年代開始的先鋒詩歌，我們會立刻將視野轉向北方。在白洋淀、杏花村以及北京的13路沿線、西四大院胡同5號、德內大街、北京東四十四條76號大雜院、大雅寶胡同、三不老胡同、朝陽門前拐棒胡同11號、鐵獅子胡同、百萬莊辰區、北京第三福利院以及玉淵潭、圓明園、頤和園、北海公園、百花山、潭柘寺等這些地理座標上想到當年的食指、張郎郎、郭世英、北島、芒克、多多、根子、江河、顧城、楊煉、林莽等「北方」詩人們造就的傳奇往事，「從白洋淀到大西洋、太平洋，從北京到整個世界，伴隨著『今天』群體的漫遊，這個記憶的河流早已不在同一條河道上，卻總能追溯至《今天》的前史……而且更是那些為『八十年代』的光芒遮蔽了的名字和與詩歌聯繫在一起的日常故事」[1]。「今天」留給我們的已經不再是一般意義上的尋常故事了。從上個世紀90年代開始「今天」詩人開始被海外大規模的譯介和傳播，其頭上的光環越來越耀人眼目。1992年春天，北島、多多、舒婷和顧城等人參加在美國加州舉行的朦朧詩英譯本Splintered Mirror的活動和巡迴朗誦，「記得那天活動安排在我們柏克萊城的一個叫黑橡樹的書店裡，書店的地方不大，但來的

[1]　見劉禾主編的《持燈的使者》（廣西師範大學出版社，2009年版）一書的封底，汪暉語。

人很多，有不少聽眾被擠在書架和書架之間站著，盛況空前」[2]。

當時江河居住在宮門口橫二條一個胡同不足八平米的房間內。江河會和來訪的詩人和朋友們到大街上排隊、加塞兒買廉價的啤酒喝。而「今天」的同仁大多居住在13路沿線的左側（巴黎的左岸？），這是一種巧合還是歷史的必然不得而知。而核心人物北島則居住在圍繞13路沿線展開的中段位置──位於廠橋附近的三不老胡同以及胡同深處那幢1950年代蘇聯風格的紅磚樓，「這種巧合似乎印證了《今天》作為一個小小的地域性的概念所暗含的意味──文化意味著交流，交流有賴於交通的便利。一個不怎麼合度的比方是，歷史上那些沿大河流域或地中海形成的文明」[3]。

實際上我們還應該關注更廣泛的意義上以北京為中心所展開的「今天」的前史和發生階段。儘管「今天」誕生於1978年年底，但是在此之前相關詩人和朋友就開始了交往和相關活動。這種交往和活動顯然無論是對於「今天」詩人還是這本天藍色封面的民刊《今天》而言都顯得格外重要。因為這些詩人都來自於北京，所以北京成為這些詩歌活動展開的空間區域。同時北京特有的政治、文化和文學的絕對權威的核心地位以及特有的地理文化成為了北方先鋒詩歌的搖籃，儘管這些詩人當時或後來對以北京為代表的政治年代有所不滿和反叛。

到了文革後期詩人之間的交往已經不再局限於私人空間，而是漸漸向公園等公共空間延伸。

1975年春天，北島、芒克、趙振先、黃銳等人以及三位手裡拿著野花的女性在潭柘寺遊玩。

1975年秋天，北島、芒克和蔡其矯、陸煥興、申禮玲等一行人到北京郊區遊玩。有意思的在這十四個人中竟然有七個女性。這些穿著已經具有個性特點且已經有些時髦的女性在那個年代具有某種象

---

[2]　劉禾：《持燈的使者》，廣西師範大學出版社，2009年版，第1頁。

[3]　田曉青：《13路沿線》，《持燈的使者》，廣西師範大學出版社，2009年版，第35頁。

徵性。

1976年春天，北島和蔡其矯在北京的景山公園促膝談詩。

1977年春夏之交第一次到北京的舒婷和北島、芒克、蔡其矯、艾未未等人盡興遊玩並合影留念（那個年代能用照相機留下影像已實屬不易）。同年10月舒婷再次來北京，在八達嶺長城與北島、蔡其矯等遊玩。

1977年夏天，北島、蔡其矯、邵飛（當時北島的女友）等前往北京郊區的櫻桃溝郊遊。

1977年秋天，北島、芒克、蔡其矯、黃銳、趙振先以及另外三位女性在北京郊區門頭溝遊玩。

在這些遊歷中我們可以很多次看到蔡其矯的身影。顯然，這位居住於北京和福建兩地的「候鳥」詩人將南北兩地的詩歌資訊進行了責任性和及時性的傳遞。而舒婷加入「今天」就是直接來自於蔡其矯的引介。福建、廈門等地的文學青年如舒婷、金海曙等從蔡其矯這裡最先瞭解到北京「地下」詩歌的狀況，而北京的詩歌狀況又最能代表當時全國的政治和文化的最新動向。

值得注意的是中山公園、北海公園以及玉淵潭公園在當時「今天」詩人活動中曾經起到了重要作用。而先鋒詩歌在公共空間裡的進行正體現了這一時期所特有的啟蒙精神和公眾意識。

從詩歌功能而言當時的詩人都希望以詩歌的方式參與民主、自由的群眾性運動。當波德萊爾等詩人在巴黎的各個公園裡遊蕩的時候，公園就不能不成為這些精神上的波西米亞者一個重要的空間——「公園——詩中提到它們時稱之為『我們的花園』——向城市居民開放，他們陡然地嚮往著巨大的、周圍封閉的公園。到這些公園去的人們並不全是在遊蕩者身邊亂轉的庸眾」[4]。而新文學年代的胡適除了在後

---

[4] 班雅明：《發達資本主義時代的抒情詩人》，張旭東、魏文生譯，張旭東校訂，生活·讀書·新知三聯書店，2007年版，第92頁。

門里鐘鼓寺胡同14號的家裡與北京以及各地文人交流之外還經常到公園裡去與朋友散步交談。

　　而在二戰結束後的日本，尤其是60年代由於經濟和居住條件等諸多問題，很多年輕人在晚上不願意擠到那些狹小的閣樓上去而來到分布在城市各個角落的公園裡。這些公共空間已經因為那些青年男女的到來而帶有了某種隱秘性，尤其是在夜晚公園黑黢黢的角落裡。但是這些青年男女在約會和接吻的時候卻沒有注意到那些帶有夜拍功能的相機早已經對準了他們。當這些照片在媒體上公開的時候，很多日本青年無比憤怒，為此成群結隊的上街遊行活動開始了。

# 東四十四條胡同76號


　　北京東四十四條胡同（明朝稱新太倉南門，舊稱王寡婦胡同，文革時又叫紅日路十四條）76號的這個大雜院顯然成了漢語先鋒詩歌文脈的一個重要標識。

　　儘管這個各色人聚居合住的大雜院和北京其他的大雜院沒有什麼太大的區別，都是很容易在行人眼中被忽視的最為普通的角落，但是因之特殊時代的一批異端色彩的年輕人這裡聚集和「精神祕謀」而成為當代中國詩歌地理版圖上的「聖地」。

　　民居作為私人空間顯然在一個極權化的年代裡成了最後一塊能夠「做夢」和自由精神呼吸的地方。當然這種私人空間的私密性和自由度在政治高壓的年代是被嚴格限制的。這些分布在北京城大大小小的胡同和大雜院中的民居成為那一代人僅存的精神上相互取暖的地方。宇文所安把作為家宅的私人空間稱為「私人天地（private sphere）」，「所謂的『私人天地』，是指一系列物、經驗以及活動，它們屬於一個獨立於社會天地的主體，無論那個社會天地是國家還是家庭。要創造一個私人空間，宣告溢餘和遊戲是必需的」，它「包孕在私人空間（private space）裡，而私人空間既存在於公共世界（public world）之中，又自我封閉、不受公共世界的干擾影響。」[1]

　　而值得進一步深究的是北京的大雜院是否對於成長中的一代詩人和正在醞釀生成的《今天》發揮了不可替代的作用？

---

[1]　宇文所安：《機智與私人生活》，陳引馳、陳磊譯，《中國「中世紀」的終結》，生活・讀書・新知三聯書店，2006年版，第70-71頁。

之所以《今天》能夠維持近兩年之久（1978年12月至1980年7月）正得力於北京人的那種純樸、執著和某種揮之不去的「道義」感，而局促的大雜院也成為北方詩人性格的象徵。我們甚至可以在更早年代的老舍筆下看到北京這種破舊、狹窄的大雜院對於原住民生活和性格的重要影響。

而北島一代人就是在這樣的環境中長大的，而《今天》也是在這樣的環境裡誕生的，「房子的本身可不很高明。第一，它沒有格局。院子是東西長而南北短的一個長條，所以南北房不能相對；假若相對起來，院子便被擠成一條縫，而頗像輪船上房艙中間的走道了。南房兩間，因此，是緊靠著街門，而北房五間面對著南院牆。兩間東房是院子的東盡頭；東房北邊有塊小空地，是廁所。南院牆外是一家老香燭店的曬佛香的場院，有幾株柳樹」[2]。芒克和北島則分別從不同側面呈現了北京人特有的性格——作為京城子民北京人的中心意識都比較強烈，天子腳下的優越感和自尊感以及好面子的特性。

1978年冬天，北島和芒克、黃銳在喝酒之後決定辦一份刊物。在當時紙張和油印機都由機關控制的條件下，黃銳費盡周折終於搞到一個破得不行的油印機。而芒克、北島等人則偷了整整一個月的紙才湊夠了第一期《今天》的用紙。從此，東四十四條76號、船板胡同、三不老胡同、北沙灘文化部大院、13路沿線、玉淵潭、紫竹院、西單民主牆、京郊的詩人出遊聚會都成為了《今天》「紀念碑」式的歷史記憶，成為文學史繞不開的空間場景。

這種近似於「地下工作者」的冒險行動顯然在政治剛剛解凍的年代天然具備了先鋒的性質，這也成了不折不扣的社會主義國家的先鋒文學境遇的絕好象徵，「當時他形單影隻地站在雪地裡，在看牆上貼著的一溜白紙。不遠處文化部大門站著一個持槍的哨兵。他手裡拿著一支筆和一個本。後來我在十三路車上看到過這個本子，我越過他

[2] 老舍：《四世同堂》（上卷），百花文藝出版社，1979年版，第11頁。

的肩頭讀到那些陌生而奇特的詩句：卑鄙是卑鄙者的通行證，／高尚是高尚者的墓誌銘／看吧，在鍍金的天空中，／飄滿了死者彎曲的倒影……或者：黃昏。黃昏。／丁家灘是你藍色的身影。／黃昏。黃昏。／情侶的頭髮在你的肩頭飄動……」[3]。

傳單、油印機、密室、地下刊物的散頁、寒冷的冬天、白雪、孤獨的抄錄者、持槍的哨兵、無名的旁觀者，這一切都構成了那一特殊時代的精神象徵，也成為那個時代文化語境最為生動的寓言。

北島、趙南、陸煥興的家裡都曾經成為《今天》的「編輯部」，油印的散頁在這裡被裝訂成冊。一本本天藍色封面的《今天》從這些房間和胡同被傳遞到全國各地。同時，他們的居所又成為外地詩人落腳和聚會的特殊沙龍，「一些不明來歷的外地畫家是編輯部的常客，他們不修邊幅，嗓音嘶啞而又滔滔不絕」[4]。詩歌交流和作品研討在散落於北京的這些胡同和大院裡舉行，當時通宵達旦的「烏煙瘴氣」（當時聚會和參加討論的青年比拼抽煙似乎成了習慣，深夜裡那成堆閃爍的煙火和滿地的煙頭似乎已經成為了先鋒的象徵和時尚）又場面熱烈的詩歌討論也只在後來的「第三代」詩人那裡有著最後的閃現。

《今天》編輯部的所在地位於東四十四條西段的船板胡同。

船板胡同位於東城區東南部，西北起自崇文門內大街，東南至崇文門東順城街。早年此地曾有造船廠，因故得名。當年船板胡同北面就是肅王府，建國後被北新橋襪廠佔用。船板胡同的不遠處就是北京電視設備廠（東四北大街107號），工廠斜對面是一個小酒館。小酒館旁邊就是一個胡同，胡同裡就是我們要說的這個在文學史敘述中加上著重號的東四十四條76號。

---

[3]　田曉青：《13路沿線》，《持燈的使者》，廣西師範大學出版社，2009年版，第21頁。

[4]　徐曉：《〈今天〉與我》，《持燈的使者》，廣西師範大學出版社，2009年版，第59頁。

當年這裡是破舊的大雜院，院子裡居住著十幾戶幾十口人家，到處是搭建的廚房、矮棚、廁所。堆在牆角的垃圾箱蒼蠅亂飛，屋簷下擺放著痰盂和便盆。但就是這個北京城裡最為普通的大雜院的一個裡外兩間的東廂房，為當時普通老百姓和居委會戴紅箍的小腳老太太們所不解甚至戒備和鄙夷的「可疑分子」聚集的「傷風敗俗」之地卻是眾多詩人和藝術青年垂青的「聖地」。

鐵獅子胡同是北京最老的胡同之一，現改名張自忠路。鐵獅子胡同曾經是太監府、皇親府、將軍府、貝勒府、親王府、海軍陸軍部的所在地。詩人吳梅村曾在此寫過一首《田家鐵獅歌》來追挽歷史，「此時鐵獅絕可憐，兒童牽挽誰能前。橐駝磨肩牛礪角，霜摧雨蝕枯藤纏。主人已去朱扉改，眼鼻塵沙經幾載。鎖鑰無能護北門，畫圖何處歸西海？」袁世凱曾在這裡宣誓就任中華民國大總統，後又成為段祺瑞執政府所在地。被魯迅稱為「民國最黑暗的一天」的「三・一八慘案」就發生在這裡。

建國後著名劇作家歐陽予倩以及詩人田間曾居住此地。

當年參與《今天》的重要人物趙南的家就在鐵獅子胡同，這裡距東四十四條76號院不遠。

北島和趙南曾一次次拿著一個凹凸不平的鋁鍋在清晨去胡同口不遠處的早餐店和包子鋪買飯。很多時候趙南的家裡或是東四十四條76號大雜院的那個東廂房裡是橫七豎八的借宿和喝醉酒的詩人、工人、大學生和外地來訪的青年以及外國作家、記者。

趙南的家是當年北京大雜院中最常見的。院門是老舊的垂花門，走進院子右邊是天井和葡萄架，屋裡窗戶常年掛著窗簾。走進黑乎乎的屋子，牆角有一張單人木板床、門邊是一排沙發以及破舊的看不出顏色的碗櫃和八仙桌、嘎吱作響的老舊的木地板。房間當中是火爐和正吱吱叫響的燒開水的大鐵壺，還有牆上黃銳創作的一幅色塊斑駁的油畫以及北島從家裡拿來的磚頭式的答錄機……。

這一切就是當年「文學密謀者」和精神上的波西米亞人高談闊論

文學和政治的聚集地。這也成為北島、芒克等人在這裡談情說愛的場地。

如今這裡早已人去屋空，甚至隨著城市改造和拆遷我們已經很難在北京的地理版圖上再找到這些在詩人和文學史家眼裡非同尋常的地理「座標」和精神的聚焦之地了。

還是讓我們倒轉往日文學時光的發黃膠片，透過略顯神祕的大雜院深處蒙著紗簾的窗子看看當時的理想主義的文學年代裡讓人激情澎湃的場景，「人影幢幢（這些文學上的密謀者，你只是在那本油印刊物上見過他們的大名。你不禁怦然心動）……你膽怯地敲門，門打開了，放出煙霧和蠅群般的交談聲，一些陌生的面孔轉向你，然後失望地轉回去。你好像走錯了門，恨不得馬上抽身離去。這時，一個穿著黃呢子軍裝的青年從單人床上站起來，臉上掛著歉疚的微笑招呼你，把你從不知所措的困境中解救出來」[5]。這對於當年第一次走進《今天》那些略顯神祕的院落和房間的外省青年而言不亞於一次朝聖的經歷。而那些再也無緣走進這些院落的人只能在當事人的文字中透過歷史的煙霧看到一些粗糙的輪廓，而這也使得那本天藍色的刊物和圍繞著這份刊物的詩人具有了後來者難以企及的神祕感和傳奇色彩。

芒克在1972與北島結識，後來北島曾攜當時的女友史保嘉到白洋淀拜訪芒克等詩人。

透過當時的照片，兩個北方的高大的意氣風發的男人如此躊躇滿志地站在相機面前，芒克和北島的上衣口袋裡都裝著香煙。北島的右手搭在芒克的右肩，這是兄弟的信任，也是詩歌的信任。這兩個北方詩人一定程度上開啟了一個全新的詩歌時代。

1978年10月，《今天》文學編輯部即告成立。芒克和北島的詩歌傳奇也從這時開始，而芒克為此也付出了不小的代價。

---

[5]  田曉青：《13路沿線》，《持燈的使者》，廣西師範大學出版社，2009年版，第24頁。

因為辦《今天》芒克被工廠開除。為了躲避麻煩,在北島等人的勸說下芒克離開北京南下。在福建等地遊蕩的芒克還在鼓浪嶼與舒婷見面,此後還去了三明、泉州、安海等地。後來托人找關係芒克在北京復興醫院看大門,這個臨時工一幹就是兩年。後來,芒克曾參與阿城、栗庭憲等人成立的公司,沒過多久公司也宣告倒閉。當時居無定所的芒克曾一度住在阿城家裡,阿城當時住在德勝門內大街的一間陋平房裡。芒克在這裡與阿城等人喝最便宜的二鍋頭,抽最劣質的煙草,吃大碗的炸醬面,寫大塊頭的詩歌。一大早上從塞外張家口和郊區來的羊群和趕路人的聲音一度成為那一時期芒克最深的印象。而在林海音的《城南舊事》中,在那些長長的駱駝隊清脆的駝鈴聲中,在那些頭戴氈帽、穿著黑色棉襖的拉煤人身上我們可以看到北京特殊的景象對這裡成長和生活的人們那種潛移默化的影響,「它們排成一長串,沉默地站著」,「它們吃草料的咀嚼的樣子,那樣醜的臉,那樣長的牙,那樣安靜的態度。它們咀嚼的時候,上牙和下牙交錯地磨來磨去,大鼻孔裡冒著熱氣,白沫子沾滿在鬍鬚上。」[6]

一個刊物、一個群體的經典化以及歷史化認同和影響除了詩人自身的文本成就之外,這些詩人和刊物所帶有的故事性、傳奇性和民間衍生的英雄江湖氣息成為其中不可忽視的重要因素。尤其是對於「今天」而言,尤其其中幾個詩人帶有的傳奇性甚至悲劇性的命運在給人們帶來唏噓感歎的同時也在街談巷議和文壇軼事中呈現了這個詩歌群體極其特殊的意義和傳播效果,比如顧城的殺妻、自殺以及江河妻子蝌蚪的自殺。

芒克和北島與顧城的第一次見面是在1979年初。

顧鄉帶著弟弟顧城到東四十四條76號的這個大雜院,即當時《今天》編輯部所在地。膽小、羞怯是顧城當時留給北島和芒克的印象。

---

[6] 林海音:《冬陽‧童年‧駱駝隊》,《城南舊事》,同心出版社,2010年版,第189頁。

此後顧城開始在《今天》和北京的一些區級報刊上發表詩作，直至1980年代新詩潮中成為風雲人物。

1993年1月，芒克赴德國參加柏林藝術節時住在顧城柏林寓所。幾個月之後，悲劇發生。1980年《今天》被迫停刊。當年秋天，一度悲傷、孤獨的芒克不斷借酒澆愁。一天晚上芒克與唐曉渡等人喝酒之後大醉。芒克歪歪斜斜跑到大街上撒尿，還不斷對著空曠的北京街道發表演講，「你們說，中國有詩人嗎？」[7]

每次看到當年芒克、北島、唐曉渡等人的照片都能夠看到這些人已經在酒桌上喝高了，一個個面紅耳赤、東倒西歪。在芒克等白洋淀、北京詩人身上十分形象地呈現了詩歌和飲酒的關係。芒克和唐曉渡曾經極其認真和煞有介事地推算過，如果從18歲成年時開始喝酒以每天半斤白酒計算下來，三十年後是10950斤，40年後是14600斤。

而歷史竟是如此地相似！當北京的芒克和唐曉渡在探討一生能喝多少酒時，來自西南的「第三代」詩人李亞偉和馬輝也在討論這個問題[8]。

---

[7] 唐曉渡：《開心老芒克》，《瞧！這些人》，時代文藝出版社，2003年版，第181頁。

[8] 李亞偉：《我們在社會上執行任務》，《豪豬的詩篇》，花城出版社，2006年版，第237頁。

# 貴州道上的「啟蒙」與泛政治狂想

　　布爾迪厄的「場域」理論在目前的中國文學研究界已經成了「顯
學」，幾乎人人都在各種文章中談論「場域」。而談論上個世紀60到
80年代的先鋒詩歌尤其是南方與北方詩歌的關係，布爾迪厄的「場
域」理論確實十分湊效。

　　按照布爾迪厄的說法，一個時期的「場域」在獲得其自主性和主
導地位之後就會隨之出現一個二元對立結構。也即在主導性「場域」
之外存在一個邊緣的、非主導性的時時覬覦主導性結構的一個張力
結構。這兩種結構此消彼長的衝突和張力關係構成了「場域」的變
動史。

　　在當代漢語詩歌史上尤其是在60年代初期到80年代中期，以北京
為核心場域的北方詩歌無疑佔有著高高在上的主導性地位。無論是北
京的各種沙龍和讀書小組，還是導引性的先驅詩人食指名滿天下的詩
歌寫作，甚至是白洋淀詩群、「今天」和「新詩潮」接連不斷的強勢
影響，這都不斷加重和渲染出這一時期北方詩學的強大和不可撼動。

　　實際上相對處於「邊地」的貴陽也並不像黃翔（被貴州詩人稱
為「詩歌界的顧准」）等人後來所偏激地指責他們完全被北方詩人忽
略，貴陽連同那些詩人一起成為詩歌史不能輕易繞開的存在。1995年
夏天，貴州紅楓湖詩會後徐敬亞、唐曉渡還專門到貴陽市郊看望黃
翔，「黃翔流著眼淚，說著那些年的往事。我和曉渡都說歷史不會淹
沒一位詩人」[1]。

　　雲籠霧罩的貴州高原向來以其「多山」著稱。

---

[1]　徐敬亞：《燃燒的中國詩歌版圖》，《天南》，第3期（2011年8月）。

這裡的高原、山地、丘陵、壩子等特殊的地理景觀及其所生成的文化景觀自具特色。

處於遙遠的「邊地」和「外省」的貴州加之特殊的政治年代形成以黃翔和啞默為代表的悲劇性命運，這使得一些詩人的寫作和詩歌行動充滿了激烈的政治情結和運動心理。

我們首先可以在「邊地」貴州的地理風貌上瞭解這一地區詩人的生活處境、性格特徵和寫作環境：「川黔道上形勢的險惡，真夠得上崎嶇鳥道，懸崖絕壁。尤其是踏入貴州的境界，觸目都是奇異的高峰：往往三個山峰相並，彷彿筆架；三峰之間有兩條深溝，只能聽見水在溝內活活地流，卻望不到半點水的影子。中間是一條一兩尺寬的小路，恰容得一乘轎子的通過。有的山路曲折過於繁複了，遠遠便聽見大隊馱馬的過山鈴在深谷中響動，始終不知道它們終究來在何處。從這山到那山，看著宛然在目；但中間相距著是幾百丈寬的深壑，要經過很長的時間才能達到對面。甚至於最長的路線，從這邊山頭出發是清晨，到得對山時已經是黃昏時分了。天常常醞釀著陰霾，山巔籠罩著一片一片白縠似的瘴霧，被風嫋嫋地吹著，向四處散去。因為走到這些地方，也許幾天才能看見一回太陽；行客則照例都很茫然於時間的早晚，一直要奔波到夜幕低垂，才肯落下棧來。在貴州界內最稱險絕的是九龍山溝，羊角砭，石牛欄，祖師觀……這幾處，都是連綿蜿蜒的山嶺，除了長壑天塹之外，石梯多到幾千級。從坡角遙望聳入雲端的山頂，行旅往來宛如在天際低徊的小鳥，更沒有想到自己也要作一度的登臨。」[2]

險峻無邊的群山、深不見底的溝壑、成千上萬難以計數的山路和石階以及蔓延的陰霾霧瘴使得貴州詩人更多的時候處於沉默和孤獨的幻想之中。同時大聲叫嚷的方言以及同樣倔強、暴烈的性格也在詩歌中得以呈現。

---

[2]　蹇先艾：《在貴州道上》，《東方雜誌》，第26卷第9號，1929年5月10日。

　　特殊的地理環境、山地文化（山地占貴州全省的87％，餘下部分為丘陵和壩子）導致這裡長時期成為邊緣的「外省」。而在上個世紀的七八十年代，貴州本土詩人對這種「外省」身分的焦灼以及迫切希望得到北京「中心」認可的心理導致了一系列地震般的詩歌行動和泛政治化的狂想。這種邊地性的焦慮與緊張卻恰恰在很大程度上使得這些詩人相當敏感多思，他們對當時以北京為中心的詩歌和政治動向極其關注。

　　1976年「四‧五事件」發生沒多久，遠在貴陽的黃翔就寫下了《不，你沒有死去──獻給英雄的1976年4月5日》──「你的鐵錘般沉重的拳頭／仍然還在沉默中挑戰和應戰／你的血肉模糊的身軀／仍然還在無聲地控訴和吶喊……／你將重新高舉起覺醒的旗幟／戰勝那曾經用槍口對準你的／把人的權利莊嚴地大聲宣布」。

　　與此同時以貴州為象徵的西南詩歌對強勢北方詩歌的羨慕、挑戰和覬覦、不滿恰恰呈現除了特殊年代地方詩歌和話語空間的不對稱性。

　　無論是小範圍的聚集於野鴨塘的詩歌沙龍，還是文革結束之後黃翔數次帶著宣言、扛著詩歌到天安門廣場、西單民主牆和北京的高校演講，都呈現出西南這種邊地性詩歌的弱勢特徵以及因此而生髮的強烈的抗議性。而黃翔等詩人的這種抗議性恰恰是通過更為急躁和誇張的政治運動式的手段得以進行的。所以在當時特殊的歷史語境之下這種運動手段是不可能被主流權力所接受的。黃翔令人唏噓感歎的個人遭際已經說明了一切。當然現在看來上個世紀90年代西方對黃翔的「接受」顯然又是得力於這種強烈的政治寓言效果和黃翔同樣強烈的政治和運動情結。儘管黃翔曾經為此而受難，但是從後來看這無形之中給他帶來了「寶貴」的文化資本。

　　黃翔在1990年代開始受到西方的關注和接受，1992年英國國際名人傳記中心將黃翔和啞默收入第10屆《世界知識份子名人錄》，同時啞默和黃翔獲得1992-1993年度世界名人提名。英國國際名人傳記中心授予黃翔世界知識份子稱號和二十世紀成就獎。1993年初，英國國

際名人傳記中心和美國國際名人中心聯合邀請黃翔和啞默出席在美國
波士頓舉行的第20屆世界文化藝術交流大會。而如今黃翔和他的妻子
正在美國的別墅裡寫詩、寫字。黃翔得到了「國際」的認可和榮譽實
際上卻有著非常特殊的意味，甚至在一些深諳個中原由的詩人看來有
過度的誇張和荒唐的色彩，「1992年，我不斷收到英國劍橋國際名人
傳記中心寄來的東西，《國際名人錄》，《國際知識份子名人錄》，
《成功者》（若是旁觀者，我就繳納成本費了），《二十世紀成就
獎》……高興了一陣子，很快就成了我們的笑話。我和趙野老拿這
事開心。但我想到當時處境非常艱難的黃翔或許有點用。便推薦了他
和啞默。若不其然，他因此受邀去了趟美國。又作了幾次眼眶潮紅的
『死亡朗誦』。聲稱『規模宏大』。結果只有20來人。許多還是1978
年『民主牆』的朋友。在他寄給我的華人報紙上，除了一條簡訊，我
注意到，幾乎同時，不遠的公園裡，正舉辦一個『中國式的』遊園活
動，數以千計的美國人，排著隊，品嘗小吃，看雜技和土風舞，用中
文取名……而不是讀詩」[3]。

　　而通過黃翔等詩人對北島等「今天」詩人的強烈不滿，甚至直接
將槍口對準艾青以及當時對文革、政治和毛澤東的激烈評價都能夠顯
現出一種邊緣詩歌存在的無處不在的的焦慮。這種焦慮在特殊的年代
竟然是以如此特殊和激烈的方式體現出來。

　　說到黃翔很容易讓人想起北方的食指，甚至食指的文學史意義更
多的時候被指認為高於黃翔。這自然引起包括黃翔在內的貴州詩人的
不滿，比如張嘉諺所抱怨的「可直至十多年後，在論及那一段詩歌史
實時，連新詩潮最權威的『首席評論家』謝冕，也極謹慎地將他列名
在『食指』之後。而『食指』其人，無論『獨立寫作的先行期』還是
其詩的容量、份量、力量和重量，顯然難與黃翔相提並論。此外，便
是以『崛起』詩評著稱的徐敬亞與後崛起的詩人們對黃翔的盲視、曲

---

3　鐘鳴：《旁觀者》（第二卷），海南出版社，1998年版，第765頁。

解與回避。」[4]

　　由於種種複雜的原因，同樣在「文革」時期進行「地下」寫作的貴州詩人群以及上海詩人群、福建詩人群等受到的關注程度顯然不如食指和白洋淀詩群。

　　錢玉林在談到「上海詩人群」時認為這些時間上要早於「白洋淀」詩人群，更早於「朦朧詩」作者的上海「地下詩人」，這些與紅衛兵造反奪權無緣的「平民的兒子」至今仍被歲月沉埋，被現今的詩壇遺忘[5]。從1963年開始，啞默、黃翔等人組織了野鴨沙龍[6]，主要活動地點是貴陽的黔靈湖公園和和平路的北天主教堂。儘管他們的閱讀、寫作、傳抄和朗誦都是在祕密中進行，但是高原詩人群和文藝沙龍在當時有著較大的影響。當時的野鴨沙龍與孫唯井的「芭蕉沙龍」（繪畫）、周渝生的音樂沙龍是互相交叉的，很多成員都同時參與了這幾個沙龍的活動。

　　「野鴨沙龍」具有代表性地呈現了酷烈的「文革」時代生存環境與文藝環境，也同樣更具代表性地呈現出重壓下的一代精神「斷奶」的青年人對思想和文學的渴求。這是一群茫茫暗夜中義無反顧的精神

---

4　張嘉諺：《中國摩羅詩人——黃翔》，列印稿。

5　《BLUE》，2001年第1期。黃翔在90年代寫給詩人鐘鳴的信中就曾對包括自己在內的貴州詩人群被忽略表達了強烈的不滿：「北京的一些人把中國當代詩歌的緣起總是盡可能回避南方，老扯到白洋淀和食指身上，其實是無論從時間的早晚、從民刊和社團活動、從國內外所產生的影響都風馬牛不相及，食指的意識仍凝固在六十年代末期，至今仍堅持『三熱愛』，無論過去和現在思想都非常『正統』和局限，他當時的影響僅局限在小圈子裡，而不是廣泛的社會歷史意義，我想這是公允的。」（鐘鳴：《旁觀者》，第2卷，海南出版社，1998年版，第688頁）

6　成員主要有李家華（路茫）、張凱、張玲（秋瀟雨蘭）、莫建剛、張嘉諺、慕德新、梁福慶、費席貞、孫惟井、蕭承涇、李光濤、周渝生、郭庭基、白自成、江長庚、陳德泉、曹柳生、張偉林、黃德寧、黃傑、曹秀清（南川林山）、鄭思亮、瞿於虎、歐陽赤、黃繼文、王清林、劉大民、侯潤寶、金戈、瞿小松、馬一平、陳衍寧、彭公標、鄧揚生、楊吉生、孫中華、劉應連、王鼎偉、孫冀初、費席珍、盛恩、王良範、胡漢育、譚滌非、劉邦一、劉定一、龔家瑛、龍景芳、高精靈、王天祿、王六一、王六二、曾珠、曾科、曾理等。

盜火者，「『野鴨沙龍』裡有一張黑色的中長木沙發，那是我的永久的『地盤』。多少年來，我常常坐或躺在那兒到深夜。我在那兒與啞默和其他的朋友談詩、談繪畫、談哲學和時事，或者聽音樂。……人性的音樂和當時為我們所偷閱的歐美文學和哲學等世界名著一樣，只為我們所獨有。這是些大膽的『竊賊』的財富。多麼令人膽顫心驚……我們是我們所處的時空中的游離者，漂泊者、叛逆者」[7]。

　　啞默（1942-），原名伍立憲，貴州普定縣人，曾用過筆名春寒、矛戈、惠爾，1978年12月開始使用「啞默」這個筆名。啞默1956年開始寫作，1964年在市郊野鴨塘農村學校任教。文革期間開始閱讀摘抄內部資料並堅持詩歌寫作。1979年在北京西單民主牆發佈《啞默詩選》。著有《啞默：世紀的守靈人》10卷，《鄉野的禮物》、《牆裡化石》、《見證》、《暗夜的舉火者》等詩文集，被視為「前朦朧詩」的代表人物之一。啞默的讀書、寫作和對時代的態度一定程度上也與其哥哥伍汶憲有關。伍汶憲曾在1950年代就組織過文藝沙龍並寫出為數不少的詩作[8]，後被捕入獄。啞默1960初期開始詩歌寫作並自印民刊，主要有詩作《海鷗》、《鴿子》、《晨雞》、《荒野的婚禮》、《是誰把春天喚醒》、《想起了一件事》、《夜路》、《秋日的風》、《海》、《如果我是……》、《春天、愛情和生命》、《我在橋旁等你……》、《月亮》、《秋天》、《在茫茫的黑夜》、《黎明的晨光啊，你何時到來？》、《山城行》、《浸潤》等。啞默的詩歌不像黃翔排山倒海和火山噴發式的激烈，而是在內斂、理性和平靜、孤獨中等待爆發的火山的岩漿。只是在啞默這裡呈現的更多的是黑暗年代裡一個無比壓抑、孤獨、痛苦和分裂的靈魂對人性的默默追

---

[7]　黃翔：《總是寂寞》，臺北：桂冠圖書有限公司，2002年版，第23-24頁。
[8]　「我是一隻小小青蛙哇哇亂叫，／你是一癩頭禿鷹死老鼠也要硬叼。／我是黑暗裡的真實，／你是明亮中的狂暴。／我是一隻不會飛的小鳥，／無意中去擁抱善良的大炮；／我是一隻不會飛的小鳥，／無知中去親吻鋼鐵刺刀」。引自啞默《文脈潛行——尋找湮滅者的足跡》列印稿。

索，「以最後的詩章獻於你的像前／永示著悼別的哀念／／我將在茫茫人世徘徊／懷著浩劫後的苦悲／天空中消逝的日暉／我殷切等待的光明／／你步履侳偬／帶走希望的點點餘溫／／寂寞冰冷／撕裂著心靈／／苦尋著已被茫然的人性／四周卻垂著迷津／／你點燃我生命的篝火／使它閃閃生輝／是對你的記憶／使我在黎明前一次次被催醒」（《哀離》，1973）。

　　黃翔（1941-），生於湖南武岡，現居美國。在1958年即已開始發表詩歌[9]併入選全國詩選。從1959年開始詩人的作品由於種種原因被禁止發表。黃翔在「文革」期間寫下了《野獸》（1968）、《預言》（1966）、《白骨》、《留在星球上的簡記》（1968-1969）、《我看見一場戰爭》（1969）、《火炬之歌》（1969.8.15）、《長城的自白》（1972.9.24）、《世界在大風大雨中出浴》（1973-1974）、《火神》（1976年初）、《不　你沒有死去——獻給英雄的一九七六年四月五日》（1976、4、8）等詩。黃翔主要有詩文集《狂飲不醉的獸形》（1986）、《黃翔——狂飲不醉的獸形》（1998）、《黃翔禁毀詩選》（1999）、《狂飲不醉的獸形・受禁詩歌系列》（2002-2003）等。黃翔從1960年代初期的詩歌寫作開始一直就秉持著強烈的個人化的反省、對抗和質疑的色彩，一直在高亢的紅色合唱時代堅持「獨唱」。這在《獨唱》、《長城》等詩中都有鮮明的表現，「我是誰／我是瀑布的孤魂／一首永久離群索居的／詩／我的漂泊的歌聲是夢的／遊蹤／我的唯一的聽眾／是沉寂」（《獨唱》，1962）。黃翔即使是面對「文革「一體化意識形態的嚴厲監控仍一直堅持偷偷寫作，這些詩作在當時的「野鴨」沙龍中被祕密傳抄和朗

---

9　值得注意的是黃翔正式發表詩歌作品的時間問題。洪子誠、程光煒編選的《朦朧詩新編》（長江文藝出版社，2004年版）所附的黃翔簡歷標明其在1965年開始發表詩歌顯然並不準確。唐曉渡所編選的《在黎明的銅鏡——「朦朧詩」卷》（北京師範大學出版社，1993年）中對黃翔的說明文字強調其是在1950年代末期開始發表詩歌作品顯然更為確切一些。

誦。而在政治運動中為了躲避劫難黃翔又不得不一次次想方設法來保存自己的詩作。黃翔後來回憶當初自己保存手稿的艱難情況，「原稿先後收藏在蠟燭、竹筒、膠靴、米桶缸和故鄉牛棚歷年經雨水淋壞的茅屋頂上，後取出時已水漬斑斑，瀕於腐爛」[10]。黃翔的詩與其說是寫出來的，不如說是嘶喊出來的。黃翔當時寫作《火炬之歌》的情景相當真切地反映出當時的社會氛圍和詩人特殊的心態，「我的房間裡有個窗戶靠著屋頂，我常常獨自坐在屋頂上眺望遠空和街道。燥熱的晴空一碧如洗，往往引起我的青春心靈的騷動和遐想。樓下街道上不時出現頭戴藤帽和肩扛梭鏢的遊行隊伍，他們一邊朝前走一邊高呼口號：『革命無罪，造反有理！』『文攻武衛，針鋒相對！』一看到這情景就使我產生莫名的窒息和憎惡！⋯⋯我忍不住在心裡大喊大叫，而內心暴烈的呼喊化為狂飆，呼之欲出，它終於從我的口腔裡蹦出來了，使我大吃一驚！屋子裡一片寂靜，只有我一個人。我從窗臺上跳了下來，又跳了上去，一會又從窗臺上跳下往床上一倒。掏出一枝煙，狠狠地吸了幾口。煙頭上掛著長長的煙蒂，快掉下來了，我用中指把它狠狠一彈，突然一顆火星一閃，我的腦子裡刷地一亮，渾身像著了火似的猛地燃燒起來。這股火來勢兇猛，越燒越大，燒得我在屋子裡像頭困獸似的團團直轉，此時的時間是1969年8月13日上午10時。窒息中產生詩的靈感。第三天，一種鮮明的詩的形象出現了，清晰了，成熟了。我在白天打開燈，然後用黑布把燈蒙上，讓一圈燈光透射到桌子上。我鋪開了紙，抓起了筆，熱淚縱橫中一口氣寫出了我的《火炬之歌》，時間是1969年8月15日」[11]。

> 在遠遠的天邊移動
> 在暗藍的天幕上搖晃

---

[10] 黃翔：《狂飲不醉的獸形》，天下華人出版社，1998年版，第637頁。
[11] 黃翔：《喧囂與寂寞》，柯捷出版社，2003年版，第100頁。

是一支發光的隊伍
是靜靜流動的火河

照亮了那些永遠低垂的窗簾
流進了那些彼此隔離的門扉

彙集在每一條街巷　路口
斟滿了夜的穹廬

跳竄在每一雙灼熱的瞳孔裡
燃燒著焦渴的生命

啊火炬，你伸出了一千只發光的手
張大了一萬條發光的喉嚨

喊醒大路　喊醒廣場
喊醒——世代所有的人們——

——《火炬之歌》

　　黃翔的《火炬之歌》成為一個黑暗的時代企圖點亮人性燈盞的啟蒙之光，而他的《野獸》、《白骨》、《我看見一場戰爭》、《長城的自白》等詩則更為有力地呈現了「文革」這樣一個人妖顛倒、人性淪落的「吃人」時代的本質和詩人決絕的反抗精神：「我是一只被追捕的野獸／我是一只剛捕獲的野獸／我是被野獸踐踏的野獸／我是踐踏野獸的野獸／／一個時代撲倒我／斜乜著眼睛／把踐踏在我的鼻樑架上／撕著／咬著／啃著／直啃到僅僅剩下我的骨頭／／即使我只僅僅剩下一根骨頭／我也要哽住一個可憎時代的喉嚨」（《野獸》）。

　　黃翔的詩歌中最大限度地呈現了詩人的真實感受，詩歌中的自我是燃燒的，爆裂的，「沒有『我』的詩是虛假的，偽善的；每一首詩中都有『我』獨立其中」[12]。確然黃翔的詩是就是劇烈燃燒的火團，作為主體的詩人在其中噴薄燃燒。在「非人」的時代詩人喊出了驚世駭俗、撕心裂肺的最具震撼力的人性的聲音，「提到黃翔，我想到的是一部詩的野史，其實，也是一部本真的詩史，一塊『活著的墓碑』，一個終生背負詩的十字架的殉『詩』者」[13]。

　　一定程度上貴州高原詩人群的代表詩人黃翔在新詩史中所受重視程度不足與其詩歌被挖掘程度、詩歌傳播範圍和主流的認可有關，也與其詩歌寫作過於強烈的意識形態色彩有關。當然也與食指、白洋淀詩群與後來的《今天》和「朦朧詩」的血緣關係有關。在「今天詩派」（朦朧詩）越來越成為新詩史的正統的今天，與之關係緊密、具有傳承關係詩人、詩群肯定會得到重視。黃翔只有少數詩作被批評界提及，少數的新詩選本將黃翔歸入「朦朧詩人」的行列[14]。黃翔的詩作至今仍只得到有限度的認可，這既是詩人的悲劇，也是政治文化的悲劇。

　　黃翔曾經說過自己從來都沒有和北京的那幫「今天詩人」們有過交往，但這明顯與事實不符。這又在很大程度上說明黃翔這位西南詩人對北京詩人的不滿和某種覬覦心理。

　　芒克的家裡，有黃翔和啞默送給芒克的一幅書法：「天生我才必有用」。

　　1979年秋天黃翔帶領「啟蒙」的成員到北京會面「今天」詩人。在圓明園留下了這歷史性的一刻，當時有北島、芒克、黃銳、江河、

---

[12] 黃翔：《留在星球上的菊記》（1968-1969年詩論），《黃翔作品集》（列印稿），第491頁。

[13] 黃翔：《荊棘桂冠——詩人黃翔及其作品》，《黃翔禁毀詩選》，明鏡出版社，1999年版，第6頁。

[14] 如洪子誠、程光煒編選的《朦朧詩新編》（長江文藝出版社，2004年）、唐曉渡編選的《在黎明的銅鏡中——「朦朧詩」卷》（北京師範大學出版社，1993年版）。

陳邁平、甘鐵生以及黃翔、莫建剛、薛明德、張玉萍、於美好等人。

　　1980年代，時在北京的貴州詩人王強曾帶著黃翔到芒克家裡，宣傳黃翔創立的「宇宙天體星團」，「我至今沒明白這個『宇宙天體星團』到底是何物？是個詩人團體呢，還是什麼新的思潮或者新的發現？反正我猜得出這種稀奇古怪的花樣兒肯定都是老黃翔的產物。因為他這個人從不甘寂寞，所以免不了要折騰。」[15]

　　至今芒克仍然留有當時自己帶著黃翔夫婦和王強在圓明園的一張照片。當時是冬天，在圓明園的廢墟下芒克這位北方詩人顯得格外高大，他的身旁是黃翔夫婦。黃翔穿著淺色的羽絨服，秋瀟雨蘭穿著深色的大衣、圍著毛圍脖。1993年夏天的一個傍晚，芒克帶著食指、黃翔、黑大春等人去拜訪崔衛平[16]。而當1993年與詩人過從甚密的攝影家肖全給芒克拍的照片遭受到芒克的憤怒和尖銳批評的時候，我們還能夠從這些瑣碎甚至在一般文學史家那裡毫無意義的日常細節中能夠看到以芒克為首的這些曾經叱吒詩壇的北方詩人的性格和仍然時時閃現出的北方精神——直率、天真、灑脫、不羈。柏樺也曾在90年代初「現代漢詩」編委會稱芒克為「極權」詩人，當時在安徽為期三天的編委會上，芒克強行拉著柏樺喝酒、打籃球。

　　在敘述文革時期的詩人時由於種種複雜的原因，同樣在文革時期進行「地下」寫作群體受關注程度顯然不如食指和白洋淀詩群[17]。黃翔在1990年代寫給鐘鳴等人的信中反覆強調自己對貴州詩人群被忽略的強烈不滿。

[15] 芒克：《瞧！這些人》，時代文藝出版社，2003年版，第121-122頁。

[16] 崔衛平：《郭路生》，《持燈的使者》，廣西師範大學出版社，2009年版。

[17] 錢玉林在談到「上海詩人群」時認為這些時間上要早於「白洋淀」詩人群，更早於「朦朧詩」作者的上海「地下詩人」，這些與紅衛兵造反奪權無緣的「平民的兒子」至今仍被歲月沉埋被現今的詩壇所排斥和遺忘。當下沒有一家刊物能發表他們當年的詩作，但錢玉林認為這些詩人在30年前所發出的聲音「終究沒有全部消隱，沒有全部隨時光泯滅。他們保存下來的可貴的一部分，因陸續出版（這非常不易），已漸漸為國內外新詩研究者、十年『文革』文學研究者所注意。」參見《BLUE》，2001年第1期。

　　值得提及的是1994年作家出版社擬出版黃翔詩文選集《黃翔──狂飲不醉的獸形》一書。

　　但是由於種種原因，尤其是政治原因，收入黃翔1959年以來的詩歌、詩論、隨筆的《黃翔‧狂飲不醉的獸形》詩文集最終沒有出版。該書遲至1998年8月才由紐約天下華人出版社出版。黃翔至今已出版大量的詩文集，也有少數的新詩選本[18]將黃翔歸入「朦朧詩人」的行列，但黃翔的詩作至今仍是得到有限範圍的認可。儘管一些新詩史和文學史在敘述文化大革命時期的「地下」詩歌時仍會禮貌性地談到黃翔和貴州詩人的簡略情況[19]。

　　黃翔1941年12月26日出生於湖南桂東，半生命運多舛。而他的出身更是在當時給他帶來難以想像的厄運，父親是國民黨東北保密局的局長，母親早年畢業於復旦大學。因為特殊的家庭背景，黃翔出生不久就被帶到湖南桂東農村的養父母家。因為出身不好，黃翔從兒童時代就被視為危險的異類分子，8歲時即被遊街和關押。這種政治災難給黃翔一生產生難以言說的影響。14歲的黃翔從湖南回到貴陽，在工廠當學徒。而三年之後，也即1959年黃翔在青春期的衝動下登上了開往大西北的列車。而因為企圖偷越國境罪黃翔被勞改三年。文革爆發不久，在抄家中父親的照片、委任狀以及黃翔的詩歌手稿、書信都被作為罪狀的鐵證。黃翔以現行反革命罪入獄，精神崩潰的黃翔曾幾次被送進精神病院。如此酷烈的人生命運和政治遭際無形中加速了黃翔爆裂的反抗性，也形成了難以抹去的政治情結。

　　處於「流放」中的黃翔最終在啞默位於野鴨塘的房間以及廢棄的天主教堂裡找到了詩歌、音樂和靈魂的安頓之所。

---

[18]　如洪子誠、程光煒編選的《朦朧詩新編》（長江文藝出版社，2004年版）和謝冕、唐曉渡編選的《在黎明的銅鏡中‧朦朧詩卷》（北京師範大學出版社，1993年版）。

[19]　需要強調的是黃翔在1958年即已開始發表詩歌，洪子誠、程光煒編選的《朦朧詩新編》（長江文藝出版社，2004年版）認為黃翔是在1965年開始發表詩歌是一種不確切的說法。

　　當時沙龍主要涉及音樂、詩歌、哲學等，主要人員有啞默、黃翔、李家華、郭庭基、白志成、江長庚、曹秀清、李樂年、戴舜慶、包曉冬、朱虹等。

　　黃翔拿著自製的巨大蠟燭在啞默房間裡朗誦《火炬之歌》的情形也在今天成了詩歌史上的傳奇，儘管這種傳奇曾長時期被淹沒在北方詩歌的巨浪之下。值得注意的是當時的沙龍也不能排除男女之間情感的因素，比如貴州詩人圈裡至今幾乎不被提及的幾位女性，如譚曉星、陶娟娟、朱虹等。當文革結束，鬱積多年的火山終於可以噴發了。1978年10月10日黃翔帶領「啟蒙」成員方家華、莫健剛等扛著詩歌進了北京。《火神交響詩》被張貼在人民日報社的牆上。僅僅一個月之後，黃翔、李家華、方家華、楊在行、莫健剛、胡長論等人（羅賓孫和黃傑在大字報上簽字，但因故未到北京參加活動）再次到北京張貼詩歌大字報《致卡特總統的信》以及李家華的長篇評論《評〈火神交響詩〉》。李家華這篇文章以極具煽動性和挑戰性的言辭「清算」了文革，「他們用揚聲器反覆播送一種聲音發動進攻，用書籍、報刊反覆講一種觀點發動進攻……在他們的大舉進攻面前，人們白天沉默寡言，夜晚惶恐不安，有如在劫難逃的驚弓之鳥……在他們滅絕人性的紅色戰爭面前，健康的人會突然病倒，正常的人會突然發瘋，抵抗力差的會突然死去……每天都有服毒自殺和上吊喪命的消息傳來……厄運隨時都可能他降臨到每一個人的頭上……惶惶不可終日……絕望已經到了極限……只有一個希望在心中擴張著：地球儘快爆炸，讓製造罪惡的人和被罪惡毒害的人全部同歸於盡」。當時大字報由90張句型紙組成，長度竟然近100米。他們在大字報上留下的地址是貴陽八角路一號。此後黃翔接二連三到北京高校演講，他的政治情結是如此的強烈。極強的革命後遺症和過於膨脹的自我意識和占位衝動在很大程度上損害了這些詩人和詩歌，「啊中國，我看見你站起來了，在民主牆上。／你在這兒站著大聲疾呼，大聲發言。／你手裡提著油印機的滾筒，／或者一張剛油印好的詩篇，／身上沾滿了藍色的黑色的油

墨。／你被無數的人包圍著，是的，／無數的人，越來越多的人，／男人們，女人們，老人們，孩子們」（黃翔：《民主牆頌》）。

當黃翔1978年第二次到北京時幾乎完全成了政治運動的重演。

每一次來北京黃翔等人有兩件事必須做，一是吃烤鴨，一是到天安門前合影。而當時身居北京的北島對外省詩人和刊物的評價顯然更具準確性和預見性，「《啟蒙》在北京的效果並不理想。批《啟蒙》的大字報姑且不談，在一些有思想的年輕人也反響不大。我和我的朋友們認為，主要原因在於內容過於空乏，而且把自己的位置擺得太高，這樣容易失去群眾」[20]。

值得注意的是黃翔和李家華因為分歧而導致「啟蒙社」分裂。1979年3月李家華等人在北京西單民主牆和北京大學宣布成立「解凍社」。李家華等一行人離開北京後又一路在南京、上海、杭州、貴陽等地宣傳「解凍社」。值得注意的是南京和上海等地也都有民主牆，一般設在廣場上，比如上海的人民廣場民主牆、重慶解放碑附近的民主牆。李家華和汪印風於4月5日早上在重慶被捕，關押於原來的中美合作所，後又轉押至貴陽的豺狗灣看守所。而這場轟轟烈烈的民主運動和「地下」刊物活動是短暫的。1979年3月《探索》發表魏京生的文章《要民主還是要新的獨裁》使得這場民主運動很快因為政治風向的變化而戛然結束。

北京已經成為黃翔等西南「邊地」詩人心目中的一個高大的舞臺。這給那個時代包括黃翔在內的「外省」詩人製造了運動和詩歌的雙重幻覺——只有北京才是唯一的展示中心。而這種核心所帶來的影響和力量確實可以從黃翔當年進京時的轟動場面中得以印證：

> 一百多張巨幅詩稿卷成筒狀，如炮筒，如沉默的炸藥，如窺視天宇的火箭，我抱著它上了火車、扛著它進了北京

---

[20] 北島1978年12月9日寫給啞默的信。

城。……牆上出現了一把我自畫的火炬。接著，兩個籮筐
那麼大的字「啟蒙」赫然顯現。接著，是我親自奮筆疾書的
《火神交響詩》……街上的交通馬上被堵塞。我應群眾的要
求即興朗誦。在手挽手地圍住我、保護我的人群中，我只有
一個感覺：一個偉大的古老的民族的肌肉正在我周圍重新凝
聚。我第一個人點了這第一把火。我深信，我一個並不為世
界知曉的詩人，在北京街頭的狂熱的即興朗誦，遠勝於當年
匈牙利詩人裴多菲朗誦於民族廣場。[21]

北京，這個政治和文化、文學的中心在60到80年代不僅吸引著來
自西南的像黃翔這樣的「邊地」詩人，同樣身出北京的詩人對北京、
天安門廣場、西單民主牆以及各個高校所懷有的那種衝動也是今天的
人難以想像的，「我之所以選定北京，因為在那兒，立於天安門廣
場，撒泡尿也是大瀑布！放個屁也是驚雷」[22]。

換言之，在那樣一個特殊的時代北京作為北方乃至全國詩歌的
中心召喚著南方和北方的詩人來到這裡「朝拜」。當然，身在北京的
北島、芒克等詩人照之邊緣的其他省份的詩人還是天然獲得了一種地
理、文化和心理上的優勢。同時北京的這種中心位置不能不受到「外
省」詩人的妒忌甚至不滿。加之像黃翔這樣的過於自我膨脹的詩人，
即使像北島這樣冷靜、平和、客觀的詩人也不能不對黃翔這樣的南方
詩人敬而遠之。

1983年，北島等人曾到貴州遵義參加一個詩會，途徑貴陽時北島
卻沒有和黃翔聯繫，這使黃翔大為惱火。而去北京時黃翔則聯繫一切
可能聯繫的詩人，時在《新觀察》工作的北島因為工作原因耽擱了與
黃翔的見面。結果黃翔居然找到《新觀察》雜誌社並當面質問北島。

---

[21] 黃翔：《狂飲不醉的獸形》，《大騷動》，1993年第3期。
[22] 黃翔：《狂飲不醉的獸形》，《大騷動》，1993年第3期。

黃翔曾在1986年「第三代」詩歌運動的熱潮中帶著剛剛炮製的「中國詩歌天體星團」再次來到北京。這次黃翔、啞默等人同樣野心勃勃，「詩歌天體星團將以野公牛和野母牛的方式瞪視和騷亂『小視』自己的新舊『紳士詩壇』，將以颶風嗥叫水面的姿勢蕩滌一切精神界的浮渣泡沫。泡沫消失，渣滓蕩盡，水底原岩方始微露水面」，「一切製造『詩歌』和『理論』的『小爐匠』滾開！一切空頭『理論』與詩創造不相契合者滾開」[23]。黃翔企圖在北京再次引爆詩歌，他先後在北大、人大、北師大、中央工藝美院和魯迅文學院等地舉行詩歌朗誦和即興演講。但包括北大那次，黃翔等人的活動多被叫停。黃翔也因為擾亂社會治安以及「引動學潮」而再次入獄。至此，「啟蒙」和「天體星團」宣告結束。

文革期間錢理群在貴州安順師範學校教書，其時住在婁家灣水庫附近的一個小房子裡。一個偶然的機會錢理群與張嘉諺相識並開始讀書和交流活動。1980年10月，張嘉諺在貴州大學主編民刊《崛起的一代》。第一期即發表針對艾青和周良沛等「大詩人」的批判文章，刊物後來被禁。而遠在西南僻壤的青年詩人對艾青等成名詩人的不滿也似乎暗示了一個年輕詩人時代的到來，「當艾青擺出權威的架勢，蔑視無權無勢的年輕人的挑戰，並企圖利用政治的力量將其扼殺時，他就已經宣告了自己作為一個有良知的知識份子與詩人的死亡，艾青的詩歌創作就是由此走下坡路的，這絕非偶然」[24]。

那麼多的外省詩人對北京的印象是一致的，他們認為這裡才是中國詩歌的核心。而當他們懷著莫大的期待和熱情來到這個巨大的廣場的時候迎接他們的卻是極大的反差，冷漠還有深深的失落。1980年代中期「非非」主將楊黎出川北上，「在北上的火車上，『非非』的楊黎，激動地估算著迎接場面，當走出『四點零八分』的車站時，卻沒

[23]　《天體詩歌星團宣言》，油印。

[24]　錢理群：《詩學背後的人學》，《中國低詩歌》，人民日報出版社，2008年版，第3頁。

看見一個歡迎者」[25]。

1993年秋天，黃翔從美國回到貴陽後在一次飯桌上無奈地抱怨道「我們生不逢時，一切都被北京那幾個占光了，真是早叫的公雞，晚到的賓客。」[26]

---

[25] 鐘鳴：《旁觀者》（第二卷），海南出版社，1998年版，第739頁。

[26] 李家華（路茫）：《我和黃翔的友誼矛盾和鬥爭——〈啟蒙社〉、〈解凍社〉歷史回顧》，列印稿。

# 1986：詩歌場的傾斜與轉向

　　文革之後，中國內地鋪天蓋地的各種民間刊物的發生和發展顯示了這一時期人們的特殊文學和文化心態。這種「民間」「地下」刊物又讓人想到前蘇聯時期的「薩米茲達特」，此詞的俄文原意是「自發性刊物」。而後來獲得巨大國際聲譽的蘇聯作家如布羅茨基、帕斯捷爾納克、索爾仁尼琴等都是在這些「地下」性質的刊物上發表作品，之後才在國外正式出版然後又通過「出口轉內銷」的方式引起國內的轟動和廣泛傳播。

　　1980年代的先鋒詩歌運動是從創辦民刊開始的，而到了1986年的詩歌大展的時候這一切不可辯白地證明先鋒詩歌場已經由北轉向了南方。

　　1978年10月，黃翔、路茫、方家華、莫建剛赴北京張貼《火神交響曲》。一行人在天安門前合影。此後黃翔登上長城，昂首挺胸的他衣角被風吹起。他高高揮舞著拳頭，彷彿在舉著一個隨時都可能爆炸的炸藥包。在黃翔1979年1月27日贈送給武立憲（啞默）的第2期《啟蒙》上我們能夠看到「啟蒙社」成立的時間是1978年11月24日中午12時，地點是北京。這些人宣稱以行動實踐憲法並以燃燒的火炬為社徽。《啟蒙》發刊詞（1978）這樣宣稱：在那些精神和靈魂的災難結束以後，我們開始用疑懼的眼光去回顧我們的來路，那來路的很大一段上充滿了眼淚和血。當我們用膽大的眼光去瞻顧未來，未來卻在我們眼前展現一派迷茫。雖然未來的那一頭，也許是寬闊的，也許滿是荊棘。我們失卻了古老的傳統和往常賴以解釋世界的依據，心裡的飢餓讓我們感到深深的筋疲力盡。我們站在『過去』和『未來』的分界線上，內心裡交織著『過去』和『未來』的狂風暴雪。在我們被漫

漫大雪覆蓋的心野裡，正等待我們用全部的生命和熱血，去書寫紅紅
的詩句。」這多像革命暴動年代敢死隊的絕筆書！文革階級鬥爭和運
動情結的後遺症在貴陽等這一代詩人身上有著如此鮮明的烙印。貴陽
這些詩人當初在進北京以及和媒體打交道時都標明自己的工人階級身
分。當時在這些詩人寫給《光明日報》和《人民日報》的信中他們聯
名的身分是：貴陽供電局工人李家華，貴陽煙酒公司工人方家華，貴
陽紡織廠工人黃翔，貴陽蓄電池廠工人莫建剛。這一方面表明了工人
在二十世紀中國歷史上的重要地位和出身的「純粹性」，另一方面也
帶有工人運動的象徵性。同時工人身分也能給這些人帶來一定的安全
和自我保護意識。因為這種集體性的詩歌活動在當時是有非常大的風
險的，黃翔等人的遭遇也證實了這一點。也是因為這種風險以及冒險
精神和犧牲的命運，黃翔等人獲得了文化資本，「1978年，能把政治
抒情詩貼到北京王府井的人，是要冒殺頭之險的（像黃翔），因為，
就在和1978年銜接的『最後一環凍土地帶』，在其他地方，也還有民
主和時代的祭典者，就離經叛道的程度和影響的範圍而言，都不及黃
翔」[1]。值得注意的是啞默收藏了關於貴州詩人和「啟蒙社」的重要
資料，甚至有些資料黃翔等人都沒有。1991年5月11日，黃翔和路茫
到啞默的新居小坐，偶然發現了啞默收藏的相關資料。激動中的黃翔
寫下「在貴陽市郊野鴨塘啞默處重建中國當代歷史」，路茫則寫道
「謝謝詩人啞默為我們收集了這些重要的文獻」。貴陽的尹光中、劉
建一、於牛、曠洋、曹瓊德等五位畫家在1979年也趕往北京，在西單
民主牆舉辦畫展並印有《藝術小詞典》進行分發宣傳。當這五個邊緣
地方的青年畫家在牆上和樹上掛滿大大小小的繪畫作品時，我們能夠
看到推著自行車的人們正在圍觀，場面相當熱烈。儘管以黃翔和啞默
為代表的貴州詩人因為種種複雜的原因曾長期被研究者忽視，但是其
還是有影響的。後來美國的作家愛德華‧J‧納爾遜所寫的《中國民

---

[1] 鐘鳴：《旁觀者》第2卷，海南出版社，1998年版，第649頁。

主》一書中記述了貴州「啟蒙」詩人的相關活動。

　　1980年代的民刊和校園詩刊的熱潮不能不讓人聯想到中國文學史上兩次辦刊熱潮——五四新文學運動以及1978年開始的民刊運動。

　　1980年代的詩歌民刊在當時媒體尚不發達、官方出版物和刊物仍然嚴格把守的時候對青年詩人的詩歌閱讀、交往和傳播起到了不可替代的作用。那時油印的詩歌民刊打開了散落於全國各地詩人的眼界。當時以及80年代比較有影響的民刊主要有《今天》、《崛起的一代》、《第三代人》、《莽漢》、《他們》、《傾向》、《老家》、《漢詩》、《地鐵》、《大學生詩報》、《非非》、《海上》、《傾向》、《大陸》、《北回歸線》、《漢詩》、《紅土》、《南方》、《喂》、《撒嬌》、《反對》、《紅旗》、《詩經》、《寫作間》、《廣場》、《實驗》、《大陸》、《組成》、《液體江南》、《次生林》、《恐龍蛋》、《現代詩交流資料》、《二十世紀現代詩編年史》、《中國當代青年詩38首》、《中國當代青年詩75首》、《中國當代實驗詩歌》、《十種感覺》、《日日新》、《向罔》等等。此外其他大量的校園詩歌刊物更是難以計數。

　　而值得注意的是這些民刊從地理上分布則主要集中於南方，這就說明了為什麼1980年代先鋒詩歌運動更多地轉向了「南方」的一個很重要的原因。從1980年代開始廣義上的南方詩歌開始佔據時代的潮流。以這一時期的一份名不見經傳的文學期刊《青春》為例，該雜誌1987年5月號推出了名為「桂冠詩人專號」共收錄23位詩人，而其中浙江詩人就有6位。我想這個數字不是個例和偶然，而是帶有代表性和象徵性。

　　儘管這些民刊更多是小範圍的「內部」交流資料，但是這種形式顯然對於年輕一代人的詩歌寫作和思想狀態而言是非常重要的。它們無疑打開了一個更為自由和開闊的空間。正如上海詩人王寅在《紙上的電影》中所說的「八十年代，我的大學生涯是在翻動紙頁的輕微聲響中度過的」。

　　儘管陳東東曾認為1980年代的「地下」詩刊更多是出自為讀者提供一些好的詩歌和詩人的目的[2]，但是這些刊物顯然與當時的官方刊物在詩歌美學和文化指向上有著不小的差異。

　　曾有論者將1980年代的這些民刊界定為「地下」詩刊，也即這些大批年輕詩人的詩學主張和正統刊物之間存在著分野[3]。這些民刊確實在當時的正統刊物權力之外為自己的詩歌美學提供了陣地並加大了各自之間的美學上的差異，但是這其中仍然有著政治文化和意識形態上的最後反光以及理想主義抒情年代的尾聲。這一時期的詩歌傳播仍然禁忌頗多，這種仍然不自由的詩歌生產和傳播狀態也在很大程度上刺激了這些民刊的產生和發展。這些轉折年代的詩歌刊物也試圖在一些官方刊物中尋找幾個突破口以便進一步提升這些「地下」詩歌的聲音。儘管《詩刊》曾在1979年第1期和第3期轉載了發表於《今天》上的《致橡樹》和《回答》，但是包括《詩刊》在內的官方刊物卻在此後的幾年對先鋒詩歌和民刊置若罔聞，不再轉載民刊作品。由此可見當時的文學環境仍然是不容樂觀的。而「第三代」詩歌在官方刊物上的集體登場是遲至1986年才出現。

　　值得注意的是一份名為《關東文學》的地方刊物對先鋒詩歌和「第三代詩」的推動。正如肖開愚所羨慕的那樣，「李亞偉的《中文系》被中文系的學生廣為傳誦，而《硬漢們》在吉林省的遼源市一再得獎」。

　　《關東文學》是吉林省遼源市文聯主辦的一本文學刊物，創刊於1985年1月。從1990年開始改為內刊並由雙月刊改為季刊。1986年第4期《關東文學》開設「第三代詩會」專欄，1987年6月號《關東文學》推出「第三代詩歌專輯」，1988年第4期《關東文學》又推出「中國第三代詩歌」專號。

---

2　陳東東：《二十四個書面問答》，《明淨的部分》，湖南文藝出版社，1997年版，
　　第244頁。
3　敬文東：《抒情的盆地》，湖南文藝出版社，2006年版，第4頁。

在「第三代詩歌」專號上除了發表李亞偉等29位詩人詩作，而且還刊發了這些詩人的照片和創作談。值得注意的是四川詩人在這次專號中佔據了絕對優勢——李亞偉、楊黎、万夏、蕭開愚、尚仲敏、二毛、馬松、劉濤等。此後「第三代詩歌」才逐漸在一些官方刊物如《清明》、《安徽文藝》上大面積的公開露面。

而「第三代」詩歌之所以能夠在《關東文學》這裡尋找到突破顯然與這份刊物的級別、所處區域（遼源）的偏遠和相關文化機構對文學管理的鬆懈有關，「我們那個地方，它可能偏處於東北一隅——吉林省遼源市，很多人可能不知道這個城市，它是遼河源頭的城市，是吉林省最小的省轄市」[4]。而在此過程中宗仁發和曲有源發揮了重要作用。1989年第7期的《作家》推出「自選詩、詩論專號」。這期專號不僅推出孟浪、李亞偉、張小波、海子、陳東東、張棗、王小妮、阿吾、龍仔等9人詩選，而且還刊載了關於先鋒詩歌的重要詩論[5]。而本期專號尤其引人注目的是封二和封三上廖亦武的十張照片，能夠享受此殊榮的只有此前的北島。《作家》在1988年第4期推出的「詩人自選詩專號」在封二和封三上刊發了北島在美國、北京和成都的十張照片。每張照片都配發了一段文字，這些文字串聯起來所構成的正是一種經典化的文學史敘事——「北島是孤獨的，不僅在國外」，「你使我想起魯迅的詩句：『知否興風狂嘯者，回眸時看小於菟。』」，「你是不是又沉浸在『透明的憂傷中』？」，「有興趣的人，可以數一數北島背後的竹子，但不要忘記，要加上節節相連的脊椎，是它支撐著詩人的頭腦。有一種竹，其節隆起如腹，稱為佛肚竹。看來竹想成佛，節也要變一下。在成都時，為什麼沒想起到以竹

---

[4]　見《第四屆「中國南京・現代漢詩論壇」紀要》中宗仁發的發言，《星星》詩歌理論半月刊，2010年第9期。

[5]　包括開愚的《中國第二詩界》、楊黎的《穿越地域的列車——論第三代人詩歌運動（1980-1985）》、巴鐵和李亞偉、廖亦武、苟明軍的《先鋒詩歌四人談》以及徐敬亞、曲有源、朱凌波和宗仁發的《現代詩研究筆談四篇》。

子品種繁多而聞名的望江公園看看去呢？」，「北島在《宣告》一詩裡宣告：『我只能選擇天空……』」，「北島和《今天》雜誌社的朋友們」，「北島和他的愛人」，「為了『不再打擾你』，是什麼用肩頭擋住了世界？」，「具備的時刻已經過去，祝願永遠屬於未來」。而饒有意味的是《作家》的編輯在給北島的這些照片配發文字說明時有過這樣的憂慮，「不僅是因為編者失誤，詩人自己的說明文字已不可查。編者只好出面，有的怕不准確，也便採取『朦朧』的手法。但願不要出現『關公戰秦瓊』的笑談」[6]。但往往事與願違，「關公戰秦瓊」還是出現了。關於北島在竹牆前的那張照片的說明恰恰出了問題。北島並非沒有去過成都的望江公園。事實是，1986年冬天，成都的望江公園留下了北島、顧城、舒婷等人歷史性的一刻。其中的一張照片是北島坐在公園的草地上，戴著淺色太陽鏡，雙手交叉。因為天氣寒冷的緣故，北島穿著毛衣和厚厚的棉服。

而《作家》刊發的廖亦武的這些照片既有留著鬍子的肖像，燈下寫作的剪影，也有他獨自在樹下的沉思，有他和妻子阿霞手挽手的合影，也有他與母親、周忠陵（盅盅）、戴邁河（加拿大人）等人的合影。而刊登在同期的開愚的長文《中國第二詩界》則幾乎全部是對四川詩人的高度評價，一定程度上「中國第二詩界」的「中國」已經被「四川」替換。在文章中開愚用極大的篇幅重點論述了廖亦武、歐陽江河、万夏、李亞偉、翟永明、柏樺、石光華、藍馬等四川詩人，而只用短短幾百個字提及了韓東、西川、海子、張曙光等「優秀詩人」。肖開愚對以廖亦武為代表的四川先鋒詩人的評價最能體現出那個時代「先鋒派」派急於上陣的「表演欲」而缺乏堅持性的短命性，「越來越迅速地破壞者日漸增多的傳統，他的反詩歌手段越來越澈底，也可以說是越來越爛，越來越髒，不像話。最野蠻、最不要臉的粗傢伙全被他納入到詩歌中。廖亦武在別人之前蔑視自己，因此他的

6　《作家》，封三，1989年第7期。

眼光中無所謂高雅、英雄和恥辱，按他的話說他肆無忌憚地嘲弄大多
數人的智力、情感和審美虛弱」[7]。

孫文波認為從1960年代開始詩歌的功能開始發生變化，更多的詩
人將自己放在記錄者和見證者的位置，只有極少數的詩人充當了民族
代言人的角色[8]。儘管孫文波說出了一部分事實，但實際上從1960年
代開始的先鋒詩歌一直到80年代中期詩人的啟蒙精神、精英立場和理
想主義的民族代言人的聲音是十分強大的。只是這種代言的方式在不
同的時間節點上轉變為更為個性和反撥的方式。民刊和校園刊物除了
極個別之外都是在出現之後的很短時間內就消失了。這在很大程度上
還是呈現了「第三代」詩歌和「校園」詩歌的運動性特徵——夭折和
短命在所難免。值得注意的是80年代民刊的「地下」狀態和先鋒精神
讓一些詩人尤其是南方詩人產生了一種幻覺，即高估了這些民刊的價
值。比如鐘鳴和陳東東都曾一再抱怨中國詩歌批評之所以落後於詩歌
寫作若干年，其重要原因就在於批評家得不到第一手的「地下」狀態
的詩歌資料[9]。實際上到了80年代後期，這些民刊不斷強化的是圈子
性和個人性，甚至這種圈子性和個人性導致了新一輪的自我封閉和排
斥性。

應該說「今天」詩歌的啟蒙行動以及後來的「第三代」詩歌運動
都是直接藉助了民刊的力量。「第三代」詩歌將民刊的發展無論是在
範圍上還是在數量上都推向了極致，儘管1990年代仍湧現了為數不少
的詩歌民刊，但是這些民刊越來越走向了圈子化和小集團化。甚至隨
著此後網路以及傳統紙質媒體的商業化轉型，這些民刊已經漸漸喪失
了其應有的「先鋒性」、「地下性」和「民間性」。

1986年註定會使歷史閃光，而歷史也孕育了非同一般的1986年。

1986年的成都，孫文波、潘家柱、向以鮮、付維等人創辦《紅

---

[7] 閒愚：《中國第二詩界》，《作家》，1989年第7期。
[8] 孫文波：《詩人與時代生活》，《現代漢詩》，1994年秋冬卷。
[9] 敬文東：《抒情的盆地》，湖南文藝出版社，2006年版，第27頁。

旗》。這些有著重慶身分的詩歌圈子顯然不同於成都詩人一向戲謔和悠閒的喜劇色彩。按照柏樺的說法重慶這個西南邊陲的「悲劇」的故鄉會導致這些詩人的沉重色、痛苦和焦慮的色彩。

還是1986年，還是這些四川詩人在不停地創辦同仁的詩歌民刊和詩歌串連活動。這裡生髮出西南詩歌的魅力和儘管短暫但卻驚人的詩歌熱力。

1986年，成都的三位詩人万夏和石光華、宋煒創辦《漢詩：二十世紀編年史一九八六》。「漢詩」這個稱謂恢復了詩歌寫作的本土性傾向。而北京的唐曉渡和芒克卻遲至三年之後才主編了《現代漢詩》。當然值得注意的是過於沉溺於老莊和易經教義的宋渠、宋煒兄弟也在很大程度上將「漢詩」推向了另外一個極端。歷史、文化、傳統以及古典詩學重新成了抒情的牢籠，比如宋渠、宋煒兄弟的《戊辰秋與柴氏在房山書院度日有旬，得詩十首》就是其中的一個極端文本。而宋渠和宋煒兄弟還將這種傾向帶到了日常生活之中。後來海子來四川時就被兄弟倆「算命」，預知了未來海子的愛情悲劇。

1986年秋天。當柏樺從四川大學簡陋的郵局出來的時候迎面碰上了趙野和鐘鳴。這是柏樺和鐘鳴的第一次見面。兩個人在後來的交換書籍和詩歌過程中可能還不知道一場詩歌運動的暴風雨已經撕開了天幕的一角。

轟轟烈烈的「第三代」詩歌運動終於在1986年的現代詩群大展中全面登場了。

這場運動的策劃者卻是來自吉林大學77級的徐敬亞，但是此時的徐敬亞已經在深圳的一個簡陋的辦公室裡手忙腳亂地整理著各地詩人紛至遝來的詩歌包裹。而恰恰又是深圳這樣的南方而不是北京發生了驚動天下的詩歌運動。詩歌浪潮和詩壇「洗牌」的衝動馬上就要掀起了！

通過1986年《深圳青年報》和《詩歌報》聯合推出的「中國詩壇1986』現代詩群體大展」到1988年徐敬亞、孟浪、曹長青和呂貴品編

選的《中國現代主義詩群大觀1986-1988》我們可以從統計學的層面看看這些詩歌流派和群體的地理分布。而這種分布的情況和相應的分析顯然不是可有可無的，因為無論是從組織者還是到參與者明顯存在著「地方」之間的博弈以及地理分布的不均衡性。

按照入選詩派和人數多少情況（只選入1個詩派的省份未列入）排列如下：四川（11個詩派，入選人數27人）、江蘇（9個詩派，入選人數24人）、北京（6個詩派，入選人數24人）、上海（5個詩派，入選人數19人）、浙江（5個詩派，入選人數14人）、吉林（6個詩派，入選人數10人）、福建（4個詩派，入選人數11人）、湖南（3個詩派，入選人數5人）、貴州（3個詩派，入選人數3人）、深圳（2個詩派，入選人數3人）、（2個詩派，入選人數3人）、安徽（2個詩派，入選人數2人）湖北陝西（2個詩派，入選人數2人）。

從中我們可以發現西南的四川佔有絕對的優勢，而處於典型的南方區域的江浙以及上海、福建、安徽所占的比例更是驚人。華北（主要是北京）和東北地區則只能處於第二梯隊。至於湖南、湖北、安徽、陝西和貴州則處於更為虛弱的位置。

通過粗略的統計我們可以得出這樣一個結論：在「第三代」的先鋒詩歌運動中詩歌的地理場和重心明顯向西南和南方傾斜了。毫無疑問，儘管先鋒詩歌運動極其短暫，很多的詩人和名目紛繁怪異的詩歌流派也早已經煙消雲散，但是不容忽視的是詩歌在空間意義上的發生與變化已經成為重要的詩歌史事實。

但是這場所謂的詩歌運動所延續的時間是極其短暫的，吶喊聲剛起就已經偃旗息鼓。事實證明詩歌運動必然會因為運動大於詩歌本身而帶有種種不可避免的缺陷。儘管「第三代」詩歌運動是短暫的，但是其中的少數優秀的詩人還是以詩歌的方式命名了那一時代。

正如周倫佑在一首名為《第三代詩人》的詩中為這一代人寫出了自信、調侃而沉痛的精神自傳——「當然酒是喝的，飯更不能少。一代人／就這樣真真假假的活著，毀譽之聲不絕於耳／第三代面不改色

心不跳。依然寫一流的詩／讀二流的書，抽廉價煙，玩三流的女人／歷經千山萬水之後，第三代詩人／正在修煉成正果，突然被一支鳥槍擊落／成為一幕悲劇的精彩片斷，恰好功德圓滿／北島、顧城過海插洋隊去了。第三代詩人／留在中國堅持抗戰。學會沉默／學會離家出走，同時作為英雄和懦夫／學會拒絕，在庭上慷慨陳詞，拒不悔過認錯／學會流放，學會服苦役，被剃成光頭／在佇列與超負荷的勞動中嘗試另一種生活／周倫佑在峨邊閉關修煉，廖亦武、李亞偉／在重慶打坐參禪，尚仲敏在成都寫檢查／于堅在雲南給另一只烏鴉命名。第三代詩人／樹倒猢猻散。千秋功罪十年以後評說」。

# 從盆地、茶館、火鍋和蒼蠅館開始

## 上篇

在1980年代先鋒詩歌的地理版圖上四川以其極其鮮明、生猛、火辣和張揚的「地方癖性」使得詩歌場域的中心和重心同時發生傾斜——「說到四川，我不能不驚異於那片彷彿特別適宜詩歌生長的土壤。那裡青年的詩頗有滿山燈火、萬頭攢動的氣象。」[1]

四川詩歌的生猛可以從這些四川詩人的日常生活中窺見一斑。我曾看過一張非常生猛的「匪氣」和「俠氣」十足的照片：万夏和宋渠、宋煒兄弟從陡峭的山上一躍而下的瞬間。三個人都留著1980年代特有的長髮，雙臂老鷹一般張開，嘴巴更是張得大大的好像是在喊著什麼激越亢奮的口號。尤其是万夏雙眼兇猛地瞪視前方……。

在1980年代的先鋒詩歌群落中四川詩人的走動和交遊是最為突出和頻繁的，幾乎北京、東北、雲南、貴州、南京、上海都是他們酒桌上搖晃的身影。

1986年韓東和小海等南京詩人第一次到成都的時候，那種詩人喝酒甚至打架的場面「令人駭然」（韓東語）。以這次詩人聚會為例，四川的三十多個詩人都參加了。結果是楊黎醉酒後耍酒瘋踹破了万夏的家門，馬松和一個三輪車夫發生衝突並大打出手甚至不得不讓員警動用警棍帶到派出所訊問。也正如一位四川本土詩人所言和任何別的地方的詩歌相比較「四川第二詩界的詩歌的生命力量和語言力量

---

[1] 陳超：《生命詩學論稿》，河北教育出版社，1994年版，第195頁。

都會被相當地突出。幾乎所有重要的現代主義詩人和後現代主義的詩人都生活在四川,他們以精神王者、精神聖徒或精神流放者的方式混淆於人群並高踞於人群,他們以颶風和閃電的速度不斷將自己夷為廢墟」[2]。李怡曾在關於現代四川文學的研究中比照巴蜀文學與其他地方文學的地域性差異,「與湘西比較,同樣生活在封閉狀態的巴蜀實力派毫無純樸可言,與北方比較,他們的力量也很難向著雄壯的境界轉化,與沿海相比,他們的狠毒和陰暗更無遮無擋,精赤裸擴」[3]。

　　不僅茶館和蒼蠅館以及大學校園成為四川先鋒詩歌「地方癖性」的生髮地,而且作為一種詩歌精神也影響到了整個1980年代詩壇——「在當代詩歌幅員遼闊的版圖上,某些省份、城市無疑是具有特殊意義的:譬如四川,自上世紀80年代以來,就源源不斷輸出著一茬又一茬的詩人,以及各式各樣火辣的宣言;川籍詩歌的成就,必定是詩歌史上重要的一頁」[4]。

　　然而四川1980年代的先鋒詩壇並非給人們留下的都是激動人心和歡欣鼓舞的印象。1988年4月25日在上海臨近蘇州河的一個簡陋的寓所裡,朱大可、宋琳和何樂群展開了一次詩歌的對話。朱大可將四川詩人歸結為「盆地妄想症」。在朱大可看來「這個毛病主要表現在四川詩人身上。四川盆地是一個被高山峻嶺圍困的一個狹小地域,這批詩人對自身生命被包圍的感覺特別強烈」,他們因為「超越空間的意識非常強烈」而想當「世界領袖」[5]。而在我看來正是這種「盆地妄想症」使得四川在190年代先鋒詩歌運動中獨領風騷。這些川籍詩人頻頻推出的生猛詩作、火辣宣言和火爆刊物製造了一波又一波的詩壇熱浪,「激越的『麻辣文化』鼓舞著造反者的神經。從來沒有『出

---

[2]　閻愚:《中國第二詩界》,《作家》,1989年第7期。

[3]　李怡:《現代四川文學與巴蜀文化闡釋》,湖南文藝出版社,1995年版,第63頁。

[4]　姜濤:《沒有共識,又何需爭辯——北京詩歌印象》,《巴枯寧的手》,北京大學出版社,2010年版,第81頁。

[5]　朱大可、宋琳、何樂群:《三個說話者和一個聽眾——關於詩壇現狀的對話》,《當代作家評論》,1988年第5期。

川』經驗的內地詩人，居然戲劇性地成了先鋒詩歌的中堅。」[6]

值得注意的是鑒於四川封閉阻隔的地形地貌，人們很容易指認這裡滋生出的文化和民性必然也是封閉保守和自我循環的。而事實上巴蜀文化自身就是移民文化從而帶有文化上的開放性、包容性、多元性以及異質性，「由於盆地的地理位置正處於我國西部高原和東部平原的交接地帶，處於黃河流域和長江流域的交匯地帶，這種東與西、南與北的特殊的交叉位置，又促成了巴蜀先民很早以來就形成的積極突破封鎖、開拓對外交通的奮鬥意識與鬥爭精神。」[7]正是這種「邊緣」位置的多元文化和文化心理使得衍生出來的文學面貌和文人性格區別於其他地區。正如蘇軾所言「文章之風，維漢為盛。為貴顯暴著者，蜀人為多。蓋相如唱其前，而王褒繼其後。峨冠曳佩，大車駟馬，徜徉乎鄉閭之中，而蜀人始有好文之意。」（《謝範舍人書》）而在陸遊看來「四方商賈所集，而蜀人為多」（《入蜀記》）。

在二十世紀中國歷史上位於西南的「蓉城」似乎一直扮演著非常重要的角色。而特殊的地理位置也不能不影響到文化性格，誠如李怡所指出的無論是從傳統中國或是從現代中國的整體發展來看「大西南『偏於一隅』的地域位置都決定了它在整個中國文化版圖上的『邊緣性』，而這種邊緣性的結果又往往是雙向的，它既可能造成封閉狀態下的遲鈍，也帶來了偏離主流文化潮流中心話語壓力的某種自由與輕快，於是，一旦社會的發展給大西南人某種創造的刺激和召喚，他們那無所顧忌的果敢與勇毅也同樣的令人驚歎。」[8]這種因為地域的「邊緣性」所導致的封閉與張揚的雙重性格尤其在「第三代」詩歌運動中有著極其生動地體現。

就建國後的成都文學性格而言，流沙河的「草木篇」事件以及《星星》詩刊的命運可以約略看出這座西南城市的特殊性。在反右運

---

[6]　朱大可：《流氓的盛宴：當代中國的流氓敘事》，新星出版社，2006年版，第193頁。
[7]　姚曉娟編：《巴蜀文化》，吉林文史出版社，2010年版，第10頁。
[8]　李怡：《大西南文化與新時期詩歌的消長》，《詩探索》，2000年第3-4輯。

動中被打成「極右分子」的流沙河對成都更是懷著既愛又恨的心理。
1956年春天流沙河到北京參加全國青年文學創作會，隨後進入中國作
家協會文學講習所第三期學習。由於流沙河表現突出中國作家協會文
學講習所要調其來這裡工作，但遭到流沙河的婉拒。按照他自己的說
法是他只想做一個自由的成都人，而不想做北京人。

　　1956年10月30日在北京開往成都的火車上，在秋色漸濃的時
節「心情悒鬱」的流沙河一連氣寫出了5首散文詩，總題為《草木
篇》。當這些詩在1957年《星星》創刊號上發表後卻招來禍端，詩人
從此深陷漩渦之中。後來，流沙河也有些後悔，「試想當初留在北
京，文學講習所環境不險惡，前輩多，輪不到我當靶子，很可能就混
成左派了。畢竟是成都這環境害得我吃了大苦頭，是不是呢？」[9]這
是一個為成都人叫魂的詩人！如果說這還只是詩人命運的話，那麼在
1958年成都會議期間在毛澤東主席的號召下成都開始動員全體民眾拆
除老城牆就成為集體性的遭際了。1958年4月1日成都市人民委員會發
佈通告——為了城市環境衛生和城市建設，計畫將我市現有城牆分期
全部拆除，城牆土作為填溝填塘和消滅蚊蠅孳生之地，城牆磚石作為
城市建設之用[10]。而連同城牆被拆除的還有老成都的記憶！

　　在運動年代，成都的人民南路廣場作為重要的公共空間成了那個
特殊年代的見證！廣場上毛澤東揮手的巨大雕像以及「團結起來爭取
更多勝利」的條幅見證了上山下鄉一代人的淚水、文革中的武鬥以及
「三·五事件」。當那些成都知青下放到各個地方，連同人民南路在
內都成了美好而痛苦的回憶，「那滔滔的錦江，那壯麗的人民南路，
依舊是當年的情影」。1976年北京天安門的「四·五運動」早已經
被歷史反覆記述，而同樣是紀念周恩來總理逝世的更早發生在成都的
「三·五」悼念活動卻幾乎被淡忘。「天下未亂蜀先亂」再一次得到

---

9　　流沙河：《為成都人叫魂》，《成都：近五十年的私人記憶》，四川文藝出版社，
　　1999年版，第3頁。
10　成都市人委辦公廳：《成都市法令彙編》，第四集，1959年6月。

印證。1976年1月8日周恩來總理逝世後，成都民眾自發組織了遊行等紀念活動。當時的人民南路廣場、春熙路、鹽市口、總府街、建設路各地都是追悼的挽聯、花圈、漫畫、佈告以及貼滿牆壁的詩詞。當時金剛砂布廠女工徐慧署名餘心所寫的長詩引起了轟動，而作者也因此受到清查和關押。而毛澤東逝世後，人民南路廣場成了最主要的悼念場所，幾十萬人湧向這裡。廣場上依然是毛澤東揮手的雕像，只是廣場上多了數以百計的花圈，背後的樓上多了黑底白字的條幅——「偉大的革命導師毛澤東主席永垂不朽！」「偉大領袖毛主席永遠活在我們心中！」

而提起成都這座城市，茶館和火鍋、蒼蠅館已經成為這個城市帶給我們最強烈的印象。

按照四川說法老成都有三多，廁所多、茶鋪多、館子多。據此，有研究者從茶館、火鍋等這些公共空間研究中國的當代詩歌和社會發展[11]。正如四川本土詩人翟永明所強調的火鍋和茶館是四川人萬萬離不開的兩樣「特產」[12]。四川詩人與火鍋、茶館、飯館（蒼蠅館）以及晚近時期酒吧的關係幾乎是天然不可分的。至於萬夏、翟永明、李亞偉、二毛、楊黎、尚仲敏等都曾開有酒吧、咖啡館和餐館就不足為奇了。成都的先鋒詩歌在1980年代的崛起確實與城市和市民文化的日益放開有關。茶館、飯館甚至1980年代的四川詩人的住宅居所都成為帶有公共性和交互性的特殊詩歌空間。「第三代」詩歌以校園詩人為主體（「今天」和「啟蒙」詩群是以工人階級身分出現的），所以校園周邊低廉的蒼蠅館和茶館就成為這一代人詩歌活動的重要根據地和公共空間，「每天上午10點左右，我和胡鈺起床後開始相互串門，多數時候還有敖歌、小綿羊和80級的楊洋、萬夏等人，幾個人碰齊後就

---

[11] 最具代表性的研究者是王笛。此外敬文東的博士論文《在火鍋與茶館的指引下》以及在此基礎上整理、修訂的《抒情的盆地》一書對成都的火鍋和茶館與詩歌的關係進行了別開生面的考察與闡釋。
[12] 翟永明：《紙上建築》，東方出版中心，1997年版。

去坐茶館,在茶館裡或寫詩或賭博,學校附近的『怡樂茶館』幾乎每天有十幾個人聚在那裡或寫詩或讀書或賭錢,這夥人的4年大學的白天時光幾乎都消耗在這類地方了」[13]。

1993年,歐陽江河離開生活了15年的成都,「對這座城市的一切已經習以為常:它的街頭火鍋和露天茶飲,它的潮濕,它的壞天氣,它的自行車鈴鐺,它的小道消息和插科打諢,它的清淡和它的慢」[14]。

成都特殊的地理環境造就的食材、飲食文化以及「擺龍門陣」的悠閒心理使得這裡的人更容易成為美食家甚至「饕餮之徒」——「當其時也,四鄉水紅海椒大量上市。大挑、小擔湧入市區,大街小巷、路邊院裡便成了紅海椒的天下。各家各戶,或用菜刀宰,或用杵刀杵,或用絞肉機絞,或用磨子推,到處都可聽到刀俎之聲,通城彌漫著一股新鮮海椒的辣味兒。」[15]

特殊的地貌和氣候形成了四川特殊的食材,比如成都辣椒、茂汶花椒、郫縣豆瓣、永川豆豉等。川菜為中國八大菜系之一,菜品高達1000多種。川菜起源於川西的成都、樂山(形成上河幫),川東的重慶(形成下河幫)和川南的自貢(形成小河幫)等地,以麻、辣、鮮、香為特色,多用炒、煎、炸、熏、泡、燉、燜、燴、貼、爆、乾煸、乾燒等烹調法,以魚香、麻辣、酸辣、椒麻、蒜泥、芥末、紅油、糖醋、怪味為特色味道,以辣椒、胡椒、花椒、豆瓣醬等為主要調味品。其中最具特色的菜品和小吃有宮保雞丁、魚香肉絲、麻婆豆腐、回鍋肉、夫妻肺片、東坡肘子、毛肚火鍋、燈影牛肉、乾燒桂魚、怪味雞、五香鹵排骨、粉蒸牛肉、乾煸牛肉絲、擔擔麵、賴湯圓、龍抄手等。正如李怡所說四川菜肴不在於菜本身而在於加工和配

[13] 李亞偉:《英雄與潑皮》,《豪豬的詩篇》,花城出版社,2006年版,第225頁。
[14] 歐陽江河:《成都的雨,到了威尼斯還在下》,《站在虛構這邊》,生活‧讀書‧新知三聯書店,2001年版,第297頁。
[15] 崔顯昌:《舊蓉城市民生活漫憶》,《龍門陣》,1987年第1期。

料以及調配，「四川人吃四川飲食似乎也不僅僅在於填肚子而更看重其觀賞、嗅吸、咀嚼、回味的這一『過程』」[16]。例如作家陽翰笙對四川名菜夫妻肺片的自我陶醉般的描述就非常具有代表性和說服力，「刀工講究，切得來像紙一樣薄，透明、調料突出辣椒和花椒。然後，半天之內，嘴裡還感到麻辣。花椒、辣椒用料極不一般。花椒是涼山地區漢源縣出的大紅袍，顏色鮮紅，又麻又香。即是說，麻得正派，不光麻了了事，還留給香味。」[17]

石光華是詩人，也是飲食家。

兒時在成都東門油簍街和東大街交界口的小面店裡工作的爺爺給了石光華以最早的川菜啟蒙。石光華在《我的川菜生活》中除了詳細介紹回鍋肉等四川名菜的做法和心得之外，還記述了他和一些川菜朋友以及四川那些「饕餮之徒」的詩人之間的飲食交往，比如孫靜軒、万夏、宋渠、宋煒、楊黎等。正如石光華所說自己精於川菜烹製除了家庭原因之外更與其結交的朋友有關，而這些朋友中更多的是「文字上的同道」。這正應了那句話「久病成醫」，「久吃鹹廚」。甚至石光華還經常能夠與万夏在菜市場相遇。那時万夏住在青石橋菜市附近，而石光華就在緊挨著青石橋菜市的花市旁邊。而在那些彌漫著川菜芳香和麻辣的氛圍中，詩人們的飲酒、談詩在今天看來令人如此神往，「冬至那天，學校裡開會，等我從十幾里外騎車趕回家，已是深夜10點，老婆孩子和與我住在一起的祖母都睡了。我和万夏才忙著在小火爐上架起陶罐，燉上狗肉，一大口自己泡的杞酒，兩個朋友喝到快要天明，狗肉全熟的時候，罐裡也基本上沒有了。雖然外面天寒地凍，留在心中的，只有溫暖，家的、朋友的、詩歌的、酒的。現在，也常常和朋友從月上西樓喝到日出東方，但那時的溫暖，卻很少了。」[18]

---

[16] 李怡：《現代四川文學的巴蜀文化闡釋》，湖南教育出版社，1995年版，第109頁。
[17] 陽翰笙：《出川之前》，《陽翰笙選集》（第5卷），四川人民出版社，1989年版，第47頁。
[18] 石光華：《我的川菜生活》，陝西師範大學出版社，2004年版，第5頁。

然而最令石光華難忘和感念的是老詩人孫靜軒。在石光華看來孫靜軒的詩豪氣澎湃，而他做的菜則精細有加，「手中飲食常有錦繡」，「微妙之中見玲瓏之心」。曾經的「莽漢」詩人二毛更是以美食家自居，甚至他在美食界的影響完全覆蓋了他曾經的詩人身分。鳳凰網對他的介紹是——詩人大廚的「美食心經」。現在二毛最常幹的也是樂此不疲的一件事就是把四川的食材空運到北京的「天下鹽」餐館然後親自燒製烹煮。

以万夏居住的古臥龍橋街為例，不足200米的小街上足足有十幾家蒼蠅館。甚至對於万夏這樣一個典型的成都「饕餮分子」來說他還煞有介事地品評過四川火鍋和北京火鍋的區別，「1985年的時候，重慶火鍋就是老灶火鍋那種，燒煤球，一只大鍋裡放著九宮格格，不管你認不認識，大家圍著它一起吃，這種看似粗俗的打法，當時在有些裝逼的成都還非常稀少。成都很土，吃的還是小鍋，像北京涮羊肉的鍋，小銅鍋，燙得有禮有節，並且文質彬彬。」[19]在1980年代四川先鋒詩人飲酒史上最為壯觀的一次是万夏等人從成都喝到重慶沙坪壩，然後帶著重慶詩人又折回成都繼續喝。出現在酒桌上的幾乎囊括了當時四川所有的先鋒詩人，万夏、柏樺、張棗、周倫佑、吉木狼格、李亞偉、傅維、鄭單衣、廖亦武、楊遠宏、趙野、潘家柱、胡小波、鐘鳴、歐陽江河、孫文波、翟永明、宋煒、宋渠、楊黎、石光華、劉太亨、席永軍、巴鐵、苟明軍、何小竹、尚仲敏、二毛、燕曉東、小安、王琪博、梁樂、楊萍、瑞生、張孝等。

而在這些公共空間裡除了蒼蠅館之外茶館也對先鋒詩歌和文學生態起到了不可替代的作用。

正是從一個個茶館開始，「地方癖性」被薰染得如此不同。

而由這些茶館和蒼蠅館所構成的地方性知識正好成為1980年代四川詩人的一種尺度，這種尺度能夠測量出「現實與虛擬現實、地理學

---

[19] 万夏：《蒼蠅館》，《天南》，第3期（2011年8月）。

意義上的國家與文本意義上的國家、詞與物、聲音與意義」[20]。

　　每個作家和詩人在第一次走進成都的時候都會被這座城市特殊的氛圍所感染。

　　1938年，時年31歲的東北漢子蕭軍到達成都時無比驚異於那些大大小小的各色茶館。他曾發出這樣的慨歎——「江南十步楊柳」而「成都十步茶館」。而對於四川本土作家沙汀而言，他太熟悉這裡的茶館對於老百姓的重要性了，「除了家庭，在四川，茶館，恐怕就是人們唯一寄身的所在了。我見過很多的人，對於這個慢慢酸化著一個人的生命和精力的地方，幾乎成了一種嗜好，一種分解不開的寵倖，好像鴉片煙癮一樣」[21]。

　　1949年10月，成都解放前夕。

　　漢學家馬悅然在春熙路的一家茶樓上一邊喝茶，一邊用老式的答錄機錄製著茶館的嘈雜聲和街道上的吆喝聲。而馬悅然不可能知道從這一時刻期，四川茶館的命運將有著翻天覆地的變化。建國後成都的茶鋪和茶館多臨街、鄰水而建，茶也以最便宜的茉莉花茶和珠蘭花茶為主。而到了文革時期茶鋪作為「資產階級的藏汙納垢之地」經歷了蕭條期。

　　到了1980年代茶館才重新開始真正進入到市民的日常生活當中。即使是當下，當外地詩人第一次到成都的時候，茶館、火鍋、酒吧以及當地的方言和「粉子」都帶來那麼多難以計數的想像和印象。在「70後」詩人沈浩波那裡他的組詩《成都行》對成都的詩人生活有著詳盡而特殊的描述，「我到成都去／這可真是一個舒服的城市／從早上開始／躺在茶樓裡／舒服啊／一群人喝酒／喝完了再喝／酒量變得特別大／舒服啊／鱔魚的熱火鍋／黃蠟丁的冷火鍋／舌頭麻掉半邊還

[20] 歐陽江河：《成都的雨，到了威尼斯還在下》，《站在虛構這邊》，生活・讀書・新知三聯書店，2001年版，第299頁。

[21] 沙汀：《喝早茶的人》，《沙汀文集》（第6卷），四川人民出版社，1982年版，第261頁。

想吃／舒服啊／再別說成都還有女人啊（《成都行・舒服》）[22]。在《成都行》中沈浩波在白領館茶樓、南風茶樓、粵式飯館、火鍋店、川東老家、「紋身」酒吧、府南河上的石橋、郫縣賓館等這些成都的地方空間中發現了這個城市以及生長在這裡的詩人們的特殊癖性。

　　而成都和四川之所以在1980年代成為「第三代」先鋒詩歌運動的中心不能不與這些公共空間的功能以及變化有著密切關係。

　　二十世紀初的時候成都有30萬居民，街巷四五百條，社區組織也相對完善，有保甲、行會、善堂、同鄉會、清明會等等。1949年時成都人口激增了一倍（656920人），但是隨後茶館等公共空間卻大大縮減。民國初期成都茶館在600家左右，到了1914年成都有茶館的街道數量為311個，茶館總數為9958家之多[23]。而隨著社會動盪，三四十年代成都茶館數量一直維持在六百左右。1951年建國初期則由660家減少為541家，到了六七十年代茶館數量更是寥寥可數，而到了80年代以來成都的茶館至少在3000家以上。在二十一世紀的今天，在四川的一些小鎮上簡陋的茶館裡至今仍然懸掛著「概不賒賬」，「休談國事」的條幅。早年民諺所說的「一城居民半茶客」、「茶館是個小成都，成都是個大茶館」的成都在建國後到1970年代茶館、火鍋、餐館等這些公共空間在不斷縮減。其數量達到了歷史上非常低的水準甚至達到了名存實亡、奄奄一息的地步。由於逐漸強化政治功能和集體秩序，這些公共空間的功能也是單一化的，已經逐漸喪失了日常休閒娛樂、組織聚會、糾紛調解、商業買賣、精英分子活動等諸多功能。如果說二十世紀初期四川尤其是成都曾經關於茶館的功能展開過激烈的爭論（比如是否允許女性到茶館喝茶看戲）不可避免帶有現代文明色彩的話，那麼新中國成立後關於茶館等公共空間功能的爭論是不需要有個人聲音的。在建國後到1970年代，這一時期的公共空間所承載

---

[22] 特殊在於這首詩中提到了眾多的女性形象，這些形象的特徵都是美麗、風騷，如楊濤、楊玲、安靜、張小靜、劉濤、翹翹、西西以及未提名字的女人。

[23] 《成都省會警察局檔案》，93-6-2635，成都市檔案館藏。

的個人性、日常性和自由性的功能空前弱化和衰落。隨著這一時期私營茶館的倒閉、整改和改為集體所有，茶館數量不僅急遽減少，而且在改變時代的城市結構的同時也改變了人們的生活和思維方式。而到了1980年代這些公共空間的休閒、娛樂和公共性的真正復活以及數量上的激增為這一時期的詩人交往、生活和寫作都提供了非常合宜的場所。相比之下，早在1930年代成都的一些像中山公園的茶社居然有文人通過詩歌進行賭博活動[24]。

茶葉和茶文化似乎一直更為南方所鍾情，而南方的氣候、環境和土壤甚至文化氣象更適合於培養茶文化的公共空間。陸羽《茶經》所言「茶者，南方之佳木一尺，二尺，乃至數十尺，其巴山峽川有兩人合抱者，伐而掇之」。而值得比較的是北方和南方喝茶習慣的不同，這從南方與北方茶館產生的差異上可以看出來。成都的茶館多衍生出戲院，而以北京、天津為首的茶館則是從戲院和公共澡堂等場所中衍生出來的一種「點綴」。北方人一般很少有到茶館去喝茶和聊天的習慣，而更多是在自己家裡完成。這與成都人一大早就跑到茶館喝茶擺龍門陣的習慣形成了強烈反差。南方的茶文化更為發達，也更為平民化和日常化。而北方喝茶則成為大多數人可有可無的點綴，只成為「有閒階層」和精英分子的特殊消遣。基於此，就北方尤其是華北地區與南方相比茶館和飲茶習慣顯然居於次要位置，而成都以及江南等地則恰好相反，「北平任何一個十字街口，必有一間油鹽雜貨鋪（兼菜攤），一家糧食店，一家煤店。而在成都不是這樣，是一家很大的茶館，代替了一切。我們可知蓉城人士之上茶館，其需要有勝於油鹽小菜與米和煤者」[25]。

就空間文化和地方性層面考量，特殊的地理環境以及四川人的散居方式使得出行和商品買賣都更為依賴茶館作為暫時休息和交換物品

[24] 《新新新聞》，1936年5月24日。

[25] 張恨水：《蓉行雜感》，曾智中、尤德彥編：《文化人視野中的老成都》，四川文藝出版社，1999年版，第281頁。

的場地，而陰濕的天氣也更容易讓人乾渴。再加之成都等地的水質問題以及長時期的燃料匱乏也使得居民更願意到茶館去喝茶，甚至有家庭主婦還讓茶館代為做飯煮菜。同時，成都盆地尤其是川西和川南更適合種植茶葉，竹葉青（峨眉山）、鵝蕊（峨眉山）、蒙頂甘露（蒙山）、文君綠茶（邛崍）、青城雪芽（青城山區）、川紅工夫（宜賓）、早白尖（宜賓）已為茶客熟識。這也是為什麼川地文人的詩文中屢屢出現茶館和茶葉的原因了。而長時期的交通運輸條件的極大限制和運輸成本過高使得四川當地茶葉更多的時候是自產自銷。正如巴波所說「至於茶館的多寡，記憶所及，北方不如南方多，南方要數四川多，四川境內要數成都多」[26]。

　　特殊時期的成都茶館形成了一個濃縮的社會，以茶館為中心展開的是形形色色的各色人等和社會光影，「在中國，沒有任何一座城市像成都那樣有如此多的茶館。如果把茶館視作城市社會的一個『細胞』，那麼在『顯微鏡』下對這個細胞進行分析，無疑會使我們對城市社會的認識更加具體深入。」[27]

　　茶館也為每個時代的知識份子和公眾人物考察社會百態和政治時局提供了一個最為合宜的窗口。早在1940年代就有人用民謠的方式通過茶館抒發了對當時政治的批判和諷刺，「晚風吹來天氣燥，／東街茶館真熱鬧，／樓上樓下滿座呵，／茶房開水叫聲高。／杯子、碟子叮叮噹當、叮叮噹當響呀，／瓜子殼兒劈里啪啦，劈里啪啦滿地拋。／有的談天有的吵呀，／有的苦惱有的笑。／有的在談國事，／有的在發牢騷。／只有那茶館老闆膽子小，／走上前來細聲細語，細聲細語說得妙：／『諸位先生，生意承關照，／國事的意見千萬少發表。／談起了國事就容易發牢騷呀，／惹起了麻煩你我都糟糕。／說不定

---

[26] 巴波：《坐茶館》，彭國梁編：《百人閒說：茶之趣》，珠海出版社，2003年版，第294頁。

[27] 王笛：《茶館：成都的公共生活和微觀世界1900-1950》，社會科學出版社，2010年版，第7頁。

一個命令你的差事就撤掉，／我這小小的茶館也貼上大封條。／撤了你的差事不要緊啊，／還要請你坐監牢。／最好是『今天天氣……哈哈哈哈』，／喝完了茶來回家去睡一個悶頭覺』。／『哈哈哈哈，哈哈哈哈……』滿座大笑，／『老闆說話太蹊蹺。』／悶頭覺，睡夠了，／越睡越苦惱。／倒不如，乾脆！大家痛痛快快講清楚，／把那些壓迫我們、剝削我們、不讓我們自由講話的混蛋，／從根鏟掉，／把那些壓迫我們、剝削我們、不讓我們自由講話的混蛋，／從根鏟掉。」（《茶館小調》，長工詞、費克曲）

　　至於老舍的《茶館》、沙汀的《在其香居茶館裡》更是通過對北京和回龍鎮（四川）的茶館折射出時代的風雲變幻以及以王利發和邢麼吵吵為代表的一北一南的特殊性格。較之穩重、精明的王利發，吵嚷不休、精力十足、愛打哈哈又火炮性子的邢麼吵吵則形象地體現了四川人的性格。蓄了十年鬍子、粗話一籮筐的邢麼吵吵「一路吵過來了。這是那種精力充足，對這世界上任何事物都採取一種毫不在意的態度的典型男子。他時常打起哈哈在茶館裡自白道：『老子這張嘴麼，就這樣：說是要說的，吃也是要吃的；說夠了回去兩杯甜酒一喝，倒下去就睡！……』現在，麼吵吵一面跨上其香居的階沿，拖了把圈椅坐下，一面直著嗓子，乾笑著嚷叫」[28]。至今，成都的茶館仍然風風火火，詩人、知識份子仍然在這裡談詩論道。

　　北京儘管也有茶館，但從數量和喝茶的人數而言都絕對不可能和成都相比。而老舍筆下的裕泰這樣的老茶館以及櫃檯、爐灶、涼棚、長桌、方桌、條凳、板凳、茶碗、開水和氤氳開來的北方的鄉俗、文化只能在殘留在記憶深處，「這種大茶館現在已經不見了。在幾十年前，每城都起碼有一處。這裡賣茶，也賣簡單的點心與菜飯。玩鳥的人們，每天在遛夠了畫眉、黃鳥等之後，要到這裡歇歇腿，喝喝茶，並使鳥兒表演歌唱。商議事情的，說媒拉纖的，也到這裡。那年月，

---

時常有打群架的，但是總會有朋友出頭給雙方調解，三五十口子打手，經調解人東說西說，便都喝碗茶，吃碗爛肉面（大茶館特殊的食品，價錢便宜，作起來快當），就可以化干戈為玉帛了。總之，這是當時非常重要的地方，有事無事都可以來坐半天。在這裡，可以聽到最荒唐的新聞，如某處的大蜘蛛怎麼成了精，受到雷擊。奇怪的意見也在這裡可以聽到，象把海邊上都修上大牆，就足以擋住洋兵上岸。這裡還可以聽到某京戲演員新近創造了什麼腔兒，和煎熬鴉片煙的最好的辦法。這裡也可以看到某人新得到的奇珍——一個出土的玉扇墜兒，或三彩的鼻煙壺。這真是個重要的地方，簡直可以算作文化交流的所在。」[29]

　　當我們走入四川，走進成都，分布在東門、西門、南門、北門以及武城門、復興門、通惠門各個街道的商業場、春熙路、南府街、中山公園、鼓樓街、少城公園（現在的人民公園）、安樂寺、東大街、東城根街、西禦街、祠堂街上的悅來茶園、陶然亭、鶴鳴茶社、濃蔭茶樓、芙蓉廳茶樓、萬春茶園、錦春茶樓、惠風茶社、懷園、宜春樓、二泉茶樓、可園、漱泉茶樓、安樂寺茶社、枕流茶社、綠蔭閣、飲濤茶樓、養園、三益公等等茶館可以看到這個城市飲茶文化的興盛。而以茶館和路邊簡易茶棚為基點所展現在我們面前的不同時代的街道、戲園以及官員、茶倌、女茶房、商人、小販、文人、工匠、買農產品的農婦、妓女、袍哥、阿飛、苦力、江湖郎中、算命先生、說書的、賣唱的、洗腳工、掏耳朵工、女招待等三教九流可以看到時代、政治、經濟、生活和文學的交錯摻雜以及共生。而這些茶館以及飲茶文化生成的成都人的精神狀態、癖性以及文學性格都是值得我們關注的。

[29] 老舍：《茶館》，《老舍劇作選》，人民文學出版社，1978年版，第73頁。

# 下篇

　　自然地貌（山脈、盆地、丘陵、平原、河流）、居住環境也形成了特定的人文環境和本地人的對生活、文化以及社會的特殊心態和性格，比如成都人好吃好耍悠閒的生活方式，幽默戲謔的生活態度，火辣尖刻、樂觀豁達、玩世不恭又自以為是的多變性格。當聽到四川人說出「有啥子了不起的嘛，天塌下來，無非也只是多了一層蓋的被子嘛」我們就會有一番深刻的感受。

　　特殊的盆地形成了成都的內陸腹地城市的特徵，廣闊的盆地以及處於長江上游地區也形成了相對的封閉性和獨立性，「鎖閉山區同山下的平地之間沒有任何往來，因此必然形成獨立的世界」[30]。巨大的四川盆地如此豐腴卻也又如此偏僻邊遠，至於蜀地諺語「天下未亂蜀先亂，天下已定蜀未定」是對這一巨大盆地形成的封閉性以及過強的獨立性的最好注腳。四川地處西南，「兼有南方文化的絢麗多情和西部文化的雄健堅韌」[31]。同時四川人性格也形成了天生的矛盾性，「巴蜀社會的封閉和保守有目共睹，而巴蜀之人卻常有叛逆越軌之舉；川人一方面直爽熱情，另一方面卻又狡黠多變，一方面吃苦耐勞、倔強剛毅，另一方面卻又欺軟怕硬、外強中乾」[32]。文革年代曾經在知青中偷偷流傳著一首歌曲，從中我們能夠感受到四川人特有的性格——「二唱我老師，／老師是屁眼癢的，／天天上門來動員喲，／騙我去邊疆囉喲。／／哎嗨喲／哄我去邊疆囉喲」。當先鋒詩歌熱潮在80年代轉向四川的時候我不由得想起那句老話——「天下未亂蜀先亂」。柏樺在詩歌中高呼——「今天我要重新開始／研究各種犧牲

---

[30] 費爾南・布羅代爾：《菲利浦二世時代的地中海和地中海世界》（上卷），唐家龍、吳模信等譯，商務印書館，1996年版，第39頁。

[31] 李怡：《現代四川文學與巴蜀文化闡釋》，湖南文藝出版社，1995年版，第7頁。

[32] 李怡：《現代四川文學與巴蜀文化闡釋》，湖南文藝出版社，1995年版，第7頁。

／漫天要價的光芒／尖銳的革命骨頭／／在此時　在成都／所有的人回過頭來／把馬車給我／把極端給／把暴力和廣場／給我！」（《秋天的武器》）

　　很長時期裡成都平原的農民是散居的，而北方農民則是傳統的聚居。這種自足性、獨立性和封閉性使得成都在十九世紀和二十世紀現代化進程中的速度是緩慢的，甚至一度程度上排斥了西方國家和中國其他省份地區的影響和同化——起碼是延緩了這種同化的進程。

　　當然地理構造對人的心理、文化和性格的影響不是一成不變的，而這體現在劇烈變動時代的文學寫作中就要更為複雜和多變。

　　57萬平方公里的四川以廣闊的盆地為主的地貌特徵以及盆地四周高大的秦嶺、橫斷山脈、雲貴高原和巫山形成了天然的庇護和穩定的地理結構，也同時形成此地對外界的某種疏離、排斥和保守狀態[33]。據此，對傳統的儒家等正統文化的疏離就使得這些原住民就形成了自足、目空一切、憋悶和生怕被遺忘的火爆、激進、急躁的性格以及散漫、悠閒的沉溺和偏激的幻想。這種幻想轉換為詩歌就形成了磅礴、粗礪的面貌和炸藥桶似的高分貝大嗓門和沒有低音的「方言」，「啊，大盆地！你紅顏色的泥土滋養了我們／你群山環抱的空間是我們共鳴音很強的胸膛／／歲月誕生自你的腹部，奧秘和希望誕生自你的腹部／你是世界上血管最密集的地方，平原上遍佈桔樹、血橙、紅甘蔗等血液豐富的植物／你翻耕過的泥塊象火苗蔓延開去，洋溢著一千種熾熱而複雜的感情……蒼涼的高原風從西北蕩進來，喧嚷著，起落著，象自然之神不可名狀的琴聲／向我們展開一種壯美、高遠，瘋狂的氣勢／我們的頭髮如飄卷的馬鬃嗚嗚發響，大盆地！／我們要溯你所有的河流而上，我們狂想著沒有邊緣的天地」（《大盆地》）。詩歌和方言的關係似乎一直受到人們的普遍忽視，而地理環境所形成

---

[33] 例如新文學史上四川遲至30年代以後才以群體的崛起狀態影響到當時文壇，而即使是30年代邵子南為了買泰戈爾詩選跑遍成都也尋找不到。參見李怡《現代四川文學與巴蜀文化闡釋》，湖南文藝出版社，1995年版。

的特殊的巴蜀方言高大的音量背後是滔滔不絕的自信、咄咄逼人的自我盤詰和雄辯、尖銳、逆反的思維方式以及反駁成性的爭執習慣，「最讓人吃驚的，首推四川詩人說話的音量，他們簡直在吼叫、咆哮。不管他和你在什麼場所，交談什麼內容，他沒有用衝動熱烈震耳欲聾的聲音說話，說明他沒有興趣把精力投入都這次談話中來。他們一旦用心，就會就任何一件事情與你辯論、爭執，使你意識到在他眼裡所有的事情都成問題，對此他們已經抱有整整一套個人見解，或者正在為就眼下談到的話題形成卓爾不群的見解高速地自我辯解著」[34]。

這讓我們想到的是蜀犬吠日的場景！而這種高音量方言的形成是來自於對高大山川、河流還是來自於嘈雜的火鍋店和茶館不得而知。實際上這還在緊鄰四川的貴州那裡有著類似的反應，方言的大聲量系統的形成與高大的山體和深邃的山谷、崎嶇的山路存在著天然關聯。山高人稀，人們需要扯開嗓子招呼同班鄉里，高亢悠長的吆喝能夠在寂靜的山谷中有長時間的回蕩與延伸[35]。「扯聲賣氣」、「扯五逗六」、「擺龍門陣」、「沖殼子」、「編框框」、「日媽搗娘」等這些帶有「初民社會」特徵的「語言」是高聲的、粗魯的、調侃的、戲謔的、幽默的。這些高分貝的形象生動的方言釋放出了四川人獨一無二的性格。四川方言多少會讓北方人產生一種特殊的印象，甚至作家陳翔鶴曾在小說《古老的故事》中用一個北方女性角色表達了對巴蜀方言的不滿，「我一聽見你們貴省的語言，就想要更加倍的對他們加以詛咒。如果這裡找得出一個純粹的北方姑子庵的話，我確是願意到那裡去的」[36]。然而時過境遷，這種屬地性格、方言和作風卻使得四川詩人在1980年代能夠成為公然與北方的「今天」和「朦朧詩」人「叫板」的資本。

---

[34] 肖開愚：《生活的魅力》，《詩探索》，1995年第5輯。

[35] 《地形與民俗》，《地理》，人民教育出版社，2006年版，第26頁。

[36] 陳翔鶴：《古老的故事》，《陳翔鶴選集》，四川人民出版社，1980年版，第234頁。

　　說到方言和詩歌的關係，有必要談論方言和地方甚至文化、政治的關係。

　　在很長時期裡以北方語音為標準音、以北京話為核心的「普通話」對「方言」處於絕對的壓倒性優勢和主導地位。在來自四川的評論家敬文東看來很多事實都表明相對於普通話而言四川方言顯然處於異數和邊緣的位置。制度化的北方化的普通話對四川方言構成的是強大的逼迫作用，「在上海一間簡陋的餐廳裡，肖開愚告訴過我一件軼事。說的是他剛來上海生活時，一位四川籍醫生在一家很闊氣的火鍋廳請他吃飯。這位醫生很早就離開了四川；大約是想聽到溶解著自己青少年時代遙遠回聲的四川『方言』吧，他提議用四川話交談。事情的結局很令人尷尬：他們用四川『方言』談不了多久時，又改為習慣上的普通話」[37]。而這反映在當代詩歌上就是北方和「普通話」對「外省」和「方言」的壓抑和絕對的「領導權」與「話語權力」。而賀敬之、郭小川、艾青、臧克家、馮至、食指、北島等詩人顯然在這裡獲得了一定的「優先權」，儘管這些詩人自身並不一定能認識到或者他們可能不太認同這種看法。與此相應建國後那些南來的作家和詩人則在普通話形成的文學生態中主動或被動地放棄了「方言」寫作。而現代詩歌史上劉半農和徐志摩等南方詩人的方言寫作則成了不再複製的歷史記憶。

　　建國後的四川詩歌長期處於被壓抑和邊緣的位置，而四川詩歌在1980年代的崛起在於這些生猛的年輕詩人在文化激蕩之下全方位的出擊和占位心理——辦刊物、飲酒做詩、交換詩歌、詩歌朗誦、交往串聯、詩歌沙龍、校園報告。幾乎歐陽江河、柏樺、周倫佑、鐘鳴、張棗、楊黎、翟永明等都曾在四川的各個大學裡進行過詩歌講座。而當年歐陽江河在四川大學的一個階梯教室裡面對著幾百名學生講座的題目是「從傳播學的角度談詩歌的『凡界』、『佛界』與『魔界』」。

---

[37]　敬文東：《抒情的盆地》，湖南文藝出版社，2006年版，第66頁。

從中能夠看到四川詩人非同一般的學術勇氣和想像力，這在其他省份是難以做到的。1980年代四川詩歌給我留下的印象與羅中立1981年參加全國青年美展時的《父親》是契合的。儘管油畫《父親》也是一個妥協的產物，比如在巴中「父親」的左耳朵上架一支圓珠筆以示改革背景下新的「農民形象」。但是在更深層的文化意義上一個普通底層農民的無比滄桑深重的臉部特寫代替了以往政治年代由領袖充當的「父親」形象。這個巨大的畫作給那個時代的衝擊正如緊隨其後的四川詩歌，生猛、火辣而極具衝擊力。儘管同樣是四川人的歐陽江河曾在1985年成都的一次會議上對羅中立發難。說到四川繪畫界，與羅中立同代的畫家時在四川美院學習油畫的何多苓曾經在1984年創作過一幅名為《第三代人》的油畫（與艾軒合作）。這個「第三代人」顯然與何多苓和翟永明以及歐陽江河、柏樺、鐘鳴、張曉剛等人的交往和影響有關。在何多苓這裡，第一代是五六十年代上學的一代，第二代是文革一代，而第三代是文革後這一代。這是畫家對那個年代的觀察和思考。《第三代人》畫面上呈現的是「第三代人」的青年群像，每個人都斜挎一個書包。這些大學生似乎在行進當中又似乎滿懷心事，眼睛盯向前方又顯得有些迷茫。整個畫面以灰色為主色調，而畫面的正中位置那個身穿紅外套的大眼睛的長髮女子則很容易讓人想到當年的翟永明。而這個女子形象的原型正是翟永明，身後兩個高大的男人一個是張曉剛，一個是劉家琨。

四川先鋒詩歌的興起與繪畫、音樂等藝術的碰撞和合作是分不開的。而北京的先鋒詩歌也是如此，比如「今天」詩人與「星星畫展」的關係。當時江河名重一時的經典之作《星星變奏曲》就是為「星星畫展」所作的詩作。如栗庭憲、楊益平、李永存等就與北島、芒克等人有著深入的交往。至於畫家邵飛和北島的關係更是為詩歌界所熟知，儘管他們早已在不同的人生路上前行。這些畫家都曾在《今天》的創辦與發展過程中以及當時的各種詩歌活動中起到了相當重要的作用。1978年夏天，全國各地上訪的群眾把大字報貼在西單的一條長牆

上。西單民主牆自此形成。出於對當時政治和文化形勢的判斷北島對芒克說如果再不做出點事情出來就白活了。而當時詩人黃翔以及以尹光中為首的貴州五個畫家將詩歌和畫作張貼在民主牆。北京的「星星畫展」由黃銳和馬德升在1979年年初開始籌畫，而直到7月份才開始確定畫展的方案並找到當時北京市美協主席劉迅。當時商量的地點是西單民主牆、圓明園和復興門的廣播大樓。最後定在中國美術館東側的小花園。這裡既是十字路口交通發達又緊挨美術館，具有不言自明的空間象徵性和重要性。展覽時間定於9月27日到10月3日，而當時《建國三十周年全國美展》正在展出。9月26日上午王克平和嚴力等人將油印的請帖和海報張貼到展覽館和北大、人大、北師大等高校，展出引起空前轟動。而不多久，29日美展遭到北京公安部門的查抄並貼出公告。這引起參展畫家和群眾的不滿。北島等人在街頭公園的長椅上宣讀抗議書並隨後在10月1日國慶日這天組織了抗議遊行，隊伍從西單民主牆到王府井的北京市委大樓。此後畫展得以繼續展出，地點轉為北海公園的「畫舫齋」。

万夏後來曾經從成都地理的角度勾畫出在1980年代先鋒詩壇上叱吒風雲的詩人的分布圖——以人民南路廣場（現在的天府廣場）毛澤東主席的雕像為中軸線，歐陽江河和翟永明在南一環路上，一環路向東六七站就是鐘鳴和黎正光，萬里橋是楊遠宏，合江亭和九眼橋是趙野、胡小波、白望等。

1980年代先鋒詩歌的反叛性和暴動性在四川詩歌中得到了最為生動和傳神的體現，而這種偏執的叛逆性格可能剛好印證了「西南」是一部「叛逆的歷史」的說法[38]。確實晚清近代以來，政治的、文化的「暴動」大多是從南方或由南方人發動所引發的。1980年代四川詩人的數量居全國之首，而這些詩人的活動能量和詩歌熱情更是其他省份的詩人難以比肩的。至於這些「敏惠輕急」（《隋書‧地理志》）的

---

[38] 葉曙明：《草莽中國》，花城出版社，1996年版。

四川詩人之間同樣火爆的江湖習氣和山頭作風更是讓別省的詩人望塵莫及。很大程度上1980年代四川先鋒詩歌的崛起也與巴蜀詩歌此前的文化環境相對薄弱有關，同時這也與四川文學在當代以來所受到的長期壓抑心理有關。自現代文學史上湧現出了康白情、郭沫若、巴金、沙汀、何其芳、陳敬容、李劼人等為數眾多而又聲名赫赫的人物之外，進入建國後蜀地文學幾乎一落千丈。僅流沙河和白航等《星星》編輯曾在1957年以聞名全國的「毒草」這樣的特殊方式閃現過一次。万夏和李亞偉等人在1980年代的詩歌活動中不斷用火辣的嗓音高聲朗誦，他們留給人們的印象是過度膨脹的熱情和青春的力比多在喝酒、打架和寫詩中的發洩、耗損與揮霍。万夏在公眾面前「翻滾、跳躍、痙攣」，「展覽著詩人被過分蓬勃的青春燒焦的額頭」[39]。而李亞偉更是無數次在醉酒之後表現出好鬥的本性。廖亦武和李亞偉在海南的大街上已經喝得爛醉如泥，而李亞偉卻扛著他要去揍人打架[40]。而這種膨脹和宣洩還更為典型地呈現了這一代詩人的四川性格，這是被壓抑了很久的四川性格的狂飆突進式的爆炸。這與同樣是四川詩人的郭沫若在五四時期的「天狗」般吞噬一切的高分貝的狂叫是如此的類似。照之北京和儒學影響下的中正規範，巴蜀則因缺少儒家等正統文化的影響而呈現出了叛逆和「異端」色彩，「在中國文化傳統中居楨於柱石地位的儒家文化並沒有像北方與吳越那樣鋪下自己深厚的『規範』的土壤，因而它沒有孕育出更多的認同者、適應者，在巴蜀地區，中國文化傳統本身也就相對顯出了某種動搖性，較多的反叛者由此而出」[41]，「同齊魯、吳越等地區的現代作家比較起來，傳統中國文化『內化』進個人人格的深度，融進血液的濃度可能要相對的淺一些，小一些，或者說就是傳統文化與個人生命的膠合是在意識的上層進行。」[42]這種

---

[39] 廖亦武：《朗誦》，《現代漢詩》，1994年春夏卷。

[40] 廖亦武：《朗誦》，《現代漢詩》，1994年春夏卷。

[41] 李怡：《現代四川文學與巴蜀文化闡釋》，湖南文藝出版社，1995年版，第127頁。

[42] 李怡：《現代四川文學與巴蜀文化闡釋》，湖南文藝出版社，1995年版，第135頁。

心理爆炸和反叛一切的性格在「莽漢」和「非非」這些「大男子主義」詩人身上有淋漓盡致地體現。無論是當年胡冬所說的「他媽的詩」和「好漢詩」，還是万夏高歌的「莽漢詩」都不一而足體現了四川詩人的暴動性格和不可稀釋的「破壞」欲望以及「造反有理」的精神。正如李亞偉用川東方言所吶喊出的「搞亂！破壞！以至炸毀封閉或假開放的文化心理結構！莽漢們老早就不喜歡那些吹牛詩、軟綿綿的口紅詩！莽漢們本來就是以最男性的姿態誕生於中國詩壇一片低吟淺唱的時刻。」[43]在「莽漢」詩人的通信中我們可以看到李亞偉等人對「外地」詩人極其強烈的排斥心理，「為了打垮外地那些鳥詩人，我正在草編一個集子」（1984年11月27日）。

在酒精和「他媽媽」詩的荷爾蒙的衝動下，西南詩人急於另立門戶。

1980年代的先鋒詩歌運動不能不帶有典型的毛澤東時代運動精神的餘緒·這從當時詩人們頻繁的聚會、集結、飲酒、打架、印刷「地下」刊物、傳單、閒遊、串聯的集體性方式中得以淋漓盡致地呈現。儘管此時的青年詩人對極權政治懷有一種天生的不滿和反抗，但是弔詭的是這種不滿和反抗的方式卻同樣是政治運動化的。這不能不是中國詩歌的一種慣性的發展軌跡，甚至也是一種思維的牢籠，「瞧，政治多麼美／夏天穿上了軍裝／生活啊！歡樂啊！／那最後一枚像章／那自由與懷鄉之歌」（柏樺：《1966年夏天》）。政治和生活，自由和禁錮，詩歌和運動就是如此複雜地集結在五六十年代出生的那代詩人身上。這多像「最後一枚像章」！此後，中國的先鋒詩歌運動基本結束，而是呈現為更為嘈雜的形形色色的詩歌活動。而對於在重慶西南師範大學上過學的詩人鐘鳴而言，由於其典型的南方性格和對南方詩歌的傾心，從80年代後期到90年代鐘鳴的很多詩歌比如《歷史歌謠與疏》具有代表性地呈現了這位詩人的精神氣質和西南地方之間的高

---

[43] 李亞偉：《莽漢主義大步走在流浪的路上》，《創世紀》，1993年。

度契合。實際上，按照柏樺的說法鐘鳴是很早就鍾情和迷戀地方詩歌尤其是南方詩歌的詩人，「為了追尋『南方』或『外省』這個概念，他逆流而上獨自一人大量研究有關『南社』的各種文獻，從柳亞子、蘇曼殊等人身上找到近代中國文人的『南方傳統』。」[44]

那個年代的青年詩人對電影《列寧在1918》和舞劇《紅色娘子軍》是非常的熟悉。這甚至無形中成了他們的集體意識：狂熱的政治運動和曖昧的個體欲望。無論是程度不同的認同還是最終的反抗，運動心理成為他們思考生活和詩歌的一種方式。而禁忌年代裡舞臺上那些「南方」女戰士的的身體，尤其是是那些罕見的大腿和裸露的半截雪白的胳膊是如此強烈地刺激著這些青年對身體、女性和欲望的觀察與想像方式。而鐘鳴和歐陽江河都曾在文工團和文革時期的文藝巡演中有著扮演革命樣板戲和現代芭蕾舞劇《白毛女》、《紅色娘子軍》的經歷。歐陽江河在現代革命芭蕾舞劇《白毛女》中扮演「大春」，鐘鳴在《紅色娘子軍》中扮演「小龐」。基於極其相似的政治環境和文化場域，蘇聯的文學傳統與中國當代文學的緊密程度是人所共知的。而那個時代所成長起來的一代人他們是如此天然地認識了政治和鬥爭，也是如此富有意味的在政治運動的尾聲中以特殊的方式從政治運動中發現樂趣，甚至是從政治中發現欲望和異性的想像，「色情圖畫皆能成為導致勃起的無生命的客體，這並沒有什麼奇怪之處，我這裡所要指出的是，在史達林俄國那種清教徒式的氛圍中，人們會因為一幅百分之百社會主義現實主風格的、題為《入團》的畫而情欲勃發，這幅畫的印數很大，幾乎每間教室裡都有張貼。畫上的諸多人物中間，有一位年輕的金髮女子坐在椅子上，她兩腿交叉，露出了兩三英寸寬的大腿。使我瘋狂、讓我魂牽夢繞的，倒不是她的這一小段大腿，而是她的大腿與她身上那件深褐色的裙子所構成的對比。就在那個時候，我學會了不再相信所有那些關於潛意識的噪音。我認為，我

---

[44] 柏樺：《今天的激情：柏樺十年文選》，上海人民出版社，2006年，第77頁。

從不用象徵來幻想——我看到的永遠是真實的東西：乳房，屁股，女人的內褲」[45]。像少年時代的布羅茨基偷看舅舅的四大卷的《男人和女人》一樣，文革時期成長起來的詩人和作家大多具有這種身體的「窺視」欲望。這在王朔的小說《動物兇猛》中有生動的展示。而就詩歌而言，情感、欲望、身體、青春和力比多衝動更是代表了80年代詩人整體的精神氛圍。

四川先鋒詩歌和1980年代的關係是一個宏大而值得開掘的話題。無論如何這一時期的詩歌風向已經轉到了四川，這是不爭的事實——儘管這一過程過於短暫而喧囂。在轟動一時的1986年的現代詩歌群落大展中列出的詩歌團體和流派計64家，而來自四川的竟然多達11個，占到了17％。這不能不是一個值得研究的現象。

四川特有的地理環境、陰鬱濕熱的天氣和文化環境可能更容易使愛擺龍門陣的四川人在詩歌中找到合適的說話方式。而在象徵和隱喻的層面1980年代有些四川詩人的寫作不是作為「方言」的母語寫作，而是一定程度上對北方以「朦朧詩」和普通話為代表的仿寫，如「整體主義」和「新歷史主義」。當時的廖亦武、歐陽江河、石光華、宋渠、宋煒等人更多是步北方以及全國「尋根文化」的熱塵說著脫離「本土」和個體生命體驗的雜糅的語言。而「整體主義」和「新歷史主義」的短暫命運和微弱的影響顯然有著這方面的原因。作為四川詩歌的代表詩人，歐陽江河最初的史詩建構和野心直接來自於北方的楊煉，正如當年的柏樺所回憶的在重慶兵站歐陽江河的家裡，歐陽江河高昂著頭、走來走去地朗誦楊煉的詩歌……[46]。而按照鐘鳴的看法則是歐陽江河「受北方的影響，喜歡抒情的氣氛和強烈的觀念，意象支離破碎，隨意朝任何方向發展。就技巧形式而言，明顯在柏樺等人之下。」[47]

[45] 布羅茨基：《小於一》，《文明的孩子》，劉文飛譯，中央編譯出版社，2007年版，第16頁。

[46] 柏樺：《左邊——毛澤東時代的抒情詩人》，江蘇文藝出版社，2009年版，第101頁。

[47] 鐘鳴：《旁觀者》（第二卷），海南出版社，1998年版，第861頁。

# 溽熱山城與「下午性格」

「世界是一個舞臺，

我的青春已逝，現在已輪到你們。」

看，他又變了一個腔調

他那哭聲讓周圍的人憤怒。

———柏樺：《謝幕》

　　四川先鋒詩歌和1980年代的關係是一個宏大而值得開掘的話題。無論如何這一時期的詩歌風向已經轉到了四川，這是不爭的事實——儘管這一過程過於短暫而喧囂。

　　轟動一時的1986年的現代詩歌群落大展中列出的詩歌團體和流派計64家，而來自四川的竟然多達11個，占到了17%。這不能不是一個值得研究的現象。

　　四川特有的地理環境、陰鬱濕熱的天氣和文化環境可能更容易使愛擺龍門陣的四川人在詩歌中找到合適的說話方式。而在象徵和隱喻的層面1980年代有些四川詩人的寫作不是作為「方言」的母語寫作，而是一定程度上對北方以「朦朧詩」和普通話為代表的仿寫，如「整體主義」和「新歷史主義」。當時的廖亦武、歐陽江河、石光華、宋渠、宋煒等人更多是步北方以及全國「尋根文化」的熱塵說著脫離「本土」和個體生命體驗的雜糅的語言。而「整體主義」和「新歷史主義」的短暫命運和微弱的影響顯然有著這方面的原因。作為四川詩歌的代表詩人，歐陽江河最初的史詩建構和野心直接來自於北方的楊煉，正如當年的柏樺所回憶的在重慶兵站歐陽江河的家裡，歐陽江河

高昂著頭、走來走去地朗誦楊煉的詩歌……[1]。而按照鐘鳴的看法則是歐陽江河「受北方的影響，喜歡抒情的氣氛和強烈的觀念，意象支離破碎，隨意朝任何方向發展。就技巧形式而言，明顯在柏樺等人之下。」[2]

除了成都之外，山城重慶對先鋒詩歌的推動作用同樣特殊而巨大。

重慶地處巴蜀盆地東部，其北部、東部及南部分別有大巴山、巫山、武陵山、大婁山環繞。地貌以丘陵和山地為主，坡地面積大，故有「山城」之稱。又因為有長江和嘉陵江在此交匯，故重慶又別名「江城」。而李商隱的「巴山夜雨」則成為我們對這個地方的深刻印象。曾因寫出《尋路中國》而聞名的美國人海斯勒在涪陵師專從事外語教學的時候也對中西在地理和文化上的差異深有心得。海勒斯的中國同事尚老師儘管沒有去過涪陵但是認為涪陵應該是出美女的地方，理由很簡單，因為涪陵「有山有水」所以「出美女」，「在成都我碰到過一位涪陵人，她也給我講了同樣的事情。『但那兒的人有時候脾氣不好，』她提醒我說，『因為那兒天氣太熱，而且山很多。』我經常聽到類似的說法，這表明中國人對待自然環境的態度與外國人截然不同。當我看到那些呈梯狀的小山包，注意的是人如何改變土地，把它變成了綴滿令人炫目的石階的水稻梯田；而中國人看到的是，關注的是土地怎樣改變了人。剛到學校那幾天，我總在想這個問題，尤其是因為我所有學生的成長都與這片土地緊密聯繫。我很想知道，四川這種地勢崎嶇不平的自然環境怎樣影響了他們。同時，我也不知道未來的兩年裡，這會對我有什麼樣的影響」[3]。

雖然重慶和成都同屬巴蜀文化圈，但是相距1000華里的距離還是讓它們之間有了差異。

即使是像柏樺（1956年1月出生於重慶）這樣的重慶詩人在1984年第一次走進成都的時候仍然被它強大的「異樣」氛圍所感染，「是

---

[1]　柏樺：《左邊——毛澤東時代的抒情詩人》，江蘇文藝出版社，2009年版，第101頁。

[2]　鐘鳴：《旁觀者》（第二卷），海南出版社，1998年版，第861頁。

[3]　彼得·海斯勒：《江城》，李雪順譯，上海譯文出版社，2012年版，第6頁。

如此地令人樂而忘返。涼爽代替了酷熱，秩序代替了混亂，時間本能地在此放慢了下來，甚至靜止不動。哦，時間在這裡養尊處優並信步於茶肆、酒館、竹林或鳥籠。」[4]鐘鳴把柏樺譽為「共和國的三個顱骨」之一（另兩個是北島和黃翔）。1986年，柏樺考取四川大學中文系研究生。也是在這一年他的成名作《在清朝》在成都誕生。按照柏樺自己的說法《在清朝》是他獻給成都的「情詩」——「安閒和理想越來越深／牛羊無事，百姓下棋／科舉也大公無私／貨幣兩地不同有時還用穀物兌換／茶葉、絲、瓷器／／在清朝／山水畫臻於完美／紙張氾濫，風箏遍地／燈籠得了要領／一座座廟宇向南／財富似乎過分／／在清朝／詩人不事營生、愛面子飲酒落花，風和日麗／池塘的水很肥／二只鴨子迎風游泳／風馬牛不相及／／在清朝／一個人夢見一個人／夜讀太史公，清晨掃地／而朝廷增設軍機處／每年選拔長指甲的官吏／／在清朝／多鬍鬚和無鬍鬚的人／嚴於身教，不苟言談／農村人不願認字／孩子們敬老／母親屈從於兒子／／在清朝／用款稅激勵人民／辦水利、辦學校、辦祠堂／編印書籍、整理地方誌／建築弄得古香古色／／在清朝／哲學如雨，科學不能適應／有一個人朝三暮四／無端端的著急／憤怒成為他畢生的事業／他於一八四〇年死去」。

　　1980年代先鋒詩歌熱潮中的這首代表作竟然是來自於成都對一個重慶詩人的激發。實際上柏樺這首名為《在清朝》的詩更確切地說應該叫《在成都》。是成都這個特殊之地以其特有的精神氣息和文化根性喚起了一個年輕人閒適的「前朝」般的舊夢以及由此造就的「陰淒幻美」的風格。

　　柏樺曾把自己的性格歸結為典型的「下午性格」。

　　他在毛澤東時代所形成的帶有母親情結的心理特徵在很大程度上暗合了南方文化和詩歌精神的陰性氣質。而在我看來這種煩亂、敏

---

[4]　柏樺：《左邊——毛澤東時代的抒情詩人》，《西藏文學》，1996年第3期。

感、神經質的絕望、不安、恐懼、亢奮、尖銳刺耳的抗議以及緩慢而無事生非的表達欲、懷疑心理以及極左的衝動都更符合我要論述的西南的詩歌精神。1980年代柏樺於重慶完成的很多詩歌都非常典型地呈現了柔軟、古典、溫潤的南方「陰性」詩學,「就一般而言,我有些懷疑真正的男性是否真正讀得懂詩歌,但我從不懷疑女性或帶有女性氣質的男性(按:男詩人多有女性氣質,這一點是眾所周知的,布羅茨基就說過這樣的話:「我甚至比茨維塔耶娃更像一個女性。」)。她們寂寞、懶散、體弱和敏感的氣質使得她們天生不自覺地沉湎於詩的旋律。」[5]

六七十年代,那時的詩人對一座城市的記憶仍然是紅色革命所製造的宏大而單一的印象。比如鐘鳴在談到對重慶印象的時候只有小說《紅岩》和文革時期的一些傳聞,僅此而已。紅岩,無論是在文學裡還是在革命記憶中都成了人們對重慶這座城市的重要標識。紅岩位於重慶西北郊的嘉陵江南岸,原名紅岩嘴,因其地表由紅色的葉岩以及地形酷似延伸到江邊的鷹嘴而得名。紅岩在國共戰爭的時候因為地下黨組織和《挺進報》以及大批革命者的犧牲而成為聖地。紅岩這個名字最為形象地體現了烈士的鮮血和革命的紅色記憶。起於秦嶺的嘉陵江由北向南流入四川盆地,在重慶匯合於長江。1997年之前,嘉陵江上只有兩座高聳的大橋。特殊的地形給重慶人尤其是苦力們製造了難以想像的障礙和痛苦。正如當地民諺所唱——「好耍不過重慶城,山高路不平。口吃兩江人,造孽多少下力人」。嘉陵江使人想到的是1938年逃難到重慶的東北作家端木蕻良所寫的歌詞《嘉陵江上》:「那一天/敵人打到了我的村莊/我便失去了我的田舍、家人和牛羊/如今我徘徊在嘉陵江上/我彷彿聞到了故鄉泥土的芳香/一樣的流水/一樣的月亮/我已失去了一切歡笑和夢想/江水每夜嗚咽的流過/都彷彿流在我的心上」。

5　柏樺:《左邊——毛澤東時代的抒情詩人》,江蘇文藝出版社,2009年版,第92頁。

　　重慶這座山城給我們留下的詩歌記憶還有毛澤東在1945年9月6日到重慶沙坪壩南開中學津南村寓所拜訪南社詩人柳亞子的情形。在寓所，毛澤東將手書在第十八集團軍重慶辦事處信箋上的《沁園春·雪》（該詩寫作於1936年）贈送給柳亞子，轟動一時。而重慶留給人們的另一個深刻印象是發生在建國前夕即1949年9月2日的朝天門地區的震驚中外的罕見火災……。

　　曾經的「陪都」一直為重慶人津津樂道還是難掩的悲涼和落寞？

　　重慶占地8.1萬平方公里，雖然從1930年代開始這裡的城市化進程中交通得以發展，但是重慶特殊的地形還是導致了交通的極大不便。重慶市區屬於半島形地勢，半島的中端和後端又為崎嶇山脈，從長江到嘉陵江要繞過半島的大半部分。作為「第三代」詩歌的重鎮和策源地之一（1997年轉為直轄市），山城重慶的狹窄、曲折、逼仄、潮濕、火辣、封閉、憋悶呈現在重慶人身上就是火辣、灑脫、粗糙、自信和幻覺，「重慶就這樣在熱衷拼出性命，騰空而起，重疊、擠壓、喘著粗氣。它的驚心動魄激發了我們的視線，也抹殺了我們的視線。在那些錯綜複雜的黑暗小巷和險要的石砌階梯的曲折裡，這城市塞滿了咳嗽的空氣、抽筋的金屬、喧囂的潮濕、狹路相逢的尷尬、可笑而絕望的公共汽車，以及汽車裡易於勃起的熱情性器、紅色的衝鋒的迷宮，難以上青天的瘋狂，重慶的本質就是赤裸！詩歌也赤裸著它那密密麻麻的神經和無比尖銳的觸覺」，「崇山峻嶺腰斬了這座城市的鴻篇巨制，將它分割成互不關懷的八塊或九塊（現在更多，應是幾十塊，因為重慶已成為直轄市）。傳統中國應有的串連品質及人情輕撫與這個城市徹底絕緣，形成了另一種面目全非的中國生活：寂寞的自我囚徒、孤僻的怪人、狂熱的抒情志士、膽大妄為的夢想家、甚至希特勒崇拜者」[6]。

---

6　柏樺：《左邊──毛澤東時代的抒情詩人》，江蘇文藝出版社，2009年版，第99-100頁。

　　從1980年代初期起，柏樺和那些重慶詩人就是在當年文革時期武鬥最嚴酷的城市裡，在解放碑、歌樂山、雪田灣、石板坡、十八梯、觀音岩、大田灣、陳家灣、豬市壩、沙坪壩、李子壩、渣滓洞、洪崖洞、七星崗、烈士墓和各種各樣的水橋、旱橋以及中國科技情報所重慶分所這座老式的灰色辦公樓等一系列城市地圖上從事著詩歌的交往和串連。而當地生動的方言和「黑話」──扁掛、髒班子、操哥、錘子、牙刷、洗白──正像當時的重慶詩歌一樣充滿了粗糙的活力和異常生猛的想像力。1980年代以四川為首的「第三代」詩歌運動更像是極端的左翼抒情詩人的青春期衝動和鬥爭情結對當時詩歌秩序的否定和狂熱而激動的尖聲叫喊。柏樺在《海的夏天》中有這樣的詩句──「憤慨的夏天／有著娟潔的狂躁和敏感／愁緒若高山、若鐘樓」。這不僅是一個人青年記憶的表述，更表達了1980年代的詩歌症候和精神狀態。就是在這種憤慨、狂躁、敏感、焦慮、偏執和愁緒中打開了以西南為核心的先鋒詩歌的大門。在這一時期的四川詩歌中我們看到的詩歌精神是激進的、暴躁的，而上個世紀三四十年代成都曾經體現出的柔靜的詩歌性格似乎早已成為詩壇絕響和前朝舊夢。1937年秋天的一個清晨，陳敬容在成都的一個院子裡寫下這樣的詩句：「我愛長長的靜靜的日子，／白晝的陽光，夜晚的燈；／我愛單色紙筆，單色衣履，／我愛單色的和寥落的生」（《斷章》）。

　　柏樺在文革中到重慶巴縣農村當過知青，而那時鄉下的勞動尤其是美妙的自然景象給他留下了深刻印象。此後柏樺從重慶到廣州、成都、到南京，再回到重慶、成都的不斷漫遊似乎在精神稟賦上暗合了中國古代詩歌尤其是南方詩人漫遊的傳統。儘管不同時期柏樺的「出走」有著複雜的原因，甚至可能有著難以排遣的個人痛苦，但是不停的地理場景的變更尤其是南京和後來的江南漫遊給柏樺的詩歌寫作產生了非常重要的影響。這種南方氣象的濡染和浸潤打開了柏樺江南式的詩歌美學。

　　1978年春天，22歲的柏樺由重慶赴廣州外語學院讀書。期間柏樺

手抄了30多本的詩歌，抄下記憶終生的北島的《回答》、《雨夜》、《習慣》、《黃昏·丁家灘》等詩。

1981年春天，姚學正、李克堅、柏樺、黃念祖等人成立廣州青年文學協會並以工人的名義創辦刊物《五月》。這種方式與北島的《今天》竟然如此相似。有時，詩歌的歷史會以驚人的方式重演。1973年北方的水鄉白洋淀正上演年輕的詩人芒克和多多的一年一度的「詩歌決鬥」，而10年之後這在西南的「第三代」詩人張棗和柏樺這裡得以重現。

1983年10月柏樺起身到西南農業大學教書，不久之後與從長沙來川外讀研究生的張棗相遇，一段深厚的詩歌友誼從此開始。確切地說在此之前兩個人曾經有過一次極其短暫的見面。而柏樺的匆匆離去正是因為他看到了張棗與自己極其相似的詩歌品質，這讓他既驚訝又有些不滿。而從1984年開始，隨著張棗和柏樺的深入交往，他們像前輩詩人芒克和多多一樣繼續著一場新的詩歌決鬥。當兩個人開始詩歌「決鬥」的「絕對之夜」（張棗語）開始的時候，在2010年的一個早春英年早逝的張棗都不會想到他們和當年白洋淀以及「今天」詩人一樣成為二十世紀中國詩歌史尾聲中不多的詩歌傳奇之一，「我和諧的伴侶／急躁的性格，像今天傍晚的西風／一路風塵僕僕，只為了一句忘卻的話／貧困而又生動，是夜半星星的密談者／是的，東西比我們更富於果敢／在這個堅韌的世界上來來往往／你，連同你的書，都會磨成芬芳的塵埃」（張棗：《秋天的戲劇》）。張棗的早逝多像他自己所說的「芬芳的塵埃」，而這是否印證了80年代初的那個夜晚張棗在柏樺那裡寫下的兩個簡短而宿命性的字：「詩讖」？

在重慶，張棗寫了一些詩歌。

1984年12月5日深夜，張棗一口氣寫下了《題辭》和《等待》兩首詩。這些詩歌的完成既呈現了一個湖南來的詩人對重慶的觀感，同時也是在這個城市裡張棗和柏樺詩歌交往和友誼的見證。

1985年1月21日，重慶。張棗給即將過生日的柏樺寫下了兄弟情

誼般的詩《故園──柏樺兄生日留存》：「春天在周遭耳語／向著某一個斷橋般的含義／有人正頂著風，冒雨前進／也許那是池塘青草／典故中偶爾的動靜／／新燕才聞一兩聲／燃燒的東西真像你／你以為我會回來／（河流解著凍），穿著白襯衣／我夢見你抵達／馬匹嘯鳴不已／／或許要灑掃一下門階／背後的瓜果如水滴（像從前約定過）／陽光一露面，我們便一齊沐浴」。隨著柏樺和張棗的詩歌交往，在他們身邊又集結了付維、鄭單衣、楊偉、王凡、李偉、文林、付顯舟、劉大成、王洪志、陳康平等校園詩人。隨著張棗詩歌寫作的漸入佳境，柏樺認為張棗的詩歌最終要達到的目的地是──北京，「張棗的聲音那時已通過重慶的上空傳出去了，成都是他詩歌的第二片晴空，接著這隻鳥兒飛向北京」[7]。可見在這些南方詩人看來，北京仍然是詩歌神聖殿堂的象徵。而更值得注意的是後來圍繞著「今天」和先鋒詩歌在北京詩歌圈有一個重要的神祕人物──趙一凡（1935-1988）。趙一凡對當時北京「地下」詩歌的資料收集起到的作用是有目共睹的。而當時四川的「第三代」詩歌運動中在西南農業大學校園後面山坡的一個平常的農舍裡一個叫周中陵的人開了一個列印室。這在當時手抄和油印詩歌十分流行的年代是非常稀有的。就是這個以打字為生的周中陵，竟然在繁重的生存壓力面前狂熱地自學美學，狂熱地喜歡詩歌。在他的周圍無一例外都是詩人朋友，柏樺、張棗、李亞偉、廖亦武等詩人都曾在這間農舍裡聚集、喝酒、吟詩。而在「第三代」詩歌運動中一份重要的民間刊物綠色封面的《日日新》就是1985年春天在這裡誕生的。而歷史是如此地巧合和不可思議！周中陵因自小小兒麻痹導致左腿殘疾，這與北京的坐在輪椅上的趙一凡的命運是如此相似！趙一凡自幼因病致殘，兩度臥病在床達15年，常年在輪椅上生活。略微不同的是趙一凡因為詩歌成了痛苦的受難者，而周中陵則因為詩歌成了歡樂的鼓動者。

7　柏樺：《左邊──毛澤東時代的抒情詩人》，江蘇文藝出版社，2009年版，第118頁。

　　值得注意的是北方和南方詩人因為性格和地方文化上的差異在詩歌修改上的區別。

　　無論是食指的詩歌寫作還是不久發生於白洋淀的「地下」寫作，後來受到洪子誠、程光煒等詩歌史家不信任的一個重要原因除了詩歌繫年問題之外，另一個更重要的原因就是食指、北島、多多等這些詩人曾在不同時期修改自己的詩作。而這些詩人包括北島時至今日仍然對詩歌修改三緘其口，保持沉默。我在博士論文《當代詩歌史寫作問題研究》中曾梳理過食指、北島等詩人的不同詩歌版本和詩作的改動情況。而為什麼這些北方詩人對詩歌的修改情況不置可否？這其中的原因是什麼呢？是覺得修改詩歌是詩人的權利，還是詩歌改動代表了不同時期的美學趣味，甚至還隱含了對前期詩歌寫作的某種不滿和補充？其中原因筆者無力作出判斷，但至少這種集體性的修改行為應該有一定的地緣性格以及詩歌歷史觀在起作用。因為比照之下我們會發現南方的詩歌尤其是四川詩人對詩歌的修改、甚至是相互之間的修改從來都是「明目張膽」開誠佈公地進行，而不是遮遮掩掩、忸怩作態。儘管歷史語境不同，但是這其中至少應該包含了地方差異所導致的詩歌性格的不同。

　　在1980年代四川詩人互相修改詩歌甚至形成了一種風氣，比如張棗和柏樺在第一時間閱讀到對方詩歌時都樂此不疲地予以修改。這既是相互的信任，也是對自己詩歌趣味和技藝的信任與炫耀。張棗曾改動過柏樺《名字》一首的最後一節，張棗曾為柏樺的一首詩起了一個非常貼切也讓柏樺非常服氣的名字《白頭巾》。歐陽江河、張棗和付維一起改動過柏樺的《在清朝》。比如歐陽江河把《在清朝》的「安閒的理想越來越深」改為「安閒和理想越來越深」，付維把《在清朝》的「夜讀太史公，清晨捕魚」修改為「夜讀太史公，清晨掃地」，付維還把《望氣的人》中的「一個乾枯的道士沉默」改為「一個乾枯的導師沉默」。而我們現在所看到的版本《在清朝》、《望氣的人》等都是這些朋友共同完成的傑作。

　　而當南方正展開轟轟烈烈的「第三代」詩歌運動的時候北方的「今天」詩人卻感受到了空前的落寞並陷入對當年白洋淀詩歌輝煌期的回憶和挽歌當中。這從另一個側面顯現出北方在一度的輝煌過後呈現出空前而少有的落寞和「邊緣特徵」。而後來的《現代漢詩》則成為北方詩歌的最後的理想閃光。

# 北島在成都和重慶

1986年12月，冬天。

北島坐了幾夜慢吞吞的火車終於抵達成都。

身穿深色羽絨服和翻領毛衣，帶著深色眼鏡的北島在成都詩人眼裡，在成都花園賓館的仿古家具和古典花園般的院落裡仍然在延續著北方「迷人」和令人心動不已的詩歌傳奇。

透過四川攝影家肖全拍攝的一張照片我們能夠看到北島絕對的自信和詩歌氣場的強大，而北島此次成都之行顯然帶著北方詩歌的光環和北京的文化象徵。1986年在國內能夠與《詩刊》比肩的《星星》評出了「中國十佳青年詩人」，北島、顧城、楊煉、江河、舒婷、傅天琳、楊牧、李鋼、葉延濱、葉文福名列其中。我們注意到經典的「今天」詩人北島、顧城、舒婷、江河和楊煉幾乎佔據了「半壁江山」。與北島同行的還有顧城夫婦。當時四川的詩人鐘鳴、翟永明、歐陽江河等前往看望來自北方的詩人。而柏樺因為沒有正式的與會通知被四川作協大樓拒之門外。柏樺最終拂袖而去！這是否也暗含了南方詩人對詩歌權力的某種不滿與無奈？更具有意味的是據當時《星星》的負責人葉延濱介紹在評選十大詩人的時候，最初四川詩人廖亦武名列其中，但被人檢舉說其選票有問題而最終未能入選。

其他的詩人都去參加活動，而顧城夫婦獨自接受記者採訪。我們能夠想像這一對兒詩歌界的愛情佳麗在當時詩壇的魅力。

透過木窗，攝影家肖全捕捉到了一個時代北方詩人的特殊氣息。顧城身穿淡灰色的中山裝，一手放在桌上，戴著他一貫的標誌性裝束——一個毛線織成的帽子。詩人仰望著遠方。妻子謝燁幸福地站在顧城身後，右手搭在顧城的右肩上。謝燁寬鬆的毛衣顯示了此刻她內心

的溫暖。

在此次活動中北島和顧城等人受到了明星般的待遇，四川人的詩歌熱情和狂熱在這裡顯現無遺，「演出獲得巨大成功，詩人們被保安人員疏散在後臺的一間化粧室裡，門被反鎖，走廊外人聲鼎沸。一小時過去了，人流有增無減，保安人員只得抱著一堆各式筆記本，請詩人們一一簽名。兩個小時又過去了。坐在化妝桌上的顧城面色鐵青：我不管，我要出門，我要回去！他一把拉來了門，氣勢洶洶地往外闖，詩迷們見顧城出現了，欣喜若狂蜂擁而上，他卻用胳膊肘左右開道，殺出了一條『血路』」[1]。據相關資料，活動前2000張門票即被哄搶一空。因為粉絲太多大量工人糾察隊維持會場秩序，但是結果是六個大門擠壞了五個，椅子被踩壞了幾十把。而這也在一定程度上顯現出北方「朦朧詩人」在南方詩人心目中的地位和影響。

而在活動上四川的一些青年詩人竟然對北島進行了批判和攻擊。北島終於坐不住了，對這些青年詩人進行了有力的反擊和回應。北島認為詩人只能靠作品說話而不是其他別的並聲稱自己的好作品還在後面。透過北島肯定和決絕的語氣我們能夠感受到他的底氣。成都的望江公園留下了北島、顧城、舒婷等人歷史性的一刻。其中的一張照片是北島、謝燁、顧城（戴著謝燁針織的毛線帽）、舒婷、李剛和傅天琳的合影。另一張則是北島坐在公園的草地上，戴著淺色太陽鏡，雙手交叉。因為天氣寒冷的緣故，北島穿著毛衣和厚厚的棉服。當北島在黃昏回程的路上領唱俄羅斯歌曲《三套車》、《紅河谷》和《山楂樹》的時候，當在酒店、會場、公園、茶館各路詩人和記者爭搶為北島、顧城們照相的時候，一代北方詩人的傳奇也正在受到前所未有的挑戰。可能北島們也不會意識到北方詩歌的理想時代要結束了，「今天」和「朦朧詩」的時代即將定格。一代詩人的影像將貼在歷史的紀念冊中，而中國詩歌寫作的重心將在四川這裡發生劇烈傾斜。北島等

---

[1]　肖全：《顧城和詩人們》，《我們這一代人》，花城出版社，2006年版，第20頁。

人1986年冬天的成都之行也顯現了幾年之後另一個詩歌年代的開始。當北島等人會後領到一百元人民幣的酬勞時，這筆在當時不小的數目也顯現了一個商業時代和文學媾和時代的來臨。

實際上北島早在1970年代曾多次南下。

1971年夏天北島到湖北沙洋五七幹校探望父親。1976年7月27日北島妹妹趙姍姍因下水救人不幸罹難，時年23歲（1953-1976）。北島前去見妹妹最後一面，「如果死亡可以代替，我情願去死，毫不猶豫，換回我那可愛的妹妹。可是時世的不可逆轉竟是如此殘酷，容不得我有任何選擇的餘地。有時我真想迎著什麼去死，只要多少能有點價值和目的」[2]。北島的這種為了價值和某種目的而赴死的精神在他創辦《今天》的過程中有淋漓盡致地體現。

文化大革命期間北島曾因「串聯」來過重慶，當時就住在歌樂山。歌樂山顯然在北島那一代人心中是革命和運動的聖地。儘管北島1970年代的湖北和四川之行次數不多，但是這些南方之行顯然對於開闊北島的視野以及進一步瞭解中國的「南方」有著不無重要的影響。

北島的詩人形象和巨大的影響力在當時尚屬於起步階段的南方「第三代」詩人看來有些不可思議。

一個陰雨連綿的濕熱夏天，重慶。

張棗一邊吸著煙一邊和柏樺談到北島的《黃昏·丁家灘》對自己的影響，「北島的一系列抒情詩最能代表那個時代年輕的心之渴望，他安慰了我們，也煥發了我們，而不是讓我們沉淪或頹唐」[3]。而重慶這座城市也給客居的張棗在詩歌寫作上以最初和最有詩意的激勵，「太陽曾經照亮我；在重慶，一顆／露珠的心清早含著圖像朵朵／我繞過一片又一片空氣；鐵道／讓列車疼得逃光，留杜鵑輕歌」（《早春二月》）。

[2] 北島寫給史保嘉的信，影本。

[3] 柏樺：《今天的激情：柏樺十年文選》，上海人民出版社，2006年版，第36頁。

柏樺無疑是四川詩歌界「有光環」的風雲人物——「一個讓人仰慕的大詩人」[4]，「北島之後最傑出的詩人」，「後朦朧詩歌的領軍人物」[5]，一個「公認當代最優秀的抒情詩人之一」[6]，「中國第三代詩人的傑出代表」[7]。

柏樺當年在四川青年詩人中的地位和影響是不言自明的。

在1980年代的一個詩歌攝影展上當柏樺被朋友用摩托車帶進會場的時候儼然有著那個年代「老大」般的風采。許多人對柏樺的到來交頭接耳。而柏樺這個自詡為「老子才是天才」或按照四川方言非常「腿」的詩人則對北島和「今天」詩人懷有相當的讚許和仰慕。而作為一個西南詩人柏樺對「今天」的傳奇風雲人物北島的讚許和評價儘管有詩人所擅長的誇大和煽情的成分，但是也是在很大程度上具有代表性的呈現了北島在「第三代」詩人心目中的「高大」形象，「北島成長為一個莊嚴的詩人，一個時代的思考者和批判者，一位毛澤東時代最偉大的抒情詩人。他對他的祖國和人民既嚴肅又富於赤子之心。新鮮的辭彙，高尚的理想，英雄的氣概貫穿他整個詩篇，在當時已產生了令人驚訝的效果」[8]。

柏樺是一個有著鮮明的毛澤東時代印記的詩人，而他個人的毛澤東情結和政治熱情更具意味，「我一生最大的願望是當毛主席的最後一個秘書，我和毛主席住在一個院子裡，早上毛主席來敲我的門。3位女士忍不住笑出聲來。我也是第一次聽他這麼講。他放下酒杯，解開外衣，果然1枚半徑為2.5釐米的毛主席像章別在毛線衣上，像章緊貼心窩。我們全傻了。」[9]而早在1979年的一個黃昏，柏樺從彭逸

4 肖全：《鐘鳴》，《我們這一代人》，花城出版社，2006年版，第42頁。
5 見柏樺《今天的激情》（上海人民出版社，1996年版）一書的封底宣傳。
6 見柏樺《左邊——毛澤東時代的抒情詩人》（江蘇文藝出版社，2009年版）一書的作者簡介。
7 見柏樺《今天的激情》（上海人民出版社，1996年版）一書的作者簡介。
8 柏樺：《左邊——毛澤東時代的抒情詩人》，江蘇文藝出版社，2009年版，第18頁。
9 肖全：《柏樺和詩人們》，《我們這一代人》，花城出版社，2006年版，第34頁。

林、楊小彥和吳少秋處就讀到了《今天》。

出生於上個世紀五六十年代的詩人，顯然無論是出自愛或恨的心理都有一種特有的毛澤東情結，或者說都有著毛澤東時代的鮮明印記。在攝於1993年11月的一張關於上海作家陳村的照片上，我看到了一代人象徵性極強的影像：陳村坐在有著老式電腦和印表機的書桌前，左手垂下夾著一只點燃的煙捲，右手摸著小女兒的頭。女兒坐在陳村的膝蓋上，她滿臉笑容，手裡拿著當年的一期《亞洲週刊》。《亞洲週刊》封面是毛澤東頭戴八角帽的中年時代的照片，配有醒目的文字「救星或是魔頭：毛澤東誕辰百年蓋棺論未定」。而即使是在上海小說家陳村那裡白洋淀詩人的印象仍無比深刻，「陳村向我提起來了一位詩人，問我是否知道這個人現在的情況，他叫根子。陳村從電腦裡打了一份根子的《白洋淀》送給我。他曾為這首詩激動過。這樣的好作品在當時卻不能發表，我看到這首詩的時候，比《班主任》發表要早4年。陳村看似隨便提起一件小事，然而他當時的語氣卻異乎尋常」[10]。

而1980年代北島頻繁的四川之行，無疑給那些對「朦朧詩」無論是懷著反抗或敬仰之情的「第三代」詩人都有著不可抗拒的影響。而這種影響一方面來自於北島契合那個時代所傳達出的個人的魅力和啟蒙精神，另一方面則來自於以「北京」為中心的北方詩歌傳統在南方詩人心目當中的高大地位。而這種印象無論是成為「第三代」詩人心中的「聖地」還是抹不去的陰影都足以證明1980年代詩歌地理轉換過程中不同文化和地緣政治之間的膠著和博弈。身高一米八十以上的北方詩人北島、芒克、嚴力給那些正躍躍欲試沖上詩壇的四川甚至其他地方的南方詩人構成了強大的影響和某種詩歌傳統的象徵。

1979年，遊小蘇、郭健、歐陽江河、駱耕野、翟永明等成立了詩社。柏樺對北方詩人北島、芒克、顧城、楊煉、江河等人的印象最

---

[10] 肖全：《陳村》，《我們這一代人》，花城出版社，2006年版，第56頁。

早來自與朋友之間的通信。柏樺曾抄錄了大量的北島等人的詩歌，柏樺形容北島當時的詩歌給自己形成了「父親」般的震盪[11]。當時北島的詩歌在很多大學都被當時的學生和詩歌愛好者們廣泛傳抄。而這種手抄方式之所以能夠使北島等詩人被英雄般的接受和傳播一定程度上得歸結於極權政治年代結束之後經濟大潮和多元文化尚未來臨之前的一個「真空」般的空間。人們是如此需要精神的衝擊，需要用詩歌和文學來表達對過去年代的不滿和對未來的理想憧憬。而像《今天》這樣來自北京的聲音更容易引起普遍的好奇和熱望，「彷彿一夜之間，《今天》或北島的聲音就傳遍了所有中國的高校，從成都、重慶、廣州中山大學等許多朋友處，我頻頻讀到北島等人的詩歌（而在當時的《今天》中，我只喜歡北島一個人的詩）。這種閃電般的文化資本傳播速度哪怕是在今天，在講究高速率的出版發行機制下都是絕對不可思議的」[12]。

　　而說到1986年北島的成都之行以及北島與西南詩人的交往，時間還可以再提前兩年。

　　1984年8月，柏樺在炎熱的陽光下終於在北京的一個大雜院裡見到了他期待已久的精神偶像──北島。1984年冬天，吳世平等人成立重慶青年文化藝術家協會，柏樺和張棗參與其中。正是因為這個協會，1985年的3月初柏樺和張棗終於又見到了心儀已久的北島。寒冷的雨夜也不能阻擋兩個四川青年詩人的熱度，當時的張棗是如此緊張和焦灼。從後來柏樺對當時場景的非常富有詩意和「歷史感」的煽情描述中我們可以感受到一種不對等的北方和南方詩歌的關係。在「第三代」運動的前夜，北島等北方詩人的高大形象還是那樣的根深蒂固，甚至帶有著不可逆轉的宿命論色調。為了生動呈現這種北方詩歌的影響和不對等關係，我們來看看柏樺的描述：「一個春寒料峭的雨

---

[11] 柏樺：《左邊──毛澤東時代的抒情詩人》，江蘇文藝出版社，2009年版，第47頁。
[12] 柏樺：《左邊──毛澤東時代的抒情詩人》，江蘇文藝出版社，2009年版，第48-49頁。

夜，彭逸林與付維陪同北島和馬高明來到四川外語學院張棗昏暗凌亂的宿舍。北島的外貌在寒冷的天氣和微弱的燈光下顯出一種高貴的氣度和雋永的冥想。這形象讓張棗感到了緊張，他說話一反常態，雙手在空中誇張地比劃著，突然發出一陣古怪的笑聲並詞不達意地讚美起了北島的一首詩（北島隨身帶來的近作中的一首），好像是《在黎明的銅鏡中》，看起來張棗還是具有迅捷的眼力，這的確是北島當時那批近作中一首最富奇境的優雅之詩」[13]。在另一個春雨瀟瀟的傍晚，當北島在柏樺、張棗等人的陪伴下在寂靜無人的北碚溫泉公園遊玩的時候，這些青年詩人內心仍然被一團火焰點燃著。一行八人住在一個竹樓旅館。旅館雖不大但精緻、小巧、清幽，而絕壁旁的嘉陵江就從旅館下面流過，對岸是連綿起伏的獸脊一樣的縉雲山。此時心緒難平和持續激動中的柏樺從房間裡出來，「隨著北島回憶的尾聲，我走出燈火通明的室內，坐在樓道的長椅上，初春的寒意讓我憧憬……突然，我聽到洗手間的水龍頭未擰緊，水滴落入乳白臉盆裡發出清亮的滴答聲，這聲音伴著無涯的春雨令我既感懷又驚喜」[14]。透過柏樺的描述，我們可以看到以北島為代表的北方詩歌在當時不容辯白的強力影響。在這種影響的感召和想像之下，連西南的事物，比如夜晚、竹林、旅館、燈光、群山、水龍頭、嘉陵江水都在北方詩歌的「主旋律」中成為和聲伴唱。

　　崔健和北島、芒克是好友，當時的先鋒詩人和搖滾歌手在精神上是二位一體、彼此呼應的。而崔健作為搖滾歌手和特殊意義上的先鋒詩人（陳思和等學者在相關文學史研究中將其看做詩人），他接續了「朦朧詩」精神，也成為了那個年代最後先鋒精神的閃光。一年的八月中秋，成都的一個郊外的發電廠。万夏、肖全、田野等人第一次聽到崔健的《一無所有》的時候他們都被震住了。而此後崔健為第十一

---

[13]　柏樺：《左邊——毛澤東時代的抒情詩人》，江蘇文藝出版社，2009年版，第119頁。
[14]　柏樺：《左邊——毛澤東時代的抒情詩人》，江蘇文藝出版社，2009年版，第120頁。

屆亞運會募捐的成都演唱會更是讓四川的詩人和青年人牢牢記住了這個北京青年的銳氣和強大氣場。而住在北京鼓樓附近的搖滾音樂人何勇也曾給了四川詩壇帶來不大不小的影響。

# 詩在東北：「遠方有大事發生」

　　隔著老故事餐吧以及寥落的詩人，不遠處就是車流鼎沸的北京三環街頭。隨著時過境遷，這種殘餘的詩歌之夢與先鋒之痛不能不經受一個不痛不癢的時代摩擦。

　　而在1980年代的先鋒詩歌地理圖景中，緊鄰以北京為中心華北地區的東北三省以特殊的地理環境和屬地性格造就了一批生猛的先鋒詩人。豪放、粗獷、奔突、狂野的東北大地和白山黑水在這一時期閃現出少有的詩歌亮光。

　　當然就作為運動的先鋒詩歌而言這一過程是極其短暫的，比如郭力家和邵春光等人的「特種兵」基本上在執行了兩三個「任務」之後即宣告解體──「揀來各軍兵種所有番號對對付付／縫上我這件渾身呲牙咧嘴的破衣裳／拒絕加入正規部隊／是我的本性」。

　　多年之後，2007年1與11日在北京火車站對面的一個逼仄的胡同裡，呂貴品、蘇歷銘和郭力家當年東北的這些先鋒詩人正在華美倫飯店裡開懷暢飲。先鋒詩人早已經開始發福了。2007年1月蘇歷銘的詩集《陌生的鑰匙》最終還是採取了自印的方式，這與蘇歷銘很多詩集都是「戴著非法出版物的帽子面世的」「先鋒性」是一脈象承的。儘管隨著文化體制和出版機構的商業化轉軌，一本有書號的詩集和坊間自印的詩集並沒有本質上的差別──區別可能在於出版社編輯過程中會刪掉一些帶有政治色彩的文本。但是在1980年代自印詩集仍然是有一定危險性的，比如1985年吉林大學經濟系的蘇歷銘和中國人民大學人口學系的楊榴紅自費出版詩歌合集《白沙島》。著名詩人時任《詩刊》主編的張志民無比激動地為這本詩集做了序言《青春的詩，詩的青春》，「讀著兩位年輕人的詩作，我自己，似乎也忽然年輕了！他

們牽著我的手，不！彷彿是拍了拍我的肩頭，不是稱我『伯伯』，而是把我作為他們的同伴，拎過那來不及系好帶子的旅行包，說聲『走！咱們到白沙島去！』『走！』，已經花白的兩鬢，好像沒有提醒我年齡上的差異，一顆還不甘褪色的心，既沒有失去與他們作一次同遊的興致，也沒有拒絕他們的理由，我們欣然同往了！」。這篇序言在上海的《文學報》發表，而不久之後上海出版局就在《文學報》上針對這本詩集發出了《非出版單位及個人不能自行編印出版發行書刊》的通報和批評：「你報六月二十日第二二一期第二版上發表了一則兩位大學生（蘇歷銘楊榴紅）自己編輯、自費出版、自己發行抒情詩集《白沙島》的消息。根據有關出版管理方面的規定，黨政機關、群眾團體、學校、企業、事業等非出版單位以及個人是不准自行編印圖書出版和發行的。你報發表這則消息很明顯是和有關出版管理方面的規定相違背的。」為此，蘇歷銘和楊榴紅不得不向有關部分說明情況。在北京市副市長陳昊蘇的幫助下這本自印詩集最終納入到北京出版社的出版計畫得以「合法化」地「正式出版」。1988年楊榴紅先後輾轉香港和美國，如今成了旅美華人。2008年1月4日楊榴紅回到北京在老故事餐吧舉行新詩集《來世》的首發式。關於先鋒詩歌的「來世」我們無法預知，但是對於先鋒詩歌的「前世今生」而言我們還是可以做出諸多觀感的。在寒冷的天氣裡，我看到當年的很多「第三代」詩人都前來捧場，但是當年火熱的場面已經無法重現。這個時代仍然只能是詩人之間小範圍的互相支持。

　　說到東北三省人們自然會想到茫茫的林海雪原、白山黑水間粗野、豪壯的關東漢子和高大、豐滿、潑辣、直爽的東北女人。而東北文學似乎只在抗日時期呈現出了文學史家所稱的「東北作家群」，也似乎只有蕭紅、蕭軍、端木蕻良、穆木天、楊晦、舒群、白朗、羅烽、高蘭、公木、辛勞、駱賓基、雷加、丘琴、鄒綠芷、鐵弦、師田手等人在文壇閃現出光輝。更多的時候東北文學似乎在二十世紀中國文學地理版圖中處於並不出眾的位置，甚至更多的時候靜寂無聲。而

這裡的文學留給我們的印象最深的除了建國之後的《林海雪原》和1980年代電視文化開始流行時的《夜幕下的哈爾濱》和「說書人」王剛之外，就是三四十年代的蕭紅和她特有的北方女子的文學性格。由蕭紅的文字，時在動亂的上海閘北的魯迅已經看見了五年之前甚至更早的冰天雪地裡的北方以及哈爾濱，「這自然還不過是略圖，敘事和寫景，勝於人物的描寫，然而北方人民的對於生的堅強，對於死的掙扎，卻往往已經力透紙背；女性作者的細緻的觀察和越軌的筆致，又增加了不少明麗和新鮮」（魯迅：《生死場·序言》）。然而魯迅所說的蕭紅《生死場》中女性作者的「明麗」和「新鮮」可能是想表明女性寫作與男性的不同，而就這部作品自身我們看到的卻更多是沉重和北方這塊土地上的悲涼和女性命運的悲慘遭際。而蕭紅在《生死場》中非常細膩和個性化的女性視角呈現出了東北大地上地理環境和人文環境的特點。夏日北方的田野、蔬菜和莊稼象徵了這片土地的生機和反抗，烈日的榆樹下啃食樹皮的山羊、「綠色的甜味的世界」的高粱、柳樹、楊樹以及菜圃上的大白菜、圓白菜、捲心菜、番茄、辣椒、倭瓜、黃瓜、青蘿蔔、白蘿蔔和胡蘿蔔都一起帶有東北黑土地的泥土氣息。東北特殊的地理環境，空曠大地上稀落的村落和人群，異常寒冷的空間使得生長在這裡的人們更渴望溫暖和交流，更希望在大聲說話和熱氣騰騰的酒桌上來驅逐寒冷和寂寞。

徐敬亞、呂貴品、王小妮、張小波、郭力家、潘洗塵、蘇歷銘、張洪波、朱凌波、宗仁發、張曙光等1980年代先鋒詩歌的寫作確也一定程度上呈現了「北方」的性格。

在當時的一張照片上，這種北方性格有鮮活地體現。在一個公園內有一個高大的雕刻成大象模樣的假山石。徐敬亞、呂貴品、王小妮、郭力家、白光和張峰等11個人擺出各種姿勢拍照。男詩人一律佔據了這個假山的各個制高點，在最高處側身坐著一人——白襯衫，白禮帽。

當時吉林大學77級中文系的徐敬亞、王小妮、呂貴品、劉曉波、

鄒進、蘭亞明、白光等7名學生組成的「赤子心」詩社（人數最多時達到24人）成為80年代這一時期東北先鋒詩群的代表。

這一詩社的成立以及幾個年輕詩歌寫作者的成長離不開當時著名的詩人公木的扶持。1978年9月21日徐敬亞等人已經開始籌畫成立詩歌社團。當時的徐敬亞、呂貴品、張晶、鄒進、陳曉明和丁臨一等還親自給住在女生宿舍326室的王小妮寫了一封邀請函：「特邀王君小妮屈駕參加。餘有志同者，皆十分歡迎，並請於今天下午16:00整光臨207室，共商大計。」後來辦刊時還是公木先生從兩個備選詩社名字「赤子心」和「崛起」中敲定了前者。油印刊物《赤子心》共出版9期。從1981年開始，在當時官方刊物發表作品還很困難的情況下呂貴品已經接連在《人民文學》、《青春》、《萌芽》、《青年文學》等發表詩作。這在吉林大學以及詩人朋友們中間引起了轟動，而呂貴品的單身宿舍也成了一個文學沙龍。成都詩人万夏來到吉林大學找呂貴品的時候，万夏已經留起了漂亮的大鬍子。「赤子心」詩社有一張集體合影。照片上共八個人，前排三個人或躺或坐，後排五個人一字排開成站姿。王小妮單手托腮似乎正在構思一首詩作，而徐敬亞意氣風發，雙手叉腰，面帶自信的微笑。

可能是寒冷的氣候導致「赤子心」的詩歌帶有高亢的適合朗誦的大聲調。即使在天寒地凍的日子裡，這些被詩歌之火點燃的東北青年們仍然在校園和南湖等處朗誦和交流詩歌。而當時王小妮和徐敬亞的愛情故事更是給他們的詩歌寫作增添了傳奇性。他們不僅一起切磋詩藝，而且也談情說愛。在風雪中二人仍然親密地手拉手。在白樺林中是厚厚的白雪，徐敬亞騎在一棵樹上微笑著俯看王小妮，王小妮則站在樹下幸福地仰望。關於徐敬亞和王小妮的愛情生活還曾有過這樣一段趣聞：「為了能和小妮締結戀愛關係，徐敬亞和呂貴品在一家小酒館裡進行過嚴肅的談判，最後徐消除戒備和疑惑，大膽地宣告詩人婚姻的誕生。」（蘇歷銘：《細節與碎片》）繼「赤子心」詩社之後，蘇歷銘和包臨軒等人在1983年9月成立了北極星詩社。這個詩社延續

了近10年的時間，期間所涉及到的詩人主要有蘇歷銘、包臨軒、曹鈞、王乃學、李學成、陳永珍、華本良、王占友、張鋒、鹿玲、丁宗浩、野舟、馬波、杜笑岩、田松等。

1980年王小妮接到《詩刊》編輯雷霆（1937-2012）的一封信，邀請她到北京參加一個詩會。這就是後來震動文壇並影響深遠的首屆「青春詩會」。而無論是對於南方詩人還是對於王小妮、徐敬亞這樣土生土長的北方人，北京是具有強大的精神感召力和文化魅力的。在徐敬亞的積極爭取下他作為年輕評論家的身分和王小妮一起在1980年代夏天離開長春前往北京參加青春詩會。臨行前曲有源等詩人專門為徐敬亞和王小妮在南湖九曲橋舉行送行儀式。有關單位則示意徐敬亞到北京後不要和任何「地下」刊物聯繫。1980年7月20日徐敬亞和王小妮到達北京車站，這時候徐敬亞想到的是食指的那首《這是四點零八分的北京》。時年25歲的王小妮興奮莫名地坐在天安門廣場前拍照，笑容燦爛。而對於王小妮和徐敬亞而言天安門廣場確實是一個「讓人無法平靜的地方」（王小妮語）。參加首屆青春詩會的這些年輕詩人除了江河、顧城等北京詩人外，其他的都住在當時虎坊橋的《詩刊》社。這些低矮的平房卻使得80年代的先鋒詩歌達到了一個高峰。詩會期間，北島和芒克、楊煉的到訪在青年詩人中引起了炸彈般的反響。徐敬亞和王小妮還參加了北島等人組織的沙龍活動以及謝冕、吳思敬和孫紹振在《詩探索》創刊前召集的青年詩歌會議。

在1980年代的校園先鋒詩歌熱潮中，黑龍江省大學生詩歌學會主辦《大學生詩壇》（1984年8月創刊）有著廣泛的影響。82級哈爾濱師範大學中文系學生潘洗塵擔任主編。主要成員有程寶林、彭國梁、錢葉用、張小波、蘇歷銘、傅亮、陸少平、王雪瑩、楊川慶、楊錦、許寶健、蘇顯鐘、王廣研、李鋒、菲可、袁曉光、艾明波、唐元峰、王鑫彪、桂煜、沙碧紅、李光武等。《大學生詩壇》創辦半年之後，重慶市大學生聯合詩社創辦了後來影響深遠的《大學生詩報》。主要涉及來自雲南大學、蘭州大學、中國人民大學、復旦大學、哈爾濱師

範大學、安徽師範大學、華東師範大學、西南師範學院的于堅、梁平、尚仲敏、宋琳、潘洗塵、張小波、燕曉東、張建明、邱正倫、楊榴紅、胡萬俊、菲可等。

在這一代詩人身上一直有著「遠方」的情結和衝動，無論是海子的《九月》等一些詩，還是王家新的《在山的那邊》、韓東的《山民》以及呂貴品的《遠方有大事發生》、潘洗塵的《六月，我們看海去》、楊榴紅的《白沙島》都證明了這一點。東北詩人宋詞在1985年甚至有騎著單車轉遍全國的壯舉。

1982年5月1日國際勞動節這天呂貴品寫下這首名為《遠方有大事發生》的詩：「一棵光禿禿的樹下有一塊石頭／他習慣坐在那裡／看一列又一列火車／通過遼闊的原野走向遠方／／每天他都這樣／他已經十四歲了／／他生長在火車道邊／可從沒有坐過火車／只能靠在樹上嘴裡發出火車轟轟的聲音／他的父親面對奔騰的火車／卻打著哈欠／／他又一次要求想坐坐火車／父親告訴他／老了再坐／現在你的兩條腿還能走／／火車上有許多窗口／他記得有個小女孩／向他微笑過／／他在鐵道邊撿了幾張漂亮的糖塊紙藏起來／覺得遠方有大事正在發生／還有他所喜歡的一切／也都在遠方／／終於他決定離開那棵樹／離開那塊石頭／去坐一次火車／／軌道伸向天邊／沿著軌道奔走使他興奮／坐火車能夠接近雲／走了很多的路／他餓了／但他不願離開這條軌道／他要順著這條軌道走下去」。儘管呂貴品這首詩敘述節奏顯得拖遝，但有意思的是王家新、韓東和呂貴品在《在山的那邊》、《山民》和《遠方有大事發生》這三首關於「遠方」的詩中都是採用了敘述的呈現手段並且都設置了父親和兒子之間的對話。顯然，「父親」、「兒子」對「遠方」的態度是矛盾的，而這正體現了1980年代先鋒詩人們的集體衝動、反叛和自由的願望。1985年春天呂貴品完成詩作《向南走》，這似乎預示了不久之後那場轟轟烈烈的現代詩群體大展的前奏。1985年呂貴品辭去吉林大學教師的公職南下深圳與徐敬亞匯合。曾經有人告訴過王小妮說中國有兩個地方乞丐最願意去，一

個是東北，一個是深圳。理由是東北人心熱，深圳人手松。而王小妮和徐敬亞這兩個東北人卻機緣巧合與深圳結緣，儘管其中的辛苦和流放之感只有他們自己最能體悟。

1985年1月3日東北極其寒冷的時刻，徐敬亞幾乎是兩手空空獨自一人從長春火車站登上南下深圳的列車。

在王小妮印象裡徐敬亞用他那只慣用的左手抓住門邊的鐵扶手登上了火車。這一刻在他們看來無疑是「大抉擇的時候」。火車一直向南，「他的腳再也不用落在這片雪地上」。儘管徐敬亞是被迫離開吉林，但是深圳作為一個遙遠的「南方」也正好暗合了那一年代青年人所嚮往的一個夢想。在三個多月離別的日子裡，王小妮帶著幼子等待並接連寫下了《車站》、《家》、《方位》、《獨白》、《告別》、《冬夜》、《愛情》、《三月》、《日頭》、《岔路》、《晚冬》、《完整》等近20首詩歌。在《車站》這首詩中我們能夠看到一種難以言說的別離的惆悵以及命運的無奈感。也許此刻只有相互安慰和彼此撞身取暖，「手緊插進大衣口袋／你的車廂終於隱去／很好／束著肩，匆匆走過窄路／一團濃厚的煙／使我們彼此再也不能望見／／眼淚開始流動／這什麼也不說明／路軌走向車站／就是為了曲折錯雜／很好　正合你意」。分別數月之後，王小妮也終於坐上開往「中國最南面的邊界線」深圳的火車，「從當時那個很狹窄的小火車站裡走出來。迎面看見大幅的美國香煙廣告，還有一棵過於茂盛、彷彿正在爆炸之中的亞熱帶大樹。那是我一生中呼吸最暢快的時刻。我是輕鬆而寬納地一步步走進廣東話奇形怪狀的密網。我不知道該向哪個方向走，但是它當時是我想像中的自由之城。」（王小妮：《一直向北：我的人生筆記》）而殘酷的事實卻是因為「現代詩流派大展」《深圳青年報》社被解散，王小妮也遭到單位解職。在1987年夏天這場所謂的「驅徐運動」中徐敬亞又獨自一人回到東北。正是當時這種動盪的生活以及陌生的深圳給王小妮心靈上以巨大衝擊，而1980年代末期卻成了她詩歌的爆發期。1988年其油印詩集《我的悠悠世界》問世。其

中就有那首後來廣為傳頌的《不認識的就不想再認識了》：「到今天還不認識的人／就遠遠地敬著他／三十年中／我的朋友和敵人都足夠了。／／行人一縷縷地經過／揣著簡單明白的感情。／向東向西／他們都是無辜。／我要留出我的今後。／以我的方式／專心地去愛他們。／／誰也不注視我。／行人不會看一眼我的表情。／望著四面八方。／他們生來／就不是單獨的一個／註定向東向西地走。／／一個人掏出自己的心／扔進人群／實在太真實太幼稚。／／從今以後／崇高的容器都空著。／比如我／比如我蕩蕩來蕩去的／後一半生命」。

　　同樣是在1988年夏天，徐敬亞和孟浪（時為深圳大學出版中心編輯）為了《中國現代主義詩群大觀1986-1988》出版事宜坐火車來到長沙。徐敬亞還獨自暢遊湘江並在橘子洲頭意氣風發地與孟浪合影留念。這還不算過癮，徐敬亞和孟浪還坐火車去了韶山沖。徐敬亞甚至趁管理員不在，將一只腳踩在主席故居的一張大木床上拍照。這一時期王小妮的詩歌給我們呈現的是與日常生活相關但又被日常生活中的我們所忽略的「另一個世界」的城市景觀。她以冷峻的審視和知性的反諷以及人性的自審意識抒寫了寒冷、怪誕的城市化時代的寓言。而這些夾雜著真實與想像成分的白日夢所構成的寒冷、空無、疼痛與黑暗似乎讓我們對城市化的時代喪失了耐心與信心。我們所看到的是灰暗城市裡車站和天橋上的人流，沉暗臥室裡投射進的陽光，水泥曠野裡的仰望者和砸牆者，在時光的斑點中瘋狂行駛的列車上顛簸動盪的靈魂，塗脂抹粉又難掩荒蕪的現代城市。這一切都使得我們不斷驚悚於現代化進程中一再被忽略的寒冷與真相。王小妮這種「不相信」的質疑性的姿態和冷靜的觀察視角讓我們看到了一場場飛降的大雪般的嚴酷與寒冷。一個被不斷改造和拆遷的現代化城市裡車流和人流都在瘋狂飛奔，而詩人則是那個時時為時代踩下剎車的人。她不是旁觀者，也不是道德律令的持有者。她是一個持續的發問者，是一個城市寒夜裡的失眠者和心悸者。她同時也是一個孤獨的介入者，她的詩歌正在等待我們的呼應。基於此，冷靜的反諷成為王小妮這些關於城市

詩歌寫作不得不為之的選擇。值得注意的是王小妮關於城市的詩歌大多都帶有很明顯的時間性場景，比如清晨、中午、黃昏、夜晚等。而圍繞著這些場景則出現了光芒與陰影，寒冷與溫暖並存的平淡無奇但是又具有強大心理勢能和象徵力量的核心意象。在屋子裡的陽光、乾涸河道上的夕陽、暴風雨之夜的閃電、稀薄的月光、無光的燈以及火車窗口刺目的陽光中我們可以發現王小妮詩歌文本中所顯現的時代光影以及無處不在的巨大陰影。而與這些場景和意象相關的則是詩人的情感基調是反諷的、冷峻的、悖論的、無望的。這是否印證了對於曾經的鄉土中國和具有農耕情懷的人們而言，每個人都宿命性地成為了大大小小城市裡的異鄉人和精神漂泊者？而對於由北方南來的詩人王小妮是不是更是如此？王小妮詩歌的視點既有直接指向城市空間的，又有來自於內心淵藪深處的。而更為重要的還在於王小妮並沒有成為一個關於城市和這個時代的廉價的道德律令和倫理性寫作者，而是發現了城市和存在表象背後的深層動因和晦暗的時代構造。而她的質疑、詰問和反諷意識則使得她的詩歌不斷帶有同時代詩人中少有的發現性質素。比如她詩歌中的這些詩句，「後面的後面」，「背後的背後」，「屍體上的屍體」等。王小妮的詩歌往往會選擇一個很小的日常化切口，但是她最終袒露出來的卻是一個個無可救藥的痼疾與病灶。在此意義上王小妮是一個後工業時代或者一個後社會主義時代裡的寓言創設者。她的「小詩歌」就是「大社會」。而王小妮也更像是一個城市裡的巡夜人，她的虛弱的燈盞在城市黑暗的最前線，而她所要迎接的風雨更為嚴酷。而失眠和偏頭疼的詩人形象則為我們打開了寒夜裡一個個窄門，當我們擠身進入的時候那迎面而來的寒冷讓我們在些許清醒中重新認識了自己、認識了身處的這個城市以及這個時代最為日常又最為步步驚心的真相與風暴。

　　當多年之後王小妮和徐敬亞在深圳的一個公園的草坪上平靜而悠閒地合影的時候，1980年代的先鋒詩歌以及個人遭際是否也變得平靜？儘管徐敬亞經受了命運的磨難，但是他幸運地趕上了（更準確

地說是「創造了」）一個詩歌的黃金年代。簡單舉一個例子，當時江河、楊煉和顧城在北京做詩歌講座之前，消息（確切地說是「廣告」）已經提前登在了《北京晚報》上。即使是在1980年代的最後一年，當徐敬亞和宋詞、溫玉傑這三個東北人在珠海喝酒的時候他們也受到了公眾的特殊「擁戴」和禮遇，「最後的高潮，場面感人。不知什麼時候。餐廳老闆已落座傾聽，還聽得如醉如癡。後來也一起喝了起來，中間甚至喊出了『你們全是神人啊』這樣的句子。於是，整個餐廳的服務員小姐團團圍成一圈，站在我們四人周圍。每當妙語出籠，全場一片鼓掌聲、叫好喝彩聲。」（徐敬亞：《燃燒的中國詩歌版圖》）

當我多年後在深圳與徐敬亞、王小妮以及呂貴品見面，呂貴品一邊打著胰島素一邊喝酒的場景似乎離先鋒的年代越來越遠了。中國先鋒詩歌經歷了集體的理想主義的「出走」和「交遊」之後，詩人的「遠方」（理想和精神的遠方）情結和抒寫已經在1990年代宣告終結。尤其是新世紀以來不斷去除「地方性」的城市化和城鎮化時代，我們已經沒有了「遠方」。順著鐵路、高速路、國道、公路和水泥路我們只是從一個點搬運到另一個點。一切都是在重複，一切地方和相應的記憶都已經模糊不清。一切都在迅速改變，一切都快煙消雲散了。

# 「莽漢」的暴動：「我要去北邊」

　　早在1982年，位於四川盆地中北部和嘉陵江中游的南充小城就比較早地出現了「第三代人」詩歌活動。按照楊黎比較誇張的說法，万夏（南充師範學院中文系）、胡冬（四川大學歷史系）和廖希（西南師範大學中文系）於1982年的詩歌聚會和活動是因為万夏當時的中學女同學帥青。1982年10月，在万夏和胡冬等人的前期聯繫和策劃下來自南充的万夏、朱志勇等人，來自成都的胡冬、趙野、唐亞平等五人以及來自重慶的廖希、馬拉等人在西南師範學院進行了後來漸漸輻射到四川其他校園的詩歌活動。儘管這次熱鬧的僅僅三天的詩歌活動沒有取得什麼實質性的進展，更多還局限於青春的激情和對未來詩歌的美好暢想。但恰恰就是這種青春的狂妄和大膽設想，在這次會憶上這些同齡人將自己定名為「第三代人」[1]並決定出版《第三代人》詩集。同年年底，胡冬和趙野到南充與万夏商討「第三代人宣言」。

　　1984年，万夏和胡冬在一次酒桌上針對有人罵他們的詩歌是「他媽的詩」、「混蛋的詩」，於是決定就寫「他媽的詩」給這些人看看。「莽漢詩」由此產生。在「莽漢」的誕生過程中除了來自於詩人面對面的討論之外，更多的是來自於李亞偉與万夏、馬松、胡冬、二毛和胡玉等人之間極其頻繁的通信。那一時期的詩歌活動主要來自於詩人之間的交遊（一種類似於當年紅衛兵的「串聯」）和通信。這些四川詩人的信件中出現最多的辭彙就是「媽的」、「媽媽的」、「他媽的」、「他娘的」、「狗小子」、「臭小子」、「奶奶的」、「油

---

　對於「第三代人」這一概念的最早提出以及具體指涉目前仍有巨大爭議和分歧，哪怕是在這一代詩人之內部。按照万夏的說法第一代人指的是郭小川、賀敬之等，第二代是北島們的「今天派」，第三代就是万夏他們自己了。

爆的」。李亞偉等人甚至把四川之外的詩人都蔑稱為「鳥詩人」。

1984年3月2日李亞偉給胡玉寫了一封信，鼓動寫作「男子漢」氣派的詩。短短200來字的一封信李亞偉竟然重複使用了六次「媽媽的」。

> 胡玉：
>
> 　　把你的長篇大哭放下，寫一點男人的詩，兄弟們一起在這個國家復辟男子漢，從而打倒全國人們寫的媽媽詩。名字暫定為莽漢，這種鳥詩我們暫訂半年合同，簽到人都是些還來不及和鬍鬚的男人，把一切都弄來下酒！
>
> 　　你我都是羅馬角鬥士是復辟古風的韓愈和一些奇怪的硬東西硬玩意。媽媽的口紅詩媽媽農民詩，媽媽的哲理，媽媽的編輯部，媽媽的讀者和稿費！
>
> 　　　　　　　　　　　　　　　你的親兄弟　　亞偉

　　儘管万夏和胡冬在分別寫出《莽漢》、《打擊樂》和《我想乘一艘慢船去巴黎》（此詩有兩個版本，有的名為《我想乘一艘滿船到巴黎去》）之後不久即告別了「莽漢」，但是李亞偉卻在這種「莽漢」精神的巨大策動和感召下帶著「豪豬的詩篇」瘋狂地上路了。

　　在這些嚎叫的「莽漢」身上我們能夠在1893年表現主義大師蒙克的《尖叫》中找到精神上的呼應。李亞偉等「莽漢」身上真正體現了一種文化和心理的生猛不羈的青春叛逆和張揚，「更能體現四川作家青春氣息的還不在於生理的年齡」，「重要的是他們當中相當一部分都在很長的時間內保持著青年人的活力與開朗，滿懷著青年人的天真與幻想，更富有青年人的豐富而多變的情感，許多四川作家都是心理上的青年」[2]。這似乎正如巴金所說「我不是一個冷靜的作家」[3]。正

---

[2]　李怡：《現代四川文學的巴蜀文化闡釋》，湖南文藝出版社，1995年版，第140頁。
[3]　巴金：《關於〈家〉10版改訂本代序》，《巴金專集》，四川人民出版社，1982年版，第350頁。

是因為這種天真、開朗、豪放、叛逆的青春期心理以及不冷靜的「青年」性格，巴蜀大地孕育出李亞偉等如此奇怪而出類拔萃的詩人。

在不斷的蹺課、打架、流浪和酒精、女人的刺激下「莽漢」詩人開始跨出南充小城在四川甚至北方產生影響。此時的李亞偉正像腰間掛著詩篇的一頭豪豬，而不是獅子或老虎。豪豬，個頭小，頭部像老鼠，全身上下長滿黑棕色的利劍一樣的刺兒。受到攻擊或驚嚇，這些毛刺根根直立。20歲出頭的李亞偉以高亢的川東方言和罕見的力比多喊出了那一代人的衝動：「聽著吧，世界，女人，21歲或者／老大哥、老大姐等其他什麼老玩意／我扛著旗幟，發一聲吶喊／飛舞著銅錘帶著百多斤情詩沖來了／我的後面是調皮的讀者，打鐵匠和大腳農婦」（《二十歲》）。這種「粗糙」甚至「粗礪」的口語美學和身體文化姿態更新了那個時代青年詩人的詩歌認知。當然這種詩歌寫作方式是以耗費青春和激情為代價的。也就是說這種寫作精神只能靠一時的衝動而很難得以維繫。而令人不可思議的是，在這一點上芒克和李亞偉居然有著驚人的相似。老芒克至今仍然在酒桌和詩壇上叱吒風雲，仍然在隨意中袒現自由、率真的天性。老芒克仍然會在酒後對人揮拳相向、大打出手，即使是唐曉渡這樣多年的哥們和好友也曾遭受芒克酒後失控的老拳。而李亞偉至今仍然像老芒克一樣喝酒、寫詩、打架。儘管李亞偉因為常年喝酒胃部已經動過手術，但是這對於李亞偉而言算不了什麼。2007年1月我作為評委去內蒙額爾古納參加第二屆「明天‧額爾古納詩歌獎」的頒獎。當北京灰濛濛的冬日煙塵轉換為額爾古納廣闊的草原和莽莽的白樺林，我幾乎是以近乎狂醉的心情呼吸著這裡的一切。海拉爾車站，零下二十幾度的天氣。我在斯琴格日勒、韓紅和鳳凰傳奇的歌聲中不停在雪地上來回走動好去除周身的寒氣。在去額爾古納的路上，雪原、白樺、羊群和藍得讓人生疑的天空讓我們感謝詩歌給了我們聚會的機會。臨近半夜，我和江非因為勞累幾已進入夢鄉，但是曹五木、沈浩波這兩個傢伙卻喝得大醉。曹五木不停打電話，在屋子裡來回竄動。最後曹五木在眩暈中打著海嘯般

的鼾聲入睡，我和江非則在黑暗中接受這非人的折磨。江非在抽煙，那明滅的火光成了一種無聲的反抗。第二天早上吃飯的時候，李亞偉在飯桌上大發牢騷，痛罵昨天晚上兩個不好好睡覺的傢伙「野驢」似的在房頂上折騰。接下來的幾天，我和李亞偉住在恩合農俗村一個俄羅斯式的院落裡。那時已是凌晨，人們紛紛回房睡覺，而李亞偉卻仍獨自一人坐在廳堂裡喝酒，大聲打電話。莽漢就是莽漢啊！李亞偉在後來的頒獎典禮上和一個俄羅斯姑娘喝酒喝高了，幾乎是被一個「80後」詩人以及其他人抬著回了住處。那天李亞偉酒後還揮拳打了一位年輕詩人，他被抬到住處後就人事不省。從這裡依然能夠看到當年這個「莽漢」年輕時的「風采」。在這一點上，芒克和李亞偉屬於同道中人，也屬於布魯姆所說的那種強力詩人。其持續燃燒的熱情和天才的歌唱是詩人中罕見的。

值得糾正的是李亞偉的「莽漢」詩歌和行動並不是直接受到了嚎叫派金斯伯格的影響。直至1986年李亞偉才第一次接觸到金斯伯格的《嚎叫》並且用川東方言甩出一句「他媽的，原來美國還有一個老莽漢。」李亞偉應該說是在最典型的意義上呈現了四川詩歌的性格。就像火熱的四川盆地和嘈雜火辣的火鍋店一樣，李亞偉的火爆、直率、無所顧忌的激烈和自由反抗的癖性被痛快淋漓地噴射出來。狂想症、語言暴力、架空的詩歌熱望和難以揮泄的力比多都在詩歌中找到了釋放和噴發。這在李亞偉寫於1987年的《陸地》一詩中有著直接的對應。這首暴躁的詩不分行、無標點，類似於狂人和暴徒的自言自語和狂熱叫囂，「一九八四年那一跤才夠厲害那是怎麼啦那天空怎麼啦你怎麼啦我他媽到底怎麼啦剛才怎麼用磚頭毒藥跳樓自殺你又把我怎麼啦不寫遺書又怎麼啦不做好人不做詩人做件東西怎麼啦怎麼把頭撞向地球去拚命啦老子得一天不混一天混半天你又把我怎麼啦我怎麼你又怎麼啦你算老幾我活在世上又算老幾我們都不怎麼卻要幹倒藝術幹倒莽漢幹倒女朋友這又怎麼幹不倒又怎麼把自己轟隆一下幹倒又怎麼啦女朋友您一點也不漂亮關我什麼事兒啦怎麼啦怎麼啦我他媽今兒個

到底怎麼啦」。而被政治弄得疲軟多年、喪失自由和活力的中國詩歌
正是需要李亞偉這樣的狂飆突進式的詩人對僵化的寫作模式和詩歌秩
序的「挑釁」以及更本質上對詩歌語言的「挑釁」，「曾經在漫長的
時光中寫作和狂想，試圖用詩中的眼睛看穿命的本質。除了喝酒、讀
書、聽音樂是為了享樂，其餘時光我的命常常被我心目中天上的詩歌
之眼看穿，且勾去了那些光陰中的魂魄。那時我毫無知覺，自大而又
瘋狂，以為自己是個玩命徒」[4]，「我至今還不是一個和語言和平共
處的詩人」，「與其說我是憑著技巧、感覺和酒膽毋寧說我是憑著命
中的一種呼喚而在語言的群山中迂回和摸索」[5]。

　　李亞偉在1980年代有一張照片非常值得注意和回味。

　　畫面上李亞偉的長髮被風吹向左邊，他的左手緊緊握住右邊的
手臂，彷彿受了重傷或者正準備挽起袖管還擊。而他那雙不羈而凌厲
的眼睛正斜視前方，準備隨時發出挑戰。這鮮明體現了這位大學時代
的校拳擊隊成員的不安分個性。四川詩人生動的詩歌故事和詩人形象
在李亞偉等人的照片影像中得到最為傳神的詮釋。1983年夏天，李亞
偉和万夏、胡鈺正離開校園在逃學的路上。遠處是一片山地和低矮的
莊稼，三人並排站立。李亞偉頭戴一頂農民式的草帽，歪著身子，左
手放在右臂下；胡鈺個小居中；右邊是万夏，左手叉腰，右手搭在胡
鈺肩上。三人表情有些嚴肅，可能正在為翹課的路費和吃飯問題發
愁。大學時代少不了郊遊，在一張照片上我們可以看到畫面正中草地
上橫臥一人，畫面左側是一個高個子燙過頭髮的女大學生，右側是側
身站立的李亞偉。李亞偉左手夾著煙捲，右手提著吉他，穿著當時流
行的喇叭褲。1984年夏天，李亞偉留起了長髮和小鬍子。照片上的他
蹲在床上，雙手抱攏，眼睛無所事事地瞪視前方。他的身邊是在床上
正在練習倒立的二毛，只穿短褲。多麼急迫地等待發洩的青春衝動和

---

[4]　李亞偉：《豪豬的詩篇》，花城出版社，2006年版。
[5]　李亞偉：《急剎車》，《現代漢詩》，1994年春夏卷。

詩歌暴動！此後一段時間，李亞偉經常是以長髮示人，酒桌上則赤膊上陣。在大學即將畢業前夕，李亞偉、万夏、馬松、胡鈺等人所在的中文系和另外兩個大學的30多名學生與兩個工廠和一個街道的40多名社會閒散人員和流氓展開了一場群毆事件。結果是李亞偉、揚帆和馬松被關進拘留所。這次校園鬥毆事件也導致馬松、石方、尹家成被勒令退學，李亞偉、揚帆、胡鈺記大過，敖歌留級，小綿羊被開除。我們能夠在1984年南充師院中文系的畢業合影上看到第一排的李亞偉等三人的髮型非常特殊，其他的人差不多都是長髮，而他們則是平頭（顯然是從拘留所剛出來不久）。而被勒令退學的馬松卻不以為然，請看他的自陳──「63年10月出產於母親。賞讀三年半大學，打架與寫詩」。我們能夠在這些詩人的日常生活和詩歌行為中看到80年代四川詩人最惹人注目也最為極端的一面──先鋒、生猛、另類、行動、串聯和流浪，「80年代万夏的奇裝異服及髮型花哨是相當有名的，他不能代表英國服飾師及紐約夜生活中的玩意兒，他不屬於資產階級，但他可以代表莽漢主義的理論」[6]。值得注意的是以李亞偉等毛頭小子為代表的狂飆突進的「莽漢」詩歌和行動不僅呈現了這一年代詩歌的先鋒精神和叛逆色彩，而且也是這些出生於1960年代詩人的政治情結和運動精神在詩歌中的體現。這仍然是毛澤東時代一代人在少年時期未完成的紅色革命和階級鬥爭的某種變形和延續，「1968年，毛澤東在天安門廣場檢閱三百萬紅衛兵，万夏6歲、我5歲，兩個小男孩，被革命的光輝照得紅彤彤。我們沒有得到主席的檢閱，大串聯的列車中也沒有我們，武鬥的時候我們在哈著腰撿子彈殼，我們當時目不識丁，但能背語錄，從大人的腋下和胯襠下往前擠從而出席各種批鬥會」[7]。這些年輕氣盛、魯莽、強壯的青年與當年的紅衛兵是如此相

6　李亞偉：《流浪途中的「莽漢主義」》，《豪豬的詩篇》，花城出版社，2006年版，第216頁。
7　李亞偉：《流浪途中的「莽漢主義」》，《豪豬的詩篇》，花城出版社，2006年版，第216頁。

像，只是前者是階級運動的闖將，後者是詩歌運動的強者。以張小波為例，他遠離詩歌下海作為書商後，我們看看他運作的暢銷書以及他圖書公司的名字就可以看出那一代人的性格和情結，比如鳳凰聯動文化傳媒有限公司，重慶鳳凰決定圖書傳媒有限公司、北京共和聯動圖書有限公司。

「莽漢」詩歌的意義一定程度上還在於這些詩人的生活方式和詩歌行動以及它們體現在詩歌寫作中的活力和魄力代表了與以往詩歌（包括「今天」詩人在內）不一樣的寫作方向。像海子的「到遠方去」一樣，出生於川東的李亞偉在80年代的詩歌中也不斷有向遠方出發的衝動。

看看他這一時期的相關幾首詩作的題目就可以看到青春期式的躁動甚至「暴動」心理——《遠方是一個洞。洞中是另一片大陸。》、《遠方擱淺在地平線上。你以眺望的方式到達那裡。》、《遠方被早晨傍晚扛來扛去，越扛越遠。從今天到昨天，從今年到去年。》、《你被固定在一個角色的位置上。遠方被卡在遠方動也動不得。》、《遠方一伸一縮。這是到達的一種方式。》、《遠方在遠方大喊一聲「哎喲」》、《遠方走過來喘著粗氣，就你媽近得要命》。這種遠方情結竟然與當年「迷惘的一代」的出走方式如此驚人地相似。顯然時代賦予了這一時期的「遠方」以理想主義的色彩。儘管李亞偉等「莽漢」嘴裡不斷罵罵咧咧，但這正是骨子裡的「理想主義」的極端呈現。而這種遠方很多時候是與「北方」相一致的，甚至有時候是可以替換的。可以看到無論是在潛意識裡還是在自覺層面，「北方」尤其是北京仍然是李亞偉這樣的南方詩人衝動的動因和行動的目標。這種不無強烈的「北方」意識鮮明地體現在他的詩歌《進行曲》中。

　　我要去北邊
　　我要去看看長城現在怎麼啦
　　我要去看看蒙古人現在怎麼啦

　　去看看鮮卑人契丹人現在怎麼啦
　　我要到很遠很遠的地方
　　去看看我本人
　　今兒到底怎麼啦

　　李亞偉在《進行曲》中不斷呼號的「我要去北邊」的衝動在另外一個層面上也有80年代文化「尋根熱」的情結。

　　在李亞偉看來現代人無疑喪失了很多寶貴的傳統血脈的東西，而北方、長城、蒙古人和契丹人無疑是李亞偉所想像甚至嚮往的曾經強力民族和地域的象徵。然而在北方詩人朱淩波、蘇歷銘、包臨軒、李夢和黃雲鶴那裡喊出的卻是「北方沒有上帝」。1986年，李亞偉在《闖蕩江湖：一九八六》中仍然在呼喊著要去「北方」：「一九八六年，朋友在煙圈邊等我，然後攜煙圈一起離開大路／一九八六年，火車把夏天拉得老長，愛人們在千萬根枕木上等待這個高瘦的男人／愛人們！愛人們在濃汁般的陽光中裸戲，終因孤獨而同性相戀／一九八六！一九八六！／你埋葬在土地下的內臟正在朝北運行／你的肩膀，在正午在湖北境內朝北運轉／這樣的年月，無盡的鐵軌從春天突圍而來惡狠狠朝江邊酒樓一頭紮去／一九八六年！／每天所有枕木毫無道理地雷同，一九八六！／你這粘糊糊的夏天，我額頭因地球的旋轉而在此搖向高空等待你迎頭痛擊」。

　　1980年代的李亞偉就是這樣因為「北方」而不斷激動著，嚎叫著。而這種豪俠一般甚至帶有匪氣的詩歌性格在一定程度上應該與李亞偉的川東性格有著潛在的關聯，這同時也是重慶性格在詩歌中火熱而赤裸的呈現與揮霍。按照柏樺的說法就是「川東，是重慶賦予的，因為重慶的本質就是赤裸！詩歌也赤裸著它那密密麻麻的神經和無比尖銳的觸覺。川東，沈從文生活的湘西就緊緊挨靠在它的身旁。黔北、川東、湘西勾連成勢，自成一派，『浪漫情緒和宗教情緒兩者混而為一』，於此間嫋嫋升騰。在女子方面，它是性的壓抑與死亡，沈

從文從此處受惠，寫《邊城》，寫翠翠，輕輕地挽唱著田園牧歌的女性之聲。而莽漢李亞偉的聲音從另一個意義上補足了這種綿密的細膩，提供了另一個地理之聲，那是男性的，遊俠的聲音」[8]。

值得糾正的是柏樺為了強調和襯托李亞偉「男性」的一面而片面強調了沈從文寫作「女性」的一面，而忽視了複雜和豐富的沈從文。沈從文湘西時期在關於湘西的小說和散文中有很多都凸顯了強力的「男性」特質。但我想確如柏樺所言李亞偉的川東身分和性格與他的詩歌有重疊的部分，尤其是他詩歌中罕見的鐵鏈一般令人喘不過氣來的逼人氣勢恰如這位高大的川東壯漢的身軀。而不時閃現其中的川東方言和口語也呈現了漢語（或漢化的方言、詩歌化的方言）的活力。川東詩人李亞偉的身上有著四川邊地和湖南交界區域的駁雜性。這個過渡性的區域性格也正如沈從文所描述的「白河的源流，從四川邊境而來，故凡從白河上行的小船，春水發時可以直達川屬的秀山。但屬於湖南境內的，則茶峒為最後一個水碼頭。這條河水的河面，在茶峒時雖寬約半里，當秋冬之際水落時，河床流水處還不到二十丈，其餘皆一灘青石。小船到此後，既無從上行，故凡川東的進出口貨物，皆由這地方落水起岸」[9]。在柏樺這樣的重慶詩人看來李亞偉和「莽漢」詩歌直接對應的仍然是北方的「今天」和「朦朧詩」的傳統，「對應著這種『文人』化的社會轉型，莽漢的出現，無疑是對『今天』的反撥（僅詩歌內部而言）。正如我們看到的，『今天』的激情是以時代代言人的形象出現的，他無疑是一種傳統知識份子受難、擔當的現代書寫，是歷史宏大敘述和表達。莽漢，代表第三代詩歌的總體轉向，是一種個性化的書寫，農耕氣質的表達，他們用口語、用漫遊建立起『受難』之外另一種活潑的天性存在，吃酒、結社、交遊、追逐女性……通過一系列漫遊性的社交，他們建立了『安身立命』的

---

[8] 柏樺：《左邊——毛澤東時代的抒情詩人》，江蘇文藝出版社，2009年版，第146頁。
[9] 沈從文：《邊城》，《國聞週報》，第11卷第1、2、4、10-16期，1934年1-6月。

方式，並為之注入了相關的價值與意義」[10]。我想，柏樺將「莽漢」
詩歌與「今天」進行美學上的比較是具有合理性的，但是柏樺仍然因
為說話者的身分和立場而導致了一定程度上的「自我」和「地方」中
心，過於強調了「莽漢」詩歌的意義和價值。包括「莽漢」詩歌在內
的很多「第三代」詩歌群體都帶有過於明顯的政治年代的餘緒和運動
特徵，很多詩人仍充當著代言者的角色。這些詩人筆下的「我」仍然
一定程度上充當了同「今天」詩人一樣的代言人——只是代言的方式
和內容有所區別罷了。只是這個代言人所代言的不再是以往畸形宏
大的政治和集體，而是扮演了各種文化身分。「第三代」詩歌中的
「我」仍然不是純粹的個體意義上的，個體被無限放大為過於具有
顛覆和反叛性的一代青年的整體形象。或者說「第三代」詩歌中的
「我」仍然承擔了很多單純個體之外的表徵和功能，仍然承擔著一代
人的時代想像、詩歌理解和角色承擔，「我有無數發達的體魄和無數
萬惡的嘴臉／我名叫男人——海盜的諢名／我決不是被編輯用火鉗夾
出來的臭詩人／我不是臭詩人，我是許許多多的男人／我建設世界，
建設我老婆」（李亞偉：《我是中國》），「背著書包，深夜的草原
到處都在上晚自習／身著黑夾克的嬉皮士和身佩紅袖章的紅衛兵／在
課堂上共同朗讀又夢見周公／謠言使人民普遍成了詩人，少數成了敵
人」（李亞偉：《秋收》）。在「今天」詩人這裡他們代言的是英雄
和啟蒙者，也包括柏樺所說的「受難者」；而「莽漢」李亞偉等人所
要代言的就是「第三代人」有意為之的不同於前此詩人的立場和姿
態，仍然是為一代人立言。只是這一代人強調的不再是苦難、英雄、
大寫的人和啟蒙，而是換成了自由、反叛、冒犯和顛覆以及這一代人
特有的流浪、奔走和交遊。這仍然顯現了最後一代「毛澤東時代抒
情詩人」的政治情結和血管裡面流淌的政治時代的因數。甚至在「莽
漢」詩歌亢奮的吼叫中我們能夠聽到當年「今天」的回聲，正如北島

---

[10] 柏樺：《左邊——毛澤東時代的抒情詩人》，江蘇文藝出版社，2009年版，第150頁。

在《今天》創刊號的「致讀者」中所說的「這一時代必須確立每個人生應有的意義，並進一步加深人們對自由精神的理解。」

1984年夏天，万夏從南充師院中文系畢業回到成都，並在不久之後組織成立四川青年詩人協會並當選為副會長。1985年万夏和楊黎、趙野等人主編民刊《現代主義同盟》（後更名為《現代詩內部交流資料》）。1984年大學畢業到1986年短短兩年時間內，万夏以行為藝術的方式彰顯著「莽漢」精神——代課、跑龍套、掮客、流浪漢、Y公司經理、咖啡館老闆、雜誌社美編、百貨推銷員。在第一期的《現代主義同盟》上万夏等人表現出強烈的詩歌史意識以及企圖超越北方「今天」詩人的「野心」。這期刊物的欄目設置是「結局或開始」，「亞洲銅」和「第三代人」。很明顯在詩歌歷史序列裡北島等詩人被排在了第一位，而「第三代人」的即將集體登場在這裡奏響了前奏。至於「第三代」中一部分人喊出的「Pass北島」也暗含了南方詩人對北方詩歌的反撥甚至「反動」。柏樺曾經針對所謂的「第一本」鉛印的民刊《現代主義同盟》發出這樣的判斷——「詩歌以這本万夏主編的書的形式完成了它絕非人意的神祕轉移，詩歌風水從北京到成都簡直就像從雅典到羅馬。歷史和顯示一個驚人的相似性！」[11]柏樺的這個說法實際上並不完全準確，但是確實存在著四川詩歌在1980年代的崛起以及其難以消弭的歷史重要性和詩歌美學的重要性。說到詩歌由北京向成都轉移在我看來並不意味著一般意義上的以北京為核心和象徵的北方詩人的詩歌寫作式微和衰落。實際上80年代北京湧現了大批的重要的「今天」之後的青年詩人群落，如眾所周知的海子、駱一禾、西川、戈麥、老木以及晚些時候的臧棣、西渡等等。而說到詩歌在80年代由北京向四川的轉移確實也說出了另外一個事實，尤其是在1989年之後以北京為象徵的北方詩歌體系由於喪失了長期的政治等非詩歌因素的強大支撐而光輝慘澹。這還原出詩歌應有的「邊緣」和

[11] 柏樺：《左邊——毛澤東時代的抒情詩人》，江蘇文藝出版社，2009年版，第139頁。

「孤獨」品質。

　　儘管李亞偉作為「第三代」詩歌的重要人物曾經高度評價了這次喧鬧的詩歌運動，正如他所高聲宣布的「80年代中期在中國出現的數也數不清的詩歌社團和流派不僅體現了中國人對孤獨的不厭其煩的拒絕和喜歡紮堆，更多的是體現了中國新詩對漢語的一次鬧哄哄的冒險和探索，其熱鬧和歷史意義絕不亞於世界各地已知的幾次大規模的淘金熱」。但是在短暫的喧鬧和輝煌之後留下了大量的詩歌稗草和非詩歌的垃圾和草灰。就四川而言，只有零星的「莽漢」、「非非」作為「流派」得以在詩歌史上存活延續。而同樣是在1989年之後四川詩歌和北京詩歌以及全國詩歌一樣在一個新的歷史節點上開始了詩歌的「落寞」轉換。在長時期的孤獨、壓抑、緊張和分裂中中國當代漢語詩歌真正完成了一次最初由政治、次而由經濟再到詩歌本體自身的艱難蛻變和轉換。換言之，1990年代以來的詩歌才真正走上了詩歌發展和變革的正常之途。當然這樣說並不意味著貶低當年的白洋淀詩群、「今天」和朦朧詩潮以及「第三代」詩歌運動的意義和價值，只是這些詩歌現象和詩歌運動是還不能完全擺脫政治文化和意識形態性的產物和「後遺症」，還顯得不夠純粹。這同時也許就是中國詩歌的宿命性存在和悖論性特徵，詩歌現象和詩歌活動往往是與非詩的政治和複雜的社會背景共生。

　　當多年之後李亞偉、万夏、楊黎、歐陽江河、孫文波、瀟瀟等人紛紛離開四川到北京打拼的時候，他們可能沒有想到在遠離詩歌的時代北京這樣的城市帶給他們的重重壓力。儘管楊黎等人仍然上演各種讓人匪夷所思的噱頭，但是可以肯定的是一個曾經的四川詩歌的時代結束了。李亞偉也不得不向朋友抱怨，「我要快點離開這狗日的北平」。北京顯然成了李亞偉這些「外省」詩人們又愛又恨之地，這也顯現出北京這個大熔爐的強大。當年的詩歌青年成了中年書商和畫廊經理，當年的詩歌交往成了今天的商業聚會，當年的「闖關東」置換成了「闖北京」──「闖關東的後代如今又往回闖／遠遠看見／蚯蚓

在黃河邊生銹／／祖孫八代了／弄來弄去／不如停在北京發財／並且
　燈兒喝／／張哥對我——／假東北人對假東北人——說／咋整呢咋
整呢／我操，大不了回東北」（李亞偉：《山海關》）。儘管李亞偉
在不同時期的詩歌中保持了「莽漢」和四川詩歌的「地方性知識」，
但是來北京之後的他的詩歌顯然已經不再是80年代先鋒詩歌精神的繼
續了。此時強大的北京以其現代化和城市化的加速度進程取代了80年
代的詩歌地方性知識和「青春期」寫作。在人過中年的李亞偉等人身
上更多的是無奈和失落，我們看到的是80年代詩歌以及四川詩歌曾經
閃爍的詩歌光芒的漸漸黯淡，「海淀區的上空，天堂是無人值班的資
訊臺／雲抬著它們的祖母在暴雨中轟隆隆向朝鮮方向走去／一絲綠意
才呻吟著從上個世紀的老棉被裡輕輕滑進沿街的服裝店／變成了無人
注意的中關村的初春，我真不知道這點春光是什麼卵意思」（《新世
紀遊子》）。

　　也許，並不遙遠的成都遊人如織的窄巷子32號的白夜酒吧和寬巷
子香積廚正在成為是這個商業時代詩人生活的最準確注腳。

# 西昌：「非非」策略與語言「反動」

　　與「莽漢」詩人的詩歌和行動的雙重暴動和反叛相比，「非非」則更大程度上是詩歌理論自身的「暴動」、文化策略與語言「反動」。

　　「非非」的出現多少有些像1916年的蘇黎世。

　　在一個叫伏爾泰的餐館裡一群喝醉酒的先鋒藝術青年宣告成立「達達主義」。「達達」的秩序等於無秩序、自我等於無自我、肯定等於否定的言論與「非非」的「消解－抵達」的「前文化」一樣充滿了自相矛盾和自我抵消。儘管「非非主義」的理論有諸多偏頗和時代局限，但是其價值也是難以低估的，「客觀而論，非非主義作為一個分布很廣的團體，作為一個觀念紛繁複雜的詩歌學術組織，一個顛倒男女關係的別動隊，一個進行超語義實驗的詩歌的搖滾樂團，其影響，是自『今天派』以來最大的，它超過了『整體主義』，『莽漢主義』以及所有第三代層出不窮的流派與團體。」[1]儘管鐘鳴的說法有些過於絕對，但還是部分說出了「非非」的意義和影響。而同為四川詩人的歐陽江河則認為「非非」的文本資源主要來自於紅衛兵運動、毛澤東的政治模式和法國新小說派。這顯然更有些不顧事實。

　　我曾經看到過「非非」詩人們製作的一個名為《非非主義的影響和傳播》的世界地圖（比例尺為1：10000000）。這份地圖以西昌為核心向世界各地輻射開來。這讓我不由得想到的是當年成吉思汗踏遍歐亞大陸的鐵騎。這份地圖顯示，「非非主義」已經傳播到澳大利亞、新西蘭、美國、加拿大、俄羅斯、德國、法國、瑞典、韓國等幾十個國家。

---

[1]　鐘鳴：《天狗吠日》，《新陸現代詩志》（臺灣），1996年第1期。

　　而為什麼距離成都800多公里的四川西南方向的更為偏僻和閉塞的西昌（古稱建昌）產生了「非非」這樣一個特殊的詩歌群體？

　　陳仲義、高爾泰和周國平等學者都曾經有過類似的疑問和不解。我們當然可以從地緣文化和特殊的地方性知識的層面予以考察，例如有人將其原因歸結為橫斷山脈的奇特地貌和粗獷民風，有的則認為是邛海瀘山對人心的陶冶薰染。而「非非」的見證者之一周倫佑的妻子周亞琴曾經針對以上種種推測做出了另一番回答。她認為西昌特有的地貌特徵、晴朗天氣和不同於成都的方言、民俗文化對西昌的詩人產生了特殊的影響。這種說法可能有一定的道理，但是在我看來需要強調的一點則是這一詩歌群體甚至詩歌流派的產生離不開幾個「強力詩人」的重要影響。其中最為重要的就是周倫佑和周倫佐兄弟在文革時期的讀書活動和詩歌沙龍。這種反叛性的先鋒詩歌的寫作實踐和最初的理論宣導為80年代中期「非非」的產生奠定了基礎。

　　1971年到1977年間，周倫佑兄弟以及母親租住在西昌玉碧巷4號的閣樓上。

　　當時周倫佑偏重文學，而周倫佐（1950-2016）則偏好哲學，二人之間形成了奇妙的互補。文革時期圍繞著周氏兄弟逐漸形成了一個文藝圈子，主要成員有陳守容、王世剛（藍馬，西昌大營農場知青）、周亞琴（西昌醫院醫生）、歐陽黎海（西昌大營農場知青）、劉建森（西昌大營農場知青）、王寧（西昌印刷學校學生）、黃果天（西昌川興公社知青）、黃天華、林喻生、白康寧、田晉川、段國慎、胥興和、馮月如、毛彪等。王世剛當時是西昌大營農場的下鄉知青，他和劉建森一起通過周倫佐而結識周倫佑。思想激進的馮月如和毛彪曾想去緬甸參加遊擊隊，二人在1976年先後被捕入獄。歐陽黎海（文革中為西昌大營農場知青）則於1982年自殺身亡。由於地處偏僻且交流空間有限，當時周倫佑等人讀到的詩歌主要有《馮至詩文選集》、《聞一多詩文選集》、《拜倫詩選》、《中國新文學大系》（詩集）、《中國新詩選》（臧克家編選）、《馬雅可夫斯基選

集》、《阿拉貢詩選》、《阿爾貝蒂詩選》等。文革時周倫佑在一家
製藥廠當鍋爐工，業餘時間除讀書、學音樂外還喜歡玩蟋蟀。一次單
位組織看「革命樣板戲」，周倫佑因為隨口說了一句「樣板戲還不如
鬥蟋蟀好看」被單位「廠內點名批判」。當時在西昌的知青圈子中
流傳較廣的有兩首詩。其中一首叫《知妹》，「嫩白臉蛋／肩披長
辮／行走如飛／快馬加鞭」。另一首則是仿毛澤東十六字令形式的
《苦》：「苦／清水蘿蔔乳豆腐／時間迫／三餐一頓煮；／苦／無菜
去跳豐收舞／偷只雞／閉門悄悄煮；／苦／屋角找遍煙屁股／得翻身
／牡丹當糞土」。從1969年開始周倫佑的寫作就帶有了明顯的反叛色
彩和「異端」精神。1972年的一個傍晚，為了躲避全城搜查周倫佑和
周倫佐在玉碧巷四號院的後院的一棵高大的皂角樹下焚燒二人的手稿
和日記。不知何故周倫佑突然有些後悔，他急忙從火中搶出了自己
的手抄詩集。這次被焚燒的包括周倫佐的兩部中篇小說《舊青春的祭
禮》、《新青春的沉默》和長篇電影劇本《梅花寶石》，還有兄弟兩
個的幾本日記。那個漸漸冷下來的傍晚，院子裡破瓷盆下是頃刻間化
為灰燼的文字。這場禁忌時代的大火也成了那一年代詩人的青春挽歌
和追悼儀式，「哦，有哪一個時代，青春遭遇過這樣的命運／在哪一
個國家，青年一代感受過我們的痛苦／靈魂被窒息，呼吸被約束／睡
夢中飄過一絲笑影也會帶來恐怖／我們渴望知識，翻開書本盡是空洞
的口號／我們尋求真理，得到的卻是謊言和謬誤」，「沒有詩歌，沒
有音樂，沒有書讀／沒有人關心，沒有人同情，沒有人照顧／操心不
完的家務啊：油、鹽、柴、米、自留地／最經常的營養，是半瓢清水
煮蘿蔔／我們也有幸福啊，每天傍晚跨進自己的小屋／躲進被窩，用
手電筒照著讀一本手抄的書／我們也有愛情呀，戀愛的方式卻很特殊
／戀人在一起，最深情的話語是抱頭痛哭……／／多少個純潔的靈魂
被迫塗上偏見的油污／多少個天真的青年被『改造』成社會動物／悄
悄的，憂鬱的蜘蛛爬到我們頭腦裡織網／漸漸的，懷疑的蛀蟲鑽進我
們心中寄宿／一次次教訓，使我們變得陰沉、麻木／呆滯的目光時時

蒙著一層冷漠的迷霧／皮鞭下，我們的性格變得沉默、含蓄／習慣於孤獨中沉思，也染上了幾分世故／艱苦的環境，克服了我們青春的狂熱與輕浮／殘酷的現實，啟發了我們思想的廣度與深度」。

　　1973年在西昌古城，周倫佑和周倫佐留下一張照片。二人比肩而立，意氣風發。而不久之後，周倫佐因為一篇名為《疑問》的文章而被捕入獄。為了防止抄家周倫佑將兄弟倆的手稿和日記托馬道公社的一個名叫王建的女知青那裡保管了一段時間。因此，周倫佑也被隔離審察。極富戲劇性的是幾個月之後周倫佑隔離審察解除後，他去那位女知青所在的生產隊拿寄存的文稿時她早已不辭而別。更為讓人哭笑不得的是這位女知青曾經住過的那間草房已改做生產隊的牛圈。周倫佑竟然在牛糞和稻草中找出了十分之一左右的文稿（其中包括兩個硬皮日記本上的詩和周倫佐的幾封信），其餘大部分文稿則被牛蹄踐踏踩碎混合在牛糞當中。這一時期周倫佑寫下大量的批判現實和質疑性的詩歌，這些詩作在圈子中祕密傳抄和朗誦。1970年元旦周倫佑寫下《日記》：「日記是心靈的鏡子／能照出內心的真實／鏡中，我和自己對話／鏡中，我和自己對質／／對話，揭下虛偽的面紗／對質，審判自己的過失／鏡子能照出心上的灰塵／不清洗，會影響靈魂的正直／／日記裡有朦朧的憧憬／日記裡有痛苦的反思／日記裡有戀人的顧盼／日記裡有不懈的堅持／／日記是心靈的鏡子／能照出內心的真實／魔鬼在鏡子裡就是魔鬼／天使在鏡子裡就是天使」。為了防止被追查和迫害周倫佑手抄本詩集上沒有署自己的真名，而是標明「這是一位死者的遺稿」。通過周倫佑假託作者的舉動我們不僅能夠看出當時文學生態的扭曲和禁錮，而且通過這種特殊的方式道出了那一時代青年人墓誌銘般的內心──「用牙膏皮做成的筆雜亂地寫在幾厚本馬、恩全集的行間和邊頁上的。因為用的是速記法，便騙過了監獄看守。幾經周折，最後才到了我的手裡。遵照死者的遺願，把它整理出來。此刻，心情是沉重的。死者是我的朋友和精神上的導師，死時很年輕，還不到二十三歲。因為不幸的家庭，幼年失學，早年過著貧困

的生活，靠著自學，學會了讀書寫字。從流犯的祖輩和瘐死的父親那裡，他繼承了叛逆的本能；從母親那裡，繼承了山民的粗野氣質。他象所有的年輕人一樣，有熱情，有理想，有苦悶，有強烈的使命感。他也象所有的青年人一樣，有自己的缺點和弱點。成名成家的誘惑曾使他幾入岐途，廉價的榮譽也曾使他動過心。但是，他很快拋棄了這些。他走過的道路是曲折的，一旦認准了方向，他就一直走下去——直到倒在刑場。」[2]周倫佑這篇寫於1973年9月23日的假託性文字不僅在「瞞天過海」中帶有強烈的質疑精神和批判意識，還顯現出某種程度上「詩歌烈士」在周倫佑一代叛逆青年那裡的高大位置。周倫佑虛構了這位詩歌「烈士」走上刑場的慘烈情形，而這虛構的一幕竟然帶有「預言性」的與後來張志新的命運如此驚人地相似——「槍殺他那天，我見到他最後一面：胸前掛著一塊紙做的大黑牌，上面寫著打了紅叉的『現行反革命犯』幾個大字。粗大的繩索反綁著雙手，由於久日不見陽光，臉色顯得異常的蒼白，但神情依然鎮靜如故。圍觀的人很多，大都表現得麻木不仁，只有那些血液沒有凝固變冷的青年，感到一些震動，不時從胸中發出幾聲歎息。在押赴刑場時，他在人群中發現了我，臉上頓時露出他那特有的甜美的笑容。他張開嘴，動了動嘴唇，但是沒有聲音。走過了，他又轉過身來對我點了點頭——這該是他最後的告別詞吧！後來我才聽說：在監獄裡宣布了他的死刑判決後，因為怕他第二天在刑場上發表蠱惑人心的『反動』言論，劊子手們便依據慣例，將一根細鐵絲穿過他的舌頭……就這樣，在他被槍殺的前夜，劊子手便用最殘忍的手段，迫使他沉默，窒息了他的聲音。這說明他們的神經是何等的脆弱！這正是他們的統治必然要崩潰的朕兆。」[3]虛構的歷史竟然抵達了歷史最為真實又最為殘酷的內核！1975年4月4日清明節前一天，張志新（1930-1975）被押至瀋陽

---

[2]　周倫佑：《生命的呼籲》，列印稿。
[3]　周倫佑：《生命的呼籲》，列印稿。

郊外大口刑場執行槍決。臨刑前她被割斷了喉管——「我看見她最後穿的那件囚服，號碼很大，像一件男人的衣服，領於、前胸泅濕一大片，全是血跡。還有行刑前的一張照片：她跪在地上，五花大綁，面容扭曲，脖子上掛著一塊『現行反革命犯張志新判處死刑立即執行』的牌子。當時我飛快地用炭筆素描下來，她的喉管當時已經被割斷，臉扭曲得根本沒了人形。後來畫的時候做了些處理，不像照片那麼慘烈。」[4]1976年周倫佑和歐陽黎海都在西昌農專工作。文革時期周倫佑等人企圖創辦一份油印刊物《鐘聲》，但最終因種種原因而放棄，「但從這裡已可看到十年以後誕生的《非非》雜誌的雛形」（周亞琴語）。作為這一文學圈子中少有的女性成員，周亞琴在單位裡被視為資產階級思想嚴重的「准敵人」，因為她不僅穿著喜好與眾不同，而且還與單位的一些「右派」有交往。1976年的「四·五」運動發生後遠在西昌的周倫佑在激動而悲憤的心情下完成了《民主死了，民主萬歲》一詩，「有誰的逝去引起過我們這樣深切的悲痛？／還有誰，能贏得人民這樣多的眼淚？／我們哀悼他，就是哀悼那多難的民主啊，／他死了，倒塌了民主的最後一座堡壘！／多少年來，他用高大的身軀庇護著人民的利益，／今天他死了，再沒有人為我們舉起正義的手臂……／沒有水晶棺，也沒有雄偉的陵墓，／在千萬人心裡卻矗立著一座非人工的紀念碑……／——哦，民主，民主死了，民主萬歲！」周亞琴連夜將這首詩抄成大字報並準備祕密帶往北京到天安門張貼。當周倫佑和周亞琴等人準備出發前突然從收音機中聽到運動被鎮壓的消息。這次行動只能胎死腹中。如果沒有那臺收音機，那麼作為「外省」詩人最早到天安門張貼詩歌大字報的就有可能是周倫佑等人，而不是黃翔等人。但巧合的是二者都身處西南邊地，為什麼偏偏是遙遠的西南邊地較之其他地方要更為敏感和尖銳呢？因為周倫佑的那些詩

---

[4]  李宗陶：《藝術家李斌打進臺灣市場》，《南方人物週刊》，2006年第7期。據近年來的相關資料包括當年深入調查張志新案件的記者陳禹山竟曝出張志新當年入獄除了政治原因外還有一個是被噤口不提的原因是「婚外戀」。這些說法還有待考證。

歌極具挑戰性和反抗性，所以他們不得不四處藏匿詩稿。當時周倫佑
和周亞琴暫住在西昌農專圖書館的樓上，他們將詩稿藏在年久失修的
地板下。而1976年的一個深夜，周倫佑和周亞琴藏匿詩稿和日記的祕
密行動今天看來簡直就像當年的地下黨，「我用一張毛巾和一些舊布
縫了兩個布袋，把倫佑的詩稿、日記和我的日記裝好，並把口子用針
線縫緊，在一個有月亮的夜晚，我們將一張手巾蒙在手電筒上（這樣
手電筒的光就不會顯得太亮而引人注意），我們十分緊張的打著手
電筒，把樓梯下面的樓板撬開一塊，然後把詩稿放進去，再把撬開
的樓板照原樣釘好，我們不敢用釘錘，怕別人聽見聲音，只能用一
塊木板輕輕的敲打。」[5] 此後幾年周倫佑都是在戰戰兢兢中度過的，
「守著一座冰山／我一口一口／吞食著冷漠的冰」（《我守著一座冰
山》）。當這些詩稿後來被取出來時，儘管有布袋裝著但是有些已經
發潮變黴，有的則被老鼠咬齧過。幸運的是，周倫佑的詩集《青春的
挽歌》和長詩《刺刀與玫瑰》（1973年10月3日初稿，10月31日二稿
改定於西昌醫院外科病房）以及一些日記倖免於難。在文革結束後周
倫佑卻因「惡毒攻擊毛主席」的罪名而被隔離審查。隨著思想解放的
1980年代的到來，周倫佑等人的文學活動範圍不斷擴大。尤其是1983
年周倫佑被借調到《星星》詩刊擔任見習編輯期間與成都的詩人廖亦
武、黎正光和楊黎等有了深入交往。1984到1985年間周倫佑在西昌工
人文化宮和西南師範大學以及成都、武漢等多所高校舉辦的數場詩歌
講座爆滿的盛況成為那一時代急需思想啟蒙一代人的絕好證明。而在
這些講座上周倫佑的詩學思想逐漸成熟，這成為「非非」理論的重要
基礎。當時周倫佑提出了象徵的三個層次（比喻想像、象徵想像和直
覺想像）、超越「三個現實」（超越心理現實、社會現實和三維空間
現實）以及「三逃避」（逃避知識、逃避思想、逃避語法）的方法。

---

5  周亞琴：《西昌與非非主義》，《懸空的聖殿——非非主義二十年圖志史》，周倫
　　佑主編，西藏人民出版社，2006年版，第60頁。

這些相關的講座內容後來周倫佑將之整理為影響巨大的文論《非非主義詩歌方法》當中。

1986年，周倫佑、藍馬等詩人在南昌小城路邊的一個極其普通的火鍋店裡激烈地討論著一個後來在詩歌史上留下的一個強大詩學觀念「非非」，而「非非」也成為整個80年代延續時間最長的詩歌流派。

1986年5月17日在由西昌開往成都的火車上周倫佑和藍馬激動地交換閱讀了雙方的文章。周倫佑的長篇文章是《非非：當代藝術啟示錄》（刊發時更名為《變構：當代藝術啟示錄》），藍馬的文章標題為《前文化主義》。周倫佑覺得「前文化主義」這種提法有些不妥，在周倫佑的反覆勸說下藍馬同意將文章更名為《前文化導言》。而「非非」誕生前二人在火車上的小小爭論在周倫佑看來為日後「非非」內部的矛盾種下了前因。《非非》在成都創刊時，周倫佑、楊黎、藍馬、尚仲敏和敬曉東在郊外的一條河邊合影留念。而四川詩人容易鬧分裂的性格在「非非」這裡也有鮮明地體現。在「非非」成立過程中，經楊黎的堅持和万夏的再三要求，万夏加盟「非非」。1986年5月29日夜裡周倫佑和藍馬由成都乘火車返回西昌，但是6月3日到9日這幾天在周倫佑看來簡直成了「非非」的災難——「在成都的非非主義成員楊黎、敬曉東在万夏的策動下，瞞著周倫佑和藍馬，對正在排版過程中的《非非》創刊號作了違反《非非》初衷，並足以毀掉《非非》創刊號和整個非非主義的內文大變動！他們不僅把整本《非非》創刊號的內文版面改得亂七八糟，無法辨認，而且在正文的一前一後（封二和封三）加上了兩篇反對非非主義的文章和談話！」[6]而按照楊黎的說法万夏還企圖把周倫佑的主編也換掉。周倫佑對此不能不大為惱火！在趕往成都的銀河印刷廠制止了楊黎等人的「政變」後，他對楊黎說「我允許每一個和我共事的朋友背叛我三次。加上

---

6　周倫佑：《非非主義編年史綱》，《懸空的聖殿——非非主義二十年圖志史》，西藏人民出版社，2006年版，第129頁。

『詩協政變』和這一次，你已經背叛我兩次了」。而辦《非非》的周倫佑出資的600元印書款以及外地作者寄來的助刊費800多元竟然被楊黎抽煙、喝酒全部花光。即使如此，歷經磨難和戲劇性命運的《非非》創刊號面世時，開篇的詩作仍然是楊黎的《冷風景》。而「非非」此後能夠長時間地延續下來與周倫佑本人的胸襟不無關係。

　　周倫佑在《變構：當代藝術啟示錄》的開篇就引用了喬治・桑塔亞那的話──「在藝術中異端便是正統」。而至於他們所宣導的「語言還原」、「感覺還原」和「意識還原」以及「逃避知識」、「逃避思想」和「逃避意義」則表達了當時特有的詩歌理想和破壞、重建的衝動與詩歌情緒，但是這一切實踐起來卻是十分艱難的。「莽漢」詩歌具有歷史和美學的雙重意義和價值，但是「莽漢」詩歌以及在文化和語言立場更為「過火」的「非非」顯然仍然不是真正意義上的「個性」和「個人化」寫作。在言說方式上他們企圖從象徵、隱喻系統回到「原初」的語言方式並恢復詩歌的日常性。當然這僅限於一部分「第三代」詩人的寫作傾向（如「莽漢」和「他們」），而另一些詩人仍然在「朦朧詩」的話語體系下寫著「尋根詩」和「歷史詩」。在80年代的先鋒詩歌運動中理論闡釋得最為充分和最具系統感的非「非非」莫屬，甚至非非主義的理論建構極其宏大駁雜。當我們翻開「非非主義」的詞典，我們迎面遇到的就是前非非主義、後非非主義、非非感、非非意識、非非狀態、非非價值、非非方式、非非描述、非非結構、非非還原、非非理論、非非語言、非非語境、非價值對立、非抽象、非崇高、非修辭、非確定等等。這一切讓足以詩歌理論家和詩人們眼花繚亂，而吊詭的是理論越為多極和宏大也就容易導致詩歌實踐的難度甚至會走向理論建設意義上的自我消解。在非非主義中另一個關鍵字和方法是「變構」，他們強調的是變構詩學、價值變構、藝術變構、語言變構、修辭變構、觀念變構、方法變構、風格變構、形式變構、遞進式變構、逆向式變構、移置式變構、偏移式變構、綜合式變構、還原式變構。而當這些理論進入到寫作實踐當中的時候，這

些詩人能夠承擔得起嗎？

　　「非非」的主將楊黎給人第一印象就是充滿挑釁和好鬥。楊黎在更為極端的意義上呈現了西南詩人性格中極端的一面。幾年前楊黎在北京參與製造的一系列詩歌事件令人生厭，比如支持「梨花體」趙麗華的「第三極」的裸體朗誦、無疾而終的詩歌手稿拍賣以及「自我囚禁」卻幾天之後即翻窗逃跑。此時的楊黎離詩歌越來越遠。

　　而1980年代的楊黎，與詩歌發生關係的楊黎還是有其不可替代的價值的。這從他當年的詩歌履歷中可以有所體現。這個六歲對女性產生極度興趣，十二歲開始喜歡文學，十五歲與同學成立詩社，十八歲剛剛成年即與人同居並在銀行幹部學校與王鏡炮製民刊《鼠疫》，二十歲開始此處漫遊，二十四歲圍繞「非非」進行活動並成為主將，一年後隨李亞偉、藍馬、吉木狼格等人去海南並同年與小安結婚。此後仍然是全國出走、創辦公司、開酒吧、找女人「打炮」。楊黎的《街景──「獻給阿蘭・羅布－格里耶」》[7]、《高處》、《中午》、《怪客》、《旅途》、《撒哈拉沙漠上的三張紙牌》等詩歌看起來是建立於閱讀基礎上對法國「新小說」的主將阿蘭・羅伯・格里耶（Alain Robbe-Grillet）的仿寫。而更準確地講楊黎實際上是與李亞偉的「莽漢」的口語一脈將客觀、冷靜和中性的敘述發揮到了當時的高度。實際上包括普魯斯特、紀德、薩特、羅馬爾、保爾・瓦雷里和安德烈・布勒東等人都對自己所處時代和傳統的小說的慣用手法進行過譴責和評判。在此意義上繼存在主義之後在上個世紀五六十年代興起的「新小說」確實在傳統小說之外拓寬了小說的文體形式。一般意義上法國的「新小說」指涉50年代初嶄露頭角的4位作家娜塔麗・

[7]　值得注意的包括柏樺、尚仲敏、周倫佑以及後來的新詩批評家和新詩史寫作者都將楊黎的詩《街景》錯傳成了《冷風景》，「這誤會，就是人們非常願意把我的《街景》說成是《冷風景》。這一誤會，始於尚仲敏，成於周倫佑，推廣於姜詩元和他當時所在的《詩歌報》」。參見楊黎：《燦爛：第三代人的寫作和生活》，青海人民出版社，2004年版，第95頁。

薩洛特、阿蘭・羅布－格里耶、西蒙和布托爾。而作為文學史概念
「新小說派」卻遲至1971年才出現。需要注意的是「新小說」作家
儘管在一般文學史和各種研究中反覆出現的是娜塔麗・薩洛特，阿
蘭・羅布－格里耶等4人，但是其他的如克洛德・奧利埃、羅貝爾・
潘熱、讓・里卡爾杜、瑪格麗特・杜拉斯和薩繆爾・貝克特等都是重
要的「新小說」作家，但因為瑪格麗特・杜拉斯和薩繆爾・貝克特等
拒絕參加1971年的討論會而沒有進入「新小說」家的名單。客觀地講
與其說「新小說」是一種理論毋寧說其是一種探索，是對西方文學自
蘇格拉底、柏拉圖和亞里斯多德以及巴爾扎克等人形成的以道德論為
目的以認識論為手段的藝術本體論的反撥。正是不存在一種純正的、
超級的擺脫一切意識形態和權力作用的元語言，所以只能從語言內部
入手進行改造也就成了「新小說」的一個重要途徑。格里耶在他的小
說敘述中充分展示了一個攝影師和測量師一樣的科學主義和自然主義
的傾向，「無論何時何地，羅伯－葛利葉都在測量著、計算著，非常
精確：從陽臺的面積到卓上的餐具套數，從香蕉樹上香蕉的個數到從
地上撿起的繩子的長度，從旅館後面的幾何形花園到旅館內的羅可哥
式裝飾藝術，等等」[8]。楊黎在詩歌領域延續了這種探索和挑戰。當
年接受美學的創始人姚斯將現代的審美接受分為否定性的審美接受樣
式和間接肯定性的審美接受樣式，而楊黎等「非非」詩人的寫作恰恰
就是姚斯所說的這種否定性審美接受樣式。即這些詩人的作品具有
破壞讀者既有的閱讀模式、接受模式並消除閱讀的審美愉悅，拒絕
一般性交流從而在暗中破壞了審美經驗的形成[9]。楊黎寫於80年代初
的《街景》是先鋒詩歌較早的「客觀化」抒情方式的探索之作。深有

---

[8]　韋遨宇：《對小說自身本質的有益探索——試論20世紀法國小說概念的革新》，張
容譯，柳鳴九主編：《從現代主義到後現代主義》，中國社會科學出版社，1994年
版，第101頁。
[9]　H・R・姚斯，R・C・霍拉勃：《接受美學與接受理論》，周寧、金元浦譯，遼寧
人民出版社，1987年版。

意味的是這首詩的副標題就是「獻給阿蘭‧羅布－格里葉」的，「這條街遠離城市中心／在黑夜降臨時／這街上異常寧靜／／這兒是冬天／正在飄雪／／這條街很長／街兩邊整整齊齊地栽著／法國梧桐（夏天的時候／梧桐樹葉將整條街／全部遮了）／這兒是冬天／梧桐樹葉／早就掉了／／街口是一塊較大的空地／除了兩個垃圾箱外／什麼也沒有」。這正如後來楊黎自己所說是對以往詩歌語言和修辭方式的否定。而在周倫佑看來楊黎自始至終是一個拙劣的模仿性寫作者[10]。在「非非」中除了楊黎之外，餘剛也受到了法國「新小說」的影響。餘剛在這一時期模仿阿蘭‧羅布－格里耶的小說寫出了詩作《海濱》和《照相現實主義者和形式主義的死亡》。而「非非」後期則從最初的語言實驗轉向了語言遊戲，比如餘剛根據《英漢詞典》寫出了極端文字遊戲意義上的《東西》。就「非非」的語言意識而言，無論是楊黎等人的「口語實驗」還是周倫佑的「清理語言」以及藍馬的「取消語言」都呈現了那一時代的先鋒詩歌強烈的語言策略。

　　需要注意的是以楊黎為代表的所謂「客觀化」和「中性化」寫作也絕非是純粹客觀的寫作。只要是作為主體的人不管其如何儘量避免主觀感情和道德認知對所寫事物的介入但最終都帶有情感因素。區別只是在於情感的程度和體現方式。尤其是當作家運用語言時，語言作為長期的傳統、文化甚至政治的產物其蘊含的道德意識和固化觀念又如何能完全避免呢？那麼在這一點上考量「非非」，顯然其極端的試圖顛覆語言、清洗文化和意識的「還原」的努力只能是當時80年代先鋒詩歌精神的一種極端體現而已。無論是從理論上還是詩歌實踐上「非非」都有著一定的時代局限性。這從當時有著重要影響的「前文化理論家」藍馬操刀的「非非主義宣言」能夠得到「自我矛盾」式的驗證──「一個點是非非，一個面是非非，一種滋味還是非非，天也

---

[10]　周倫佑主編：《懸空的聖殿──非非主義二十年圖志史》，西藏人民出版社，2006年版，第243頁。

是非非，地也是非非，一個月亮非非，兩個月亮更非非，而寶石特別非非，不過桃子也同樣非非……一切皆非非，直覺亦非非」[11]。一定程度上「非非」進行了自我消解和自我顛覆。當然不可否定的是以周倫佑和楊黎為代表的「非非」詩人的文本實踐還是具有實驗性、創造性和啟示性的，比如何小竹寫於1985年的《葬儀上看見紅公雞的安》、《牌局》、《大紅袍》等。說到何小竹一般研究者都把他視為「非非」的代表詩人和重要參與者，但是周倫佑卻認為何小竹與非非主義沒有什麼必然的關係。

　　而「非非」這種極端意義上的詩歌精神、語言意識和文化策略正是當時以四川為首的「第三代」人提供給當代詩歌的重要精神資源之一。當然一定程度上降低作者情感敘述的口語方式也導源了後來一些詩歌寫作者的日常化和口語化傾向的氾濫。

　　「他們」的主將韓東有一首詩《甲乙》與楊黎的詩歌以及「新小說」傳統屬於同一個話語譜系：「甲乙二人分別從床的兩邊下床／甲在系鞋帶。背對著他的乙也在系鞋帶／甲的前面是一扇窗戶，因此他看見了街景／和一根橫過來的樹枝。樹身被牆擋住了／因此他只好從剛要被擋住的地方往回看／樹枝，越來越細，直到末梢／離另一邊的牆，還有好大一截／空著，什麼也沒有，沒有樹枝、街景／也許僅僅是天空。甲再（第二次）往回看／頭向左移了五釐米，或向前／也移了五釐米，或向左的同時也向前／不止五釐米，總之是為了看得更多／更多的樹枝，更少的空白。左眼比右眼／看得更多。它們之間的距離是三釐米／但多看見的樹枝都不止三釐米／他（甲）以這樣的差距再看街景／閉上左眼，然後閉上右眼睜開左眼／然後再閉上左眼。到目前為止兩只眼睛／都已閉上。甲什麼也不看。甲系鞋帶的時候／不用看，不用看自己的腳，先左後右／兩只都已系好了。四歲時就已學會／五歲受到表揚，六歲已很熟練／這是甲七歲以後的某一天，三

11　藍馬：《非非主義宣言》，《非非》，1986年第1期。

十歲的某一天或／六十歲的某一天，他仍能彎腰系自己的鞋帶／只是
把乙忽略得太久了。這是我們／（首先是作者）與甲一起犯下的錯誤
／她（乙）從另一邊下床，面對一只碗櫃／隔著玻璃或紗窗看見了甲
所沒有看見的餐具／為敘述的完整起見還必須指出／當乙系好鞋帶起
立，流下了本屬於甲的精液。」韓東的這種儘量客觀化和陳述式的
「呈現式」寫作方式讓我想到的則是格里耶在《嫉妒》中對橡膠樹林
的極端化的「精確」與「客觀」描寫，「左起第二排樹，要是在一個
矩形中的話，應該有二十二株（因為植株之間是梅花點陣的排列方
式）。如果是在一個規則的梯形中，也同樣會是二十二株，因為梯形
兩腰所造成的形變在這麼近的距離內還僅僅是勉強能辨認出來。這裡
的第二排樹事實上的確是二十二株。可是，到了第三排就不是像矩形
中那樣恢復為二十三株，而仍然停留在二十二株」[12]。而先鋒小說中
的這種客觀化敘事則要遲至1988年。該年格非完成了他飽受爭議也頗
受關注的先鋒小說《褐色鳥群》。其中最具代表性的一段描寫是：
「她的栗樹色靴子交錯斜提膝部微曲雙腿棕色——咖啡色褲管的皺褶
成溝狀圓潤的力從臀部下移使皺褶復原腰部淺紅色——淺黃色的凹陷
和胯部成銳角背部石榴紅色的牆成板塊狀向左向右微斜身體處於舞蹈
和僵直之間笨拙而又有彈性地起伏顛簸。」而更為具有意味的是這
段話在文中重複了兩次。

　　1988年3月12日周倫佑辭去西昌農業專科學校的公職而全身心投
入到「非非」當中。1988年4月7日西昌農專做出批復：「校內各單
位：校黨委研究決定：同意周倫佑同志要求從1988年3月12日起辭去
公職的申請。特此通知」。而這份批復最下面的一行備註文字意味深
長：「報：省委宣傳部，涼山州委宣傳部、公安處。」之後，西昌農
專還給周倫佑辦理了四川省人事局印製的科技和管理人員的《辭職

---

[12] 阿蘭·羅伯-格里耶：《嫉妒》，《嫉妒·去年在馬里安巴》，李清安、沈志明
　　譯，譯林出版社，1999年版，第27頁。

證書》。1988年8月，廖亦武在成都進行「統一川軍」排斥周倫佑和「分裂」非非主義的活動。

1989年8月周倫佑因病到西昌仙人洞閉關修煉，自此「非非」進入所謂的以紅色寫作和體制外寫作為中心的後非非寫作轉型期。儘管周倫佑認為1989年之後的「非非」仍在延續著先鋒立場和「體制外寫作」的姿態，但是很多研究者都認為作為流派的非非主義已經在這一年宣告終結。

# 秦淮舊夢與先鋒新聲

我所要論及的1980年代詩歌視閾中的「江南」已經不再是政治經濟地理版圖上的長江三角洲，而是經過了詩性主體創設和文字構造成的精神圖景和文化景觀。

儘管當年的魯迅作為典型的江南人曾對江南表現過不滿，如他所說的「我不愛江南，秀氣是秀氣，但小氣」，但是無論是對於眾多的南方本土作家還是對於外省尤其是北方作家而言江南顯然已經不單是一個地理概念和地域形象，而更多帶有文化氣象和文學性格的象徵，「較之地理、行政和經濟概念，作為文化區域的江南更難界定。因為江南是一個特定的名字，是一種流行的詩意暗示、想像出的豐富形象」[1]。

作為一個江南之外的旁觀者我不能避免像浙江的一個小說家曾經批評的那樣帶有刻板印象和慣見，「吳越這一塊，也慘得很，被蒙上了不白之冤。而今人們（尤其是北方的同志）談起吳越文化，就只曉得它的風花雪月、小家碧玉、秦淮名妓、西湖騷客」[2]。但無論如何「江南」在中國先鋒詩歌地理版圖上已經成了一種特殊的文化場域和文學想像的空間，「我不禁迎了上去：對，到江南去！我看見／那盡頭外亮出十里荷花，南風折疊，它／像一個道理，在阡陌上蹦著，向前撲著」（張棗：《到江南去》）。而出生於重慶的柏樺在到過江南之後更是在2005年7月寫給北島的信中激動而自豪地高喊——「我剛到過偉大的江南」。北島也對江南文化由衷地讚歎，「如果說江南

---

[1] 高彥頤：《閨塾師——明末清初江南的才女文化》，江蘇人民出版社，2005年版，第23頁。

[2] 李杭育：《理一理我們的「根」》，《作家》，1985年第9期。

文化是個獨特的氣場的話,那麼在其中凝聚著當代漢語詩歌的巨大能量,蓄勢待發」[3]。

柏樺有一個關於詩歌地理和風水不斷南移的說法,即首先是北京的「今天派」(1978-1985),接著風水轉向四川(1985-1992),此後則詩歌風水繼續東移抵達江南(1992- )[4]。從這種判斷出發柏樺不能不對「江南」另眼相看,「當地的江南詩人及古鎮風景令我產生了一個信念,那就是中國的詩歌風水或中國詩歌氣象不僅已經轉移到江南,而且某種偉大的東西就要呼之欲出」[5]。我基本同意柏樺說的文革之後的先鋒詩歌確實存在著由北京漸次向西南的位移和地方性的變化,但是說1992年之後詩歌風水在「江南」是我所不能完全認同的。首先柏樺所提出的詩歌風水在「江南」是基於他個人的詩歌觀察和感受,而柏樺是一個明顯有著濃重的「江南」情結的詩人。因為他的氣質和詩歌精神正需要想像和文化中的「江南氣象」予以補充和印證。另一方面柏樺的「詩歌風水在江南」的這個說法是專為南方的楊鍵、龐培、陳東東、小海、長島、王寅、潘維等7位詩人的詩集所寫的文章。這更多是朋友間的相互賞識,而不具備更大視野下對中國詩歌的綜合考察。這僅為一家之言,還缺乏應有的佐證。當然江南詩歌的文人雅集傳統尤其是二十世紀初期柳亞子等南社詩人在虎丘的雅集以及二三十年代的鴛鴦蝴蝶派在蘇州的文學聚會確實是南方文學氣象的文脈之一。蘇州確實以其安靜、陰柔、溫潤和清雅成為文化和文學滋生和成長的最為合宜的城市。

不管90年代的詩歌風水是否在「江南」,我們應該予以關注的是無論是江南還是北方正在遭受著前所未有的城市化和去地方化時代的挑戰和損毀。

---

[3]　陳東東編:《將進酒》,封底,上海文藝出版社,2010年版。
[4]　柏樺:《左邊──毛澤東時代的抒情詩人》,江蘇文藝出版社,2009年版,第223頁。
[5]　柏樺:《左邊──毛澤東時代的抒情詩人》,江蘇文藝出版社,2009年版,第231頁。

　　作為六朝古都、東南重鎮的南京（又稱金陵、秣陵、建康、建
業、昇州、上元、白下、江寧、集慶、應天，通過這些名字即可看出
南京的政治和文化根基以及動盪）卻在抗戰淪陷後漸漸失去了曾經的
光輝和顯豁的地位。而今我們更多的是在文學和詩歌記憶中回想當年
南京的繁華，「城裡幾十條大街，幾百條小巷，都是人煙湊集，金粉
樓臺。城裡一道河，東水關到西水關，足有十里，便是秦淮河。水滿
的時候，畫船簫鼓，晝夜不絕。城裡城外，琳宮梵宇，碧瓦朱甍，在
六朝時，是四百八十寺；到如今，何止四千八百寺！大街小巷，合共
起來，大小酒樓有六七百座，茶社有一千餘處」[6]。南京也曾在詩歌
史上譜寫過一次次傳奇，如南齊竟陵王蕭子良移居南京雞籠山西邸後
所形成的雅集唱和以及文人集團，也即以沈約、謝脁、王融為代表的
竟陵八友。

　　南京東倚鐘山、北臨長江。六朝古都、金陵春夢的南京曾因為
李後主的「隔江猶唱後庭花」、歷來南渡和遊歷的著名詩人的歌詠以
及曹雪芹的「秦淮風月憶繁華」而成就了漢語古典詩歌美學的經典之
地。即使在工業和商業油污氾濫的今天，這個城市仍然會給我們在不
經意間顯現它曾經偉大而讓人浮想聯翩的詩意、清雅和嫻靜的一面，
「每年四月半後，秦淮景致漸漸好了。那外江的船，都下掉了樓子，
換上涼篷，撐了進來。船艙中間，放一張小方金漆桌子，桌上擺著宜
興砂壺，極細的成窯，宣窯的杯子，烹的上好的雨水毛尖茶」[7]。餘
懷在《板橋雜記》中也曾盛讚南京「秦淮燈船之盛，天下所無。兩岸
河房，雕欄畫檻，綺窗絲障，十里珠簾」。而張岱對秦淮河的描述
更是極盡語言之能事，「河房之外，家有露臺，朱欄綺疏，竹簾紗
幔」，「船如燭龍火蜃，屈曲連蜷，蟠委旋折，水火激射。舟鏃鈸星

[6]　吳敬梓：《儒林外史》，第二十四回「牛浦郎牽連多訟事　鮑文卿整理舊生涯」，
　　人民文學出版社，1958年版，第136頁。
[7]　吳敬梓：《儒林外史》，第四十一回「莊濯江話舊秦淮河　沈瓊枝押解江都縣」，
　　人民文學出版社，1958年版，第186頁。

鐃，宴歌弦管，騰騰如沸」[8]。而南京的繁華、脂粉氣和某種消頹的沒落貴族氣也使得這裡的文人不免有些「英雄氣短」。難怪當年的詩人薩都剌登上石頭城會發出這樣的慨歎「一江南北，消磨多少豪傑」，也無怪乎後來的魯迅所揶揄的「滿洲人住江南三百年，便連騎馬也不會騎了，整天坐茶館」。南京盛產亡國之君，如南朝梁武帝蕭衍、陳後主陳叔寶和五代南唐後主李煜，也未必全是歷史的巧合。這個金粉之地甚至連歌妓都是如此的出名，美其名曰「秦淮八豔」（柳如是、陳圓圓、董小宛、李香君、馬湘蘭、卞玉京、顧橫波、寇白門）。

占水資源83％的南方其氤氳蔓延的水氣所形成的詩歌氣候顯然與北方有著明顯差異。期間，江浙一代的詩歌曾一度在新文學史上有著重要的地位，「如果說五四時期文學的天空群星燦爛，那麼，浙江上空的星星特別多，特別明亮。這種突出的文學現象應該怎樣解釋？除了越人自古以來自強不息、恥為人後這些文化心理因素之外，是不是和最近100多年浙江得風氣之先，反清救國走在前列，去外國的留學生也特別多有關係呢？」[9]而更廣泛意義上的「南方」曾長期代表了中國文學和文化的發源地和令人浮想聯翩的精神葳蕤之地，「在每一個國家，南方並不是一個地理位置，一般來說更不是工業發展的條件。它卻象徵著藝術創作的地方。在那兒，個體的人通過想像力的表現，在一個封閉的和工匠式的方式中來反抗主流文化。在這個意義上說，南方代表了典型的藝術空間，一個反抗外部環境的個人的想像空間。」[10]

江蘇詩歌在百年漢語詩歌版圖上無疑具有著重要地位，劉半農、卞之琳、朱自清、辛笛、唐祈、杭約赫、瞿秋白、聞捷、沙白等成為

---

[8]　張岱：《秦淮河房》，《張中子小品》，魏崇武選注，文化藝術出版社，1996年版，第52頁。

[9]　嚴家炎：《二十世紀中國文學與區域文學叢書總序》，李怡：《現代四川文學的巴蜀文化闡釋》，湖南教育出版社，1995年版，第6頁。

[10]　于堅：《滇風·主持人的話》，《上海文學》，1997年第4期。

詩歌夜空璀璨的星辰。尤其是以1986年為標誌的「第三代」詩歌運動甚至成了江蘇青年先鋒詩人集體登場和狂歡的舞臺。在1986年的中國現代詩群體大展中江蘇以9個詩歌群體和流派（共涉及24位詩人）而屈居四川之後。他們是韓東、丁當、小海、于堅、小君、普璟的「他們」，海波、葉輝、祝龍、林中立、亦兵的「日常主義」，柯江、閒夢的「東方人詩派」，朱春鶴、趙剛「新口語」，川流、姚渡的「超感覺詩」，楊雲寧、麇志強的「闡釋俱樂部」，王彬彬、靜靜的「色彩派」，貝貝、岸海的「呼吸派」，程軍的「新自然主義」。這在當年的詩群大展甚至是中國漢語新詩史上都是非常罕見的現象。而新世紀以來舉行的「三月三」詩會顯然成為「江南」詩學的再次復甦，「三月三是一個古代詩歌的節日，作為她地理上的原樣，江南水鄉所扮演的，甚至超過了詩詞歌賦本身。農曆三月三，江南鶯飛草長，楊柳岸曉風殘月，垂柳拂動所有中國各省詩人的臉龐，彷彿是陶淵明《桃花源記》之外又一段佳話。多數出席者甚至不是沖著詩歌，而是沖著這塊土地上神祕的節令而來……1633年（癸酉春）中國江南省就有了地球上最早的詩歌節。」[11]

以江浙為代表的「南方」詩歌可能像陳東東所說的帶有更多的感性成分，更熱烈、柔媚、繁複和細緻，也更有夢和幻想的成分。而相較言之北方則更為理性、神聖、冷峻、剛毅、簡明、粗獷以及清醒和現實[12]。然而可惜的是由於諸多原因在當代漢語詩歌史上南京很長時期處於「無聲」的存在。這是否也在更為內裡的層面暗合了江南詩歌隱逸的古典傳統？南京在當代詩歌歷史中曾經在文革時期留給我們一首轟動一時的《知青之歌》（原名為《我的家鄉》）──「藍藍的天上，白雲在飛翔，／美麗的揚子江畔可愛的南京古城我的家鄉，／啊……雄偉的大橋橫跨長江威武雄壯，／巍峨的鐘山就虎踞在我的家

[11] 2010年泰和江南江陰三月三「半農詩會」宣傳冊。
[12] 陳東東：《二十四個書面問答》，《明淨的部分》，湖南文藝出版社，1997年版，第239頁。

鄉。／／告別了媽媽，再見了我的家鄉，／金色的學生時代（就伴隨著青春的史冊一去不復返／啊……未來的生活多麼艱難多麼漫長，／生活的道路就奪去了我的理想）／已載入了青春的史冊一去不復返，／啊……未來的生活多麼艱難多麼漫長，／生活的腳步深淺在偏僻的異鄉」／／跟著太陽出，伴隨著月兒歸，／沉重地修理地球是我那終生的職責我的命運，／啊……（心上的人啊告別了你奔向遠方，／愛情的花朵就永遠不能開放）／用我們的雙手繡紅地球赤遍宇宙，／憧憬的明天象信吧一定會到來……。這首歌的作者是畢業於南京第五中學（66屆高中生）的任毅，當時是在他下鄉插隊江浦縣時寫成的。任毅卻因為當時蘇聯莫斯科廣播電臺播放這首歌而身陷囹圄。而此後，南京詩歌也只是在1980年代的先鋒詩歌大潮中才開始湧現了一批有個性的詩人。

當我一次次看到韓東1980年代照片的時候，這個瘦弱的南京詩人一貫地戴著他的眼鏡，一貫的休閒服裝和麵無表情。這種波瀾不驚的內隱和理性的影像正好與那些成都詩人和上海詩人產生了不小的反差。這似乎也顯示了某種因為地方和文化性格所帶來的詩歌美學和詩人行為上的差異。1985年韓東在北京見到了北島、多多和駱一禾等詩人。1985年3月《他們》正式出刊。當韓東等「他們」詩人已經在南京甚至南方詩歌聲明赫赫的時候，另一位西南詩人柏樺才於幾年之後在南京與韓東相遇。這位西南詩人才開始驚訝於南京之美和江南詩歌風水的溫潤與偉大。

南京曾在一個時期裡給那些從外地來到這裡的詩人留下了極其曖昧的印象。這個城市曾經有過的繁華、榮光連同苦難似乎一起被隱藏在歷史的深處。它留給詩人們的只是中國地理版圖上的一個省會城市，一個普通的世俗之地。而對於張棗而言南京這座城市的存在更多是因為這裡有他的一個朋友，一個從重慶來這裡工作的詩人兼大學教師柏樺，「你已經是一個／／英語教員。暗紅的燈芯絨上裝／結著細白的芝麻點。你領我／換幾次車，丟開全城的陌生人。／這是郊外，

『這是我們的住房──／今夜它像水變成酒一樣／／沒有誰會看出異樣。』燈，用門／抵住夜的尾巴，窗簾招緊夜的鬃毛，／於是在夜寬柔的懷抱，時間／便像歡醉的蟋蟀放肆起來。／隔壁，四鄰的長夢陡然現出噩兆。……我冥想遠方。別哭，我的忒勒瑪科斯／這封迷信得瞞過母親，直到／我們的銅矛刺盡她周身的黑暗」（張棗：《南京》）。

1988年，南京的夏天酷熱難耐。據相關材料顯示已經有六七百人死於這場空前的酷熱。

而在漸漸清涼的八月末的一個晚上，來自重慶的詩人柏樺在南京登岸。他即將開始為期四年的南京生活。

到達南京的當晚，柏樺來不及整理行裝就在一個並不顯眼的住宅社區瑞金北村5樓見到了韓東。這也開始了對於柏樺而言一生中非常重要的一個遊歷和詩歌寫作時期。儘管此時已經是1980年代的尾聲，轟轟烈烈的「第三代」詩歌運動已經草草偃旗息鼓，而理想主義的詩歌年代也即將收場，但是韓東和柏樺的這次見面仍然是典型的80年代式的。他們互相交換剛剛完成的詩稿，閱讀、點評、交流、飲酒、喝茶。我相信南京給柏樺的第一印象正呈現了曾經有著極其輝煌和燦爛歷程的江南詩歌文化一樣，南京在骨子裡是如此契合這位詩人的精神氣象。而當年南京所展現給柏樺的已經不是一般意義上的自然風景，而是文學、文化以及詩歌想像的風景。這種風景的無窮無盡的安靜展開恰恰呈現了詩歌地理文化因數的遺存力量，儘管今天看來這種力量正在經受全球化時代野蠻推土機的摧毀。在此我將柏樺第一次到南京時的心理感受和詩意文化的影響和震撼直接抄錄於此。我想它的力量遠遠超過我的聒噪和曲意的闡釋。

> 我的詩歌在江南等待著新的出發點。……吃罷精緻的素面和一盤豆腐乾絲我們登上寺後的古城牆，牆上生長著齊腰高的荒草，在爬滿青藤的城牆下面，曾流傳過多少古代此刻的傳

奇——他們就是從這密林殺出重圍，輕身躍過水中的小橋去某間密室做最後的一刺。我們漫步於長長的城牆，直到日影西斜、落霞散金，這時我已完全忘卻了旅途的疲勞。晚間我們去了繁華如織、燈火通明的夫子廟，汽車運送著遊客，店鋪五彩流光。紅樓、暗樹、風俗、綢衣、摩肩接踵的人流在古色古香的秦淮河兩岸一點也不顯得擁擠，倍添人間之趣。我們在平凡而親切的熱鬧間漫步勝於信步於幽寂的閒庭，韓東引我走上一座「車如流水馬如龍」的石橋，石橋的對岸就是典型的「秦淮人家」的深巷。月色朦朧下的烏衣巷依稀可見。[13]

　　由於當時柏樺工作的南京農業大學緊鄰著中山陵，在春夏秋冬不同的季節裡柏樺感受到「可怕的美已經誕生」。這種曾有的帝王氣象和難以言說的山水樹木，明孝陵的布滿青苔的拱門以及黃昏深處的民居和蒼老的城樓都給這位來自重慶的詩人上了一次生動的文化地理課。而更為可貴的是在南京這座時刻讓人充滿寬懷和想像力的城市仍然時時閃現出古典遺風的神韻。剛到南京不久，柏樺在騎著老舊的自行車穿過中山門。此時，成千上萬的市民正湧向城外到梅花山賞梅踏春。我們能夠在一次次的江南古詩的行間裡想像這種難得的詩意之美，江南之美。

　　南京特有的山楂酒調濃了一個外來詩人的詩意和愁緒。

　　不久之後，柏樺寫下了他到南京後的第一首詩作《往事》。在南京這座平和、安靜又有著理性和滄桑的「中年」之美的城市，秋風中微醺的詩人似乎感受到了毛澤東時代早已結束，一切都將成為往事。一個新的時代也即將在南京這裡不可阻擋地開始，「這些無辜的使者

---

[13]　柏樺：《左邊——毛澤東時代的抒情詩人》，江蘇文藝出版社，2009年版，第188-189頁。

／她們平凡地穿著夏天的衣服／坐在這裡，我的身旁／向我微笑／向我微露老年的害羞的乳房／／我曾經多麼熱烈的旅途／那無知的疲乏／都停在這陌生的一刻／這善意的、令人哭泣的一刻／老年，如此多的鞠躬／本地普通話／溫柔的色情的假牙／一腔烈火／／我已集中精力看到了／中午的清風／它吹拂相遇的眼神／這傷感／這坦開的仁慈／這純屬舊時代的風流韻事／／呵，這些無辜的使者／她們頻頻走動／悄悄叩門／滿懷戀愛和敬仰／來到我經歷太少的人生」。1988年夏末初秋柏樺在南京寫下的這首《往事》已經呈現出詩歌應有的節制和平和，而與此前柏樺詩歌的尖銳有了不小的差別。這既是當時詩人遊歷江南最初的觸動，也帶有個人命運和南京的特殊氣息，「其中彌漫著南京的氣味，樹木、草地、落日的氣味，江南遊子、身世飄零，其間又夾著一點洋味。是我如此，還是江南如此，彷彿有某種命運的契合」[14]。在柏樺看來詩歌中的地理是容納廣泛的，這些地名已經不再是簡單的地貌和氣候、環境，而是在新的指意系統中有了豐富的所指，「這便是一詞多義或符號多價性的結果。如我的一行詩『好聽的地名是南京』，這裡『南京』這個能指已經包含了多個所指，如江南、漢風、古都、中國哀愁、甚至我熱愛的明代的二個文人，如南京的王月生、柳敬亭，他們也流動在『南京』這個能指之中」[15]。

　　儘管柏樺在南京的時間只有四年，但是這些時日的南京顯然以其難以言說的地方文化和詩歌氣象深深影響甚至改變著像柏樺這樣一個詩人以及寫作。而近些年引起激烈爭論的雲南詩人雷平陽的《瀾滄江在雲南蘭坪縣境內的三十七條支流》將詩歌和「地理」的關係推到了極致，此外還有陳先發的《魚簍令》等。至於當年柳永的「東南形勝，三吳都會，錢塘自古繁華」更是因為對杭州的極盡詩意的描述和空前的繁華景象而引起金主完顏亮投鞭渡江之意（《鶴林玉露》）。

---

[14]　柏樺：《今天的激情：柏樺十年文選》，上海人民出版社，2006年版，第100頁。
[15]　柏樺：《今天的激情：柏樺十年文選》，上海人民出版社，2006年版，第148頁。

可見在一定的條件下，一個地方會產生奇妙的心理影響和文化的集體無意識，「它使我過去的尖銳變得柔和，既硬又軟，或許南京的地理及風物潛在地影響了我。我曾說過我在南京經歷了一次風景整容術」。至於柏樺南京時期的這些詩作「那是我對南京——我心目中最美麗的城市的一次獻禮！至於對南京的感受是如何獲得的，這就一言難盡了。但我曾生活在那裡，我的飲食起居便順應那裡的節律，日復一日，連續四年，我自然就有了一點『金陵春夢』的味道」[16]。

---

[16] 柏樺：《今天的激情：柏樺十年文選》，上海人民出版社，2006年版，第257-258頁。

# 海上柔靡與都市想像

> 當我在街頭兀立
> 一片風猛然襲來
> 我看見一個陌生的我
> 對著陌生的世界」

——陳敬容《陌生的我》

　　距離南京300公里的上海顯然是另一番文化和詩歌圖景。

　　1946年夏天，陳敬容從重慶出發前往上海。儘管花費大半個月時間也許不算長，但是一路上的輪船、木船、火車、汽車的擁擠、顛簸和辛苦使得陳敬容不停生病。剛到朝天門碼頭的時候迎接她的是撲面而來的暴雨。好不容易第二天在雨中終於上了「華同」輪渡，但是因為沒有坐票陳敬容只好在廚房前的煙囪旁邊將就著熬夜。當輪船經過萬縣的時候，陳敬容不能不想到14年前第一次出走被父親攔截的情形。渡輪此後經過三峽、宜昌（在宜昌停留3天）、漢口。陳敬容第一次在他鄉的船上獨自過端午節。陳敬容的老家樂山一直有端午節賽龍舟的習俗，門戶上掛著菖蒲和艾葉，屋內地下撒上雄黃水。而在故鄉節日的酒杯和喧鬧聲中陳敬容不能不在枯燥的船笛聲和江水聲中獨自吞嚥孤寂和鄉愁。此後陳敬容又換乘另一條輪渡「盛昌號」，船經九江、南京。之後又改乘陸路，坐火車經過鎮江、蘇州、無錫……。當她終於遠遠地看到上海灘燈光處處的高樓的時候，陳敬容希望得到的也只是「願它能給我足夠的，好的空氣」。面對上海這個大都市，從西南山城來的陳敬容感到一切都非常陌生和不適。很多次她在大街上都感到無比茫然失措，「當我在街頭兀立／一片風猛然襲來／我看

見一個陌生的我／對著陌生的世界」（《陌生的我》）。上海給詩人帶來的仍然是孤獨以及繁華背後的寒冷體驗，「我在這城市中行走／背負著我的孤獨」（《我在這城市中行走》）。上海在陳敬容這裡像蘇州河水一樣是汙黑骯髒的。

而1980年代之後的上海已經沒有了詩歌傳奇，「作為一個國際大都市，上海能讓我記住的詩人卻少得可憐，與它的名氣極不相稱。除了陳東東、王寅、陸憶敏以及部分的王小龍、劉漫流、傅維、默默，我想不起還有哪個名字值得留存在腦子裡哪怕只有幾年。張小波轉行做書商，宋琳和孟浪早就去了國外，這就更增添了我對上海的情感的淡薄」[1]。在這個大都市以及模糊的本土景象中，生長在這裡的詩人更多呈現為柔靡的詩風與大都市的想像與焦慮。或者說這一時期上海的先鋒詩人更多關注於詩歌的形式、語言和修辭技巧並且他們受到的西方詩人的影響更大，比如陳東東。而在1980年代上海的詩歌傳播和接受過程中孟浪起到了相當重要的作用。孟浪時在上海的一家光學儀器設備廠上班，而他的雙肩背包簡直成了詩歌的資料庫。當時上海青年詩人接觸到的民刊大多都是來自於孟浪。孟浪的大鬍子、披肩長髮、仿特種兵制服的「蘭博衫」和大頭皮鞋簡直成為1980年代先鋒詩人的標誌。

就當代而言，儘管新中國成立後的詩人比如胡風、沈從文、綠原、牛漢、何其芳、馮至、臧克家等都曾歌頌過城市並且文革中的知青詩人食指也曾寫下《這是四點零八分的北京》，但是中國當代城市詩寫作卻真正開始於1980年代。因為只有從這一時期開始詩人才真正以個體存在的方式與城市公共空間發生了實實在在的摩擦甚至碰撞。首先我們要追問的是無處不在的城市是否讓我們失去了夢想的可能？或者更大程度上讓我們成了異己者和憤怒者。正如王小妮在《深圳落日》中呈現的城市場景「下班的人流擊鼓一樣過天橋／身體裡全是鋼

[1] 劉春：《朦朧詩以後》，昆侖出版社，2008年版，第33頁。

鐵的回聲」，或者正如陳東東的詩歌中所說的「我往赴的城市／他將從它的午睡裡醒來／它沖涼的水龍頭／代替這場雨洗去夢想」（《在汽車上》）。而對於當年在復旦大學讀書期間即開始寫作城市詩的孫曉剛而言，寫作關於城市的詩歌並不輕鬆，「一個詩人，但凡他要將詩的花冠套到他樂意顯示的建築、鋼鐵、玻璃器皿、櫥窗、街燈以及旅遊鞋上，就得先考慮到自己對詩的永恆性與即時性，心靈化與物態式之間的平衡性作出選擇和解答」[2]。

從1981年開始，孫曉剛在上海的美術展覽館、大街、柏油車、建築等公共空間尋找詩意和想像。而在剛剛重新興起的正處於「哺乳期」的城市文化面前，像孫曉剛這樣懷著新時代和現代化衝動的年輕詩人更多的是抒發了對城市的讚美和肯定，而相應地缺乏審問和自審意識，「這通體透明的汽車／像陽光在晴空飛行／抒情的示意線／才必然雪白地設在大道中心／／在鋼橋上它成為拱形／在十字路口它投進斑馬線／長長的白漆線跟著早晨／中國　正在哺乳期／抒情的示意線是潔白魅力的立體形式／／自然界的地平線／將太陽交付到這條白漆線上／城市的生命在甦醒」（《大街示意圖》）。在1980年代初到中期以孫曉剛為代表的上海城市詩人這裡呈現的只是城市陽光、乾淨、整潔和蓬勃的一面。在孫曉剛的《城市主題聯奏》、《南方，有一座美麗的城市》、《藍天》、《中國人》、《希望的街》、《週末之歌》、《大街懸掛一副拳擊手套》、《樂隊離開城市》、《黑皮膚城市》、《三月氣脈》、《東方之商》等詩作中城市被完全理想化和美化了。這當然體現了那一時代青年的特殊心理，也有一定的合理性，但是從抒情、情感呈現以及對現實的理解上而言這些詩歌確實帶有簡單化的局限性。同時期的宋琳和張小波的一些城市詩則帶有一定的批判意識和前現代性的「懷鄉」情結，如宋琳的《瘋狂的病兆》，「城市嘔吐出懸浮空中一枚毒日／我被咬傷／想吃草莓卻撿到一窩蛇

2　孫曉剛：《城市詩我見》，《城市2080》，復旦大學出版社，2005年版，第2頁。

蛋」。張小波的《在螞蟻和蜥蜴的上空》也比較具有代表性，「在那裡就是們曾經住過的城市／在股票交易所的對岸／在石板下面／打字機和一只跳蚤同時躍起／最接近心臟處出現八卦／翅膀下露出眼睛窺視隱私／在那裡清官也要逃走／郊外的狗朝城市吼叫／一條河上的五座鐵橋一模一樣／我不知道站在哪裡能望見故鄉／火車向西奔去／我躺在地上／只有肚皮的起伏／使我看到內臟掛在樹上的場面／在我們上空／螞蟻和蜥蜴爬滿星斗／閃電從腦門上退去」。

而當1990年代以來城市的拆遷隊和推土機日益勞作，我們曾經的鄉土去往了何處？當不斷加速度前進的高鐵給我們帶來便利也同時帶來巨大的眩暈。對於文學而言我們是否感受到了這仍然是一個並不輕鬆的時代？當北島在文革時期將偷偷寫好的詩歌給父親看時卻遭到了父親的不解與震怒，那麼幾十年後的今天當全球化、城市化和娛樂化全面鋪張開來的時候我們是否還能保持一個知識份子寫作者的良知與情懷？

中國缺乏公共知識份子，但是我們應該相信詩人無論是面對城市還是更為龐大的時代都應發出最真實的聲音。詩人林庚在六七十年前曾有一首詩叫《滬上夜雨》：「來在滬上的雨夜裡／聽街上汽車逝過／簷間的雨漏乃如高山流水／打著柄杭州的油傘出去吧／／雨水濕了一片柏油路／巷中樓上有人拉南胡／是一曲似不關心的幽怨／孟姜女尋夫到長城」。詩人可能不會想到多年後不只是上海，其他地方的汽車和柏油路已經完全侵佔了鄉土中國詩人們的鄉愁，也改變了文化意義上的地理景觀。而早在1920年代，徐志摩在茫茫黑夜的火車上就體驗到一種不可避免的時代焦慮症的到來，「匆匆匆！催催催！／一捲煙，一片山，幾點雲影，／一道水，一條橋，一支櫓聲，／一林松，一叢竹，紅葉紛紛：／／豔色的田野，豔色的秋景，／夢境似的分明，模糊，消隱，──／催催催！是車輪還是光陰？／催老了秋容，催老了人生！」生活被現代性的工具催促，而自然給詩人帶來的傳統意義上的感受與和諧關係也被迫更改。多年之後的當代詩人們仍

然在延續和加深著這種現代性和城市化的焦慮，「車輛從外面堅硬的柏油路上駛過／杯子在我們手中，沒有奇跡發生」（張曙光：《在酒吧》）。儘管一個詩人曾經以血肉之軀撞向了鐵軌和列車，但是一個個車站在今天已經成了完全喪失了意義的物理場所。在一個理想主義的「遠方」被同一化的城市取消的時候，那曾經帶有歷史意義的場所也只能接受人們的健忘症，「車站，這廢棄的／被出讓給空曠的，仍留著一縷／火車遠去的氣息／車輪移動，鐵軌漸漸生銹／／但是死亡曾在這兒碰撞／生命太渴望了，以至於一列車廂／與另一列之間／在呼喊一場劇烈的槍戰／／這就如同一個時代，動詞們／相繼開走，它卸下的名詞／一堆堆生銹，而形容詞／是在鐵軌間瘋長的野草……」（王家新：《火車站》）。蕭開愚在《北站》中不斷出現的一個句子是「我感到我是一群人」。換言之在詩人看來以車站為代表的現代城市空間裡個體已經被取消，「我感到我是一群人。／但是他們聚成了一堆恐懼。我上公車，／車就搖晃。進一個酒吧，裡面停電。我只好步行／去虹口，外灘，廣場，繞道回家。／我感到我的腳裡有另外一雙腳。」

上海可能是一個最不像「中國」的城市。

1856年，英國人建造的外白渡橋建成，它又名威爾士橋。那時外白渡橋還是一座木橋，33年後被鋼鐵橋所取代。第一次見到外白渡橋時我感到深深的失落，因為對於一個中國詩人而言鋼鐵和機床鉚釘的大橋沒有任何的詩意和歷史可言。100多年前，英國人梅恩在這座橋上看到的是轎子、馬車和人力車。而今天呢？進入到21世紀似乎所有的「地方」都成了城市，同一化的城市推倒了歷史格局。而北京、上海、廣州都已經成為了中國的「巴黎」和欲望之城，這些城市都因為移民特徵而帶有曖昧的混血味道。當年的朦朧詩人顧城關於北京寫作了一組極其詭異和分裂的詩《鬼進城》，「無影玻璃／白銀幕　被燈照著／過幻燈　一層一層／死了的人在安全門裡／一大疊玻璃卡片／／他堵住一個鼻孔／燈亮了　又堵住另一只／燈影朦朧　城市一望

無垠／她還是看不見／你可以聽磚落地的聲響／那鬼非常清楚／死了的人使空氣顫抖／／遠處有星星　更遠的地方／還有星星　過了很久／他才知道煙囪上有一棵透明的楊樹」。顧城同時期寫的一大組關於北京的詩歌（比如《新街口》、《白塔寺》）都呈現了極其詭異的夢魇般的感受。而我們今天看到的城市更像是一個巨大的消耗精神的絞肉機。這不能不使人想到亞當‧斯密的《國富論》以及卓別林和他的《摩登時代》。城市和機器使人在短暫的神經興奮和官能膨脹之後處於長時期的迷茫、麻木、愚昧而不自知的境地。而無論是南方還是北方，也似乎都成了商業時代導遊圖上的利益座標和文化資本的道具性噱頭。悖論的是儘管我們好像每天都與各自的城市相遇並耳鬢廝磨，但是在精神層面我們卻和它若即若離甚至完全背離。城市時代我們都成了失去「故園」的棄兒。而在城市裡生活的詩人已經喪失了對時代的耐心和信心，一種空虛、孤獨和無奈正在成為那些關涉城市題材的詩歌的主調，「這是五月，雨絲間夾著雷聲，／我從樓廊俯望蘇州河，／碼頭工人慢吞吞地卸煤，／而炭黑的河水疾流著；／／一艘空船拉響汽笛，／像虛弱的產婦晃了幾下，／駛進幾棵洋槐的濃陰裡；／雨下著，雷聲響著」（蕭開愚：《下雨——紀念克魯泡特金》）。這不只是雨中站在華東政法大學的教工宿舍樓上俯瞰蘇州河的蕭開愚一個人的感受，它已經成了詩人們普遍存在的精神癥結。

　　1986年，上海詩人陳東東走進了柏樺的視野。

　　柏樺和陳東東之所以能夠在詩歌意義上相遇恰恰因為他們身上都具有的一種典型的「南方氣質」。在這一點上陳東東和柏樺更像是人們想像中的「江南詩人」，「而大多數時候，我記不起陳東東是一個上海人，從語言的角度看，他應該屬於更南方，那種透明而略微模糊的語境，像陽光即將穿過烏雲但恰到好處地停在半空中」[3]。當然陳東東的生活和詩歌與上海之間的關係是複雜的。在我與他的交往中

---

[3]　劉春：《朦朧詩以後》，昆侖出版社，2008年版，第33頁。

我能夠看到他作為上海人性格中典型的一面，但是在詩歌寫作中他卻時時有掙脫上海的意識和衝動。1986年，柏樺在馬高明寄來的《新觀察》和貝嶺、孟浪寄來的《75首詩》中讀到了陳東東的詩《遠離》。這首詩強烈地吸引著柏樺，也讓後來柏樺走進了上海的詩歌圈子。正是陳東東這位最為特殊的海上詩人以其嶄新的現代詩歌方式對古典詩學和「南方之美」的神奇性接續和創造性寫作讓一直彷徨於此道的柏樺茅塞頓開。不久，在陳東東詩歌的激發下，在《中國佛學史》所記載的關於東漢望氣（望雲）道士的神奇故事中，柏樺在一天下午一口氣寫出了後來名震天下的《望氣的人》和《李後主》。表面看來這是閱讀赫和歷史對話激發了柏樺式的「南方式」的詩歌寫作，而深究起來無論是陳東東的詩歌還是「望氣的道士」都在最深的文化基因深處契合了柏樺這樣一個現代詩人的地理文化和詩學因數的成長和激增。《望氣的人》對陳東東和張棗的觸動都很大，「望氣的人行色匆匆／登高眺遠／眼中沉沉的暮靄／長出黃金、幾何和宮殿／／窮巷西風突變／一個英雄正動身去千里之外／望氣的人看到了／他激動的草鞋和布衫／／更遠的山谷渾然／零落的鐘聲依稀可聞／兩個兒童打掃著亭臺／望氣的人坐對空寂的傍晚／／吉祥之雲寬大／一個乾枯的導師沉默／獨自在吐火、煉丹／望氣的人看穿了石頭裡的圖案／／鄉間的日子風調雨順／菜田一畦，流水一澗／這邊青翠未改／望氣的人已走上了另一座山巔」。

　　1988年秋天，柏樺在南京結識上海詩人陳東東。不久，1988年寒冬，柏樺從南京出發同詩人鄭單衣一起乘火車到上海。一路上，柏樺這位西南詩人在越來越靠近的南方風景中感受到撲面而來的海上詩風。到上海後，柏樺和鄭單衣直奔上海音樂學院找陳東東。自此，陳東東、王寅和陸憶敏這三位當年上海師範大學中文系的同班同學真正走入了柏樺的視野，也展現出與西南詩歌迥異的海上詩歌氣息，「來自記憶內部的女神／高舉一枝東方／藍火焰。血肉俱全的黎明升起／遮閉了長星／開放出大花／／這不是北國雨中的黎明／不曾被粗獷的牧馬人／

歌唱。它的琴要唱奏／愛情的音樂，在大海和稻米間／完成的儀式／／黎明中註定的行吟詩人／走進了漲潮的赤楊樹林／一大片海光反照著／天堂——裸露的女神／把生命孕育」（陳東東：《南方》）。

早在1980年陳東東開始在上海師範大學中文系開始讀書起，他就開始參與學生刊物《衝擊島》以及參與同仁詩刊《作品》（前後出了20期，主要成員是王寅、陸憶敏和成茂朝）。儘管陳東東的詩歌也受到了外國詩歌的影響，但是給他以及王寅、孟浪、陸憶敏、孫甘露、王依群、鬱鬱、默默、張真、冰釋之、沈宏菲、卓松盛、海客、劉漫流、天遊等上海詩人最大震動的還是北島、江河等詩人以及《今天》。華東師範大學校團委主辦的「夏雨」詩社聚集了宋琳、徐芳、張小波、陳鳴華、陳剛、余弦、師濤等校園詩人。同時圍繞著上海青年宮主持詩歌輔導班工作的王小龍形成了實驗詩社（1981年成立），成員主要有默默、張真、沈宏菲、白夜、藍色、卓松盛、伢兒。實驗詩社前後推出了35期的《實驗詩刊》。

默默在1981年夏天考入上海冶金工業學校財會班，上學期間參與創辦《紅雲》、《犧牲》（成員主要有俞惠鑫（筆名遊俠）、許海鳴（筆名海子）、孫炯（筆名火火）、侯方、嚴峻、李順安（筆名安安）、陸建請、陳剛（筆名剛剛）、於榕）、《城市的孩子》、《蹩腳詩》等詩社並創辦詩刊（蠟紙、手刻、油印）。1983年鬱鬱、孟浪和冰釋之等在寶山創辦詩刊《送葬》。而在默默的印象裡最深的就是班上負責刊物印刷的紮著兩根烏黑的大辮子的女生，「90年在北京芒克家結識了鄂複明，酒酣時，芒克感歎說沒有老鄂，就沒有《今天》。《今天》的印務工作全是老鄂無言地承擔。北島在許多場合也坦承老鄂對《今天》舉足輕重的作用。那一瞬間，望著老鄂憨厚的臉龐，我想起了兩根久違的烏黑的長辮子。」[4]1984年劉漫流、默默、

---

[4] 默默：《我們就是海市蜃樓——一個人的詩歌史：1979-1989年》，「詩生活」網站（http://www.poemlife.com）的「詩觀點文庫」。

孟浪、鬱鬱、京不特等組建海上俱樂部（《海上》俱樂部是由《城市的孩子》詩刊、《廣場》詩刊、《MNOE》詩刊、《舟》詩刊、《師大》詩叢、《笠》詩刊共同組建下成立）、《海上》詩刊、《大陸》詩社和撒嬌詩社。非常富有意味的是在創辦《撒嬌》的時候這些詩人著實大膽地「撒嬌」了一把。當時由默默提議虛構一封鄧麗君給《撒嬌》詩社的的一封信。重要的不是這封信後來所招來的一些意想不到的麻煩，而在於當時詩人與鄧麗君所代表的80年代流行文化之間的奇妙關係。

> 京特並化石、胖山、土燒、鏽容五君好：
> 　　千言萬語……美國目前流行一個說法：「孤獨就是團結。」這是哥倫比亞作家馬奎斯說的。收到信時，正在比達尼唱片公司趕製一盒我自己作詞作曲的演唱磁帶，名字叫《風風雨雨》預計秋天可以寄來。
> 　　你們幾位高級知識份子也喜歡我的歌，我真是高興。
> 　　《撒嬌》創刊號出刊，請寄美國俄亥俄州佛響舍大街2號鄧香賓先生轉即可。盼！
> 　　聽說鏽容先生口吃很厲害，但想不到他的詩卻這麼優美，莊奴兄看後啞口無言。我和你們不謀而合，覺得他是一個罕見的天才詩人。莊奴不久要來內地找你們聊聊。
> 　　真想對你們撒撒嬌。
> 　　　　　　　　　　　　　　　　　　鄧麗君　85.5.2草上

　　1980年代初，上海火熱的詩歌活動中當時顧城與謝燁已經結婚並居住在上海凱旋路上的一間租賃的民房裡。1984年到1986年，陳東東在上海第十一中學任語文老師。這一時期陳東東詩歌中的上海在帶有埃利蒂斯等西方詩歌印記的同時非常清晰地記錄了上海在這個年輕詩人眼中的形象——潮濕、曖昧、新鮮和某種城市生活的焦慮與期待，

「現在我走出十一中學／看到南京路上一帶晴空夏意欲滴／街口的姑娘面容姣好／汽車像鳥，低低地從她們身邊飛過／接著我拐進了另一條大街／渴望能聞到海的氣息／無所事事的男人女人走到水裡／黑礁石燦爛／詩集被風吹成了火把」（《從十一中學到南京路，想起一個希臘詩人》）。儘管陳東東在後來的詩歌和文章中對上海也有抱怨，但是對於原住民而言他還是非常喜歡上海的，「我一個人朝那個方向走，兩邊是法國梧桐和商店櫥窗，櫥窗裡的精美布置，幾乎把樣品都變成了藝術品。過往的車輛，特別是如一節火車車廂那麼長的26路電車映現在連片排開的櫥窗玻璃上，起起伏伏地向前，像是穿越了所有的商店。這就是我從小就愛看的上海景象。」[5]1980年代的陳東東其詩歌形象帶有典型的古典詩歌的現代闡釋性，他企圖查找中國精神與「禪」的超現實主義融匯的多種可能性。同時其現代性特徵的「江南」詩風開始形成，儘管陳東東所在的上海是一個已經相當城市化和去古典化的典型城市。一定程度上陳東東是游離於上海之外的一個現代性的「江南」詩人。這是否與其祖籍江蘇吳江多少有些關聯？陳東東那一時期的以《獨坐載酒亭。我們該怎樣去讀古詩》、《買回一本有關六朝文人的書》等為代表的詩歌呈現了一個南方詩人對古典詩歌精神和傳統的「重讀」和思考。陳東東以獨特想像和現代經驗重新觀照和審思南方地理，這些詩歌也影響到了柏樺等詩人，「江面上霧鎖孤帆。清晨入寺／紅色的大石頭潮濕而飽滿／像秋染霜葉／風吹花落／像知更鳥停進了陰影之手／這一些／這些都可能是他的詩句。在宋朝／海落見山石，一個苦水季節／塵昏市樓／／但我卻經歷了一夜的大雨／紅石塊上／綠葉像無數垂死的／魚，被天氣浸泡得又肥又鮮／而樹皮這時候依然粗糙，漂在池中／什麼也不像／隔江望過去，過午的載酒亭依山靜坐／我在其中／見江心裡有一群廝咬的猛禽／翼翅如刀／我們也必須有刀一樣的想法／在載酒亭／蘇軾的詩句已不再有效

5  陳東東：《「遊俠傳奇」》，《天南》，第3期（2011年8月）。

／我獨坐，開始學著用自己的眼睛／看山高月小」（《獨坐載酒亭。
我們該怎樣去讀古詩》）。這實際上也體現了陳東東詩歌語言的自覺
性甚至對現代漢語的重新審視，「誰還會比陳東東更具備這樣一種才
能：可以將豐富的、對立的、甚至是激烈的詩歌感性，轉化成言辭純
淨、意蘊充盈、神采熠熠的詩歌本文呢！很可能，陳東東的詩歌就是
漢語的鑽石。」[6]

　　而沿海城市上海似乎從近代開始就是迅速掩埋陳跡和「歷史」的
地方。這裡的城市化、現代化甚至一段時期裡為人所說的「洋化」速
度是驚人的。曾經的石庫門文化和當年上海的「土著」氣象在這座移
民城市裡迅速消解，「上海，這座夢幻之城，被植入了多少異族的思
想和意念。蘇州河上的煙霧，如此迷離，帶著硫磺和肉體的氣息，漂
浮著紙幣和胭脂，鐵橋和水泥橋的兩側，布滿了移動的人形，銜著紙
煙，在雨天舉著傘，或者在夕陽中垂蕩著雙手，肩膀與陌生人相接，
擠上日趨舊去的電車。那些標語、橫幅、招貼、廣告、商標，轉眼化
為無痕春夢。路面已經重新鋪設，60年代尚存的電車路軌的閃光和嚓
嚓聲，彷彿街頭遊行的人群散去之後，為魔法所撤走。」[7]上海迅速
「洋化」的過程和隨之帶來的城市構造和生活方式的翻天覆地的變化
給詩人帶來了不適和反感。甚至在激進的出生於江蘇而居住於北京的
詩人沈浩波那裡上海成了一個「不潔」的象徵，「初秋的夜晚／微風
醺暖／這個城市／光滑極了／她已經一根根的／拔光了腿毛／從前／
她只是一個漁家姑娘／臉膛紅紅／身子有些腥氣／被幾個洋人／奸了
之後／嘗到了甜頭／從此／就出來賣了／她常常想起／剛出來賣的日
子／那時她還年輕／總是能被操得尖叫起來／她小心翼翼地／保存著
嫖客老爺們的精液／那些精緻的小洋樓／一灘一灘／可值錢了／現在

[6]　臧棣：《後朦朧詩：作為一種寫作的詩歌》，《中國詩歌九十年代備忘錄》，人民
　　文學出版社，2000年版，第206頁。
[7]　孫甘露：《此地是他鄉》，《一個人和一座城市》，團結出版社，2009年版，第
　　20頁。

年紀漸大／有了些成熟婦人的韻致／賣起來／也熟門熟路／已經有了合法的／註冊商標／一個叫明珠／一個叫金貿／戳在她／身體最潮濕的地方／以前／還有些害羞／穿旗袍的時候／只露出一半臀部／如今可不同了／把另一半／也開發出來／豐滿滑嫩的／兩瓣屁股／中間就是／美麗的黃浦江」（《上海是一個婊子》）。

1980年代中期以來陳東東關於上海和南方的詩歌大體呈現了一個波西米亞式的精神遊蕩者以及一個時時冥想的帶有一定超現實主義成分的穿越與動盪。在陳東東的這些詩歌中我們能夠發現大量的關於飛鳥以及帶有飛翔成分的場景和意象，但是我們最終看到的卻是這些飛翔的翅膀因為沾染了城市和時代過多的粉塵、油污和鐵銹而被迫不斷降低高度甚至墜落的過程。這種下降是否呈現了城市化時代詩歌寫作被迫完成的精神下降儀式？而城市中試圖作為一個精神的持有者和懷有個人烏托邦衝動的飛翔者都可能會成為被公眾所不解的面目可疑者。而包括上海在內的一個個城市是否印證了這樣一句話——此地是他鄉。儘管陳東東生活於上海，但是他的詩歌並不能用所謂的海派甚至寬泛意義上的「南方寫作」來涵括。或者說陳東東詩歌中的上海也只是一種精神和想像的生髮與寄託，而詩人窗外的活生生的上海一次次受到詩人的批評。這充其量是一種肉身化的世俗城市，而非帶來詩意滋養的南方之城。正如陳東東所說「我不會把我的詩篇獻給上海，雖然我願意把自己看成是一個上海詩人。」儘管詩人如是說，儘管詩人自己對上海懷有厭煩情緒，但是一個人的幻想、回憶、白日夢和時間追挽都不可能不與上海以及南方發生關聯。當然我們可以說陳東東詩歌中的上海和南方是被詩人用漢語重新構造和發現出來的。在此可以這樣認為是一個詩人命名了一個地方。當然，陳東東早期的一些詩歌中在出現與上海和南方有關的場景的同時又不斷以精神尋找和對位的方式出現西方和異域的想像以及對傳統中國文化操守和詩歌話語傳統的重新對話與焦慮，比如《冬日外灘讀罷神曲》等。但是我們更多看到的則是精神與生存境地之間的縫隙與失落。陳東東既介入上海又

游離於上海之外，雙重視角和觀察身分使得陳東東的寫作更為可靠與開闊。已逝詩人張棗曾經這樣描述陳東東和上海──「你邊想邊把手伸進內褲，當一聲細軟的口音說：／『如果沒有耐心，儂就會失去上海』。」（張棗：《大地之歌》）

而就陳東東詩歌中不斷出現的「無望、壓抑、眩暈、虛空和岑寂」這些詞語我們看到關於城市的寫作不能不帶有強烈的精神性甚至倫理性。陳東東的這些城市詩也同時由兩個時間空間構成──「舊光陰」、「舊物質」、「舊城區」、「舊時代」以及「新世界」和「新現實」。我們由此的發問是這些舊時代之物以及所攜帶的情感空間是如何被新現實所掩埋、消解和取代的？在陳東東的詩歌中我們會發現象應的場景，比如「郵局是曾經的教堂」。在外白渡橋、南京路、外灘和蘇州河這些南方都市場景中我看到了一個時代的影響的焦慮，而陳東東就是一個在城市坡道上仍然堅持步行回家的人。而不斷攀升的城市塔樓的上空卻並不是星辰，甚至最後一顆星也被摘走。在這些關於城市的詩歌文本中陳東東還可貴地呈現了個人化的歷史想像能力。換言之他的這些詩歌呈現了歷史和當下之間的互文與對話關係，比如「蒸汽機頭朽爛在紅色裡。」

柏樺從上海回來之後曾在冬日去過一次揚州。

按照柏樺的說法揚州是眾多城市中最像「故園」的城市。儘管是冬天，柏樺仍然感受了揚州這座城市的地理文化氣象的無處不在。但是到了二十一世紀，當陳東東在陽春三月再次踏上揚州這片像柏樺所說的「故園」的城市時，他感受到的傳統詩歌想像中無比詩意的「下揚州」已經成了現代化進程背景下「新現實」的虛妄。換言之，「揚州」已不再是「揚州」，荒誕、吵鬧、娛樂、浮華、獻媚在這裡上演。古老的想像中的揚州成了反諷語境中顯得滑稽的事物，「發明摘星辰天梯的那個人／也相應地去發明／保藏起迢迢河漢的天幕／他站在雜技場最高的天橋上／光著膀子，彷彿雲中君／為下界繁華裡一絲／寂靜而低眉……神傷／／他要令觀望不至於觀望／借一點靈光，他

發明丹頂鶴／披上獵獵的防雨大鬥蓬，他／出場——然而他棲落處／
已不是揚州／／然而他棲落處／一支軍隊正演習反恐怖／把全城的每
一條僻靜的小弄堂／都當作下水道疏通又／疏通……卻不料假想敵／
竟來自空中……那個人／迫降，在舊世界唯一的／／魔術舞臺上——
他聲稱有能力／發明仇恨，至少他可以／立即抖擻那被稱作悲憤的／
娛樂和激情。不過，一轉臉／他已經隱沒在看客們中間／／不過一轉
臉他已經浮現／像有著七十二變相的政治家／順帶發明了落日……憂
愁／那個人收斂防雨大鬥蓬／卻露出獻媚的粉紅色肚兜／——新現實
將他巧妙地刺繡／並且他棲落處，已不是揚州」（《下揚州》）。

　　值得注意的1980年代的一個詩歌現象是很多南方詩人以及北方詩
人除了在自己周邊省份活動外，將更多的時間和經歷都放在了遠方。
南方詩人到北方去，北方詩人到南方去成了那個時代詩人集體的選
擇。當然一定程度上我們可以說熟悉之處沒有風景，詩人到遠方去有
著好奇的心理，但是在1980年代特殊的語境之下這種詩人和「遠方」
的關係更多帶有鮮明的時代精神和詩歌理想特徵。「遠方」正是那
一代人被空前激發的詩歌熱情在青春年代的高能量釋放。我印象最深
的是上海詩人陸憶敏到河北承德之行時寫下的名重一時的詩《避暑山
莊的紅色建築》。當我看到1987年夏天避暑山莊的巨大院門下陸憶
敏非常淑女的坐在古老建築的門檻上的相片時，我感受到的是古典
氣息的江南女子。一個現代南方女性與北方、建築和山川之間莫名
的契合與久遠的召喚。我曾經看過陸憶敏在1987年7月17日寫作《避
暑山莊的紅色建築》一詩的手稿，而修改的最少的部分恰恰是最引
起我共鳴的地方：「赭紅的建築／我為你遠來／我為你而寬懷／我
深臨神性而風清的雕塑／我未虛此行了／／我進入高牆／我坐在青石
板上／我左邊一口水井，右邊一口水井／我不時瞅瞅被榆木封死的門
洞」。由此我們可以說1980年代的詩歌是一次真正而短暫的理想主
義的抒情年代和漫遊年代。當詩歌在1980年代的最後一個夏天轉彎
進入另一個時代的時候，抒情被敘述取代，理想和激情被卑微和平凡

所消解。鋪天蓋地的個人話語和日常詩學讓我們進入了「無詩」的時代。

在南方詩歌地理版圖上上海似乎一直是一個特例。在二十世紀中國現代漢語詩歌史上小說作為消費和大眾文學的一種在上海從來都不缺乏豐厚的土壤，但是上海詩歌卻一直是一種近乎可有可無的存在。只是在80年代的復旦大學、華東師範大學的校園詩歌和「撒嬌」、「海上」詩人的一閃而過中吹來短暫的詩風。儘管上海不乏一些優秀的詩人，但是從整體上而言這片過早開始現代化和「西化」的城市似乎一直缺乏對鄉土中國的文學想像。反倒是城市化寫作的流行成為潮流。以我們印象深刻的上海蘇州河和外白渡橋為例，最初建造於1856年的外白渡橋是一座木橋。木橋在中國詩歌文化中是如此充滿著古典美和詩意的象徵。但是即使是這座木橋已然帶有非本土化的成分，這座木橋的建造者是英國威爾公司組建的「蘇州河橋樑建築公司」。因此外白渡橋還有另外一個洋名字——威爾司橋。33年後，同樣是英國人開始將這座木橋拆毀打造鋼鐵之橋。1907年開始展現在我們面前的上海和外白渡橋更符合「西方」和「現代化」的想像。而時至今日，這種改造正在加速度前進，我們賴以生存和想像的地理空間正在發生顛覆性的變化，而我們的詩歌又該如何持續，「還不足以保證南京路不迸出軌道，不足以阻止／我們看著看著電扇旋閃一下子忘了／自己的姓名，坐著呆想了好幾秒，比／文明還長的好幾秒，直到中午和街景，隔壁／保姆的安徽口音，放大的米粒，潔水器，／小學生的廣播操，剎車，蝴蝶，突然／歸還原位：一切都似乎既在這兒，／又在／飛啊。／鶴，／不只是這與那，而是／一切跟一切都相關」，「我們得堅持在它正對著／浦東電視塔的景點上，為你愛人塑一座雕像：／她失去的左乳，用一只鬧鐘來接替，她／驕傲而高聳，洋溢著補天的意態」（張棗：《大地之歌》）。在現代化進程中上海似乎一直保持了某種混血一樣的曖昧性，成了中國這片土地上帶有異樣化和非本土化的風氣，「歐洲人看他，一眼便看出更多的亞洲人的細節；而亞洲

人看他，活生生就是一個歐洲人」[8]。1988年到1992年間，南京時期的柏樺高度評價陳東東的詩歌並指認其詩歌有「古風」氣象。確實陳東東一直在詩歌寫作中懷有一種想像式的中國情懷，這一定程度上與陳東東身處上海這個「不是中國」的地方有關。陳東東認為上海「不是中國」的觀點看起來有些讓人莫名其妙，但是我理解陳東東的意思。在長期的農耕文明濡染中的人看來上海不言而喻具有其強烈的特殊性和異域性。而從方言與詩歌、書面語和日常口語之間的關係來看上海也帶有獨一無二的特殊性——日常口語和詩歌書面語之間的完全脫節和矛盾——以及寫作時的尷尬性，「跟其他上海詩人一樣，我差不多完全捨棄上海話，用一種被稱作『現代漢語』的書面語寫作。以我的考察，這種『現代漢語』在讀音和語法方面的規定性跟大多數（幾乎所有的）中國人的日常口頭表達都不太一致，跟上海話則風馬牛不相及。我知道北方的詩人，甚至四川、雲南、貴州和南腔北調的南京詩人如果願意，都可以盡量用他們的地方口音去讀出他們寫下的詩篇，他們也大可以把自己日常口語的許多特色用於寫作。也就是說，他們可以把『現代漢語』這種書面語拉向自己的口語這一邊，甚至把『現代漢語』改裝成書面的『北方漢語』、『四川漢語』、『雲南漢語』、『貴州漢語』。然而不會有『上海漢語』。上海話排斥漢字對它的記錄，想像中書面化的『上海漢語』，一定不再是中國話了」[9]。陳東東詩歌與上海的關係可能也代表了90年代之後眾多的詩人命運，「一直存在著兩個上海。一個是我窗外的上海，浮華、喧囂、雜亂、俗豔、假時髦和假詩意、耗散精力、自以為是、喜新厭舊、輕薄偽飾，是我總想以肉體的方式遠離的上海，在其中生活只帶來厭煩。但另一個上海卻極具傳奇色彩，它有著密謀和神跡，事變和血案，械鬥和盟誓，淪陷和收復，有著鏡子裡凋謝的容顏，混淆視聽

---

8  陳丹燕：《地方化的世界主義》，任歡迎等主編：《讀城——當代作家筆下的城市人文》，同心出版社，2010年版，第55頁。

9  桑克、陳東東：《既然它帶來歡樂⋯⋯》，《作家雜誌》，2006年第4期。

的逸聞，昏暗的光芒，春風沉醉的良夜，有著冒險故事，黑道英雄，無稽之談和各種舊址，隱晦、蒙塵、被遺失和深埋，它來自回憶，但更可能來自幻想，是午睡時的一場反覆的舊夢」[10]。

這個時代的詩人如此富有戲劇性。

1989年4月柏樺接到上海詩人陳東東的來信，得知1989年3月26日下午5點30分北京詩人海子在山海關龍家營臥軌自殺。一個理想的詩歌時代是以詩人之血結束的！而這也是詩人再也不能回歸「故鄉」的集體宿命的開始！中國先鋒詩歌在80年代完成了以北京和四川兩地為代表的詩歌傳奇之後，進入90年代詩歌已經逐漸在日益全球化、城市化和去地方化的背景下喪失了地方知識。更為可怕的還在於消失了地方性的城市建築對人與寫作的雙重脅迫。從80年代後期開始，更多的四川和南方詩人因為更早的感受到商業大潮的召喚和生存壓力的挑戰紛紛遠離了詩歌。他們仍然從一個城市到另一個城市，但不是為了詩歌，而是為了生計。趙野在參與了「第三代」詩歌運動之後很快就縶入了商海大潮。無論是他遠走海南，還是後來到北京辦雜誌都讓我們看到一個年代的結束。1988年夏天柏樺遠赴南京，鐘鳴躲進自己的工作室，後來的李亞偉、万夏、瀟瀟、楊黎、歐陽江河等紛紛北上發展，「『非非』的周倫佑以『非非』的方式炒上了股票。有一天，在電話裡說，虧了10萬。這時，我才彷彿回過神來，『非非』作為一場發動群眾美學的反叛運動，已一去不復返了」[11]。

1989年12月26日，在這一年代最後的晚照中柏樺在南京寫下了回敘往事的詩作《1966年夏天》。是的，一個「左邊」的抒情年代結束了，一個理想的詩人時代落幕了，「成長啊，隨風成長／僅僅三天，三天！／／一顆心紅了／祖國正臨街吹響／／吹啊，吹，早來的青春／吹綠愛情，也吹綠大地的思想／／瞧，政治多麼美／夏天穿上了軍

[10] 陳東東：《二十四個書面問答》，《明淨的部分》，湖南文藝出版社，1997年版，第228頁。
[11] 鐘鳴：《旁觀者》（第二卷），海南出版社，1998年版，第896頁。

裝／／生活啊！歡樂啊！／那最後一枚像章／那自由與懷鄉之歌／
哦，不！那十歲的無暇的天堂」。同樣是1989年，瑞典詩人特朗斯特
羅姆寫下一首關於上海的詩歌，「公園裡這只白色的蝴蝶被許多人讀
過／我愛這只雪蝶彷彿它是真理飛舞的一角」（《上海的街》）。而
從1989年開始，詩歌與真理之間的距離可能越來越遙遠了。

# 「自殺者的樹林」或青銅墓地

> 向下之路是頭顱飛翔之路，當我們憤怒地刺入地獄之中，地
> 獄已經死去。
>
> ——陳超（1958-2014）

　　很多人都有過失眠的痛苦經歷。對於我來說，寫博士論文期間
經常白天黑夜時間顛倒失眠嚴重，那時候頭髮一把把地掉。另一次失
眠嚴重是陳超猝然辭世之後的幾個月的時間，我幾乎夜夜輾轉反側，
幾乎一躺在床上就本能性的恐懼。我們誰都無法想像陳超在2014年夏
天以來愈益加重的耳鳴、便秘、失眠和抑鬱的苦痛程度了。妻子杜棲
梧曾經偷偷翻開過陳超的日記，看到陳超要與病魔鬥爭到底的決心。
可是2014年10月31日凌晨還是到來了。我相信，那是這一種最好的解
脫和重生的機會，儘管那些苦痛如雪白的利刃切割著我們。同在石家
莊的鬱蔥，曾寫過一篇文章《幸福的失眠》，性格不同面對失眠和苦
痛的方式也自然不同，「有些年了，我經常失眠。看到過或者聽到過
許多人描述失眠的痛苦，而我卻覺得，失眠是一件特別幸福的事情。
深夜，一個人醒著，去想那些或者有或者沒有的故事，被別人想，或
者，想別人，很專注也很浪漫。深夜平靜、安靜，深夜感性、神祕、
空曠、曖昧，深夜裡什麼都特別清晰，深夜裡特別有想像力。」陳超
經年為了詩歌寫作和評論付出了很多歌徹夜不眠的時刻，他也對自己
的寫作的辛勞有滿意幸福的時刻，但是真正失眠成為抑鬱症的一個表
現方式時，就不可同日而語了。
　　我記得駱一禾在一首詩中有這樣的句子，「黃花低矮卻高過了墓
碑」。那一截石碑在時間和塵世面前卻是是微渺而不值得一提的。但

是就陳超而言，他在石家莊西麓龍鳳陵園的那塊梯形的黑色大理石墓碑，那座側面的青銅雕像將是長久而高大的。詩人就是精神隱喻層面撰寫墓誌銘的人——「在這裡，死亡僅僅作為生命的關鍵節點，向我們展示各種深入語言的可能性。據此，我們可以探究生命的意義和為後來者重新設定生命的目的和價值。墓誌銘不僅以證明死亡的力量為目的。因此，個體人類的死亡在精神萬古流長的旅程中是不會澈底地一次性完成的。詩人一腔憂懼而滿懷信心，皆源於對『墓誌銘』所刻寫的言辭的敬畏。」（陳超《從生命源始到天空的旅程》）這樣，死亡就不僅是肉體的，也是精神的，更是語言的。

> 我們就開始走進一座樹林／那裡不見有什麼路徑的痕跡／樹葉不是綠的，而是晦暗的顏色／樹枝不是光滑的，卻是捲曲而多節／……　……／我已經聽到了四邊發出哀鳴／但是沒有看到發出哀鳴的人／我因此完全嚇呆了，站著不動／我想我的夫子相信我是在想：／這些眾多的聲音是由那些因為怕我們／而在叢林裡隱匿起來的人發出來的。
>
> ——但丁《神曲·地獄篇》

　　這是但丁的《自殺者的樹林》。1988年春天，陳超在評價河北詩人趙雲江的詩歌時開篇（3.4-18陸續完成的文章）即引用了這段話並且加以如下評價。

　　這段評價不僅是陳超對但丁詩歌的理解，更是對死亡的生命本體意義上的對話——「作為新時代黎明第一個起身的詩人，但丁所傾心的是人作為理性和自由的象徵，經過迷惘、苦難，目睹了世界腐爛的內臟後，以生命崇高的意志和智慧為雙腿攀上真理和至善的天堂」「當『自殺者的樹林』作為一個永恆的時刻和地域在我們生命的消殘輪迴中出現的時候，我們置身其中的一切彷彿被重新經歷——詩歌作為具有自在意義的形式首先瀕臨了生命的深淵」（《隨想與交談》，

《詩神》1988年11期）。在此後的文章中陳超又多次強調了但丁《神曲》的重要性，「《神曲》之所以成為幾代詩人精神的元素、方向的標準，就在於它背負地獄而又高高在上的隱語世界；它簡明的結構卻足以囊括生命的全部滄桑！而在危險的生存向『下』吸的黑色渦流裡，詩歌就充任了向『上』拔的力量」。在向上與向下的精神撕扯中，在時代前與後的轉捩點上，人和詩都必將遭受大火和暴雪的洗禮。時間摧毀肉體，語言則給詩人帶來永生。

終點也可能正是起點，尤其對於那些文字和精神得以永生的人而言更是如此，我想到的是艾略特《四個四重奏》的詩句的鳴響——「我們將不停止探索／而我們所有探索的終點／將是到達我們出發的地方／並且是生平第一遭知道這地方。／當世間的終極猶待發現的時候／穿過那未知的，回憶的大門／就是過去曾經是我們的起點」。

自1982年大學畢業留校工作轉眼已經六個年頭過去了。陳超儘管可以利用圖書館的資源竭力閱讀，但是他也意識到高校教學生活給他帶來的一些限制，「我執教於大學，行動和環境都為圍閉得很。閱讀省內外詩人朋友寄來的作品，幾乎成了我與外界接觸的唯一管道。我很擔心學院的空氣最終將逼迫到發黴的書架角落裡」。尤其是在後來的長詩《本學期述職書》（1996.12）中，他對一些繁縟的毫無意義的「填表」「總結」「報表」深不以為然，更是對掉書袋式的「學院」研究和僵化的「文學教育」報以足夠的警惕與反思。

1988年1月，接連幾個夜晚陳超一直在臥室裡靜靜地閱讀和反覆品味捷克詩人亞羅斯拉夫·賽弗爾特（1901-1986）——「他的安詳、明澈如內發的摯誠一絲一縷地圍繞我，我諦聽著他的紫羅蘭花瓣落地的聲音。我想，我們不必再如這個世界錙銖必較，詩歌作為一種生活方式，它的內在、質樸、明亮足以使我們進入精神家園：它的沉著、平靜、超詣足以使我們對生命本身激蕩起一種感恩的心情。」（《語言的自覺》，《詩神》1988年第7期）然而這種沉著、平靜很

快就被突如其來的寒流和渦旋攪亂了。甚至這一切的帶來即將改變和
結束一個時代的詩歌路向。

──風展烏雲，來路蒼茫。

必須重讀和細讀陳超的長詩《青銅墓地》。鑒於陳超對海子等
先鋒詩歌的會心閱讀和研究，我直覺地想到海子寫於1984年的《亞洲
銅》。但是具體到這首長詩《青銅墓地》，我甚至認為他的重要性已
經超過了海子的《亞洲銅》。我記得在河北師大的詩歌課堂上，無論
是給本科生，還是研究生，海子的這首《亞洲銅》都是在陳超的指導
下被反覆閱讀和細讀的。

寫作《青銅墓地》實際上還有一個準備期。陳超是試圖將偉大
的元素在詩歌寫作中重新喚醒，在高蹈中深入當代。本來1988年的秋
天陳超試圖完成的是組詩《四種元素王族的舞蹈》，但是最終因故沒
有完成，「1988年深秋，我在太陽山深處的一個貧瘠小村寫計畫中的
一組詩《四種元素王族的舞蹈》。這是我朋友的故鄉。每天黃昏，我
都要攀到峭拔的山巔，彷彿由母語的中心開始，一步一步臨近危險的
邊緣。北方滯緩的日落，被西風擰成模糊的一片。天空中陣陣血霞，
與漫山的紅葉在我靈魂中交匯。持久的攀援，使我皮鞋的邊緣變得破
舊，山間尖嘯的濕氣，滌漱著我謙卑的胸膛。一切都遙遠了，沉睡
了，北方的落日莊嚴地展開著，我呆的地方，是詩歌鋪成烈焰和鮮血
卷宗的地方！自然的晚禱開始了──我彷彿聽到彼岸銅鐘繚繞……大
化流行，生生不息，在我們一閃的生命中，詩歌乃是這蒼涼與高歌
的部分，是死亡之岸偉大的救贖和祈禱。面對這一切，我的手哆嗦
著，我放棄了寫作。我知道詞語的背叛開始了。如果我勉強寫下這組
詩，在我的生命中，將永遠被這壯碩的日落殺死。」（《語言的缺
席》）。這種罕有的內心體驗和寫作的精神情勢讓我想到了里爾克最
初在杜伊諾城堡寫做第一詩哀歌的那類似於天啟的偉大時刻──

室外刮著強勁的北風，可是陽光燦爛，大海碧藍，彷彿覆蓋

著一層白銀。里爾克走下階級來到城堡的前炮臺。這炮臺沿著海東西走向，通過一條狹道聯著城堡的下腳。那裡的石頭很陡，大概有二百英尺深，直矗在海裡。里爾克深深地陷入沉思，踱來踱去，因為他在忙著想如何回信。就在那時突然，在沉思中，他站住了……因為他覺得彷彿在風的呼嘯中有一個聲音正朝他呼喊：「有誰，若是我呼喚，會從天使的班列中聽到我？」（瑪利，1855-1934）

實際上早在1904年，29歲的里爾克就有具有同一精神譜系的場景和詩句——

那是一個奇異幽深的靈魂礦井。
而他們，像銀色礦石中靜默的血管
蜿蜒著通過它的黑暗，在根與根之間
持續湧出流向人類的血液，
就像黑暗中一塊塊沉重的斑岩。
別的地方並無紅色。

但那裡有岩石
與幽靈般的森林。橋樑穿越虛空
與那個巨大，灰暗，不反光的深潭
高懸於如此遙遠的河床之上
像灰濛濛的下雨的天空在風景之上。
在柔軟而充滿耐性的草地之間，
呈現出那條單行道的灰白帶子，
像一條躺著漂白的長長亞麻布。

——《俄耳甫斯·歐律狄刻·赫耳墨斯》

語言在自然、時間面前的失語再次驗證了詩歌的某種局限，而關於元素的抒寫則是遲至第二年的冬天。

1989年的春天，連著三個夜晚陳超與夫人杜棲梧進行了三次關於現代詩的夜談《反叛·反駁·反證》。這剛好是對先鋒詩歌十年的總結與反省。

同是在1989年春天，陳超完成了《渴慕》組詩，包括《獻給荷爾德林》《獻給斯蒂文斯》《獻給瑪拉美》。這組具有精神對話性質的詩歌不僅帶有「元寫作」的性質，而且在時代的轉捩點上具有精神寓言的質地。「在我激蕩的祖國，是哪些殫精竭慮的孩子／聽你用雪那白銀的鐘抖落本質」。這些高迥、洞徹和照耀的詩句是以不安、陣痛、撕裂為代價。這些清冷如雪的詩句之下是灼燒不已的頭顱和心臟，精神的成長是如此的舉步維艱。而這個時候只有詩人能夠站出來說話。詩歌不只是修辭和技藝，也必須是精神和時代甚至超越時代的更高宏旨的淬煉，「詩就是信仰。你照亮我三十二歲的生命，／凝神於一，問心有愧。晦暝的生命啊，／你懊喪吧，不安吧；我糟蹋了多少我祖國的語言，／郵差將書刊送往四面八方。在今夜，／我第一次感到母語那受蔽的面容無法避開。」

1989年5月到6月，陳超在家裡斷斷續續地寫了長詩《青銅墓地》的一些片段。內心的撕裂和痛苦使得他最終將這首計畫中的長詩擱置下來。重要甚至偉大的詩歌都是在特殊的節點上完成的，陳超的這首長詩《青銅墓地》也不例外。轉眼到了1990年的1月，這年的冬天北風呼嘯刺骨。在一個夜晚，陳超和朋友來到了西部，來到一段廢棄的大川前。裸露的河床和身邊漫無涯際的黑暗讓陳超在那一刻被詩神的閃電擊中，他必須站出來言說自己的痛苦、時代的悲歌——「裸露的河床鋪滿亂石。獰厲、冰涼。縫隙中擠著污濁的雪霰。我們踏上它，感到熱血從腳踵升起。這是些戰敗的頭顱。廣闊的空無和黑暗，在我體內發出回聲。河床緩慢而堅定地向下劃破⋯⋯每一步都彷彿是一種盡頭。兩岸起伏的沙礫，像是土地裸露的神經，它努力向下壓迫，使

河床趨向於金屬。走，向下！我點燃了一篷沙棘，從黑暗和寒冷中，騎上竊來的有限光明。我聽到我的胯骨在歌唱，我感到祖先曾這樣用身體和血液思想。來路不遠。我知道只要稍稍返身，就可以爬上堤岸，溶進稀疏的人間燈火。但是，我被這種怯懦激勵得憤怒！我必須必黑暗更黑，去經歷墜落的眩暈。失敗的巨川上，走著兩個扭曲身體的人。河床在三公里處杳然開闊。它猛烈下陷，猶如來到地獄之門。我看到朋友嚥著淚水，在一片昏昧的冥光中，他不屑的臉第一次充滿了高貴謙卑的表情。我想，現在我們已經沒有更好的退路，一種巨大的恐懼壓迫我們走向完成。就在這一瞬間，我們同時邁出向下的一步。要是我們不選擇這一條向下而危險的道路，留在我們心中的危險和黑暗會更深些。走下去，去經歷命定的核心。讓我們俺看在堅硬而冰冷的川底，靈魂是不是望得更遠。寂靜被滾落的石塊割開，我們摸著它向下。在這黑暗而洞開的墓塋中，我的心開始抬起雙翼。這是與地域對稱和對抗的力量！我們跪在穀底的乾雪中，把地獄追逐。它終於道出了真相：向下之路是頭顱飛翔之路，當我們憤怒地刺入地獄之中，地獄已經死去。」這段文字在我看來更像是舞臺上的聲音。在自然和歷史闊大而黑暗的舞臺上，詩人在冥冥自語中終於尋找到了凝魂的一束光柱，儘管這一尋找的過程是如此慘厲而艱難莫名。

第二天醒來，陳超渾身發燙，昨天的寒冷和內心的焦灼使他真的生病了。可就是在身體高熱（這實際上是一種精神的灼傷）中完成了長詩《青銅墓地》。

陳超認為這是自己第一首充滿了光明的詩篇，而它卻是地獄的賜予。

當陳超在黑夜中擎舉著荊棘的火焰走向大川的突然凹陷處，這正是光明與地獄的較量，是被撕裂的一代人與那個黑暗的時代的撕扯。我想，《青銅墓地》是一首失敗之詩，也是一首勝利之詩。詩中涉及到的歷史是失敗和恥辱的，而知識份子的靈魂卻最終取得了勝利。因為陳超了然於一句真理——向上的路和向下的路，實際上是同一條

「自殺者的樹林」或青銅墓地
263

路。當他不斷向下向黑暗處掘進的時候，他正在維持無限上上的精神維度，二者是合一的。「歷史的錯位似乎在一個之間造成了巨大缺口」，試圖理解時代的人很多，但真正理解了時代的詩人卻是少之又少。實際上在八九十年代的轉捩點上陳超的很多詩歌都凸顯了這種高蹈、向上又不斷探向內心深處和時代黑暗處的精神方向。正是在此意義上，陳超不止一次強調生命、生存和寫作之間並非簡單的對應或對稱關係，而是具有一種「嚴酷」「兇險」「艱礪」的關係。

陳超在《青銅墓地》的開篇處標明：與哀歌相似，但不是哀歌。而哀歌作為西方的一種古老詩歌體式源自於古希臘挽歌，由一行六音步句接一行五音步句組成。其中托馬斯‧格雷的《墓畔哀歌》和里爾克的《杜伊諾哀歌》是傑出的代表作。

題目「青銅墓地」必然導致整首詩的死亡的沉暗氣息，而這種死亡是針對於一個特殊時代的精神死亡的。陳超接下來將海德格爾的「先行到死亡中去」和狄蘭‧托馬斯的「在死亡的大汗中我夢見我的創生」作為序曲前墓誌銘一樣的存在。我不由自主想到了里爾克的《沉重的時刻》：

> 此刻有誰在世上的什麼地方哭，
> 無緣無故地在世上哭，
> 哭我。
>
> 此刻有誰在夜裡的什麼地方笑我，
> 無緣無故地在夜裡笑，
> 笑我。
>
> 此刻有誰在世上的什麼地方走，
> 無緣無故地在世上走，
> 走向我。

> 此刻有誰在世上的什麼地方死，
>
> 無緣無故地在世上死，
>
> 望著我。

　　該首長詩由序曲、第一歌：我說、第二歌：眾詩人亡靈的話、第三歌：合唱和尾聲組成。這是一首由密集而精神體量龐大的意象構成的隱喻之詩。序曲中所呈現的時間背景——四月——顯然是歷史化的時間。而這一歷史化的時間是由一代人的死亡和逃亡碾壓和壘砌而成的。這裡我們看到的死亡的殮衣，看到了高蹈的灰燼，目睹了硫磺和油料燃燒生命的過程。而詩人難以抵抗的不是死亡和白骨，而是伴隨著中年期和時代精神轉捩到來的龐大的虛無感和信仰的無著感。虛無，就是沒有支撐。那麼在慘烈的歷史中作為詩人和知識份子你的精神支撐是什麼呢？這不能不是與諸多亡靈和先行者們的對話。喪鐘一遍遍敲響，魔鬼和諸神的聲音也攪拌在一起較量，而廣場上也早已了無人跡。詩人將那些詞語和集束炸彈一樣的意象密集地扔向時代昏聵的人群，那些高蹈、向上、撕裂、焚毀的力量是如此悲劇性地纏繞在一個詩人身上。這是向死而生的詩，是通過詩歌穿越死亡並使得死亡得以重生的哀歌。

　　陳超曾經評價過葉賽寧慘烈的死亡方式，「這種對美學理想的遷延持懷疑態度的詩人，最終以結束個我生命完成了他的詩章。他們悲鬱的情懷打動我們的心，但是死亡不值得效仿」。陳超最終在詩歌這一偉大的共時體的結構中得以進入時間永恆的根源所在。

　　1991年2月，青島海濱，黃昏，風展烏雲，來路蒼茫。徹骨冷風中陳超久久凝望著遠方哥特式建築尖頂上的一架風車。

> 冥界的冠冕。行走但無蹤跡。
>
> 血液被狂風吹空，
>
> 留下十字架的創傷。

在冬夜，誰疼痛地把你仰望，
誰的淚水，像雲陣中依稀的星光？

我看見逝者正找回還鄉的草徑，
詩篇過處，萬籟都是悲響。
烏托邦最後的留守者，
灰爐中旋轉的毛瑟槍，
走在天空的傻瓜方陣，噢風車
誰的靈魂被你的葉片刨得雪亮？

這疲倦的童子軍在堅持巷戰，
禁欲的天空又純潔又淒涼！
瞧，一莖高標在引路……。
離心啊，眩暈啊，這摔出體外的心臟！
站在污染的海岸誰向你致敬？
波濤中沉沒著家鄉的穀倉。
暮色陰鬱，風推烏雲，來路蒼茫，
誰，還在堅持聽從你的籲喚：
在廣闊的傷痛中拚命高蹈
在貧窮中感受狂飆的方向？

　　在那一刻，物理學上的風車已經成為精神意義上十字架的隱喻。一個突然斷裂的時代和精神之痛使得詩人突然湧出熱淚。血液、風車、十字架、教堂、天空、星光顯然形成了詩人高迴情懷的對應之物。他在那一時期的詩歌中所堅持的就是一個「精神留守者」「在廣闊的傷痛中拚命高蹈」——「有些詩人找到的是精神避難的伊甸園，另一些詩人卻尋找另一種更危險的精神家鄉。前者以安恬為終的，後者以歷險為終的。前者自戀，後者自焚。我熱愛那些歷險的詩人。說

到底，精神的家園除去我們自身地火般的掙扎過程外，能到哪裡尋找呢？」。這既是現代詩的「思鄉病」的基本母題，也是先鋒詩在八九十年代所經歷的精神煉獄般的寓言。這是歷險的精神頭顱探入烈焰的自焚——

> 緊跟著到來的就是老式的事物。
> 我，書呆子，一個生活節制者
> 被時代裁成兩半。多餘的部分。
> 我把腦袋伸進昔日的火焰
> 不會被書卷燒成灰。

在時代的轉捩點上這是一個被時代強行鋸開「裁成兩半」的詩人。他必須經受時代烈火的焚燒，忍受灰燼的冰冷。火焰、灰燼、血液、頭顱、死亡、骨頭、淚水、心臟、烏托邦在這一特殊情勢下的詩歌中反覆現身。這一體驗和想像在《我看見轉世的桃花五種》中得以最為淋漓盡致地凸顯。這是一首直接參與和見證了一個時代死亡和重生之詩。當那麼多的死亡的風暴、血液的流淌、內心的撕裂與轉世重生的脆弱桃花一同呈現的時候，高蹈、義憤、沉痛、悲鳴的內心必須在歷史語境和個人精神中還原。

這是見證之詩！生命之詩！寓言之詩！

# 沒有「故地」的時代詩人何為

　　在一個看起來加速「前進」的高鐵時代我們詩人離現實不是越來越近，而是恰恰相反。我們的詩人仍然在自我沉溺的木馬上原地打轉，而他們口口聲聲地說是在追趕「現實」。由此我們必須思考的一個問題是一首首詩歌中的「中國」離真正現實意義上的「中國現實」究竟有多遠。是的，在一個如此詭譎的時代我們進入一個「現實的內部」是如何不易。在一個「新鄉土」和「底層」的倫理化寫作已經成為熱潮的今天，真正的詩人是否懂得沉默有時候是更好的語言和姿態？在一些優秀的詩人那裡我強烈感受到了「旁觀者」一樣的無邊無際的沉默。這「沉默」和那扇同樣無聲的「拒絕之門」一樣成為這個時代罕有的隱秘聲部。詩人試圖一次次張嘴，但是最後只有一次次無聲的沉默。這種「沉默的力量」也是對當下那些在痛苦和淚水中「消費苦難」的倫理化寫作同行們的有力提醒。

　　而吊詭的則是在一個「鄉土」和「地方性」不斷喪失的時代我們的文化產業和各個省份的文化造勢（比如名人故里、文化大省、文化強省，甚至連縣鄉的草臺班子都在爭搶所謂的世界非物質文化遺產）卻從沒有像今天這樣如火如荼過。仍有那麼多不為我們所知的「地方」和「現實」存在，而我們似乎又無力通過詩歌對此作出應有的「回應」和稱職的抒寫。當我們坦陳曾經一次次面對了那些「拒絕之門」，我們是否該側身進去面對那撲面而來的寒冷與沉暗的刺痛？儘管在一個如此龐大的「寓言化」和「非虛構」的現實面前，我們更多的時候只能無奈地充當「旁觀者」和「無知者」的角色！

　　當我們的詩歌中近年來頻頻出現「祖國」、「時代」、「現實」和「人民」、「民生」的時候，我們會形成一個集體性的錯覺和幻

覺，即詩人和詩歌離現實之間越來越近了。而事實真是如此嗎？顯然
不是。更多的所謂關涉「現實」的詩歌更多的是仿真器具一樣的仿寫
與套用，詩歌的精神重量已經遠遠抵不上新媒體時代的一個新聞報導
和一條不痛不癢的花邊新聞。我們不能不承認在一個寓言化的時代，
現實的可能性已經超出了很多作家想像能力的極限。而在此現實和寫
作情勢之下我們如何能夠讓寫作有更為遼闊的空間與可性能？而在一
個「非虛構寫作」漸益流行的年代，詩歌能夠為我們再次發現「現
實」和「精神」的新的空間嗎？作為一種文本性的「中國現實」，這
不能不讓我們重新面對當下詩人寫作的境遇和諸多難度。也許詩歌的
題材問題很多時候都成了偽問題，但是令人吊詭的卻是在中國詩歌
（文學）界題材一度成了大是大非的問題。顯然，這個大是大非的背
後已經不再是簡單的文學自身的問題，而是牽涉到整個時代的歷史構
造與文學想像機制。新世紀以降詩歌的題材問題尤其是農村、底層、
打工、弱勢群體、屌絲階層作為一種主導性的道德優勢題材已經成為
了公共現象。實際上我們也不必對一種寫作現象抱著道德化的評判，
而應該回到詩歌美學自身。我想追問的是一首分行的文字當它涉及到
「中國現實」時作為一種文學和想像化的現實離真正的「現實」到底
有多遠或者多近。顯然在一個社會分層愈益明顯和突出的年代，「中
國現實」的分層和差異已經相當顯豁，甚至驚訝到超出了每個人對現
實的想像能力。在這種情境之下，由詩歌中的「現實性」和「想像
性」的精神事實我們可以通過一種特殊化的方式來觀察和反觀中國現
實的歷史和當下的諸多關聯。然而可笑和可怕的是很多的寫作者和批
評者們已經喪失了同時關注歷史和現實的能力。換言之在他們進化論
的論調裡歷史早已經遠離了現實，或者它們早已經死去。顯然，在一
個多層次化的「現實」場域中鄉村題材顯然無論是在現實還是在寫作
的虛構和想像中都構成了一個不容置疑的「重要現實」。

　　在時代匆促轉換人們都不去看前方的時候，詩人該如何面對日
益含混的世界以及內心？在一個極權時代遠去的當下，我們的生活和

詩歌似乎失去了一個強大的敵人。更多的時候我們是在生活和詩歌的迷津中自我搏鬥或撞身取暖。我們的媒體和社會倫理一再關注那些日益聳起的高樓和城中村，一再關注所謂的農村和鄉土乃至西部，但是我們的詩人是否足以能夠呈現撼動人心的具有膂力的「原鄉」和「在場」的詩句？

我認為經歷了中國先鋒詩歌集體的理想主義的「出走」和「交遊」之後，詩人的「遠方」（理想和精神的遠方）情結和抒寫已經在新世紀的城市化和去地方化時代宣告終結。尤其是在當下的去除「地方性」的時代，我們已經沒有「遠方」。順著鐵路、高速路、國道、公路和水泥路我們只是從一個點搬運到另一個點。

一切都是在重複！一切都在改變！一切都快煙消雲散了！一切地方和相應的記憶空間都已經模糊不清、面目全非。但是當新世紀以來詩歌中不斷出現黑色的「離鄉」意識和尷尬的「異鄉人」的鄉愁，不斷出現那些在城鄉結合部和城市奔走的人流與不斷疏離和遠去的「鄉村」、「鄉土」時的焦慮、尷尬和分裂的「集體性」的面影，我們不能不正視這作為一種分層激烈社會的顯豁「現實」以及這種「現實」對這些作為生存個體的詩人們的影響。由這些詩歌我愈益感受到「現實感」或「現實想像力」之於詩人和寫作的重要性。尤其是在一個加速度前進的「新寓言」化時代，各種層出不窮的「現實」實則對寫作者提出了巨大的挑戰。試圖貼近和呈現「現實」的詩作不是太少而是太多了，而相應的具有提升度的來自於現實又超越現實的具有理想、熱度、冷度和情懷的詩歌卻真的是越來越稀有了。更多詩人浮於現實表層，用類似於新聞播報體和現場直播體地方式複製事件。而這些詩歌顯然是在借用「非虛構」的力量引起受眾的注意，而這些詩歌從本體考量卻恰恰是劣詩、偽詩和反詩歌的。詩人們普遍缺乏的恰恰是通過詩歌的方式感受現象、反思現實、超越現實的想像能力。確實在當下詩壇甚至小說界我們看到了那麼多虛假的鄉村寫作和底層寫作。當詩人開始消費淚水和痛苦，這是多麼可怕的事情。或者視野再推進一

步，在一個愈益複雜、分化以及「去地方化」和「去鄉村化」的時代，詩人該如何以詩歌的方式予以介入或者擔當？正如一位異域小說家所說，「認識故鄉的辦法就是離開它；尋找故鄉的辦法，是到自己的心中，自己的記憶中，自己的精神中以及到一個異鄉去尋找它。」這是必然，也是悖論。由此我想到了很多詩人文本中的「城市」、「小鎮」、「鄉村」和一個個陌生的「地方」。以這些「地方」為原點，我們在多大的範圍內看到了一種普遍化而又被我們反覆忽略不計的陌生性「現實」的沉默性部分？這一個個地方，除了路過的「旁觀性」的詩人和當地的居民知道這個地方外，這幾乎成了一個時代的陌生的角落——一再被擱置和忽略的日常。而我們早已經目睹了個體、自由和寫作的個人化、差異性和地方性在這個新的「集體化」「全球化」時代的推土機面前的脆弱和消弭。「異鄉」和「外省」讓詩人無路可走。據此，詩歌中的「現實」已經不再只是真實的生存場景，而是更多作為一種精神地理學場域攜帶了大量的精神積澱層面的戲劇性、寓言性、想像性和挽歌性。而在一個傳統意義上的鄉村城鎮和曾經的農耕歷史被不斷迅速掩埋的「新文化」時代，一個詩人卻試圖拭去巨大浮塵和粉灰顯得多麼艱難。而放眼當下詩壇，越來越多的寫作者們毫無精神依託，寫作毫無「來路」。似乎詩歌真的成了博客和微博等自媒體時代個體的精神把玩和欲望遊戲。在一個迅速拆遷的時代，一個黑色精神「鄉愁」的見證者和命名者也不能不是分裂和尷尬莫名的。因為通往聖潔的「鄉愁」之路的靈魂安棲之旅被一個個淵藪之上的獨木橋所取代。當我們膽戰心驚終於下定決心要踏上獨木橋的一刻，卻有一種我們難以控制的力量將那根木材抽走，留下永遠的寒風勁吹的黑暗。語言的溫暖和堅執的力量能夠給詩人以安慰嗎？過多的時候仍然是無物之陣中的虛妄，仍然是寒冷多於溫暖，現實的吊詭勝於卑微的渴念。當然，我所說的這種「鄉愁」遠非一般意義上的對「故鄉出生地」的留戀和反觀，而是更為本源意義上的在奔突狂暴的後工業時代景觀中一個本真的詩人、文化操持者，一個知識份子，一

個隱憂者的人文情懷和酷烈甚至慘痛的擔當精神面對逝去之物和即將消逝的景觀的挽留與創傷性的命名和記憶。一種面對迷茫而沉暗的工業粉塵之下遭受放逐的人、物、事、史的迷茫與堅定相摻雜的駁雜內心。由此，我更願意將當下的後社會主義時代看作是一個「冷時代」，因為更多的詩人沉溺於個人化的空間而自作主張，而更具有人性和生命深度甚至「現實感」的詩歌寫作的缺席則成了顯豁的事實。

　　然而，更為令人驚懼的是我們所經歷的正是我們永遠失去的。

　　多少個年代已經風雨中遠逝，甚至在一個拆遷的城市化時代這些年代沒有給我們留下任何的蛛絲馬跡。一切都被掃蕩得乾乾淨淨。而那些當年的車馬早已經銷聲匿跡。幸運的馬牛們走進了墳墓之中，不幸的那些牛馬們則被扔進了滾沸的烹鍋之中。那些木質的輪車也早已經朽爛得沒了蹤跡。我們已經很難在中國的土地上看到這些已逝之物，我們只能在灰濛濛的清晨在各個大城市PM2.5的角落裡偶爾看到那些從鄉下來的車馬，上面是廉價的蔬菜和瓜果。而我們卻再也沒有人能夠聽到這些鄉間牲畜們吃草料的聲音，還有它們溫暖的帶有青草味的糞便的氣息。說到此處，我也不由有了疑問。如果做一個簡單的懷鄉者並不難，這甚至成了當代中國寫作的慣性氣質。但這體現在詩歌寫作中卻會使得「懷鄉者」的身影又過於單薄。「歷史」和「現實」更多的時候被健忘症的人們拋在了灰煙四起的城市街道上。我們會發現，在強大的「中國現實」面前歷史並未遠去，歷史也並非沒有留下任何痕跡。相反歷史卻如此活生生地出現在被我們反覆路過卻一再忽視的現實生活裡。這多像是一杯撒了鹽花的清水！我們更多的是看到了這杯水的顏色——與一般的清水無異——但是很少有人去喝一口。顏色的清和苦澀的重之間我們的人們更願意選擇前者。而詩人卻選擇的是喝下那一口苦澀，現實的苦澀，也是當下的苦澀。當然，還有歷史的苦澀！而詩歌只有苦澀也還遠遠不夠！

　　「一無所知」的「過客」性存在實際上是每個生命的共同宿命性體驗，同時人所認識的世界是如此的有限而不值一提。而在當下的時

代這種遺忘性的「一無所知」還不能不沾染上這個時代的尷尬宿命。我們自認為每天都生活在現實之中，但是我們仍然對一切都所知甚少，甚至有些地方是我們窮盡一生都無法最終到達的。有的地方我們也許一生只能經歷一次。「單行道」成了每一個人的生命進程。「中國的一天」應該是短暫的，但是我們走得卻是如此艱難和漫長。因為它所牽涉的不只是一個人的觀感，而是牽涉到整個中國的現實，還有詩人的精神現實。

我們所見太多，遺忘也太多。我們在隔著車窗高速度前進的同時，我們的雙腳和內心都同時遠離了大地的心跳聲。我們在城市化的玻璃幕牆裡只看到同樣灰濛濛的天空，我們最終離那些「遠逝之物」越來越遠，直至最終遺忘。是的，多少年代，多少車馬，都已經遠去了！還有那沉默的巨大的「祕密」！

在秩序、規則和複雜而弔詭的現實面前，我們的詩人再一次無力地垂下無能的右手。在我看來新世紀以來的中國詩歌在面對強大而難解的社會現實時表現出來的卻是難以置喙之感。這可能會讓詩人和評論家們不解。我們不是有那麼多與社會現實聯繫密切的詩歌嗎？比如打工詩歌、農村詩歌、高鐵詩歌、抗震詩歌以及反日詩歌嗎？是的，由這些詩我們會聯想到那些震撼和噩夢般的現實，但是與現實相關的詩歌和文學就一定是言之鑿鑿的正確和高大嗎？如果詩歌只是充當了一篇微博和新聞的功能，那麼詩歌和詩人就沒有存在的必要性了。而面對著各種媒體空間上大量的複製性和浮泛的詩歌作品我們不能不一次次失望。換言之，當下詩人之間的區分度已經空前縮減，幾乎很難發現詩人之間的差異和各自面貌。詩歌面對如此龐大紛繁的現實，我們所需要的並不是詩人的急於表態和站隊，也不需要那種攝像機式的直接跟蹤。詩歌所需要的恰恰是提升思想高度，需要的恰恰是一個詩人對社會和當下的重新發現與再次命名。

這似乎仍然是一個缺乏宗教感的時代。這仍然是一個被慣見和粗鄙的時尚所引領的時代。這是一個可以無比炫耀金錢和肉體的時

代，卻也不能不是一個個思想和真正自由的個體被噤聲和反覆出賣的時代。

當革命的風暴遠去，我們是否同時止息了靈魂的一次次飛翔？當城市包圍農村的時代到來，我們是否會心存一點愧疚或者不滿？當我們主動或被迫要求靈魂表態時，我們是不合時宜的「左撇子」，還是一次次充當了無能的「右手」？

詩歌是通往現實的入口。這個入口需要你擠進身去，需要你面對迎面而來的黑暗和寒冷，需要你一次次咬緊牙關在狹窄的通道裡前行。也許你必將心存恐慌。但是當你終於戰戰兢兢地走完了這段短暫卻漫長的通道，當你經歷了如此的寒冷和黑暗以及壓抑的時刻，你才能在真正的意義上懂得你頭上的天空到底是什麼顏色，你腳下的每一寸土地的分量到底有多重。只有如此，你才能在語言的現實和發現性的「現實」空間裡真正掂量你所處的社會現實。

秀威經典　　　　語言文學類　PG1794　新視野36

# 遠方有大事發生：
## 先鋒詩歌的地方性與江湖

作　　者／霍俊明
責任編輯／林昕平
圖文排版／楊家齊
封面設計／王嵩賀

出版策劃／秀威經典
發 行 人／宋政坤
法律顧問／毛國樑　律師
印製發行／秀威資訊科技股份有限公司
　　　　　114台北市內湖區瑞光路76巷65號1樓
　　　　　電話：+886-2-2796-3638　傳真：+886-2-2796-1377
　　　　　http://www.showwe.com.tw
劃撥帳號／19563868　戶名：秀威資訊科技股份有限公司
　　　　　讀者服務信箱：service@showwe.com.tw
展售門市／國家書店（松江門市）
　　　　　104台北市中山區松江路209號1樓
　　　　　電話：+886-2-2518-0207　傳真：+886-2-2518-0778
網路訂購／秀威網路書店：http://www.bodbooks.com.tw
　　　　　國家網路書店：http://www.govbooks.com.tw

2017年6月　BOD一版
定價：340元

國家圖書館出版品預行編目

遠方有大事發生：先鋒詩歌的地方性與江湖 / 霍俊
明著. -- 一版. -- 臺北市：秀威經典, 2017.06
　　面； 　公分. -- (語言文學類)(新視野 ; 36)
BOD版
ISBN 978-986-94686-5-7(平裝)

1. 中國詩　2. 當代詩歌　3. 詩評

820.9108　　　　　　　　　　　106008009

# 讀者回函卡

感謝您購買本書，為提升服務品質，請填妥以下資料，將讀者回函卡直接寄回或傳真本公司，收到您的寶貴意見後，我們會收藏記錄及檢討，謝謝！
如您需要了解本公司最新出版書目、購書優惠或企劃活動，歡迎您上網查詢或下載相關資料：http:// www.showwe.com.tw

您購買的書名：_____

出生日期：_____年_____月_____日

學歷：□高中 (含) 以下　　□大專　　□研究所 (含) 以上

職業：□製造業　□金融業　□資訊業　□軍警　□傳播業　□自由業
　　　□服務業　□公務員　□教職　　□學生　□家管　　□其它_____

購書地點：□網路書店　□實體書店　□書展　□郵購　□贈閱　□其他

您從何得知本書的消息？

　　□網路書店　□實體書店　□網路搜尋　□電子報　□書訊　□雜誌

　　□傳播媒體　□親友推薦　□網站推薦　□部落格　□其他_____

您對本書的評價：（請填代號　1.非常滿意　2.滿意　3.尚可　4.再改進）

　　封面設計____　版面編排____　內容____　文／譯筆____　價格____

讀完書後您覺得：

　　□很有收穫　□有收穫　□收穫不多　□沒收穫

對我們的建議：_____

_____

_____

_____

11466
台北市內湖區瑞光路 76 巷 65 號 1 樓

**秀威資訊科技股份有限公司** 收

BOD 數位出版事業部

....................................................................................

（請沿線對折寄回，謝謝！）

姓　　名：＿＿＿＿＿＿＿＿＿＿　年齡：＿＿＿＿　性別：□女　□男

郵遞區號：□□□□□

地　　址：＿＿＿＿＿＿＿＿＿＿＿＿＿＿＿＿＿＿＿＿＿＿＿＿

聯絡電話：(日)＿＿＿＿＿＿＿＿＿＿　(夜)＿＿＿＿＿＿＿＿＿＿

E-mail：＿＿＿＿＿＿＿＿＿＿＿＿＿＿＿＿＿＿＿＿＿＿＿＿